Dania Schmidt

Wolken im Paradies

novum ⬛ pocket

Bibliografische Information
der Deutschen Nationalbibliothek:

Die Deutsche Nationalbibliothek
verzeichnet diese Publikation in der
Deutschen Nationalbibliografie.
Detaillierte bibliografische Daten
sind im Internet über
http://www.d-nb.de abrufbar.

© 2021 novum Verlag

ISBN 978-3-99010-991-5
Umschlagfoto: Flowersofsunny |
Dreamstime.com
Umschlaggestaltung, Layout &
Satz: novum Verlag
Autorenfoto: Georg Jung

Gedruckt in der Europäischen Union
auf umweltfreundlichem, chlor- und
säurefrei gebleichtem Papier.

www.novumverlag.com

Für Flynn und Keyla

I

1

Der Wecker klingelt. Im Dunkeln ertaste ich ihn und blicke mit halb geöffneten Augen auf die Zeiger. Halb vier. Alles ist still. Nur der Ventilator an der Decke summt leise vor sich hin. Carlos schläft tief und fest. Leise schleiche ich mich aus dem Bett. Es ist warm, aber die Müdigkeit lässt mich frösteln und ich stelle mich unter die Dusche. Lasse lauwarmes Wasser an meinem müden Körper herunterprasseln.

Ich ziehe meinen pinkfarbenen Bikini an, darüber einen kurzen schwarzen Rock. Streife ein hellblaues Polohemd über, auf dem das Firmenlogo der Agentur abgebildet ist, für die ich arbeite: ein Walhai.

In der Küche beiße ich in eine Banane. Für unterwegs schmiere ich mir ein Brot.

Leise schließe ich die Wohnungstür hinter mir und gehe hinaus in die Dunkelheit. Schwach schimmern die Laternen und tauchen die Straße in ein gelbliches Licht. Auf der anderen Straßenseite stehen keine Häuser, nur das dunkle dichtbewachsene Grün des Urwaldes.

Mit meinem Rucksack auf dem Rücken und der Schnorchelausrüstung, die ich mir in einer großen Tasche um die Schulter hänge, gehe ich den kleinen gepflasterten Weg am Haus entlang bis zum schwarzen Gartentor.

Vor dem Tor am Straßenrand wartet schon ein glänzend weißer Toyota-Kleinbus auf mich. Alles ist ruhig. Der Fahrer hat es sich auf dem Sitz bequem gemacht und sich mit geschlossenen Augen leicht zurückgelehnt. Er wartet sicher schon seit einigen Minuten.

Ich steige auf den Beifahrersitz und begrüße ihn, wir haben schon viele Male zusammen gearbeitet. Er heißt Victor. Victor ist Mexikaner und kommt aus Veracruz, einer Hafenstadt am Golf von Mexiko. Der Tourismus-Boom hat ihn vor zehn Jahren in die mexikanische Karibik getrieben. Seither hat er sich ein anständiges Transportunternehmen mit inzwischen sieben Kleinbussen aufgebaut. Einen fährt er selber, für die anderen hat er Fahrer angestellt. Er bietet Transfers vom Hotel zum Flughafen an und vermietet seine Busse an Agenturen für Tagesausflüge. Essen ist seine Leidenschaft, und das sieht man ihm auch an. Kaum Platz bleibt zwischen seinem Bauch und dem Steuer.

Victor dreht den Schlüssel im Zündschloss herum und der Motor springt an. Der typische Geruch eines Neuwagens dringt in meine Nase. Mit dem laufenden Motor beginnt auch sofort die Klimaanlage auf Hochtouren zu arbeiten und lässt mich frösteln. Ich drehe das Gebläse von mir weg. Langsam fährt Victor die ruhige Straße entlang und biegt ab auf die Hauptstraße. Dann geht es auf der Autobahn Richtung Süden. Die einzige Straße, die den Norden mit dem Süden verbindet. Immer parallel zur Küste, mitten durch den fast undurchdringlichen Dschungel. Hier wachsen viele Edelhölzer wie die Mahagonibäume und der berühmte *Chicozapote*, der schon vor mehr als hundertfünfzig Jahren den Gummisaft für die Herstellung des Kaugummis lieferte. Damals wurde das geschmacklose *Chicle*, wie es auch noch heute in Mexiko genannt wird, von den Ureinwohnern des Urwaldes gekaut. Ein Amerikaner hat es beobachtet, ihm Geschmack gegeben, und das Kaugummi ging um die Welt. Uralte Legenden des Urvolkes dieser Region, der Mayas, machen den Urwald zu einem mystischen Ort. So wird erzählt, dass es vor Tausenden von Jahren zwei Krieger gab, die in die gleiche Frau verliebt waren. Der eine repräsentierte das Licht, der andere die Dunkelheit. Sie bekriegten sich, bis sie letztendlich beide starben, ohne jedoch mit der Geliebten zusammen gewesen zu sein. Um zurückkehren zu können auf die Erde, baten sie die Götter im Jenseits um Vergebung und wurden als *Chechén* und *Chacá*, Bäumen dieser Region, wiedergeboren. Der schwarze dickflüssige Saft des *Chechén*, der sich unter der Baumrinde befindet, ist giftig und ätzend. Bei Hautkontakt entstehen innerhalb weniger Stunden Verbrennungen zweiten Grades. Der Nektar des *Chacá* dagegen neutralisiert das Gift und wird auf die verbrannte Haut als Heilmittel aufgetragen. Beide Bäume befinden sich in unmittelbarer Nähe zueinander, meistens beträgt der Abstand zwischen ihnen nicht einmal einen Meter. Da der *Chacá* eine rötliche Baumrinde besitzt, die sich ständig pellt, nennen wir Reiseleiter ihn auch den Touristenbaum. Die krebsroten, von der Sonne verbrannten Urlauber amüsieren sich jedes Mal köstlich über den Vergleich.

Ich entspanne mich mit geschlossenen Augen und genieße die Ruhe. Aus dem Radio ertönt mexikanischer Pop. Sehr schnulzig, aber so mag es Victor halt. So wie wir sind in den frühen Morgenstunden viele Kleinbusse unterwegs auf dem Weg zu den Hotelanlagen, um die Urlauber zu ihren Ausflügen abzuholen oder Abreisende zum Flughafen zu bringen. Der Tourismus boomt. Fast alle Menschen die hier leben, haben direkt oder indirekt mit dem Tourismus zu tun. Nicht ohne Grund zählt diese Region zu den wohlhabendsten Mexikos. Was natürlich nicht bedeutet, dass es hier keine Armut gibt. Die gibt es. Obwohl sie den Touristen meist verborgen bleibt.

Auf der Seite des karibischen Meeres wird der dichte Dschungel immer wieder unterbrochen und monströse, palastähnliche Einfahrten kommen zum Vorschein. Sie führen in die luxuriösen, teils gigantisch großen, Hotelanlagen.

Nach fast dreißig Minuten Fahrt erscheint auf einem großen grünen Autobahnschild über der Fahrbahn der Name des Hotels, in dem wir heute Gäste abholen. Victor verlangsamt den Bus und setzt den Blinker. Am Hoteleingang hält er vor einer großen Schranke, und ein Wachmann tritt aus seinem kleinen Häuschen heraus. Wir zeigen ihm unsere Liste mit den Gästenamen. Nach einem kurzen Blick darauf lässt er uns passieren. Die Schranke geht hoch.

Diese Hotelanlage ist eine der größten in der Gegend. Insgesamt fünf Lobbys verteilen sich auf einer gigantisch großen Fläche, die durch Straßen miteinander verbunden sind. Sobald Victor Gas gibt, erscheint ein *Tope* auf der Straße und er wird gezwungen zu bremsen. Langsam fährt er über ihn rüber bis schon kurz darauf der nächste folgt. Der Grund für die Beschleunigungsbremsen sind neben den Fußgänger auch die Tiere, die hier leben, wie Leguane und Nasenbären. Die *Coatis* sehen aus wie eine Mischung zwischen Hund und Affe, habe eine spitze, lange Nase, einen langen Schwanz und kurze Beine. Da sie so gut wie alles fressen und kaum Angst vor Menschen haben, fühlen sie sich in den Hotelanlagen pudelwohl. Zu dieser frühen Stunde habe ich auch schon *Mazamas* im Dunkeln am Straßenrand entdeckt. Das Wort kommt aus dem Nahuatl, der meistgesprochenen indigenen Sprache Nord- und Mittelamerikas. Es bedeutet Hirsch.

Alles in der großen Hotelanlage ist unglaublich schön hergerichtet. Hohe Kokospalmen und duftende Orchideen schmücken den Straßenrand. Am Wegrand ein englischer Rasen. Nirgends auch nur eine Spur von Abfall, Dreck oder Armut. An der Hotellobby werden wir erneut von einem Wachmann kontrolliert. Victor fährt die breite pompöse Auffahrt hoch und hält direkt vor der offenen Eingangshalle an.

Wir sind früh dran. Über den hellen, glänzenden Marmorboden schlendere ich durch den stillen Eingangsbereich. Ein herrlicher Blumenduft umhüllt mich. Er kommt von dem großen, bunten Blumenstrauß aus exotischen Blumen, der in einer gläsernen Vase auf einem runden Tisch mitten in der Halle steht. Selbst auf den Toiletten duftet es herrlich nach Jasmin. Alles ist penibel sauber und glänzt im hellen Licht. Im Spiegel blicke ich auf mein sonnengebräuntes Gesicht und meine von Salzwasser und Sonne ausgeblichenen blonden Haare. Ich befeuchte mein Gesicht mit kaltem Wasser aus dem Wasserhahn um die Müdigkeit zu vertreiben und gehe langsam zurück zum Bus, wo sich inzwischen auch schon meine ersten Gäste eingefunden haben.

Es ist nun kurz nach Sechs und der Himmel färbt sich rosarot. Die Sonne steigt schnell empor, und schon nach kurzer Zeit brennt sie gnadenlos vom wolkenlosen Himmel. In unserem klimatisierten Bus ist von der tropischen Hitze jedoch nichts zu spüren. Der Verkehr auf der Autobahn wird dichter, je weiter wir Richtung Norden fahren. Ein großes Windrad erscheint am Straßenrand und kurz dahinter die Abfahrt zum Flughafen. Wir fahren weiter geradeaus, und plötzlich staut sich der Verkehr bis er komplett zum stehen kommt. Der Grund ist ein Kontrollpunkt des mexikanischen Militärs. Langsam fährt Victor wieder an und im Schritttempo geht es an schwerbewaffneten Soldaten vorbei, die mit einschüchternden Gesichtsausdrücken jeden Autofahrer ganz genau anschauen, bevor sie ihn mit einer Handbewegung zum Weiterfahren auffordern. Nach Waffen und Drogen suchen sie. Touristenbusse sind nicht interessant und Victor darf weiterfahren.

Der dichte immergrüne Dschungel verschwindet nach und nach. Riesige moderne Einkaufszentren und private Universitäten mit ihren grünen Fußballplätzen davor machen sich am Straßenrad breit. Hinter großen, verschlossenen Eisentoren lassen sich teure Wohnanlagen erahnen. Ein mehrspuriger Kreisverkehr erscheint vor uns. Als Victor kurz abbremst, beginnt sofort ein nervtötendes Hupkonzert. Wer schneller ist, hat Vorfahrt. Es ist kurz nach Sieben, die Zeit, in der die meisten Schulen beginnen. Hier ist es üblich, die Kinder mit dem Auto zur Schule zu bringen, bis sie erwachsen sind und selber fahren können. Dementsprechend viele Autos sind daher schon in diesen frühen Morgenstunden unterwegs. Ein öffentliches Verkehrsnetz mit Bussen gibt es schon. Sie sind billig und fahren durch so gut wie alle Stadtteile. Doch einen Fahrplan gibt es nicht. Kein System. Hier und da eine Bushaltestelle, an der man warten und auf der Windschutzscheibe des *Combis* die Endhaltestelle ablesen kann. Irgendwann kommt dann ein überfüllter, dreckiger und lauter Kleinbus vorbei. Oft hinterlässt er eine schwarze, stinkende Rauchwolke. Die Fahrer fahren ohne Rücksicht auf die Fahrgäste wild durch die Stadt. Raubüberfälle und Entführungen sind keine Seltenheit. Wer sogar das Fahrrad nimmt, ist entweder verrückt oder lebensmüde. Oder beides. Selbst Moped zu fahren ist hier in der Stadt eine gefährliche Angelegenheit, da unter den Verkehrsteilnehmern kaum Rücksicht genommen wird. Ständig scheppert es.

Langsam bahnen wir uns unseren Weg quer durch die Stadt. Von Süden nach Norden. Nachdem wir an einem großen eleganten Einkaufszentrum vorbeifahren, verändert sich das Stadtbild. An den Hausfassaden bröckelt die Farbe ab, und am Straßenrand sammelt sich weggeschmissener Plastikmüll. Ich drehe mich um und blicke in zwölf müde Gesichter. Auf englisch erkläre ich den Urlaubern, was sie heute erwarten. Sie hören mir aufmerksam zu und ich sehe, wie langsam wieder Leben in ihre müden Körper kommt. Einige von ihnen werden nervös.

Seit mehreren Jahren arbeite ich nun schon als Reiseleiterin für Tagesausflüge in der mexikanischen Riviera Maya. Als *Tour-Guide* für Abenteuerausflüge durchquerte ich mit meinen Gästen, in einem schweißtreibenden Fußmarsch, den dichten Dschungel und ließ sie die Pyramiden besteigen. Wir seilten uns an steilen Kalksteinabhängen ab, bis wir in ein Wasserloch gelangten und glitten an einem Drahtseil über eine Lagune, während uns Krokodile dabei von unten interessiert zuschauten. Doch heute ist alles anders. Kein Dschungel wird durchquert und keine Pyramide erklommen.

2

Das Meer. Das Festland haben wir schon seit über einer Stunde nicht mehr erblicken können. Das zunächst leuchtende Türkis des karibischen Meeres schimmert nun in einem einheitlichen dunklen Blau. Grelle Sonnenstrahlen glitzern auf der Oberfläche. Und dann entdecken wir sie. Haifischflossen. Es müssen Hunderte sein. Friedlich ziehen sie behutsam durch das Wasser. Walhaie. Die größten Fische der Welt. Mit Walen haben sie trotz des Namens nichts zu tun. Außer vielleicht, dass sie sich ebenfalls von Plankton ernähren, untypisch für einen Hai. Im karibischen Sommer wird das Meer so warm, dass es viel Plankton gibt und die Walhaie in die Region zieht. Ein Festmahl.

Leicht schwankt unser modernes Schnellboot hin und her. Heute ist ein relativ ruhiger Tag und die Wellen sind klein. Trotzdem muss ich mich gut festhalten, um nicht umzufallen. Meine Gäste sitzen gespannt auf den Bänken im hinteren Bereich des Bootes. Überwältigt vom majestätischen Anblick der friedlichen Riesen machen sie Foto nach Foto.

Und dann kann es endlich losgehen. Zehn Gäste habe ich bei mir im kleinen Boot, und pärchenweise dürfen sie nun ins Wasser, um neben den Walhaien zu schwimmen. Damit sie dabei auch gut vorankommen, bekommt jeder Flossen von mir. Durch die Taucherbrille und den Schnorchel können sie während des Schwimmens den Walhai unter Wasser beobachten.

Ich springe ins Wasser. Meine Gäste folgen mir. Das Meer ist erfrischend und gleichzeitig erstaunlich warm. Über meinen Bikini trage ich lediglich ein langärmliges Schwimmshirt als Schutz vor der starken Tropensonne. Irgendetwas pikt an meiner Haut unter der Wasseroberfläche. Vielleicht ist es das Plankton, die pelagischen Minitiere. Es ist zwar etwas unangenehm, jedoch nur von kurzer Dauer.

Nachdem ich mich kurz im Wasser orientiere, setze ich mir die Taucherbrille auf und tauche in die faszinierende blaue Welt ein. Bis auf ein knisterndes Geräusch herrscht komplette Stille. Das Wasser ist erstaunlich klar und ich kann viele Meter weit schauen. Den Meeresgrund erkenne ich dennoch nicht. Ein Schwarm grauer Stachelrochen gleitet tief unter mir vorbei. Dann erscheint ein langsam schwimmender Walhai vor meiner Taucherbrille. Noch ist er einige Meter von mir entfernt, und doch kann ich gut seinen grauen Rücken mit den vielen weißen Flecken und Streifen erkennen. Jeder Walhai hat dabei ein ganz individuelles Muster. Seine winzigen Augen sind kaum zu erkennen. Das Tier ist langsam und bewegt kraftvoll seine große Schwanzflosse hin und her. Wir müssen Abstand halten, um nicht verletzt zu werden, schwimmen daher im vorderen Bereich der Tiere an der Seite mit. Dem friedlichen Riesen scheint unsere Anwesenheit nichts auszumachen. Er zeigt weder Scheu noch Neugier. Nach einer Weile halte ich mit meinen Gästen an und das schöne Tier verschwindet langsam aus unserem Blickfeld.

Plötzlich taucht ein riesiger schwarzer Teufelsrochen vor mir auf. Ich schätze die Spannweite der *Manta* auf sieben Meter. Zügig schwimmt sie auf mich zu. Der Teufelsrochen ist jedoch, wie der Walhai, ein friedlicher Planktonfresser. Dann dreht er ab. Tief beeindruckt schaue ich ihm hinterher bis er in den blauen Tiefen verschwindet.

Erschöpft und glücklich klettern die Urlauber über die wackelige Leiter zurück ins Boot. Überwältigt von dem besonderen Erlebnis haben die meisten ein großes Lächeln im Gesicht. Zwei Gäste können es jedoch kaum erwarten, wieder festen Boden unter den Füßen zu spüren, und schauen gequält drein. Haifischfütterung nennen wir das, unter Kollegen. Sie opfern ihr Frühstück den Meeresbewohnern. Andere nennen es einfach Seekrankheit. Es vergeht kein Tag, an dem nicht zumindest einer von meinen Gästen darunter leidet. Vor zwei Wochen haben sie besonders gelitten.

An diesem Morgen konnte noch keiner ahnen, welchen Verlauf der Tag nehmen würde. Ich hatte ein sympathisches, junges deutsches Pärchen dabei, Lisa und Martin. Frisch verheiratet. Viele Pärchen verbringen ihr *Honeymoon* in der Karibik, so auch die beiden. Morgens im Bus erklärte ich ihnen und den anderen Gästen den Tagesablauf. Gespannt und aufgeregt hörten sie mir zu. Man fährt nun mal nicht jeden Tag auf das offene Meer hinaus, um mit dem größten Fisch der Welt zu schwimmen. Das ist natürlich etwas ganz Besonderes. Viele Urlauber buchen diesen Ausflug, weil er ihnen als ein unbedingtes Muss verkauft wird. Wenn es dann allerdings wirklich losgeht und die Touristen in meinem Bus sitzen, wird vielen erst bewusst, worauf sie sich da eingelassen haben. Sie werden nervös. Auch an diesem Morgen spürte ich die Anspannung meiner Gäste.

Als wir am Anleger ankamen schien es, ein wunderbarer Tag zu werden. Neben der strahlenden Sonne zogen nur ganz vereinzelt graue Wölkchen vorbei. Lisa und Martin folgten mir mit den anderen acht Gästen auf das weiße Schnellboot. Meine Anwesenheit gab ihnen Sicherheit. Ich sprach ihre Sprache, verstand ihre Sorgen und konnte sie beruhigen. Als wir bei den Walhaien ankamen, erklärte ich ihnen die Regeln und die Benutzung der Ausrüstung. So wie ich es jeden Tag mache. Während Lisa schon einmal auf den Malediven tauchte, und ein Profi im Umgang mit Schnorchel, Taucherbrille und Flossen zu sein schien, hatte Martin dagegen keine Ahnung. Wasser war nicht sein Element. Planschen im seichten Meer, wenige Meter vor dem Strand alles, für das er bisher zu haben war. Doch jetzt befanden wir uns auf dem offenen Meer. Vom seichten Wasser waren wir knapp dreißig Kilometer entfernt. Wo man auch hinschaute, der Horizont blieb blau. Durch den Wellengang schwankte das Boot leicht hin und her und Martin wirkte sichtlich ängstlich. An seinem Gesichtsausdruck war zu erkennen, dass er sich gerade fragte, was zur Hölle ihn dazu gebracht hatte, diesen Ausflug zu buchen. Um unser Boot herum ragten inzwischen große

Haifischflossen aus dem dunkelblauen Wasser. Drehten ihre Runden. Dass es sich dabei um friedliche Haie handelte, schien Martin nicht zu beruhigen. Sicher, irgendwo da unten waren auch andere Lebewesen unterwegs. Wie zum Beispiel die gefürchteten Bullen- und Tigerhaie. Das wusste auch Martin.

Ich setzte mich schließlich neben ihn. Erklärte ihm ruhig, wie er die Brille anlegen und durch den Schnorchel atmen muss. Dann setzten wir uns beide auf den Rand des Bootes. Die Flossen an unseren Füßen baumelten außen am Boot herunter. Fast berührten sie die Wasseroberfläche. Nervös schaute mich Martin an. Da sollte er jetzt reinspringen? Aber es gab da etwas, was ihn antrieb. Er hatte für den Ausflug gezahlt. Und zwar viel. Über zweihundert Euro pro Person kostet dieser Tagesausflug. Und würde er den Sprung jetzt nicht wagen, sein Geld bekäme er nicht zurück. Und er würde es mit Sicherheit bereuen.

„Die Möglichkeit, mit dem größten Fisch der Welt zu schwimmen, wirst du wahrscheinlich nur einmal in deinem Leben haben." Meine Worte überzeugten schon viele meiner Gäste. Und auch ihn. Er sprang. Und ich hinterher. Sobald Martin auftauchte prustete er erschrocken und verängstigt. Ich nahm seine Hand und er beruhigte sich sofort. Da Martin wie alle Gäste, egal ob Nichtschwimmer oder professionelle Taucher, eine Schwimmweste tragen musste, blieb er, ohne sich zu bewegen, an der Wasseroberfläche.

„Leg dich auf die Wasseroberfläche und wirf mal einen Blick unter das Wasser." Martin folgte zögerlich meiner Anweisung, wobei er weiterhin krampfhaft meine Hand hielt. Dann fing er an, langsam neben mir zu schnorcheln. Seine Angst verschwand nach und nach. Fasziniert beobachtete er die wunderschönen Walhaie unter der Wasseroberfläche und vergaß vollkommen seine anfängliche Angst. Zurück an Bord des Bootes erzählte er den anderen Gästen euphorisch von diesem einzigartigen Erlebnis. Die Gäste stecken sich gegenseitig an. Hat einer Angst, haben sie auf einmal alle Angst. Die Euphorie von Martin gab den anderen Gästen Mut. Letztendlich schnorchelten an diesem Tag alle mit den Walhaien. Und alle waren sie euphorisch und glücklich.

Als Reiseleiterin habe ich nicht nur die Aufgabe, meine Gäste über den Ausflug zu informieren und auf sie aufzupassen. Ihnen Wissen zu vermitteln über Geschichte, Flora und Fauna. Meine Arbeit ist viel umfangreicher. Agiere ich zudem als Seelsorgerin. Ich mache meinen Gästen Mut, gebe ihnen Halt und Sicherheit. Nehme ihnen Ängste. Jeder Gast ist auf seiner Art besonders. An viele erinnere ich mich immer mal wieder gerne zurück. Bei einigen wenigen bin ich froh, sie nicht wiedersehen zu müssen. Es sind diese Art von Gästen, die sich schon morgens darüber beschweren, dass ihnen die Sonne zu hell, der Regen zu nass und die Klimaanlage zu laut ist. Man kann es ihnen einfach nicht recht machen. Zu ein paar wenigen Gästen habe ich noch immer Kontakt, eine Freundschaft ist entstanden. Die meisten jedoch sieht man nie wieder. Vielleicht denken sie ja manchmal an mich zurück. An die Reiseleiterin, die ihnen Mut gemacht hat, damals, beim Walhaischwimmen.

Auf der Rückfahrt zum Festland zogen plötzlich schwarze Wolken auf. In der Karibik verändert sich das Wetter manchmal rasant schnell. Ehe wir uns versehen konnten, war der Himmel pechschwarz. Ein rauer Wind begann uns um die Ohren zu pfeifen, und der Wellengang nahm stetig zu. Dann fing es an zu regnen. Wie aus Kübeln begann es zu schütten. Die Schnellboote sind offen, und wir waren dem Regen gnadenlos ausgesetzt. An sich nicht schlimm bei tropisch warmen Temperaturen. Zudem hatten alle noch Badesachen vom Schnorcheln an. Ich selber war im Bikini. Langsam navigierte uns unser junger mexikanische Kapitän über das raue Meer. Wohin er fuhr war mir schleierhaft. Man konnte kaum noch die eigene Hand vor den Augen erkennen. Natürlich gab es ein GPS an Bord und unser Kapitän hatte viel Erfahrung. Doch wäre ein schnelles Boot auf uns zugerast, wir hätten ihm nicht rechtzeitig ausweichen können. Da bin ich mir ganz sicher. Die Sichtweite lag unter einem Meter. Ich stellte mich auf den hinteren Rand des Bootes, hielt mich am Gerüst des Sonnensegels fest und jauchzte vor Vergnügen. Nur ein kleiner Schauer, dachte ich. Dann fing sich jedoch das Wasser im Boot langsam an zu stauen, das bei jeder hohen Welle ins Innere des Bootes katapultiert wurde. Immer weiter stieg die Wasserhöhe an. Und zur Küste waren es sicher noch über zehn Kilometer. Von der euphorischen und glücklichen Stimmung unter den Gästen war nichts mehr zu merken. Zunächst trat eine Totenstille ein. Dann fingen einige an zu weinen und hielten sich krampfhaft irgendwo fest. Martins Gesicht war bleich vor Angst. Eng umschlungen saßen er und Lisa auf der nassen Bank. Schnell schnappte ich mir den schwarzen Eimer, der zur Aufbewahrung der Tauchermasken diente und fing an, das Wasser nach und nach aus dem Boot zu schöpfen.

„Was für ein Abenteuer! Alles inklusive heute", witzelte ich.

Meine Gäste fanden das natürlich weniger lustig. Anspannung und Angst standen ihnen ins Gesicht geschrieben. Meine lustige Art beruhigte sie jedoch ein wenig. Nach dem Motto: wenn die Reiseleiterin darüber noch Späße macht, kann es so schlimm doch nicht sein. Aber es war schlimm. Auch wenn ich meinen Gästen Gelassenheit vorspielte. Unser Boot war kurz davor unterzugehen. Und bei diesem Sturm hätte man uns so schnell nicht gefunden. Wenn überhaupt. Doch wollte ich unter allen Umständen Panik vermeiden. Egal was passiert, Panik würde alles nur noch schlimmer machen. Das war mir bewusst.

Nach einer halben Stunde legte sich der Sturm langsam und wir erreichten das Festland. Alle Gäste atmeten erleichtert auf. Der Schrecken stand ihnen jedoch ins Gesicht geschrieben. Ob Lisa und Martin jemals wieder mit einem Schnellboot auf das offene Meer hinausfahren werden, bleibt fraglich.

3

Es ist mein erster Sommer bei den Walhai-Ausflügen. Seit vielen Wochen bin ich nun fast täglich auf dem offenen Meer unterwegs, um Menschen aus der ganzen Welt bei diesem einzigartigen Erlebnis zu begleiten. Doch das Gefühl einer langweiligen Routine will sich noch immer nicht einstellen. Jeder Tag ist etwas Besonderes. Auch heute.

Luis wirft die Motoren an und steuert das Boot langsam und vorsichtig aus dem Gebiet, in dem sich inzwischen sehr viele Schnellboote eingefunden haben. In einer sicheren Entfernung von den Walhaien gibt er Gas. Der vordere Teil des Bootes hebt sich aus dem Wasser, und wir rauschen bei wolkenlosem Himmel über das Meer Richtung Festland. Luis ist unser Bootskapitän. Neben diesem Schnellboot hat er noch drei andere, die auch zum Walhai-Schwimmen eingesetzt werden. Davon lebt er. Und gut. Obwohl es diesen Ausflug nur vier Monate im Jahr gibt, reicht es fast das ganze Jahr zum Leben. Heute ist Ricardo, sein Sohn, mit an Bord. Er ist gerade siebzehn Jahre alt geworden und bessert sich in den Sommerferien mit dieser Arbeit sein Taschengeld auf. So kümmert er sich mit mir zusammen um die Urlauber an Bord. Er ist ein netter Junge. Die Arbeit mit den beiden macht großen Spaß. Sein Vater ist ein lockerer Spaßvogel. Er hat immer einen Witz parat, ist aber trotzdem professionell bei der Arbeit.

Nach und nach lässt sich am Horizont wieder das Festland ausmachen. Zu allererst Isla Mujeres. Eine Karibikinsel ungefähr acht Kilometer vor dem mexikanischen Festland. Die pompösen Hotelhochhäuser von Cancún zieren den Horizont.

Luis drosselt die Geschwindigkeit und steuert das Boot zur Insel, wo er etwa einhundert Meter vor dem weißen Sandstrand im kristallklaren Wasser den Anker wirft. Trotz der Entfernung zum Strand ist das seichte Meer hier nur knietief. Meterhohe Kokospalmen, kleine idyllische Hotels und farbenfrohe Fischrestaurants zieren die Silhouette der Insel.

Ich genieße das warme Wasser und unterhalte mich mit Luis. Er bringt mich zum Lachen. Immer ist er gut gelaunt. Ein fröhlicher Mensch. Ich beneide seine Frau, mit einem so tollen Mann verheiratet zu sein. Sicher führen sie eine schöne Ehe. Zwei Kinder haben sie, Ricardo und Lily. Beide schon fast erwachsen. Dabei ist Luis noch gar nicht so alt, gerade einmal Anfang vierzig. In meinem Kopf male ich mir aus, was für eine glückliche Familie sie wohl sind. Dann denke ich an Carlos und mich. Unsere Ehe. Wie verliebt ich anfangs war. Im ersten Jahr waren wir auch glücklich. Im Zweiten nicht mehr.

In etwas Abstand zum Boot hocke ich mich ins knietiefe Wasser und spüre den weichen Sand unter meinen Knien. Meine Augen verschwinden hinter der verdunkelten Sonnenbrille. Dabei beobachte ich Luis und denke an heute Morgen.

Eigentlich war es ein Morgen wie jeder andere in diesem Sommer. In aller Frühe, während alles um mich herum noch schlief, bin ich aufgestanden. Doch irgendetwas war anders als sonst. Fühlte sich anders an. Ich war irgendwie nervös. Konnte es mir jedoch nicht erklären. Arbeite ich doch nun schon seit mehreren Jahren als Reiseleiterin. Auch die Walhai-Tour mache ich nun schon seit fast drei Monaten. Warum also war ich plötzlich nervös?

Als ich mein braun gebranntes Gesicht im Spiegel meines Badezimmers begutachtete, traf es mich wie einen Schlag ins Gesicht. Es war, als hätte mir jemand in genau diesem Moment die Augen geöffnet. Ich hatte mich verliebt.

Als ich mit allen meinen Gästen zurück im Bus den Rückweg antrete, macht sich schnell Müdigkeit breit. Die Klimaanlage des Busses ist kalt und die Urlauber sind so erschöpft, dass die meisten nach wenigen Kilometern einschlafen. Auch ich mache die Augen zu und falle in einen entspannten Halbschlaf, aus dem mich Victor bei der Einfahrt ins Hotel wieder herausholt. Nachdem wir alle Gäste verabschieden, fährt er mich nach Hause.

Ich schließe die Wohnungstür auf. Stille. Niemand ist da. Es ist später Nachmittag, Carlos ist noch auf einem Ausflug unterwegs. Reiseleiter ist er, wie ich. Wir lernten uns kennen, als ich gerade einige Wochen in der Riviera Maya war und noch zur Reiseleiterin ausgebildet wurde. Das ist nun drei Jahre her. Wir verliebten uns schnell, und nach einem Jahr heirateten wir. Alles schien perfekt. Wir teilten nicht nur unsere Liebe zueinander, sondern auch unsere Arbeit und einen gemeinsamen Freundeskreis, unsere Kollegen. Carlos ist ein lieber Mensch, sehr freundlich und gutmütig. Mit der Zeit zog er sich jedoch immer mehr zurück. Inzwischen verbringt er fast jede freie Minute vor seinem Com-

21

puter um Nachforschungen über Außerirdische und den Sinn des Lebens zu tätigen. Verfangen im Netz des Internets. Zum Lachen bringt er mich schon lange nicht mehr.

In der Küche mache ich mir etwas zu essen. Lege mich aufs Sofa und mache den Fernseher an. Ich schließe die Augen und schlafe ein.

4

„Warte", ruft Luis und eilt über die Straße zum Bus auf mich zu. Seine dunklen Augen schauen mich liebevoll und traurig an. Dann umarmt er mich. Trauer und Verzweiflung machen sich in mir breit.

Wie schnell sind doch die letzten Wochen vergangen. Fast täglich bin ich zum Walhai-Ausflug gefahren. Habe Stunden mit Luis auf seinem Boot verbracht. Gelacht. Ja, ich habe viel gelacht. Die Welt stand still für uns. Für diese Stunden, die wir zusammen mit den Urlaubern auf dem offenen Meer verbracht haben. Alles andere existierte nicht in diesen Stunden. Mein Leben mit meinem Mann in Playa del Carmen. Aus dem Sinn. Und doch war unser Verhältnis bis zum heutigen, letzten Arbeitstag, immer professionell. Geflirtet haben wir, ja. Aber das war auch schon alles.

In Mexiko ist es üblich, sich mit einem Wangenkuss zu begrüßen. An einem Morgen am Bootsanleger begrüßte ich alle in einer Reihe stehenden Kapitäne. Luis stellte sich gleich an den Anfang. Dann in die Mitte und anschließend ans Ende, um mehrere Begrüßungsküsse zu ergattern. So ist er, ein charmanter Witzbold, der mich zum Schmunzeln bringt. Seine Arbeit macht er mit großer Leidenschaft, und selbst die Gäste verfallen nach kurzer Zeit seinem unwiderstehlichen Charme.

Ich schließe die Beifahrertür. Es zerreißt mir das Herz mir vorzustellen, Luis acht Monate lang nicht zu sehen. So lange dauert es, bis es wieder Ausflüge zu den Walhaien geben wird.

Victor fährt los. Luis bleibt zurück. Hinter meiner Sonnenbrille werden meine Augen feucht. Ich blicke zurück. Doch er ist schon weg. Zurück bleibt eine drückende Leere und die zuckersüße Erinnerung eines unvergesslichen Sommers.

In der Wohnung ist es ruhig und ich bin erleichtert, dass Carlos noch unterwegs ist. Kaum ist es mir möglich, meine Gefühle zu verbergen. Von daher gehe ich ihm in letzter Zeit gerne aus dem Weg. Wie soll das alles jetzt weitergehen? Luis werde ich zunächst nicht wiedersehen. Nur der Gedanke daran, jetzt von ihm getrennt zu sein, bereitet mir Bauchschmerzen. Und das, obwohl wir lediglich zusammen gearbeitet haben und uns nie privat trafen.

Eigentlich müsste ich mich jetzt bei einer neuen Agentur als Reiseleiterin bewerben, denn mit dem Ende der Walhai-Saison ist auch meine Arbeitsstelle weggefallen. Erst mal jedoch wollen Carlos und ich einen Monat Urlaub machen. In Mexiko City. Seiner Heimatstadt. Seine Familie besuchen. Der Gedanke daran, einen Monat Tag und Nacht mit Carlos und seiner Familie zusammen zu sein und ihnen eine heile Welt vorzutäuschen, bereitet mir erneut Bauchschmerzen. Wie kann ich mit Carlos zusammen sein, wenn ich mich die ganze Zeit nach Luis sehne? Der

Gedanke, dass er jetzt bei seiner Ehefrau ist, machen meine Bauchschmerzen nicht besser.

In der Küche hole ich mir eine eiskalte *Limonada* aus dem Kühlschrank und unter der Dusche spüle ich mir das Salz aus den verblichenen, kurzen Haaren. Reinige anschließend noch meine Taucherbrille, denn die werde ich wohl vorerst nicht benötigen. In einer gemütlichen Shorts und einem pinkfarbenen Trägerhemd lege ich mich faul aufs Sofa und streichle meinen getigerten Kater, der sich schnurrend auf meinen Bauch legt. Sofort entspanne ich mich.

5

Es ist früher Vormittag. Auf meinem Bett liegt mein bunter Rucksack und aus dem Schrank suche ich ein kurzes schwarzes Sommerkleid. Dann verstaue ich noch etwas Wechselwäsche und einen Bikini. Im Badezimmer greife ich nach meiner Zahnbürste. Meine Vorfreude kann ich kaum verbergen.

Carlos kommt ins Zimmer. „Wir müssen los", sagt er in einem ruhigen, für ihn typischen Ton.

Am Busterminal hievt Carlos seinen großen Koffer aus dem Kofferraum des Taxis. Ich schnappe mir meinen Rucksack und gebe ihm einen Kuss auf den Mund. Freundlich aber ohne Leidenschaft. So als wären wir ein altes, seit Jahrzehnten verheiratetes Paar und würden es nur noch aus Gewohnheit machen. Dann verschwindet er. Steigt ein, in einen großen komfortablen Reisebus zum Flughafen.

Ich bleibe zurück im Busterminal. Mein Blick fällt auf die riesige Anzeigetafel mit den Busabfahrten in alle möglichen mexikanischen Städte. Sogar nach Belize und Guatemala kann man von hier in einem bequemen klimatisierten Reisebus fahren. Da es in Mexiko keine Fernzüge gibt, die die Ortschaften miteinander verbinden, ist die einzige Möglichkeit zu Reisen der Bus oder das eigene Auto. Das Flugzeug können sich die meisten Mexikaner nicht leisten, obwohl es auch hier inzwischen Billigfluglinien gibt. Sie sind für die allgemeine Bevölkerung Mexikos, in dem der Mindestlohn in einigen Bundesstaaten nur um die fünf Euro pro Tag beträgt, zu teuer. Sicher ist vieles in diesem Land relativ günstig, wenn man es mit Deutschland vergleicht. Und doch, ich bezahle für meine kleine, einfache Wohnung, die abseits des Zentrums liegt, knapp dreihundert Euro im Monat. Das schaffe ich nur, weil ich als Reiseleiterin gut verdiene. An guten Tagen mit reichlich Trinkgeld können das schon mal einhundert Euro sein. Normalerweise ist es ungefähr die Hälfte. Bezahlt wird pro Tour. Bin ich krank oder im Urlaub, gibt es nichts. Da in der Nebensaison zwischen September und Dezember weniger Touristen die Region besuchen da Regenzeit ist, habe ich auch weniger Arbeit. Es ist die Zeit, in der ich und viele meiner Kollegen Urlaub machen. So wie auch jetzt, Anfang Oktober.

Zwei Wochen sind vergangen, seitdem ich Luis das letzte Mal gesehen habe. Am letzten Tag des Walhai-Ausfluges, Mitte September. Und immer wieder habe ich versucht, mich abzulenken. Mit Kinobesuchen, Freunden oder einem Strandtag. Dinge, die ich normalerweise liebend gerne mache. Doch überall wo ich war, war auch die Sehnsucht nach Luis. Sie schwebte wie eine Wolke über mir. Immer und überall. Ließ das Paradies grau erscheinen. Das Leben freudlos. Auf einmal fühlte ich mich inmitten von guten Freunden einsam. Die Gegenwart meines Mannes bereitete mir keine Freude mehr. Die spürte ich erst wieder, als der Anruf kam. Und mit ihm die Hoffnung. Luis. Ja, wir hatten unsere Telefonnummern ausgetauscht. Und er rief an.

„Es wird ein Seminar geben, um als Reiseleiter in einem Nationalpark zertifiziert zu werden. Ich werde das Seminar besuchen und habe dich auch angemeldet."

Ich war sprachlos. Mein Herz machte einen Sprung. Dass er ohne mich zu fragen, mich einfach bei einem Seminar angemeldet hatte, störte mich keineswegs. Ganz im Gegenteil. Ich fühlte mich geehrt, wie er um ein Wiedersehen mit mir kämpfte.

„Wir sehen uns dann dort", beendete er das Telefonat. Es war so gut wie perfekt. Das einzige Problem war nur, dass der Seminartag einen Tag nach meinem Flug nach Mexiko City stattfinden würde. Da ich jedoch noch keine neue Agentur habe, ist das Seminar genau das, was ich brauche. Es würde mir Vorteile einbringen, um eine neue Agentur zu finden. Und das sah auch Carlos ein. Also verschob ich meinen Flug um zwei Tage. Carlos jedoch fliegt wie geplant. Heute.

Ich gehe die Stufen des geräumigen Reisebusses hinauf und lasse mich in einem bequemen Sitz am Fenster nieder. Die Klimaanlage summt, und schnell wird es spürbar kalt und ich bekomme eine Gänsehaut.

Ungefähr eine Stunde später kommen wir in Cancún an. *Can cún* bedeutet übersetzt aus der Maya-Sprache soviel wie „Schlangennest" oder „Ort der goldenen Schlange". Vielleicht, weil es hier im Dschungel so viele Schlangen gibt.

Cancún gehört heute zu einer der meistbesuchten Städte der Welt, mit jährlich über sechs Millionen Touristen aus dem Ausland. Viele wohlhabende Mexikaner haben hier ihren einen zweiten Wohnsitz, den sie vor allem über die Weihnachts- und Osterfeiertage nutzen. Cancún besteht zum Einem aus der luxuriösen Hotelzone, der *Zona Hotelera*, die sich auf einem zwanzig Kilometer langen Landstreifen befindet. Wie ein Halbkreis umschließt sie die große Lagune Nichupté. An beiden Enden ist der Landstreifen mit dem Festland verbunden.

Zum Anderen besteht Cancún aus dem Stadtzentrum, welches sich auf dem Festland befindet, und durch das wir jetzt durchfahren. Hier leben die meisten Einwohner in verschiedenen Stadtvierteln. Von privaten, abgezäunten Wohnanlagen mit edlen Villen, bis zu dreckigen und gefährlichen Vierteln, mit ungepflegten, einstöckigen kleinen Häusern, die Wand an Wand gebaut sind, hat Cancún so gut wie alles zu bieten. Im Jahr 2010 lebten hier schon über eine halbe Million Menschen. Eine große Nummer, wenn man bedenkt, dass vor nur einem halben Jahrhundert hier so gut wie nichts existierte. Einzelne kleine Fischerdörfer an der Küste waren neben den Mayas, die in kleinen Dörfern noch immer den dichten Urwald besiedeln, die einzige Zivilisation dieser Region. Anfang der Siebzigerjahre hatte die mexikanische Regierung dann die geniale Idee, diese Region zu einem pompösen Urlaubsort zu verwandeln. Für den Menschen eine tolle Sache. Für Flora und Faune dagegen eher nicht. Der Landstreifen, der damals noch eine Insel war, wurde durch einen künstlichen Damm mit dem Festland verbunden. Auf ihm entstand ein Luxushotel neben dem anderen. Für die Bauarbeiter errichtete man einfache Wohnungen abseits der Hotelzone, auf dem Festland. Der Urwald musste großen Stahlbauten weichen. Tiere wurden aus ihrem Lebensraum vertrieben. In rasanter Geschwindigkeit wurde gebaut und gebaut. Nach Wohnungen folgten Supermärkte, Schulen, Universitäten und große Einkaufszentren. Die Stadt musste funktionieren. Kathedralen oder einen zentralen Platz gibt es hier nicht. Cancún wurde erschaffen, um Mexiko Geld einzubringen. So wurde in kurzer Zeit aus einem unberührten Paradies eine weltweit beliebte Touristenhochburg.

Die Sonne brennt gnadenlos vom wolkenlosen Himmel, als ich aus dem Reisebus aussteige. Mein abgekühlter Körper beginnt langsam wieder warm zu werden. An der großen Hauptstraße ist die Hölle los, überall sind Menschen unterwegs. Autos hupen. *Combis* in heruntergekommenen Zuständen stauen sich an der Haltestelle. Menschen drängeln, steigen ein und aus. Alles wirkt chaotisch.

Ich stelle mich zur Menschenansammlung an den Straßenrand und warte. Sicher hätte ich auch ein Taxi nehmen können, doch ich habe es nicht eilig. Zudem spare ich so ein paar Pesos. Die Luft stinkt nach Abgasen. Es ist nicht einfach, in dem Gewusel den richtigen *Combi* zu finden und schnell hineinzuspringen, bevor er weiterfährt. Nach zehn Minuten schaffe ich es. Auf der Windschutzscheibe eines *Combi* steht in schwarzen Buchstaben PUERTO JUAREZ geschrieben. Durch die seitliche offene Schiebetür mache ich einen Satz in den Bus, als er kurz quietschend anhält. Dabei muss ich mich ducken, da die Decke sehr niedrig ist. Ich gebe dem Fahrer fünf Pesos. Der Bus ist voll. Es ist heiß und stickig und riecht unangenehm nach Schweiß. Da die Schiebetür während der Fahrt offen bleibt, zirkuliert die Luft im Bus etwas und macht den Gestank und die Hitze erträglicher. Aus den Boxen der Stereoanlage dröhnt mexikanische Rap-Musik. Der Busfahrer ist ein junger Mann, vielleicht gerade neunzehn Jahre alt. Ich muss mich gut festhalten, um nicht durch den Bus geschleudert zu werden. Die wilde Fahrt dauert nicht lange. Nach kaum zehn Minuten hält er an, und mit einem Sprung bin ich wieder draußen.

Mein Rücken ist nassgeschwitzt von der schwülen Tropenluft und dem schweren Rucksack, als ich mich ans Ende einer langen Menschenschlange stelle. Vor wenigen Minuten hat die Fähre von der Insel angelegt, und nun kommt uns ein Menschenschwall entgegen. Passagiere, die in die Stadt wollen.

In einem kleinen Laden am Anleger kaufe ich mir eine Fahrkarte. Nur Hinfahrt. Schließe mich dann den Menschen an, die langsam Einer nach dem Anderen, die Fähre betreten. Viele Urlauber sind dabei, mit schweren Koffern, an denen noch der Klebestreifen mit den Buchstaben CUN vom Flug befestigt ist. Aber auch Einheimische mit großen Kisten voller Lebensmittel oder anderen Artikeln. Sie haben den Besuch in der Stadt für einen Großeinkauf genutzt. Es herrscht eine lebhafte Stimmung. Vor mir ist eine größere Gruppe von US-Amerikanern. Laut plappern sie auf Englisch, als wären sie alleine auf der Welt. Hinter mir weint ein Baby. Die Mutter trägt es in einem Tuch auf dem Rücken, dass sie sich um den Oberkörper gewickelt hat. Fast selber noch ein Kind. Sie ist klein und dunkelhäutig. Hat schwarze lange Haare und dunkle, traurige Augen. Ihr weißes Kleid ist mit bunten Blumenmustern bestickt. Man erkennt sofort, dass es Handgemacht ist.

Leicht schwankt die gelbe-blaue Fähre hin und her, als ich sie über die hintere Rampe betrete. Ich gehe die Treppe hinauf zum Sonnendeck und suche mir einen Platz. Natürlich sitzen hier oben in der glühenden Mittagshitze nur Touristen, die sich gerne freiwillig grillen lassen. Einheimische bevorzugen dagegen den klimatisierten Bereich darunter. Trotz Hitze bleibe ich dennoch sitzen, denn für die herrliche Aussicht über das glitzernde karibische Meer nehme ich den ein oder anderen Schweißtropfen gerne in Kauf. In etwas Entfernung strahlen die luxuriösen Hochhäuser der *Zona Hotelera* um die Wette.

Die Fähre legt ab, und es lässt sich schon die Silhouette der Insel in der Ferne erkennen. Die Blautöne der Karibik schwanken zwischen einem leuchtenden Türkis und einem grünlichen Dunkelblau. Zügig und relativ ruhig fahren wir auf die Insel zu, die nach und nach Gestalt annimmt. Es gibt keine Hochhäuser wie auf dem Festland. Kleine Hotels und offene Restaurants mit Palmblattdächern zieren das Bild von Isla Mujeres. Und Boote. Schnellboote und Jachten liegen an hölzernen Bootsstegen. Plötzlich drosselt die Fähre ihre Geschwindigkeit. Die Insel ist jetzt ganz nah und es herrscht viel Verkehr auf dem Wasser. Große Katamarane fahren mit lauter Musik und tanzenden Gästen an Bord an uns vorbei. Party-Katamarane. Kleine Holzboote liegen an einem kleinen Korallenriff vor der Insel, während die Gäste im Wasser schnorcheln. Und dann bahnt sich da noch eine große Autofähre ihren Weg zum Festland, während zwei Verrückte auf ihren Jet-Skis vorbeirauschen.

Ich gehe die Rampe hinunter und betrete den großen Betonsteg. Das erste Mal, dass ich Isla Mujeres betrete. Während der Walhai-Ausflüge habe ich nur den Strand der Insel kennengelernt. Nun bin ich endlich hier, und das, mit einem Kribbeln im Bauch. Wird wohl an der Aufregung liegen. Irgendwo auf dieser Insel lebt Luis. Mit seiner Frau.

Im Zentrum der Insel herrscht großer Trubel. Viele Tagesausflügler sind unterwegs. Überall wo man hinblickt gibt es Souvenirläden und kleine bunte Restaurants. Es gibt italienisches, vegetarisches und natürlich mexikanisches Essen. Viele Lokalitäten bieten frische Smoothies aus Früchten und Gemüse an. Vorsichtig überquere ich die einspurige Hauptstraße, auf der wohl mehr offene Golfwagen als normale Autos fahren. Einheimische rauschen auf ihren Mopeds die engen, grau gepflasterten Straßen entlang.

Die Fußgängerzone ist klein, und schon nach fünf Minuten Fußweg stehe ich vor den Klippen auf der anderen Inselseite. Hier ist das Meer rau und verliert sich in einem dunklen Blauton in der Ferne am Horizont. Ich spüre die milde Brise im Gesicht und atme tief durch. Die Wellen klatschen an die Klippen, kaum zwei Meter unter mir. Da der letzte Hurrikan hier vor einigen Jahren alles weggespült hat, wurde eine kleine steinerne Schutzmauer errichtet und davor ein breiter Fußweg, auf dem ich mich jetzt befinde. Für eine Weile setze ich mich auf die Mauer und blicke sehnsüchtig auf den Horizont. Dort draußen habe ich unvergesslich schöne Momente erlebt. Mit Luis. Dort haben wir uns kennengelernt. Ich spüre eine tiefe Sehnsucht in mir. Wie ich diese Momente vermisse. Wie ich ihn vermisse. So sehr, dass ich an nichts anderes mehr denken kann. Und jetzt bin ich auf seiner Insel. Seinem Zuhause. Er ist so nah und doch so fern.

In der Fußgängerzone kaufe ich mir einen belegten Bagel. Seit dem Frühstück hatte ich nichts mehr gegessen, und mein Magen knurrt wie verrückt. Die kleine Fußgängerzone ist sehr idyllisch. Ich spüre das typisch bunte mexikanische Leben, das in den großen Städten der Karibik bereits vom Massentourismus überschattet wird. Während sich in Cancún die meisten Einwohner erst vor wenigen Jahrzehnten aus Mexiko City oder anderen Orten dort niedergelassen haben, sind die meisten Inselbewohner schon seit vielen Generationen hier. Als auf dem knapp zwölf Kilometer entfernten Festland nur dichter Dschungel zu erkennen war, gab es auf Isla Mujeres dagegen bereits Zivilisation. Schon seit Tausenden von Jahren wird die Insel von Mayas genutzt. Dann, vor ungefähr fünfhundert Jahren, eroberten sie die Spanier und während der letzten Jahrhunderte wurde sie immer wieder von Piraten für kürzere und längere Aufenthalte genutzt. Übersetzt bedeutet Isla Mujeres die Insel der Frauen. Als ihr Entdecker gilt bis heute Francisco Hernández de Córdoba, der als erster Spanier die Insel betrat. Hunderte Jahre vor Christi erbauten die Mayas auf der Südspitze einen kleinen steinernen Tempel zu Ehren ihrer Göttin Ixchel, die Göttin der Fruchtbarkeit, des Mondes und der Medizin. Durch den Fund von steinernen Frauenfiguren und Schmuck auf der Südspitze der Insel, wo sich noch heute der kleine Maya-Tempel befindet, bekam die Insel angeblich ihren Namen. Vielleicht von spanischen Eroberern, vielleicht von Piraten. Auch die Piraten haben ihr Erbe auf der Insel gelassen. Der berühmte Pirat Fermin Mundaca ließ vor über einhundert Jahren ein riesiges Anwesen erbauen, das man noch heute als Villa Mundaca besichtigen kann. Andere berühmte Piraten haben ihre letzte Ruhestätte auf dem kleinen Friedhof der Insel gefunden. Mein Blick fällt auf die grauen Gräber aus Beton, die oberirdisch dicht aneinandergereiht sind. Die gesamte Region liegt auf einer Kalksteinplatte. Tiefe Löcher zu graben ist daher extrem schwierig. Erde gibt es kaum.

In einem einfachen zentralen Hotel miete ich mir ein kleines Zimmer im ersten Stock. Das Gebäude ist lila angestrichen und macht einen gepflegten Eindruck. Meinen Rucksack streife ich ab und lasse mich auf das weiche Bett fallen.

Nach einem Blick auf mein Handy wird meine Enttäuschung groß, und mir wird bewusst, wieso ich einen Tag vor dem Seminar auf die Insel gekommen bin. Sicher nicht, um die Schönheit der Insel zu bewundern. Hatte er mich nicht eingeladen? „Komm auf die Insel damit ich sie dir zeigen kann", waren seine exakten Worte. Habe ich da vielleicht etwas falsch verstanden?

Frustriert bin ich. So sehr, dass ich keine Lust mehr habe, das Hotelzimmer heute noch zu verlassen. Hatte ich mich doch so gefreut, ihn endlich wiederzusehen. Einen ganzen Tag mit ihm zu verbringen. Ohne Arbeit.

Die Sonne steht schon tief am Horizont, und der Himmel verfärbt sich blutorange. Ich beschließe, eine Dusche zu nehmen. Als ich mich abtrockne piept mein Handy. Jetzt habe er Zeit. Er kommt, schreibt er. Mein Herz fängt wild an zu rasen.

Aufgeregt setze ich mich auf den weißen Plastikstuhl vor meiner Hoteltür. Von hier habe ich einen Blick auf die Einfahrt des Hotels, die auf die kleine Straße führt. Es scheint eine Ewigkeit zu dauern, bis schließlich ein knatternder, blauer Motorroller in die Einfahrt fährt. Als der Fahrer den Helm abnimmt, erkenne ich den schwarzen Lockenkopf von Luis. Ich beobachte ihn, wie er die beleuchteten Treppen nach oben geht. Noch hat er mich nicht gesehen. Mein ganzer Körper bebt vor Aufregung. Dann treffen sich unsere Augen. Luis lächelt mich an. Als er mich ein wenig tölpelhaft umarmt, spüre ich seine Nervosität. Im kleinen Hotelzimmer erklärt er mir, dass er verschwitzt sei und sich duschen müsse. Etwas verdutzt beobachte ich ihn dann dabei, wie er sich vor mir entblößt und ins Badezimmer verschwindet, ohne dabei die Tür hinter sich zu schließen. Als er fertig ist kommt er zurück ins Zimmer und stellt sich splitternackt vor mich. Denkt er wirklich, ich wäre auf die Insel gekommen, um mit ihm ins Bett zu steigen? Natürlich habe ich Gefühle für ihn. Aber ich möchte Carlos nicht betrügen. Plötzlich fühle ich mich unglaublich naiv. Was will ich hier eigentlich? Luis ist Latino. Natürlich muss er denken, dass ich Sex will, wenn ich ihn alleine in einem Hotelzimmer treffen möchte. Wobei man dafür wahrscheinlich noch nicht einmal ein heißblütiger Latino sein muss.

„Wollen wie eine Runde mit deinem Moped drehen? Du wolltest mir doch die Insel zeigen, oder?", werfe ich in den Raum.

Der milde Fahrtwind streichelt mein Gesicht. Im Dunkeln leuchten die Straßenlaternen in einem matten Gelb und weisen uns den Weg. Links tief unter uns die Klippen. Das Mondlicht glitzert über der endlos scheinenden pechschwarzen Karibik. Außer dem Rauschen des Meeres höre ich nur das stetige Knattern des Mopeds. Es ist stockdunkel, als Luis an der Südspitze der Insel den Motorroller zum Stehen bringt. Wir steigen ab und gehen den dunklen Pfad an den Klippen entlang. Vorbei an der steinernen Statue der Fruchtbarkeitsgöttin. Hier am Ende der Insel befinden sich neben den Ruinen des Maya-Tempels lediglich steile Klippen. Die Sicht ist atemberaubend. Auf der einen Seite sieht man die eleganten Hochhäuser der *Zona Hotelera*, wie sie majestätisch um die Wette glitzern. Auf der anderen Seite spiegelt sich das Meer aus Sternen auf der dunklen Wasseroberfläche.

Wir setzen uns auf eine Bank. Und reden und reden. Ich bin glücklich. Nach und nach vergeht auch meine Nervosität. Luis scheint es ähnlich zu gehen. Verliebt schaut er mich an. Es ist ihm anzusehen, wir sehr er sich nach einer Umarmung sehnt. Einem Kuss. Doch wir bleiben auf Distanz. Trauen uns nicht. Vielleicht weil wir beide wissen, dass es nicht richtig wäre.

Auf dem Rückweg fahren wir durch Wohngebiete. Wie wohl sein Haus aussieht, frage ich mich. Ob er hier in der Nähe wohnt? Natürlich frage ich nicht. Wohnt er da doch mit seiner Frau zusammen. Und das Thema ist heute Abend ein Tabu.

Inzwischen ist es gespenstig ruhig geworden auf der Insel. Die Tagesausflügler sind allesamt zurück auf dem Festland. Nur hier und da spielen noch Kinder am Straßenrand während ältere Menschen vor ihren Häusern sitzen und sich unterhalten. Plötzlich hält Luis vor einem Hauseingang, vor dem eine alte Dame sitzt. Er steigt vom Moped und begrüßt sie mit einem Kuss auf die Wange. Ich folge ihm leicht irritiert.

„Meine Mutter", erklärt er mir. „Mutter, das ist eine Arbeitskollegin", erklärt er der alten Dame. Ich spüre ihre prüfenden Blicke. Ihre kurzen Haare sind schneeweiß und ihr helles Gesicht voller Falten. Obwohl sie schon an die achtzig Jahre alt sein wird, macht sie noch einen sehr agilen Eindruck. Und sie redet gerne und viel. Wie ein Wasserfall strömen die Wörter aus ihrem fast zahnlosen Mund. Langsam folge ich den beiden in ihre kunterbunte Wohnung. Die Wände sind in knalligen Farbtönen bemalt und überall steht, hängt oder liegt irgendetwas. Es wirkt chaotisch und doch gleichzeitig irgendwie gemütlich. Schon eine ganze Weile spüre ich meine Blase drücken und entscheide mich dazu, sie zu fragen, ob ich ihre Toilette benutzen dürfe. Sie bejaht dies, und erleichtert schließe ich im kleinen Badezimmer die Tür hinter mir. Während ich mich pinkeln höre ich, wie sie ihren Sohn in einem strengen Ton fragt, was ich hier mit ihm mache. Nun ja, Luis ist verheiratet, und die konservativen mexikanischen Männer haben keine weiblichen Freunde. Das ist mir schon klar. Doch möchte ich denn nur eine Freundin von ihm sein?

Es ist fast Mitternacht, als Luis seinen knatternden Motorroller vor meinem Hotel abstellt. Ich gebe ihm meinen Helm zurück. Nervös schaut er mich an. „Soll ich mit raufkommen?", fragt er mich.

„Ja", höre ich mich überraschend sagen, bevor ich überhaupt darüber nachdenken kann. Als wäre es nicht meine eigene Stimme gewesen. Ich schließe die Tür zu meinem Hotelzimmer auf. Bevor ich eintreten kann, packt mich Luis am Arm und küsst mich leidenschaftlich. Ich erstarre. Eiskalt läuft es mir den Rücken herunter. Etwas ist nicht richtig. Fühlt sich nicht richtig an. Nein. Ich mache einen Schritt zurück. Schaue ihn freundlich an. „Es tut mir leid Luis, aber ich kann nicht. Nicht hier und nicht jetzt."

Aufgewühlt lege ich mich auf mein Hotelbett. Ich weiß, ich habe die richtige Entscheidung getroffen und ihn abgewiesen. Ich fühle mich erneut unglaublich naiv. Mein Herz sehnt sich nach Luis, doch mein Verstand sagt mir immer wieder, dass ich verheiratet bin. Und Luis eine Familie hat. Es ist ein Kampf zwischen Herz und Geist. Heute hat mein Verstand gewonnen. Glücklich bin ich damit dennoch nicht und mache in dieser Nacht kein Auge zu. Unruhig wälze ich mich hin und her. Bis die ersten Sonnenstrahlen des neuen Tages durch die hellen Gardinen schimmern, und mich von meiner Qual erlösen. Trotz Müdigkeit bin ich froh, endlich aufstehen zu können.

Unter der Dusche lasse ich kühles Wasser an meinem Körper herunterlaufen. Die Müdigkeit nimmt ab. Ich ziehe mich an und packe alles wieder in meinen Rucksack. Ins Hotelzimmer werde ich nicht mehr zurückkehren.

An der Straße vor dem Hotel warte ich. Es ist fast Sieben, als ich in der Ferne ein bekanntes Knattern höre, das langsam immer lauter wird.

„Ich muss mich bei dir für letzte Nacht entschuldigen. Es ist mir sehr unangenehm was passiert ist."

Ich bin überrascht. Und erleichtert. Hatte doch eigentlich ich das schlechte Gewissen. Ihn abgewiesen zu haben. Nun entschuldigt sich Luis jedoch bei mir.

„Alles gut", antworte ich und schwinge mich fröhlich hinter ihn auf den blauen Motorroller.

6

Wir gehen den Bootssteg entlang. Die meisten Crew-Mitglieder sind schon eifrig damit beschäftigt, das Deck und die Sitzbänke des gelben Katamarans zu reinigen.

Luis und ich setzen uns in den vorderen Bereich mit Blick auf die Lagune. Sie ist umgeben von Mangroven, aus denen überall weitere Bootsanleger herausragen. Schicke Schnellboote und wunderschöne Segelschiffe warten hier auf ihren Ausflug. Das Wasser ist ruhig und in einem dunkelgrünen Ton. Bei strahlend blauem Himmel zwitschern vergnügt die Vögel. Es ist Seminartag. Und es wird ein heißer werden.

Die Dieselmotoren des Katamarans heulen auf. Langsam fährt er durch das trübe Wasser der Lagune auf einen kleinen Kanal zu, der auf das karibische Meer führt. Über das Meer zum Festland, wo schon eine Ansammlung von Tagesausflüglern wartet. Mit ihnen auch mehrere Reiseleiter und Seminarteilnehmer. Als alle an Bord sind, legen wir wieder ab und fahren nun eine Weile parallel zur Küste Richtung Norden. Wie auch die Fähre hat dieser Katamaran ein Sonnendeck und darunter einen überdachten Bereich. Dieser ist jedoch offen und somit nicht klimatisiert. Auf den hintereinander gereihten weißen Sitzbänken haben sich die meisten der Gäste niedergelassen. Nur wenige sitzen oben in der glühenden Hitze. Leicht schwankend bewegt sich der Katamaran schließlich aufs offene Meer zu. Dann verstummen die Motoren abrupt. Vor uns liegt das zweitgrößte Korallenriff der Welt. Ein guter Grund, für einen Sprung ins Wasser.

Eine farbenfrohe, faszinierende Welt voller Leben erwartet mich. Überall um mich herum tummeln sich bunte

Fische. Ein giftiger Feuerfisch schwimmt vorbei. Man erkennt diese exotischen Fische leicht an ihren vielen auffälligen Brustflossenstacheln und dem bräunlich-weißen Streifenmuster. Eigentlich gehören diese wirklich schön aussehenden Skorpionfische in den Indopazifik und ins Rote Meer und nicht in die Karibik. Irgendwie haben sie dann doch ihren Weg hierher geschafft, wahrscheinlich mit menschlicher Hilfe. Sie verbreiten sich rasant, da sie im karibischen Meer kaum natürliche Feinde haben, und das führt so langsam zu einem Ungleichgewicht der Meeresbewohner in dieser Region. Was von der Natur sinngemäß eingerichtet wurde, bringen wir Menschen halt gerne durcheinander. Dass dieses egoistische Verhalten auf langer Sicht auch Nachteile für uns haben wird, scheint viele Menschen nicht zu interessieren.

Majestätisch schwimmen drei graue Stachelrochen an mir vorbei. Geschütz, unter einem steinernen Vorsprung des Korallenriffs, ruht ein zwei Meter langer Ammenhai auf dem sandigen Meeresgrund. Ich scheine ihn nicht zu interessieren. Sonnenstrahlen glitzern durch die Wasseroberfläche hindurch und bringen die vielen unterschiedlichen Korallen zum Leuchten. In diesem Moment gibt es keine Sorgen und keinen Kummer. Mein Kopf hört auf zu arbeiten und meine Seele hat Frieden. Es ist, als existiere nichts außerhalb dieser bezaubernden Unterwasserwelt. Die Zeit steht still.

Zurück auf dem Katamaran geht die Fahrt weiter und ein kleiner grüner Fleck am blauen Horizont nimmt langsam Gestalt an. Umrandet vom türkis leuchtenden Meer erscheint sie vor uns wie ein Postkartenmotiv aus dem Paradies. *Fragatas* gleiten über unsere Köpfe hinweg. Kormorane dümpeln im Wasser, und Pelikane stürzen sich im Sturzflug auf die Fische unter der Wasseroberfläche. Vogelgezwitscher ertönt in den schönsten Klängen und wird lauter, je näher wir der grünen Paradiesinsel kommen. Contoy.

Der Katamaran fährt in eine Bucht, und ein weißer Sandstrand kommt zum Vorschein. Hinter ihm wiegen sich meterhohe Kokospalmen leicht im Wind. Das kristallklare Wasser ist ruhig und glitzert in hellen Blautönen in der Mittagssonne. Ab und zu taucht eine *Tortuga* kurz zum Luftholen auf. Sobald sie uns sieht, taucht sie erschrocken schnell wieder ab. Meeresschildkröten sind faszinierende Lebewesen. Hier begegnen einem vor allem die Suppenschildkröte und die unechte Karettschildkröte. Sie bevölkerten die Erde schon bevor es Dinosaurier gab. In den Sommermonaten legen sie ihre Eier am Strand. Nur dazu kommen sie einmal im Jahr aus dem Wasser heraus. Und zwar nachts, wenn alles dunkel ist. Helle beleuchtete Strände an Hotelanlagen sind ein Problem für die Schildkröten, sie verwirren sie in der dunklen Nacht und schrecken sie ab. Aus dem Grund sind Orte wie diese unbewohnte Insel so wichtig. Schlüpfen die kleinen süßen Babymeeresschildkröten, müssen sie so schnell es geht über den Strand ins Meer gelangen, um nicht von Vögeln gefressen zu werden. Nur fünf Prozent überleben das erste Lebensjahr. Nach dreißig Jahre sind sie geschlechtsreif und legen ihre eigenen Eier. Dazu kehren sie an ihren Geburtsort zurück. Wie sie das nach dreißig Jahren schaffen, obwohl sie inzwischen Tausende von Kilometern entfernt sind, ist bis heute ein ungelöstes Rätsel.

Die Sonne steht hoch am Himmel. Es ist Mittag und heiß. An einem hölzernen Bootssteg betreten wir die Insel. Nur Biologen und Parkangestellte dürfen hier über Nacht bleiben, in einem für sie errichteten Besucherzentrum. Touristen kommen nur mit einem gebuchten Tagesausflug mit uns Reiseleitern und einer geführten Tour auf die Insel. Pro Tag sind die Besucherzahlen begrenzt. Der Grund dafür ist, die Unberührtheit der Insel mit ihrer Flora und Fauna zu schützen.

Ich folge mit den anderen Seminarteilnehmern dem Biologen, der das Seminar leiten wird. Acht Reiseleiter sind wir insgesamt. Alle leben hier in der Karibik in Cancún oder wie ich, in Playa del Carmen. Und so wie auch ich sind die meisten schon seit mehreren Jahren hier. Wir kennen uns von anderen Ausflügen, haben schon zusammen gearbeitet. Sind Freunde geworden. Ein Italiener, eine Holländerin, eine Schweizerin und mehrere Mexikaner.

Wir gehen einen kleinen Trampelpfad entlang und gelangen nach wenigen Gehminuten zu einer Lagune. Mücken attackieren uns gnadenlos. Von einem kleinen hölzernen Steg aus beobachten wir ein *Cocodrilo*, wie es langsam die Lagune durchquert. Es ist ein Spitzkrokodil, vielleicht drei Meter lang. In den Mangroven um uns herum ziehen währenddessen Fregattvögel ihre Jungen auf. Ein lautes buntes Gegacker ist das hier. Contoy ist berühmt für seine *Fragatas*. Die Männchen sind leicht an ihrem aufgeblasenen, roten Kehlsack zu erkennen. In den Bäumen der Mangroven um die Lagune herum brüten sie. Da sie Koloniebrüter sind, brüten hier viele Vögel eng beieinander. Als tropische Vögel sind sie an keine bestimmte Brutzeit gebunden, und man kann sie das ganze Jahr dabei beobachten. Alle zwei Jahre wird ein Ei gelegt. Das ist relativ wenig für einen Vogel. Dafür können sie wiederum fünfundzwanzig Jahre alt werden. Über uns gleiten einige von ihnen am blauen Himmel. Fregattvögel sind perfekte Flieger und können wochenlang, ohne landen zu müssen, dahingleiten. Sogar schlafen sie währenddessen immer mal wieder für wenige Minuten. An Land wird der Schlafverlust dann nachgeholt. Bekannt sind Fregattvögel vor allem aber dafür, andere Vögel zu überfallen, um ihnen die hart erbeutete Beute zu klauen. Dieses Verhalten brachte ihnen auch ihren Namen ein. So wurden sie nämlich mit den Überfällen der Fregatten von Piraten verglichen. Alles das passiert aus der Luft. Wenn sie jedoch mal selber den Fisch aus der Lagune erbeuten, müssen sie aufpassen, dabei nicht nass zu werden. Ihre Federn würden sich vollsaugen und ein weiterfliegen schwierig bis unmöglich machen.

Während uns der Biologe weitere interessante Details der Vögel erklärt, welche wir dann eines Tages den Urlaubern erzählen werden, beobachte ich, wie unter uns in der Lagune Pfeilschwanzkrebse am seichten Grund entlangwandern. Lebende Fossile nennt sie der Biologe. Und so sehen sie wahrhaftig auch aus. Es scheint, als wäre die Zeit hier vor Langem stehen geblieben.

Nachdem wir den kleinen Pfad durch das grüne Dickicht zurückgehen und uns erneut mir zahllosen Stechmücken anlegen, gelangen wir an einen Aussichtsturm. Er ist aus Stein und damit relativ robust gebaut, da hier immer mal wieder starke Tropenstürme und Hurrikans über die Insel fegen. Bei der Hitze ist der Aufstieg schweißtreibend. Oben angekommen weht dann aber eine angenehme Brise als Entschädigung, und der Ausblick lässt die Anstrengung schnell vergessen. Contoy ist eine eher schmale, dafür aber eine relativ lange Insel. Dichte Palmenwälder und Mangrovenbäume zieren sie. Auf der gegenüberliegenden Seite der Traumbucht brechen sich die Wellen an den Felsen und das Meer hat einen dunkelblauen Ton. Auf dieser Seite geht es zum Golf von Mexiko, und würde man immer geradeaus fahren, würde man auf Kuba stoßen. Ich drehe mich um und schaue in die Richtung, aus der wir gekommen sind. Klitzeklein erkenne ich Isla Mujeres am Horizont. Unter mir blicke ich auf die dunkle Lagune, an der wir die *Fragatas* beobachtet haben.

Beim Verlassen des Aussichtsturms spüre ich meinen knurrenden Magen. Seit dem Frühstück, und das bestand lediglich aus einigen wenigen Melonenscheiben, die mir Luis mitgebracht hatte, hat dieser nichts mehr bekommen. Da kommt es mir sehr gelegen, dass es jetzt Mittagessen gibt. Und zwar am Strand. Unter einem hölzernen Pavillon mit Palmblattdach qualmt die offene Feuerstelle, auf der ein großer Fisch vor sich hin brutzelt. Er wird auf eine traditionelle Art der Region mit *Achiote* mariniert, einem Annattostrauch. Die roten Samen der Früchte werden als Gewürz über den Fisch gerieben. Sie geben dem Fisch einen würzigen Geschmack und eine rote Farbe.

Mit verschwitzten Gesichtern sind die Mexikaner dabei, das Buffet aufzustellen. Neben dem herrlich würzig duftenden Fisch gibt es noch gegrillte Hähnchenschenkel, weißen Reis und einen großen gemischten Salat. Ich fülle mir großzügig auf und lasse es mir schmecken. Inzwischen haben auch die Urlauber auf den langen Holzbänken Platz genommen und genießen das Mahl. Zu Trinken gibt es gekühlte Erfrischungsgetränke in unterschiedlichen Farben und Geschmacksrichtungen und kaltes Bier. Mir reicht stilles Wasser.

Auf der Rückfahrt setze ich mich vorne auf das Sonnendeck vor die Absperrung auf einen kleinen Vorsprung. Luis setzt sich zu mir. Während ich den lauwarmen Fahrtwind im Gesicht spüre und leicht hin und her schwanke, blicken wir auf den blauen Horizont, der vor uns liegt. Es ist der wohl schönste Platz auf dem Katamaran. Ich genieße es, in Luis' Nähe zu sein. Obwohl wir nur Freunde sind, fühlt es sich ganz besonders an. Der unangenehme Moment am Abend zuvor scheint Lichtjahre in der Vergangenheit zu liegen. Wir reden, machen Witze und sind einfach nur glücklich. Am Horizont erscheint nach und nach wieder die Silhouette der modernen Hochhäuser des Festlands. Sie kommen viel zu schnell auf bedrückende Weise immer näher. Morgen geht mein Flug in die Hauptstadt zu meinem Mann. Heute Abend wird Luis wieder bei seiner Frau sein. Wann werden wir uns wiedersehen? Das immer näher kommende Festland verwandelt sich in eine Wand voller Sorgen.

Wir verabschieden uns schnell. Als wäre es das Normalste überhaupt. Die Anderen wissen nichts von uns. Dürfen nichts wissen. Luis hat eine Familie. Ich einen Ehemann. Und der ist mit fast allen meiner Kollegen befreundet, die heute dabei waren. Und die Besitzer des Katamarans, die dieses Seminar organisiert haben, sind gute Freunde von Luis. Und seiner Frau. Bis auf den Kuss gestern im Hotel ist ja auch gar nichts passiert.

Langsam beginnt sich unser Kleinbus in Bewegung zu setzen. Durch das Fenster blicke ich traurig zurück zum Katamaran, der nun Kurs auf Isla Mujeres nimmt. Wie gerne wäre ich jetzt dort an Bord. Ich schließe die Augen und spüre zum ersten Mal am heutigen Tag, wie müde ich eigentlich bin. Als unser Fahrer hinter Cancún die Autobahn nach Playa del Carmen nimmt, schlafe ich ein.

7

Was ist nur mit mir los? Normalerweise bin ich sehr organisiert und bei Terminen generell zu früh. Doch jetzt bin ich wirklich unter Zeitdruck. Ich stehe vor meiner Wohnungstür und halte kurz inne. Im Kopf gehe ich nochmals alles durch, was ich definitiv nicht vergessen darf. Ich denke, ich habe an alles gedacht und lasse die Tür ins Schloss fallen. An der Straße halte ich ein Taxi an, das mich zum Busterminal fährt. Zehn Minuten später sind wir da und ich zahle dem Fahrer dreißig Pesos und hole meinen Koffer aus dem Kofferraum. Für Anwohner gibt es einen besonderen Taxitarif. Touristen dagegen müssen oft das Dreifache bezahlen. Ständig muss ich mit den Taxifahrern diskutieren, da sie es mir oft nicht glauben, dass ich auch zu den Einwohnern gehöre. Als deutsche Blondine halten sie mich für eine Touristin, oder hätten es zumindest gerne, da es für sie mehr Einnahmen bedeuten würde.

Die Eingangshalle des Busterminals ist belebt, und ich stelle mich in die Menschenschlange vor einer der Kassen an. Ich habe Glück, und kurze Zeit später sitze ich in einem großen, gemütlichen Reisebus. Doch glücklich bin ich nicht. Liegt da wohl ein Unterschied im „Glück haben" und „glücklich sein". Irgendwie ist es mir ja eigentlich auch egal, ob ich den Flieger kriege oder nicht. Ich will ja gar nicht fliegen.

Eine Stunde später fährt der Reisebus auf den Parkplatz des Flughafenterminals. Ich ziehe meinen pinken Koffer hinter mir her und blicke auf die riesige Anzeigetafel am Eingang, auf der die Abflüge aufgelistet sind. Schnell gehe ich weiter zum Schalter, um meinen Koffer aufgeben zu lassen. Der Schalter ist leer, ich scheine die Letzte zu sein. Mit meiner Bordkarte in der Hand gehe ich dann mit schnellen

Schritten auf die Sicherheitskontrolle zu. Die Menschen haben sich hier zu einer langen Schlange angesammelt. Nur langsam geht es voran. Ungeduldig schwanke ich von einem Bein auf das andere. In aller Ruhe werden Gürtel abgenommen, Taschen durchsucht und Babynahrung in spezielle Gefäße gefüllt. Vor mir ist eine Familie. Die Mutter klappt den Buggy zusammmen und hievt ihn auf das Laufband. Es dauert eine gefühlte Ewigkeit, bis ich endlich an der Reihe bin. Schnell packe ich meinen Rucksack auf das Laufband und gehe durch den Detektor. Er piept. Eine Sicherheitsbeamtin winkt mich zu ihr. Sie tastet mit einem Handdetektor meinen Körper ab. Auf und ab. War wohl mein Bauchnabelpiercing. Als sie dort mit ihrem Gerät vorbeikommt, piept es wieder. Schließlich wirkt sie zufrieden und macht einen Schritt zurück. Ich darf endlich gehen. Doch von gehen kann jetzt keine Rede mehr sein. Ich muss rennen. Wenn ich es noch schaffen will.

Eine Dame steht hinter dem Schalter und starrt auf einen Computerbildschirm. Als sie aufschaut, gebe ich ihr meine Bordkarte ohne etwas zu sagen, da ich komplett aus der Puste bin. Sie lächelt mich freundlich an. „Glück gehabt." Hinter mir sperrt sie den Eingang mit einem Absperrband ab.

Die Maschine fliegt kurz nach dem Start eine Schleife, und ich blicke auf die pompösen Hochhäuser der *Zona Hotelera*. Schneeweiße Sandstrände, und ein Meer aus Hunderten verschiedener Blautönen glitzert mir entgegen. Kurz vor der Küste ist das Meer kristallklar und leuchtet in einem hellen Türkis. Dann sehe ich Luis' Zuhause. Friedlich und wunderschön liegt es dort mitten im karibischen Meer. Ein kleines idyllisches Paradies. Auf der einen Seite brechen dunkelblaue Wellen vor felsigen Klippen. Auf der anderen Seite schimmert das türkisfarbene Meer vor weißen, mit Kokospalmen gesäumten Sandstränden. Mein Herz wird schwer beim Anblick der Insel. Wie ein Magnet fühle ich mich zu ihr hingezogen.

Ich beginne, über Luis nachzudenken. Über das, was er mir alles in den letzten Tagen erzählt hat. Dass vor sieben Jahren seine Frau mit den Kindern nach Mérida gezogen ist. Dreihundert Kilometer weg von ihm und der Insel. Er blieb alleine zurück auf der Insel, wo er seine Arbeit. Seine Familie besuchte er an den Wochenenden, und die Schulferien verbrachten sie alle gemeinsam auf der Insel. Seine Kinder sollten gute Schulen besuchen. Und die sind auf der kleinen Insel rar. Nun, das war laut Luis der Grund des Umzuges. Die Ehe ging trotz der Distanz weiter. Von einer Trennung war nie die Rede. Und doch, Luis hatte hier und da immer mal eine Affäre. Ich frage mich, ob seine Frau davon wohl wusste. Vor wenigen Monaten ist sie wieder in das gemeinsame Haus der Insel gezogen, da ihre Kinder nun fast erwachsen sind und alleine zurecht kommen. Ob sie wohl glücklich sind? Luis meidet das Thema. Ich stelle ihn mir vor, wie er nach einem langen Arbeitstag nach Hause kommt und seine Frau liebevoll begrüßt. Ihr von seinem Tag erzählt und sie gemeinsam zu Abend essen. Sie mit seinem unwiderstehlichen Charme zum Lachen bringt.

Meine Wangen werden feucht. Die Tränen lassen sich nicht mehr aufhalten. Ich schaue durch das Fenster auf die dichte Wolkendecke unter mir. Wie ein kuscheliger Watteberg verbirgt sie den Blick auf das mir so ans Herz gewachsene Land. Ich schließe die Augen und träume vom Meer.

Mehrere Stunden dauert der Flug über das große Land. Langsam verschwindet die Wolkendecke unter uns. Das flache Land ist einer bergigen Landschaft gewichen. Die Schneedecke des Vulkans Popocatépetl glitzert im Sonnenlicht. Mitten in einem von hohen Bergen umgebenen Tal ruht eine graue Dunstwolke. Unter ihr befindet sich eine der größten Städte der Welt. Ein eingekesseltes Meer aus Beton.

Auch wenn Mexiko City gerne als ein Moloch beschrieben wird, fasziniert es mich. Während die Mayas auf der Halbinsel Yucatán leben, sind es im Tal von Mexiko die Azteken. Sie gründeten im Jahr 1345 die Stadt *Tenochtitlán*, auf dessen Boden sich heute die Hauptstadt befindet. Damals umgab sie ein großer See, der Texcoco-See. Als die Spanier Mexiko eroberten, war *Tenochtitlán* das damalige Machtzentrum der Azteken mit ihrem Herrscher Moctezuma. Bei ihrer Ankunft verschlug es ihnen den Atem. Die Stadt war für damalige Verhältnisse riesig und protzte mit prächtigen Bauten. Es gab schöne Steinhäuser und sogar Dämme, die die Wasserwege regulierten. Hatten die spanischen Eroberer doch damit gerechnet, ein primitives, im Urwald lebendes Volk anzutreffen. Mit einer modernen großen Stadt, wie es sie auch in Europa schon gab, hatten sie nicht gerechnet. Nach blutigen Auseinandersetzungen unterwarfen sich die Azteken den Spaniern schließlich. Dies war nur möglich, da die spanischen Eroberer von der indianischen Bevölkerung des Umlandes Unterstützung bekamen. Zudem waren sie im Besitz von Feuerwaffen und schleppten europäische, für das indianische Volk unbekannte Krankheiten ins Land, an denen viele Azteken starben. Mit den Jahren zerstörten die Spanier alles, was sich die Azteken mühevoll erbaut hatten. Wo einst prächtige Pyramiden standen, bauten die streng katholischen Spanier Kirchen. Als sie mehr Platz brauchten, fingen sie an, den flachen Texcoco-See zuzuschütten. Und das ist heute zu einem großen Problem geworden. Viele der Gebäude sacken über die Zeit langsam ab. Zudem liegt Mexiko City in einem Erdbebengebiet und der weiche Untergrund der Stadt verstärkt die Stoßwellen noch zusätzlich, was verheerende Folgen haben kann. So kamen bei einem Erdbeben im Jahr 1985 über zehntausend Hauptstadtbewohner ums Leben.

Eine viertel Million wurde obdachlos. Carlos war damals gerade elf Jahre alt. Er gehörte mit seiner Familie zu den Glücklicheren, deren Häuser unbeschädigt blieben. Doch traumatisch war das Ereignis dennoch für ihn. Das Chaos in den zerstörten Stadtteilen und der nach einigen Tagen eintretende Todesgeruch verfolgt ihn bis zum heutigen Tag.

Die Maschine landet pünktlich auf dem riesigen Flughafen. Beim Heraustreten aus dem Sicherheitsbereich entdecke ich Carlos neben anderen fremden Menschen stehend. Als er mich sieht fängt er an zu strahlen. Ich schäme mich dafür, mich nicht zu freuen und zwinge mich zu einem gequälten Lächeln. Hat er meine schlechte Laune doch nicht verdient.

Die Luft riecht nach Abgasen und meine Augen fangen an zu brennen, sobald wir das klimatisierte Flughafengebäude verlassen. Das Atmen durch die Nase schmerzt. Im Gegensatz zur feuchten Karibikhitze ist das Klima hier in den Bergen angenehm warm und trocken. Nachts kann es sogar sehr kalt werden, da die Stadt zweitausend Meter über dem Meeresspiegel liegt.

Wir fahren auf einer mehrspurigen, dicht befahrenden Straße. Die Ledersitze sind kühl und durch die Klimaanlage strömt trockene kalte Luft ins Wageninnere. Mexikaner lieben Klimaanlagen. Je kälter desto besser. Heiß ist es draußen nicht, doch die Fenster werden aus Sicherheitsgründen nicht geöffnet. Überfälle und Kidnappings stehen auf der Tagesordnung. Also wird alles verriegelt, was man verriegeln kann. Als Carlos an einer Kreuzung vor einer roten Ampel hält, rennen sofort Jugendliche mit Putzeimern zum Auto und machen die Scheiben sauber. Ein anderer jongliert währenddessen mit Bällen. Auf der anderen Seite der Kreuzung speit ein junger Mann Feuer. Kurz bevor die Ampel grün wird packen sie in Windeseile ihre Sachen zusammen und laufen von Auto zu Auto. Grün. Carlos lässt sein Fenster ein paar Zentimeter herunter und gibt dem Jungen, der seine Windschutzscheibe in einer Rekordzeit gereinigt hat, eine Münze. An der nächsten Kreuzung erwartet uns ein ähnliches Bild. Doch noch bevor die Jungs die Möglichkeit haben, noch einmal zu putzen, weist Carlos sie mit einer Handbewegung ab. Mexiko City ist sicher die Stadt mit den saubersten Windschutzscheiben.

Als wir weiterfahren bleiben die Jugendlichen zurück am Straßenrand, um auf die nächste Rotphase zu warten. Ihre Kleidung ist verdreckt und voller Löcher. Sicher kommen sie aus den Armenvierteln der Stadt. Oft gibt es dort noch nicht einmal fließendes Wasser. Die unzureichenden hygienischen Bedingungen legen zudem den Grundstein für viele Krankheiten. Sie tun mir leid. Der Weg aus der Armut fast unmöglich. Da sie arbeiten gehen müssen, um das Überleben der Familie zu sichern, kommt die Schule oft zu kurz oder wird einfach gar nicht besucht. Viele Jugendliche werden daher irgendwann kriminell. So können sie ohne Schulabschluss oder Studium vielleicht doch noch den Weg aus der Armut schaffen. Indem sie zum Beispiel für die berühmten mexikanischen Kartelle Drogen verkaufen oder sogar zu *Sicarios* werden. Auftragsmördern.

Überall in Mexiko City trifft man auf Reichtum und Armut. Luxusautos mit verdunkelten Scheiben gefolgt von Leibwächtern in ihren massiven SUVs. Bettelnde Frauen mit Kindern an den Straßenrändern. Der Verkehr ist dicht und zieht sich wie ein breiter Fluss durch die Stadt. Mehrspurige Straßen, so groß wie Autobahnen, werden tagtäglich von Millionen von Menschen genutzt. Um den Verkehr zu entlasten, wurden Straßen in Form von Brücken errichtet, die sich kilometerlang, über die schon vorhandenen mehrspurigen Straßen, über die Stadt ziehen. Überall sind Menschen auf den Beinen. Ein großes hektisches Wirrwarr. Immer wieder stockt es, und Carlos muss langsam fahren. Wir kommen durch einen teuren Stadtteil mit edlen Markenläden und verglasten Wolkenkratzern mit Helikopterlandeplätzen auf den Dächern. Kurze Zeit später ändert sich das Bild schlagartig und die Häuser werden kleiner und machen einen verwahrlosten Eindruck. Im Untergeschoss haben sie große Rollläden, die morgens hochgezogen werden und ein kleiner Laden erscheint. Hier wird alles angeboten, was irgendwie Einnahmen bringen könnte. Handy-Ersatzteile, nachgemachte Markenklamotten, viel Krimskrams halt. An einem Stand werden Hunderte, vielleicht sogar Tausende von CDs angeboten, alle illegal gebrannt. Luftlinie gemessen sind es vom Flughafen bis zu Carlos' Elternhaus knapp zwanzig Kilometer. Wir sind dennoch über eine Stunde unterwegs. Immer wieder stockt der Verkehr.

Als das *Estadio Azteca* vor uns erscheint, eines der größten Fußballstadien der Welt, sind wir fast da. Wir biegen ab in eine kleinere Straße und halten schließlich vor einer Schranke. Der Wachmann grüßt Carlos mit einem leichten Kopfnicken, und die Schranke geht hoch. Es ist eine ruhige Straße mit großen schattenspendenden Bäumen. Der Rummel der Großstadt scheint weit weg, wobei wir uns mittendrin befinden. Vor jedem der schönen Villen ist eine meterhohe Mauer, auf der Stacheldrahtzaun und Glasscheiben das Überklettern erschweren sollen.

Bevor es hier einen Wachmann und eine Schranke gab, als Carlos noch ein kleiner Junge war, drang eines Morgens eine bewaffnete Bande in sein Elternhaus ein. Sie drohten mit Pistolen, die Kinder zu entführen und umzubringen, sollten die Eltern sich weigern, ihre Wertsachen herauszugeben. Körperlich blieben sie unverletzt. Und doch bin ich mir sicher, dass das traumatische Erlebnis bei jedem von ihnen seine Spuren hinterlassen hat. Erschreckenderweise sind sie nicht die einzige Familie, der so etwas passierte. Nein, es scheint normal zu sein. Hier. In diesem Moloch. Das Einzige, was sich seither geändert hat, ist, dass sie nun einen Wachmann haben. Und eine Schranke.

Carlos parkt den schwarzen Jeep vor dem Haus seiner Eltern. Wir steigen aus. Er öffnet das Tor und ein großer heller Labrador-Hund springt ihm entgegen. Ich gehe die Stufen am Haus hinauf zum großen Hauseingang. Hinter der Tür befindet sich ein Museum. Nun ja, zumindest empfinde ich es so. Der Eingangsbereich protzt mit einer eleganten, altmodischen Sofagarnitur. In den Schränken glänzt teures Porzellangeschirr, und an den Wänden hängen wertvolle Gemälde. Bis auf einen lachsfarbenen Teppich im Wohnzimmer ist das Haus mit einem glänzenden Marmorboden ausgestattet. Ich gehe am Gästebad vorbei einige Stufen nach oben in den Essbereich. Ein sehr langer dunkelbrauner Esstisch mit edlen Holzstühlen ziert das Zimmer, von dem es in einen kleinen Garten geht. Dieser elegante Raum wird nur zu besonderen Anlässen genutzt. Gegenüber befindet sich die geräumige Wohnküche, in der ein großer runder Esstisch aus Holz steht. Hier spielt sich prinzipiell das Leben im Haus ab. Ich setze mich. Die Haushälterin ist gerade mit Kochen beschäftigt. Es riecht nach Bohnen, Zwiebeln und Reis. Als sie die Schnitzel aus Schweinefleisch in die Pfanne gibt, zischt das Öl. Meine Schwiegermutter tritt in die Küche und begrüßt mich freundlich mit einer Umarmung. Ihre dominante und forsche Art ist mir irgendwie unheimlich. Wenn hier im Haus jemand das Sagen hat, dann sie. Und das bekommt auch der Vater von Carlos zu spüren. Wobei sich Carlos' Mutter schon von ihm trennen wollte. Als sein Vater jedoch vor seinen Kindern und seiner Frau mit einer Pistole an der Schläfe androhte, sich das Leben zu nehmen, sollte sie sich scheiden lassen, wurde das Thema Trennung zunächst einmal auf Eis gelegt. Und daran hat sich bis heute auch nichts geändert. Eine ganz normale Familie halt.

Seit wenigen Jahren wohnt auch Carlos's Großmutter bei ihnen. Die Mutter seiner Mutter. Seinem Vater gefällt das nicht, aber sie hat halt das Sagen. Er könne sich ja von ihr trennen, spottet sie gehässig. Will er ja nicht. Also muss er es schlucken. Ob er will oder nicht. Dazu kommt noch, dass Carlos' Großmutter streng katholisch ist, während sein Vater aus einer jüdischen Familie stammt. Den traditionsbewussten, katholischen Eltern von Carlos' Mutter gefiel das natürlich gar nicht. Doch meine Schwiegermutter war schon damals ein selbstbewusster Mensch, der sich von anderen nichts sagen ließ. Auch nicht von ihren eigenen Eltern. Also konvertierte sie zum Judentum und heiratete ihre große Liebe.

Irgendwie ist Carlos daher mit einem Gemisch beider Religionen groß geworden. Weder dem Judentum noch dem Katholizismus fühlt er sich jedoch zugehörig. So glaubt er an Vieles, aber Religionen sind ihm ein Dorn im Auge. Carlos hat noch zwei Brüder, die beide noch im Elternhaus leben.

Ich sage meiner Schwiegermutter, ich möchte zunächst einmal meinen Koffer ins Zimmer bringen. Eine gute Ausrede, um etwas Ruhe zu bekommen. Also trage ich meinen Koffer die Treppen hoch. Auf der ersten Etage befindet sich das übertrieben große Schlafzimmer der Eltern. An ihm schließt sich ein Ankleidezimmer und das private Badezimmer der Eltern an. Vom großen Doppelbett aus blickt man durch eine gläserne Fensterwand auf die grüne Baumkrone. In der Ecke des Raumes hängt ein großer Plasmabildschirm an der Wand. Ansonsten wirkt der mit Teppich ausgelegte Raum leer und kalt.

Auf der letzten Etage befinden sich drei Schlafzimmer, zwei davon mit privatem Bad. Eines davon gehört den erwachsenen Brüdern von Carlos. Auf jeder Seite steht ein Bett, und an der großen Wand hängt ein moderner Plasmabildschirm mit der neuesten Hightech-Ausstattung. Der kleinste der Brüder hat eine eigene Firma, mit der er solche Elektroanlagen in Luxus-Villen installiert und damit einen Haufen Geld verdient. Trotzdem wohnt er noch immer im Elternhaus. Vielleicht aus Bequemlichkeit, vielleicht aber auch, weil er noch Single ist, und nicht alleine sein möchte.

Carlos' Großmutter bewohnt das zweite Zimmer mit Bad, welches mal das Kinderzimmer von Carlos war. Da er der Älteste der Brüder ist, hatte er ein Anrecht auf ein Einzelzimmer. Ein weiteres kleines Zimmer, aber ohne Bad, ist als Gästezimmer hergerichtet. Während wir zu Besuch sind, schlafen wir jedoch in Carlos' altem Zimmer und seine Großmutter im Gästezimmer.

Carlos' Großmutter ist eine freundliche und noch sehr agile alte Dame. Sie ist mir weitaus sympathischer als meine Schwiegermutter. Immer ist sie fröhlich und unterhält sich gerne, während ihre Tochter stets grimmig dreinschaut. Der Tod ihrer Eltern führte zu einem Familienkrieg zwischen den Geschwistern. Es ging um das Erbe ihrer wohlhabenden Eltern. Letztendlich wurde alles verkauft und ausgegeben. Die Geschwister sind bis zum heutigen Tage zerstritten. Das, was Carlos' Großmutter blieb, befindet sich in seinem ehemaligen Kinderzimmer. Ein großes Doppelbett, welches das Zimmer fast komplett ausfüllt. Zwei edle Holzkommoden, übersät mit Bilderrahmen und Schmuckkästchen, und ein großer goldener Spiegel, der an der Wand hängt. Die alte Tapete ist übersät mit katholischen Symbolen in Form von Bildern und Kreuzen. Ich fühle ich erschlagen von ihnen, als ich das Zimmer betrete. Erschöpft lasse ich mich auf das harte Bett fallen und atme tief durch.

8

Heute ist mein einunddreißigster Geburtstag. Das einzige Geschenk, das ich mir von Herzen wünsche, wäre ein Anruf oder eine Nachricht von Luis. Doch nichts. Ich frage mich ernsthaft, ob er das Interesse an mir verloren hat. Wobei er mir ja nie direkt mitgeteilt hat, was er eigentlich von mir möchte und für mich empfindet. Falls das überhaupt der Fall sein sollte.

Seit einer Woche bin ich nun mit Carlos in der Hauptstadt. Ich versuche, mir meine schlechte Laune nicht anmerken zu lassen. Doch es ist zwecklos. Carlos fragt mich ständig, was denn los sei. Ihm von Luis zu erzählen kommt natürlich nicht infrage. Also ringe ich nach Erklärungen. Sage ihm, dass ich denke, wir verstehen uns einfach nicht mehr gut, und ich möchte mal eine Zeit lang alleine sein. Es ist zumindest nicht gelogen. Ich habe nur ein klitzekleines Detail weggelassen.

Doch mein Versuch, Carlos davon zu überzeugen, dass wir uns trennen sollten, scheint nicht zu fruchten. Er nimmt mich einfach nicht ernst. Geht überhaupt nicht auf mich ein. „Ja ja" antwortet er immer nur gelangweilt. Zumindest hält er sich keine Pistole an den Kopf und droht sich umzubringen.

Ich gehe ins Zimmer und setze mich auf das riesengroße, sehr unbequeme Bett der Großmutter. Lautlos rollen mir die Tränen über die Wangen als plötzlich die Tür aufgeht und Carlos vor mir steht. Überrascht schaut er mich an.

„Was ist los? Warum weinst du? Ist was passiert?", fragt er mitfühlend. Dann erscheint auch noch seine Mutter im Türrahmen. Klar, ich könnte ihnen jetzt beiden sagen, dass ich weine, weil ich mich in einen anderen Mann verliebt habe und diesen ganz schrecklich vermisse und es ganz furchtbar finde, mit ihnen meinen Geburtstag hier in Mexiko City verbringen zu müssen. Ich frage mich, wie sie wohl reagieren würden. Mich hochkant aus dem Haus werfen?

Normalerweise bin ich der Meinung, dass Ehrlichkeit das Fundament einer gesunden Beziehung darstellt. In diesem Moment entscheide ich mich dennoch für eine Lüge. Ich nenne es mal Notlüge. Denn keinem wäre mit der Wahrheit geholfen. Luis wäre noch immer bei seiner Frau und Carlos und seine Mutter am Boden zerstört. Also höre ich mich etwas von Zahnschmerzen sagen. Als würde da eine andere Person für mich sprechen. Sofort bekomme ich eine mitleidige Umarmung von Carlos und eine Telefonnummer der Zahnärztin meiner Schwiegermutter in die Hand gedrückt. Dann ruf ich da mal an. Zumindest bin ich so für ein paar Stunden alleine. Nachdem beide das Zimmer verlassen haben, rufe ich meine Freundin Ana an.

Ana habe ich vor einem Jahr in Playa del Carmen kennengelernt. Und zwar durch ihren Freund, einen Arbeitskollegen von mir. Auf einer Party am Strand hat er sie mir vorgestellt. Sofort waren wir uns sympathisch. Wir trafen uns wieder, und über die Zeit ist eine gute Freundschaft entstanden. Ana lebt schon seit mehreren Jahren mit ihrem Freund und ihrer kleinen Tochter in der Karibik. Aufgewachsen ist sie jedoch in der Hauptstadt, und somit eine typische *Chilanga*. Mehrmals im Jahr fliegt sie nach Mexiko City, um ihre Eltern zu besuchen. Und wie das Schicksal es so will, ist sie genau jetzt in ihrem Elternhaus zu Besuch. Und gar nicht weit von Carlos' Elternhaus entfernt. Ich habe somit die perfekte Möglichkeit, diesem anstrengenden Urlaub mit meinem Mann für ein paar Stunden zu entfliehen und ihn mit Ana zu verbringen. Glücklich ist Carlos darüber nicht, denn er hat ein Treffen mit seinen Freunden organisiert. Ich bitte ihn jedoch, alleine zu fahren. Zähneknirschend gibt er nach und fährt los. Eine Stunde später steht dann Ana in ihrem Auto vor dem Haus und hupt einmal kurz. Glücklich sprinte ich die Stufen hinunter und umarme meine Retterin. Dank ihr entkomme ich dem goldenen Käfig für einige Stunden.

Zunächst schlendern wir durch ein modernes Einkaufszentrum. Hinter gläsernen Fassaden gibt es hier alles, was das Herz begehrt. Solange man es sich leisten kann. International bekannte Markennamen haben hier, neben kleinen Boutiquen und Beautysalons, eine Filiale. Frauen mit heller Hautfarbe und häufig auch blondierten Haaren, kommen einem entgegen. Vielleicht sind es Frauen mit reichen Ehemännern aus Politik oder Wirtschaft. Zu Hause haben sie Angestellte, die sich um Kochen und Putzen kümmern. Die Kinder haben eine *Niñera*.

Ana und ich lassen uns in einem Friseursalon die Haare schneiden und schlendern eine Weile einfach so durchs *Centro Comercial*.

Anschließend fahren wir dann zum Essen zu ihren Eltern. Ihre Mutter bewundere ich zutiefst. Trotz der Multiple Sklerose, durch die sie seit Jahren an den Rollstuhl gefesselt wird, ist sie ein lächelnder und liebenswerter Mensch. Ihr Vater widmet sich klaglos ihrer Pflege, sobald er von der Arbeit kommt. Es tut gut, in einer so herzlichen Familie zu sein und deren Wärme zu spüren. Und nicht mehr lügen zu müssen. Ana und ihre Mutter hören mir zu. Geben mir Ratschläge. Heute ist der erste Tag, seit ich in der Hauptstadt angekommen bin, an dem ich mich nicht einsam fühle.

9

Ein Monat in der Hauptstadt kann ganz schön lang sein. Daher beschließen Carlos und ich, eine Freundin zu besuchen, die auch Reiseleiterin in der Karibik ist und zurzeit in ihrem Elternhaus in Guanajuato Urlaub macht. Von Mexiko City sind es knapp vierhundert Kilometer, also etwa vier Autostunden. Wenn man die kostenpflichtige Autobahn nimmt.

Carlos' Bruder leiht uns seinen eleganten schwarzen Jeep. Die Familie besitzt mehrere Autos. Neben dem Jeep noch einen SUV und einen älteren Kompaktwagen. Ohne ein Auto ist es nicht einfach, sich in dieser Riesenstadt fortzubewegen. Obwohl es ein Metrosystem, kleine Busse und an die zwei Millionen Taxen gibt. Die untere Mittelschicht ist auf diese günstigen Transportmittel angewiesen. Alle Einwohner jedoch, die sich ein eigenes Auto leisten können, meiden öffentliche Verkehrsmittel.

Als ich einmal vor Jahren die *Metro* in der Stoßzeit genommen habe, war sie gnadenlos überfüllt und ein Mitfahrer griff mir zwischen die Beine. Seither fahre ich ungern mit ihr. Das Bussystem ist schlimm. Es ist chaotisch und gefährlich. Da ich immer alles ausprobieren möchte, bin ich auch schon mit dem Bus gefahren. Oder habe es zumindest versucht. Eine Stunde bin ich irrend durch die Stadt gelaufen, von Haltestelle zu Haltestelle. Nach drei langen Stunden und fünf verschieden *Peseros*, war ich dann irgendwann an meinem Ziel. Das war das erste und letzte Mal, dass ich einen verdreckten, stinkenden *Pesero* in der Hauptstadt genommen habe. Wenn man sich nicht auskennt, sollte man die *Peseros* daher meiden. Oft wird man zudem beklaut und sollte Wertsachen lieber zuhause lassen. Taxifahren in Mexiko City stellt leider auch keine gute Alternative zum eigenen Auto da, da es schwierig ist zu erkennen, ob es sich um ein legales, registriertes Taxi, oder ein *Pirata*, also ein illegales Taxi, handelt. Die *Piratas* schlossen sich vor Jahren zu Banden zusammen und fingen an, das Verkehrsministerium mit Geldern zu bestechen, um keine Strafen befürchten zu müssen. Benutzt man eines dieser illegalen Taxis, könnte es zu dem gängigen *Kidnapping-Express* kommen. Dabei wird der Fahrgast mit Waffengewalt zu einem oder mehreren Bankautomaten gefahren und gezwungen, so viel Geld wie möglich abzuheben. In anderen Fällen kann die Benutzung eines *Pirata* sogar zu Misshandlungen wie Vergewaltigungen bei Frauen, oder Entführungen kommen.

Eine Stunde fahren wir noch durch den dichten Verkehr der in Smog eingehüllten Millionenstadt, bis Carlos endlich auf eine mehrspurige Autobahn fährt und wir die Stadt langsam hinter uns lassen. Plötzlich erscheint vor uns eine große Kontrollanlage mitten auf der Autobahn. Eine *caseta de cobro*. Wir müssen uns einreihen. Es ist die Autobahnmaut, die hier bezahlt werden muss. Mehrere Kassen gibt es, die parallel abkassieren, damit es nicht lange dauert. Da diese gebührenpflichtigen Autobahnen jedoch sehr teuer sind, benutzen sie auch nicht viele, und zu Staus kommt es so gut wie nie. Der Staat darf nur Gebühren für eine Autobahn des Landes erheben, wenn es eine kostenfreie Alternative gibt, die sogenannten *Libres*. Im Gegensatz zur teuren Autobahn sind sie jedoch häufig in schlechtem Zustand und führen über Dörfer. Man braucht daher oft viel länger, um ans Ziel zu gelangen. Und sie sind gefährlicher, da es dort zu Überfällen kommen kann, was auf den kostenpflichtigen Autobahnen so gut wie ausgeschlossen ist.

Wir fahren Richtung Norden durch eine grüne, bergige Landschaft. Auch Guanajuato liegt in einem Gebirgstal etwa zweitausend Meter über dem Meeresspiegel. Dadurch hat es ein sehr angenehmes Klima. Tagsüber ist es warm und nachts angenehm kühl.

Nach mehreren Autostunden auf der fast leeren *Autopista* sind wir am Ziel und Carlos parkt den Jeep vor dem schönen Garten des Elternhauses unserer Freundin Sofia. Sie leben außerhalb der Stadt mitten im grünen Nadelwald. Sofort steigt mir der frische Duft der Tannen in die Nase. Nach den Wochen des Dauersmogs durch stinkende Abgase wirkt die duftende Waldluft belebend und reinigend.

Wir begrüßen Sofia herzlich, und sie stellt uns gleich ihren Eltern vor. Sofia ist groß und kurvig und hat lange schwarze Locken. Man erkennt sofort die brasilianischen Gene der Mutter in ihr, die noch größer ist als Sofia. Wie auch Sofia, ist ihre Mutter eine fröhliche und sehr selbstbewusste Person. Ihr Vater wirkt angenehm ruhig. Vielleicht ist er auch einfach überwältigt, von seinen brasilianischen Power-Frauen.

Sofia führt uns in das gemütliche Gästezimmer und nach einem herzlichen, familiären Abendessen, ziehen wir uns müde zurück. Am nächsten Morgen zeigt uns Sofia die Stadt. Nachdem wir das Auto in einer Tiefgarage geparkt haben, schlendern wir zu Fuß durch das Zentrum von Guanajuato. Ich bekomme sofort das Gefühl, mich in Spanien zu befinden. Wir schlängeln uns durch enge, verwinkelte Gassen aus Kopfsteinpflaster und ich bestaune die Bauten aus der kolonialen Zeit. Heute ist in Guanajuato die Hölle los, es ist gefüllt mit feiernden Menschen. Überall gibt es Tanz- und Theateraufführungen. *El Cervantino*. Das berühmte Festival hat die gesamte Stadt im griff.

Wir schauen uns das Theaterstück *La Llorona* an. Der Legende nach handelt es sich dabei um eine Frau, die ihre Kinder an einem Fluss ertränkt haben soll. Als sie sich der grausigen Tat bewusst wurde, beging sie Selbstmord. Die

Bewohner des Dorfes begruben sie, und in der darauffolgenden Nacht hörten sie am Fluss, wie eine Frau um ihre Kinder weint. Die Dorfbewohner gaben daraufhin dem weinenden Geist der toten Frau den Namen *La Llorona*. Viele spirituelle Mexikaner sagen, dass man sie heutzutage auch noch hören kann, und zwar meist in der Nähe von Flüssen.

Als das Theaterstück endet, ist es draußen bereits dunkel. Ich bekomme eine Gänsehaut. Irgendwie ging mir die Geschichte nah. In diesem Land habe ich gelernt, an Geister zu glauben. Mexikaner glauben ganz fest daran. Jedes Jahr feiern sie Anfang November den *Día de los Muertos*. An diesen Tagen kommen die Toten als Geister zu ihnen zurück. Um sie zu ehren, werden in den Häusern und auf den Friedhöfen Altare aufgestellt und geschmückt, auf denen Angehörige den Verstorbenen deren Lieblingsspeisen und Getränke anbieten. Mexikaner glauben, der Tod sei der Anfang eines neuen Lebens. Diese spirituelle Denkweise hatten schon die Urvölker der Mayas und Azteken, die bis heute das mexikanische Leben mit ihren Traditionen prägen.

Sofia spürt, dass ich Carlos gegenüber distanzierter bin. Als Carlos einige Meter vor uns geht und ich mir ziemlich sicher bin, dass er mich nicht mehr hören kann, erzähle ich Sofia von meinen Qualen. Dass ich das Gefühl habe, Carlos einfach nicht mehr zu lieben. Luis erwähne ich jedoch nicht. Carlos scheint mein distanziertes Verhalten ihm gegenüber jedoch überhaupt nicht zu interessieren. Entweder will er es nicht wahrhaben, oder es ist für ihn normal, dass man in einer Ehe einfach irgendwann distanzierter wird. So wie seine Eltern es ihm jahrelang vorgemacht haben.

Sofia sieht bedrückt aus. Sie kann mich verstehen, doch tut ihr Carlos auch leid, ist er doch ein guter Freund von ihr. Dennoch schweigt sie und behält das Geheimnis für sich.

Bevor wir Guanajuato wieder verlassen, besuchen wir am nächsten Tag noch eine inzwischen stillgelegte Silbermine. Einige Meter unter der Erde drängen wir uns durch kleine, dreckige, dunkle Schächte. Faszinierend und bedrückend zugleich, wenn man den Geschichten des Mexikaners so zuhört, der uns durch die Mine führt. Wie die Männer hier unten Knochenarbeit leisten mussten, um das Silber aus dem Gestein zu brechen. Nicht wenige gingen dabei zugrunde. Starben nicht selten an Lungenkrankheiten.

Zurück in der warmen Sonne sieht die Welt wieder anders aus. An einem kleinen Souvenirstand kaufe ich mir ein Armband aus rosafarbenen Natursteinperlen. Die Verkäufer erzählt mir, dass es Glück in der Liebe bringt. Das könnte ich wahrlich gebrauchen. Sollte es seinen Zweck dennoch nicht erfüllen, ist es zumindest hübsch anzusehen.

Zum Abschied umarme ich Sofia herzlich. Bald werden wir uns in der Karibik wiedersehen. Doch noch ist der Urlaub nicht ganz zu Ende. Wir lassen Tod und Geister hinter uns und fahren in die vielleicht schönste Stadt Mexikos.

San Miguel de Allende. Eine relativ kleine Stadt. Auch hier habe ich das Gefühl, mich im Süden Europas zu befinden. Auf dem zentralen Platz der Stadt, dem *Jardin de Allende*, befindet sich die im gotischen Stil erbaute Kathedrale aus dem siebzehnten Jahrhundert. Ohne Zweifel haben die spanischen Eroberer hier ihre Spuren hinterlassen.

Am späten Nachmittag treten wir dann die Heimfahrt an zurück zum Smog. Obwohl ich wunderbare Orte gesehen habe, bin ich froh, dass wir nun fahren. Noch eine weitere Woche in der Hauptstadt, bis es dann endlich auch wieder zurück in die Karibik gehen wird. Mit meinem Glücksbringer am Handgelenk.

10

Es ist noch dunkel draußen. Das Bett von Carlos' Groß-mutter ist hart und unbequem. Die Matratze ist so alt, dass sich der Körper seiner Großmutter eingeformt hat. Mit Rückenschmerzen quäle ich mich aus dem Bett. Es ist nahezu unmöglich, einen guten Nachtschlaf in diesem Bett zu bekommen.

Das Badezimmer ist klein und irgendwie niedlich. Baby-blau gekachelt. Ich lasse das heiße Wasser über meinen müden Körper laufen. Vor allem über meinen steifen, schmerzenden Nacken und Rücken.

Unten in der Küche ist alles ruhig. Es duftet nach frischem Kaffee. Mir ist kalt. Das Thermometer am Fenster zeigt neun Grad Celsius an. Heizungen gibt es hier keine. Dafür ist es tagsüber warm genug. Sobald sich die Sonnen-strahlen den Weg durch die graue Dunstglocke der Stadt bahnen, wird das Thermometer schnell wieder über zwanzig Grad klettern.

Carlos' Mutter erscheint und nimmt sich wortlos einen Kaffee. Sicher hat sie mitbekommen, dass es zurzeit nicht besonders rosig zwischen mir und Carlos ist. Für sie sind Beziehungen voller Streit, Disharmonie und Frust allerdings normal. Sorgen macht sie sich daher wohl keine, nehme ich an. „Ich hole meinen Koffer", sage ich und verschwinde nach oben.

In den frühen Morgenstunden fließt der Verkehr noch etwas besser, obwohl auch jetzt schon viel Betrieb herrscht. Wir schaffen es in einer halben Stunde zum Flughafen. Die Fahrt über herrscht Stille im Auto. Nur das Radio spielt einen Song nach dem anderen mit etwas Gequatsche zwischendurch.

Meine Schwiegermutter stoppt den SUV am Eingang des Terminals für Inlandflüge. Während Carlos unsere Koffer aus dem geräumigen Kofferraum hievt, umarmt mich meine Schwiegermutter kurz aber freundlich zum Abschied. Irgendwie spüre ich, dass ich sie nie wiedersehen werde.

Im riesigen Flughafen-Terminal von Mexiko City tobt das Leben. Noch ist es dunkel draußen, noch keine sechs Uhr morgens und doch sind schon unglaublich viele Menschen unterwegs. Lange Schlangen haben sich bereits vor den Schaltern gebildet. Wir stellen uns in die Menschenschlange und warten. Und wenn mich eines an Flughäfen nervt, dann das Warten. Warten aufs Check-in. Warten aufs Boarding. Einfach immer nur warten. Eine gefühlte Ewigkeit.

Ich erinnere mich, als wir vor drei Wochen Anfang Oktober bei Carlos' Großmutter eingeladen waren. Ich kannte bis dahin nur die Mutter seiner Mutter. Jetzt lernte ich auch die Mutter seines Vaters kennen. Seine jüdische Großmutter. Der Anlass war die Feier des jüdischen Neujahres, des *Rosch ha-Shana,* dass immer zu dieser Jahreszeit stattfindet. Und wir waren nicht die einzigen Gäste in ihrer kleinen Wohnung. Neben Carlos' Eltern und Geschwistern kamen zudem seine jüdischen Cousins und Cousinen, Tanten und Onkel. Die Wohnung seiner Großmutter befand sich in dem schicken Stadtteil *Polanco,* in dem viele wohlhabende Juden leben. Sie bestand aus einem Schlafzimmer, einem kleinen Badezimmer, einer kleinen Küche und einem Wohnraum, den der große Esstisch so gut wie ausfüllte. Wir mussten so um die fünfzehn Personen gewesen sein. Gezählt habe ich sie nicht. Es war eng, aber irgendwie auch gemütlich. Fröhlich unterhielten sich alle und es gab viel zu viel Essen. Typisch jüdisches Essen natürlich. Das erste Mal, dass ich es probierte. Es war lecker, doch irgendwie hatte alles eine süße Note. Das Brot wurde in Honig getaucht und der Reis enthielt süßes Trockenobst. Selbst im aus Fleisch hergestellten *Kugel* tummelten sich kleine süße Rosinen. Und als dann auch noch Honigkuchen aufgedeckt wurde, konnte ich keinen Bissen mehr runterbekommen. Mir wurde erklärt, dass beim Neujahrsfest um ein süßes neues Jahr gebeten und in vielen Speisen Honig statt Salz genommen wird.

Carlos' Cousins hatten alle ungepflegte Bärte, die sie sich wegen eines Todesfalles in der Familie seit Wochen nicht rasieren durften. Sie interessierten sich für mich als neues Familienmitglied. Gaben mir das Gefühl, willkommen zu sein, obwohl ich nicht dem jüdischen Glauben angehöre. Als Carlos' Großonkel von seiner Zeit in Auschwitz erzählte, wurde mir unbehaglich. Bevor er nach Mexiko auswanderte, lebte er mit seiner Familie nämlich in Polen.

Ich wusste nicht, wie ich auf seine Geschichte reagieren sollte. Was angebracht wäre, zu antworten. Also sagte ich nichts und hörte einfach nur zu. Als Carlos' jüdische Familie plötzlich anfing, auf jiddisch zu sprechen, staunte ich nicht schlecht. Noch nie hatte ich die Sprache zuvor gehört. Niemals hatte ich damit gerechnet, diese tausend Jahre alte Sprache verstehen zu können. Dass sie meiner Muttersprache Deutsch so sehr ähnelt. Auch Carlos staunte nicht schlecht, als ich seiner Familie auf Deutsch antwortete, und sie mich verstanden. Wir eine amüsante Unterhaltung auf jiddisch-deutsch führten. Es war ein fröhliches Familienfest, das ich so schnell nicht vergessen werde.

Das Flugzeug ist bereit zum Boarden. Endlich. Wir gehen durch den Tunnel ins Innere der Maschine und ich setze mich an einen Fensterplatz. Es ist ein bewölkter Tag. Flughafenmitarbeiter in neongelben Westen weisen eine Maschine nach der anderen zum Rollfeld, damit sie starten können. Inzwischen hat mich der Hunger gepackt, und ich packe das Käse-Sandwich aus, das ich mir während der Wartezeit im Terminal gekauft habe. Zufrieden genieße ich mein Frühstück, während sich unser Flugzeug langsam in Bewegung setzt. Carlos hat sich Stöpsel ins Ohr gesteckt und hört Musik aus seinem iPod. In drei Stunden werden wir wieder in der Karibik sein. Ich frage mich, wann ich Luis wiedersehen werde und ob ich es schaffe, mich von Carlos zu trennen und ihm die Wahrheit zu sagen.

Während sich in meinem Kopf die Fragen überschlagen, bahnt sich die Maschine rüttelnd den Weg durch die graue Wolkendecke hinauf in den blauen Himmel.

11

Als sich die gläsernen Türen des Flughafenterminals öffnen, stößt mir eine feucht-schwüle Luft entgegen. Mir wird warm ums Herz. Mario, ein langjähriger Freund von Carlos, wartet schon auf uns. Er hat vor wenigen Jahren ein Busunternehmen gegründet, das ihm inzwischen eine Menge Geld einbringt. In Kleinbussen bringt er Urlauber vom Flughafen zum Hotel und wieder zurück. Die Reiseveranstalter beauftragen ihn mit diesem Service, den viele Pauschaltouristen ja inklusive gebucht haben. Gerade eben hat Mario Urlauber am Flughafen abgeliefert. Sein Bus ist jetzt leer, und er muss zurück nach Playa del Carmen. Also nimmt er uns mit.

Carlos unterhält sich die gesamte Fahrt über lebhaft mit seinem Freund. Ich bin froh, mich nicht unterhalten zu müssen, denn meine Gedanken sind woanders. Einen Monat ist es nun her, dass ich ins Flugzeug nach Mexiko City gestiegen bin. Einen Monat, seit ich das letzte Mal etwas von Luis gehört habe. Ich schließe die Augen und genieße die kühle Luft der Klimaanlage im Bus.

Nach einer Stunde fahrt biegen wir dann in unsere ruhige Straße ein. Die Sonne brennt vom Himmel und es ist grell. Ich kneife meine Augen zusammen, mein Kopf fängt an zu dröhnen. Aus meinem Rucksack hole ich meine Sonnenbrille heraus. Beim Aussteigen stößt mir ein Schwall heißer Luft entgegen.

Carlos schließt die Wohnungstür auf. Nach einem Monat ohne zu Lüften hat sich ein muffiger Geruch in der Wohnung ausgebreitet. Sofort öffne ich alle Fenster und stelle die Deckenventilatoren auf die höchste Stufe. Eine Klimaanlage haben wir nur im Schlafzimmer. Und die pustet nur stinkende, muffige Luft in den Raum. Also benutzen wir sie so gut wie nie.

Ich fange an, die Wohnung von oben bis unten sauber zu machen. Etwas, was ich gerne mache. Dabei kann ich meinen Gedanken freien Lauf lassen. Eine Art innere Ruhe überkommt mich, sobald alles schließlich sauber und ordentlich ist. Erst dann kann ich mich selber auch ausruhen und entspannen.

Carlos dagegen verschwindet in sein Arbeitszimmer, ohne auch nur zu fragen, ob er mir beim Putzen helfen könne. Er schaltet den Computer an. Nichts hat sich geändert. Nur dass ich jetzt weiß, was ich machen muss.

12

Noch habe ich mich nicht dazu entschieden, das Bett zu verlassen, obwohl die hellen Sonnenstrahlen schon eine ganze Weile durch die Gardinen schimmern. Schnurrend kuschelt sich mein tigerfarbener Kater an mich. Carlos arbeitet fast täglich, und das finde ich jetzt sehr angenehm. Seine Gegenwart ist erdrückend. Er tut weiterhin so, als wäre alles in Ordnung. Ist es für ihn ja wahrscheinlich auch. Woher soll er von meinem Gefühlschaos wissen, wenn ich es ihm nicht erzähle? Und dass ich kühl und abweisend zu ihm bin, ist ihm wohl egal. Ist er ja selber. Ständig verkriecht er sich in sein Arbeitszimmer. Das war früher nicht so.

Als wir uns vor drei Jahren kennenlernten, verliebten wir uns schnell. Jede Minute, die es uns möglich war, verbrachten wir miteinander. Gingen ins Kino oder Sushi essen. Zu Freunden. An freien Tagen unternahmen wir immer irgendetwas. Einmal sind wir für zwei Nächte nach Tulum gefahren. Besuchten die Maya-Ruinen, die sich in einer traumhaften Lage über den Klippen direkt am Meer befinden. Tulum ist im Gegensatz zu Playa del Carmen eine recht kleine Stadt. An Mangrovenwäldern und noch nahezu unberührten Strandabschnitten vorbei, führt eine kleine Straße durch Tulums sieben Kilometer lange Hotelzone hindurch. Sie steht im krassen Gegensatz zur monströsen Hotelzone Cancúns, die für den Massentourismus geschaffen wurde. In Tulum sind die Hotels klein, und jedes hat seinen ganz persönlichen Stil. Es sind häufig Individualtouristen, die Land und Leute kennenlernen möchten, die es nach Tulum verschlägt. Mit Carlos übernachtete ich in einer zeltähnlichem Hütte direkt am Strand. Fährt man die Straße der Hotelzone weiter geradeaus, kommt man direkt in den Nationalpark *Sian Kaan*. *Sian Kaan* ist Maya und bedeutet „Ort, wo der Himmel geboren wurde". Ein wunderschöner Name für einen wunderschönen Ort. Auf einer Landzunge führt er über eine Sandstraße durch tropische Trockenwälder und Mangroven hindurch. Auf der einen Seite die Lagune, auf der anderen die Küste des karibischen Meeres. Es ist die Heimat vieler Seevögel, aber auch Jaguare und Pumas sind in diesen Wäldern zuhause. Am Ende der Landzunge, etwa vierzig Kilometer von Tulum entfernt, liegt das kleine Fischerdorf Punta Allen. Nicht einmal fünfhundert Einwohner zählt es. Auch in Punta Allen habe ich schon Ausflüge geleitet. Mit Jeeps sind wir hierher gefahren. Andere Fahrzeuge sind auf der mit Schlaglöchern übersäten Sandstraße nicht zu empfehlen. Im Fischerdorf haben wir dann kleine Holzboote gemietet und sind drei Stunden durch die Kanäle der Lagune gefahren. Es ging vorbei an Vogelinseln bis hin zum Korallenriff, wo geschnorchelt wurde. Ein schöner und doch anstrengender Ausflug, da ich nicht selten mit bis zu dreißig deutschen Urlaubern alleine unterwegs war. Nur ein Mechaniker unterstützte mich, für alle Fälle. Jede Vierergruppe bekam einen Jeep, den einer von ihnen selber fahren musste. Ich fuhr voraus und alle anderen in einer Karawane hinterher. Von Playa del Carmen bis Punta Allen. Jede Strecke dauerte dabei an die drei Stunden. Einmal gab es einen Unfall, bei dem das angemietete Boot, mit sechs Gästen an Bord, kenterte. Eine große Welle schoss ins Innere und kippte das Boot kieloben. In Punta Allen gab es natürlich kein Krankenhaus, und so musste ich die teilweise unter Schock stehenden Urlauber von einer Ärztin vor Ort notdürftig behandeln lassen und sie dann mit Platzwunden und Knochenbrüchen in das einhundert Kilometer entfernte Playa del Carmen fahren. Immer schön langsam die Schotterpiste entlang.

Ich schließe meine Augen. Möchte einfach nur weiterschlafen. Der Realität so lange wie möglich entweichen. Doch der Sonnenschein erhellt inzwischen da gesamte Schlafzimmer und das Konzert der *Zanates* reißt mich aus meiner Traumwelt heraus. Holt mich zurück in die Wirklichkeit. An Weiterschlafen ist nicht mehr zu denken und ich stehe auf.

Nach einer belebenden Dusche streife ich mir ein luftiges Sommerkleid über, nehme meine Handtasche und verlasse die Wohnung. Ich öffne das Tor vor dem Haus und lasse den Motor von Carlos' Auto an. Ein kleiner dunkelblauer Peugeot. Er selber hat sich einen weißen Kleinbus von Toyota gekauft, den er an Agenturen für Tagesausflüge vermieten möchte. Möchte es Mario nachmachen. Morgens fährt er mit ihm zur Arbeit. So kann ich das Auto nutzen.

In Playa del Carmen sind die Straßen wie auf einem Schachbrett angeordnet. Anstelle von Namen haben sie Nummern. 36. Straße Süd zum Beispiel. Ein Navigationssystem ist daher nicht notwendig, verfahren fast unmöglich. Geteilt wird die Stadt durch eine große Bundesstraße, die sich von Norden nach Süden durch die gesamte Riviera Maya zieht. Auf der einen Seite der Bundesstraße gelangt man zum Meer und zur berühmten Strandpromenade, der *5ta Avenida*. Ein Gebäude reiht sich an das andere. Eine beliebte Wohngegend, da fast alles zu Fuß zu erreichen ist. Dementsprechend teuer ist sie. Unbebaute Dschungelflächen gibt es hier keine. Auf der anderen Seite der Bundesstraße geht es in den Urwald. Nun ja, so war es einmal. Inzwischen reihen sich auch hier die Gebäude dicht aneinander. Immer weiter wird gebaut, immer mehr dichter Urwald verschwindet und wird durch Straßen, edle Einkaufszentren, riesige Supermärkte, Krankenhäuser, Schulen, Tankstellen und private Wohnanlagen mit Swimmingpools ersetzt. Meine Wohnung befindet sich auch auf dieser Seite.

Vor nur fünfzig Jahren war *Playa*, wie wir es liebevoll nennen, nur ein kleines Fischerdorf mit knapp zweihundert Einwohnern. Der Tourismus-Boom erreichte es dann aber auch, und heute gilt *Playa* als die mexikanische Stadt mit dem höchsten Bevölkerungswachstum. Sie stand sogar schon im Guinness Buch der Rekorde als die am schnellsten wachsende Stadt der Welt. So richtig weiß man daher nie genau, wie viele Einwohner sie jetzt gerade hat. Im Jahr 2010 waren es zumindest einhundertfünfzigtausend.

Die Ampel wird grün, und ich fahre auf die andere Seite der Bundesstraße. Ein enormer Supermarkt über zwei Etagen erscheint am Straßenrand. Immer wieder muss ich abbremsen, da die Straßen mit *Topes* ausgestattet sind. Angeblich die einzige Möglichkeit, Mexikaner zum Langsamfahren zu bringen. Zumindest ist es effizient. Macht leider auf Dauer die Autos kaputt. Was wohl wiederum die Autoindustrie erfreut. Und wohl auch ein Grund ist, warum es hier so viele Autos mit Automatikgetriebe gibt. Ständig muss man bremsen, beschleunigen, bremsen, beschleunigen und wieder bremsen. Ich bin die ganze Zeit am Schalten und mein kleiner blauer Franzose stöhnt. Je weiter ich mich vom Zentrum und der Strandpromenade entferne, desto verwahrloster wirkt die Gegend. Müll sammelt sich am Straßenrand. Die Wandfarbe der Häuser bröckelt herunter. Wohnungen in diesem Teil der Stadt sind günstiger. Überfälle und Diebstähle keine Seltenheit.

Ich parke das Auto am Straßenrand. Gehwege sind praktisch nicht vorhanden. Sie sind teilweise so schmal, dass gerade mal eine Person darauf gehen kann.

Vor einem weißen Gebäude bleibe ich stehen. Die große Holztür ist verriegelt. Klingeln gibt es keine. Mit meinem Handy rufe ich Sara an. Lasse sie wissen, dass ich vor ihrer

Haustür stehe. Hat man kein Handy, muss man rufen. Und zwar laut.

Sara macht mir auf. Gemeinsam gehen wir die Treppen hoch und kommen auf einen überdachten Gang, von dem aus mehrere Wohnungen abgehen. Ich folge ihr in ihre kleine Wohnung. Sie besteht aus einem Wohnbereich mit einer kleinen Küchenecke, einem Schlafzimmer und einem Duschbad. Sara wohnt hier alleine.

Kennengelernt haben wir uns bei den Ausflügen zu den Walhaien, wo auch Sara als Reiseleiterin gearbeitet hat. Sie spricht sechs Sprachen, und das fließend. Geboren in Indien wurde sie als Säugling von Belgiern adoptiert, wo sie auch aufwuchs. Nun lebt sie schon seit vielen Jahren in der Karibik. Ihr Leben hat sie dem Reisen und Abenteuer gewidmet. Viele Länder durfte sie schon ihr Zuhause nennen. Auf Anhieb verstanden wir uns prächtig und freundeten uns schnell an. Ich erzähle ihr von meinem Urlaub in Mexiko City und meinem Liebes-Dilemma. Dass ich mit dem Gedanken spiele, mich von Carlos zu trennen. Sara hört mir zu. Sie hat eine Idee.

Wir verlassen ihre Wohnung und fahren immer weiter nach Norden. Als wir am Stadtrand ankommen, fahre ich in eine Wohnanlage. Alle Häuser sind hier praktisch identisch. Kleine einfache Zwei-Etagen-Häuser mit einer kleinen Rasenfläche davor. Einige Besitzer haben ihrem Haus einen persönlichen Touch gegeben, indem sie zum Beispiel das Haus gelb angestrichen oder die Einfahrt zu einer Garage umfunktioniert haben. Es dämmert langsam, und die Blauraben halten ihr abendliches Zwitscherkonzert. Zu Hunderten sammeln sie sich in den Bäumen pünktlich zum Sonnenuntergang, wenn das Himmelsblau in ein leuchtendes Rosarot übergeht.

Wir klopfen an die Haustür. Eine schlanke Frau mit grauen langen Haaren öffnet uns. Ihr Gesicht braun gebrannt und faltig. Sie ist sicher schon über fünfzig, schätze ich. Und doch macht sie einen jung gebliebenen und sehr agilen Eindruck.

Freudig begrüßt sie uns, und wir setzen uns alle an einen weißen Tisch im Wohnraum. Die Wohnung wirkt kahl und hell. Alles ist sehr klein. Irgendwie trist. Möbel hat sie kaum. Dann holt sie einen Stapel Karten hervor. Behutsam mischt sie sie. Gespannt schaue ich ihr dabei zu. Sie bittet mich, das gleiche zu tun. Also nehme ich den dicken Stapel an mich. Mische ihn. Bin dabei jedoch nicht besonders geschickt und ständig fällt mir eine Karte aus der Hand. Schließlich gebe ich ihr den gemischten Stapel zurück. Sie legt die Karten verdeckt auf den Tisch, und ich soll mir nun sieben aussuchen. Mit der linken Hand. Denn die ist für die Emotionen zuständig. Nicht für den Verstand. Gesagt, getan.

Die Frau breitet anschließend meine ausgesuchten sieben Karten auf dem Tisch vor mir aus. Dreht sie um, sodass Motive erscheinen. Merkwürdige Motive. Ich habe keine Ahnung, was die Motive bedeuten. Sie schaut mich an, und ich bin gespannt, was sie mir sagen wird. Weiß sie doch nichts von mir.

„Ich sehe eine starke Liebe", beginnt sie. „Zwei Kinder. Ein Junge und ein Mädchen. Der Mann liebt dich. Seine Gefühle für dich sind echt. Aber er hat Angst."

Ich bin verblüfft und erleichtert. War doch genau das meine schlimmste Befürchtung, dass Luis nur mit mir spielt. Ich gehe einfach mal davon aus, dass mit der starken Liebe Luis gemeint ist. Und doch, was ist mit Carlos?

„Was ist mit meiner Ehe?"

„Ich sehe keine Ehe, keine andere Beziehung. Das bedeutet, dass sie nicht mehr existiert, sie ist tot. Möchtest du, dass die neue Liebe leben kann, so musst du den Tod der Ehe akzeptieren und mit ihr abschließen."

Ich war nicht erstaunt über diese Erkenntnis. Spüre ich doch schon seit Langem, dass meine Ehe am Ende ist. Meine Gefühle zu Carlos abgestorben sind.

„Wenn du noch Fragen hast, dann stell sie und zieh eine Karte. Sie wird uns die Antwort geben."

Ich überlege. Und doch ist es im Prinzip nur eine Frage, die mich wie verrückt Tag und Nacht verfolgt.

„Wird sich Luis scheiden lassen?"

Erneut mische ich die Karten. Atme tief durch. Nehme eine und lege sie offen auf den Tisch. Mir läuft ein eiskalter Schauer den Rücken herunter. Bei den meisten Karten sagen mir die Motive nichts. Doch diese ist anders. Vor mir erblicke ich das Zeichen des Gerichts. Die Frau schaut mich blinzelnd an. „Ich sage dir ja, ihr werdet zusammen kommen und eine Familie gründen."

13

Vor Sonnenaufgang hat Carlos das Haus verlassen. Wie immer zur Arbeit. In den vergangenen sieben Tage haben wir uns kaum gesehen. Erst am Abend wird er wiederkommen. Als ich das Hupen von der Straße höre, schaue aus dem Fenster. Sie sind da. Es geht los. Mein Körper bebt vor Energie und Lebenslust.

Zwei Tage ist es her. Nachts kurz vorm Einschlafen lagen Carlos und ich, wie so oft in letzter Zeit, schweigend nebeneinander im Bett. Wieder mal aufs Neue versuchte ich, mit ihm zu reden. In der Hoffnung, er würde mich ernst nehmen.

„Ich ziehe aus. Muss meinen Kopf frei bekommen und mir klar werden, was ich möchte. Du weißt genau wie ich, dass wir nicht mehr glücklich miteinander sind."

„Ja gut. Mach was du willst", brummte er desinteressiert, weder wütend noch traurig. Er drehte sich zur Seite und schlief ein. Natürlich hatte ich mir mehr erhofft. Aber ein schlechtes Gewissen brauche ich jetzt sicher nicht zu haben. Zumindest habe ich es versucht. Wieder mal.

Die Schweißtropfen rannen dem dicken Mexikaner das Gesicht herunter, als stünde er unter einer Dusche. Eine Wohnung ohne Pflanzen ist für mich wie eine Wohnung ohne Leben. Dass diese in schweren steinernen Übertöpfen ihr Zuhause haben, findet der braun gebrannte Mexikaner sicher nicht besonders vorteilhaft. Er stöhnt. Seinen dünnen Sohn hat er als Unterstützung mitgebracht. Er selber scheint trotz des opulenten Bierbauchs ein kräftiger Kerl zu sein. Muskelmasse eventuell darunter verborgen. Er nimmt einen großen Schluck aus der Zwei-Liter-Colaflasche. Seine pechschwarzen Haare sind klatschnass.

„Du hättest mir vorher sagen sollen, dass du schwere Übertöpfe aus Stein hast", grummelt er. Es ist geschafft und ich gebe ihm sein Geld. Als er das großzügige Trinkgeld bemerkt, bekomme ich doch noch ein zurückhaltendes Lächeln zu sehen.

Meine Möbel, die ich schon hatte, bevor ich mit Carlos zusammenzog, befinden sich nun in meiner neuen kleinen Wohnung. Sofa, Kühlschrank und Fernseher habe ich ihm gelassen. Die Waschmaschine dagegen habe ich mitgenommen. Kann er sie doch sowieso nicht bedienen. Zumindest hat er es nie versucht.

Es ist sicher auch nicht komplett seine Schuld, da er in einem Haus mit Haushältern groß geworden ist. Musste nie selber kochen oder putzen. Als ich ihn kennenlernte, lebte er in einer WG mit einem Kumpel zusammen. Das Einzige in seiner Küche waren Toastbrot und Dosenthunfisch. Sein chaotisches Zimmer strotzte vor Dreck und Staub. Saubermachen interessierte ihn einfach nicht. Das änderte sich auch nicht, als wir zusammenzogen.

„Wieso sollte ich putzen, mich stört der Dreck doch nicht, dich stört er", war seine Antwort auf meine Bitte, mir zu helfen. Seine Erkenntnis, man müsse das Bett am Morgen nicht machen, da man es ja am Abend erneut benutzen würde, brachte mich schier zum Verzweifeln. Für alles hatte er eine Ausrede parat. Als dann seine Mutter für eine Woche zu uns zu Besuch kam, wurde mir so einiges klar. Sie verlangte von mir, ihrem Sohn morgens ein warmes Frühstück zu servieren, bevor wir um sechs Uhr das Haus verlassen, um Arbeiten zu gehen.

Mir reicht um diese frühe Stunde etwas Obst. Möchte er Bohnen frühstücken, so kann er sich die gerne selber zubereiten, gab ich freundlich aber entschlossen zurück. Fast wäre ich vor Wut geplatzt. Ist ja nicht so, dass ich faul bin. Ganz im Gegenteil. Da ich mehr Sprachen spreche als er, werde ich häufiger gebucht und arbeite dementsprechend mehr als mein Mann. Sollte er da nicht eher mir das Frühstück machen?

Wieder einmal wurde mir bewusst, was für ein verwöhnter großer Junge mein Ehemann war, und das meine Schwiegermutter alles daran setzte, dass dies auch so blieb.

Meine neue Wohnung befindet sich am Ende einer Sandstraße in einem zweistöckigen Haus. Dann beginnt der dichte Dschungel. Es ist ein schönes Haus, umgeben von einer weißen Mauer. Der Garten ist ein unberührter Fleck

Dschungel. Bäume, Palmen und Pflanzen wurden kaum angetastet. Der mit Blättern und Ästen bedeckte Boden ist aus Erde. Es gibt weder einen künstlich angelegten englischen Rasen, noch einen Swimmingpool.

Drei Wohnungen gibt es im Haus. Eine unten und zwei oben. Meine ist oben. Ein kleiner Wohnbereich mit Küchenecke, ein separates Schlafzimmer und ein Duschbad. Genug für eine Person. Alles hübsch und gepflegt. Die letzten zwei Tage vor dem Einzug habe ich damit verbracht, die Wände lila zu streichen. Und grün. Das Erste, was ich in einer neuen Wohnung mache. Weiße Wände deprimieren mich. Strahlen mir einfach zu viel Kälte aus.

Glücklich und zufrieden schaue ich mir nun das Ergebnis an. Inmitten von Kartons und Möbeln. Mein kleines Schlafsofa steht neben der Eingangstür im Wohnbereich. Von hier geht eine wunderschöne große Terrasse ab. Ich öffne die gläserne Schiebetür und schließe nur die Tür mit dem Moskitonetz hinter mir. Die Zweige eines großen Baumes reichen weit über die Terrasse hinaus. Spenden Schatten in der Tropenhitze.

Es ist, als wäre ein großer Ballast von meinen Schultern abgefallen. Wie ein Vogel, der endlich aus seinem Käfig fliegen kann, fühle ich mich frei und leicht. Endlich kann ich die Wahrheit sagen und den Wünschen meines Herzens folgen.

Ich schließe meine Wohnungstür und gehe das Treppenhaus nach unten. Die Wohnungstür der unteren Wohnung steht weit offen. Ich trete in den großen Wohnbereich, von dem eine moderne geräumige Küchenecke abgeht wie auch in meiner Wohnung, nur ist diese hier größer. Karin füllt sich gerade selbst gemachte *Limonada* in ein Glas. Ihre schulterlangen Locken sind weißblond, ausgeblichen von Sonne und Meer. Sie ist etwas Jahre älter als ich und kommt aus München. Als Reiseleiterin verdient sie gut, jedoch nicht genug, um sich mit eigenen Mitteln ein Haus bauen zu können. Ihre Eltern haben ihr das Geld dafür gegeben. So hat sie sich ihren Traum vom Leben in der Karibik erfüllt. Mit der Vermietung der beiden kleinen Wohnungen im Obergeschoss zahlt sie nach und nach ihren Eltern das Geld zurück.

Wir setzen uns auf ihre überdachte Terrasse. Faul liegen ihre Hunde auf dem kühlen, steinernen Terrassenboden. Straßenhunde, die sie aufgenommen hat. Bis auf einen Schäferhund sind es irgendwelche Mischrassen. Sie hat ein gutes Herz. Ist ein interessanter Mensch. Unglaublich willensstark und dickköpfig. Sie wird in ihrem Leben noch viel erreichen, denke ich.

Mein Handy klingelt. Carlos.

„Ich bin nach Hause gekommen in eine leere Wohnung! Wie konntest du nur?" Er war wütend. Sehr wütend. Und doch hörte ich auch einen Hauch von Verzweiflung in seiner Stimme.

„Ich habe dir gesagt, dass ich ausziehen werde. Wenn du mich nicht ernst nimmst, ist das dein Problem."

Reden will er. Sich mit mir treffen. Jetzt.

„Lass uns in einigen Tagen telefonieren, dann komme ich vorbei und wir besprechen alles", schlage ich ihm vor.

Zähneknirschend willigt er ein. In diesem Moment möchte ich einfach nicht mit ihm reden. Nicht an ihn denken. Nur meine neu gewonnene Freiheit genießen.

Ich gehe nach oben in meine Wohnung. Lege mich in die Hängematte, die ich auf der schattigen Terrasse aufgespannt habe. Lausche den Geräuschen der Nacht, die aus dem Urwald zu mir dringen. Dann falle ich in einen traumreichen Schlaf.

14

Geweckt werde ich von den *Chachalacas* vor meinem Fenster. Eine sehr soziale und unglaublich laute Vogelart. Das Wort *Chachalaca* kommt aus dem Nahuatl und bedeutet übersetzt Geschwätz oder Geplapper. Das trifft wirklich sehr gut auf diesen nicht besonders hübschen, bräunlichen Vogel zu. Als Vogelgesang ist der Laut dieser Tiere nämlich gewiss nicht zu bezeichnen, sondern vielmehr als ein angenehmer Krach. Ein Wecker, vollkommen überflüssig.

Ich strecke meinen Kopf durch das offene Fenster. Am Horizont leuchtet der rote Feuerball, der langsam die dunkle Nacht verdrängt und den Himmel in orange-rote Töne taucht. Mein Blick schweift über den immergrünen Dschungel, wo die Vögel auf den Bäumen den neuen Tag zelebrieren. Ich schließe meine Augen, hole tief Luft und genieße für einen kurzen Moment die noch angenehm kühle Luft der Nacht.

In der Küche werfe ich einen Blick in meinen fast leeren Kühlschrank. Viel brauche ich nicht. Werfe eine Banane, ein paar Stücke Papaya und eine gelbe Flugmango in den Mixer. Fülle etwas Kokosmilch rein und stelle ihn an. Der Mixer rattert für einige Sekunden laut vor sich hin. Frühstück.

Ich schließe meine Wohnungstür hinter mir und gehe hinaus auf die Sandstraße. Durch die starken Regenfälle in der Regenzeit ist sie von riesigen Schlaglöchern übersät. Nur eine Frau ist mit ihrem Hund unterwegs. Große schöne Häuser verstecken sich hinter hohen Mauern. Ich komme an einer angelegten Grünfläche mit einem großen Swimmingpool vorbei. Alle Bewohner dieser Wohngegend dürfen ihn benutzen. Doch auch hier ist niemand. Je weiter ich gehe, desto lauter wird das Rauschen der Autos. Am Ende des Sandweges gelange ich schließlich zu einer großen Tankstelle, die direkt an der Autobahn liegt. Ein weißer Kleinbus mit dem Firmenlogo wartet dort schon auf mich. Voller Vorfreude gehe ich auf ihn zu.

Heute ist mein erster Arbeitstag als zertifizierte Reiseleiterin auf der Insel Contoy. Mein Seminar hatte ich erfolgreich abgeschlossen. Die schriftliche Prüfung bestanden. Nun darf ich offiziell auf der Insel Besuchergruppen leiten.

Vor zwei Wochen bekam ich einen Anruf. Und zwar von einer Agentur, die neben dem Walhaischwimmen auch Tagesausflüge auf die Insel Contoy anbietet. Sie hatten mich bei den Walhai-Ausflügen arbeiten gesehen und wussten, dass ich zurzeit bei keiner Agentur angestellt bin. Ich sagte zu. Wusste ich doch, dass Luis in der Zeit, wenn es keine Walhai-Ausflüge gibt, bei ihnen als Kapitän und Supervisor angestellt ist. War es Schicksal, dass wir schon bald wieder zusammen arbeiten sollten?

Der Busfahrer fährt auf ein großes Gelände, von dem ein langer Bootssteg ausgeht. Es ist der Anleger der Autofähre nach Isla Mujeres. Wir halten vor einem kleinen grauen Betonhäuschen, vor dem sich schon viele Tagesausflügler angesammelt haben. Ein wildes Durcheinander. Es grummelt in meiner Magengegend, aber Hunger habe ich keinen. Ich bin nervös. Und ich weiß auch warum. Suchend überfliege ich mit meinen Augen die vielen Menschen. Doch ich sehe ihn nicht.

Als ich meinen Urlauber die Schiebetür des Busses öffne, steigen sie alle nacheinander aus und folgen mir daraufhin langsam zu einem kleinen Stand, an dem ihnen Armbänder für den Ausflug ausgehändigt werden. Maria, meine neue Chefin, begrüßt mich freundlich. Sie ist für eine Mexikanerin unglaublich groß. An Selbstbewusstsein mangelt es ihr zudem gewiss nicht. Sie weiß ganz genau, was sie will, und setzt es auch irgendwie durch. Mit ihr sollte man sich nicht anlegen. Und sie hat eine gute Freundin. Luis' Frau. Ihren Mann Enrique hat sie gut im Griff. Er ist Kubaner, lebt jedoch schon sehr lange in Mexiko. Hat mit erfolgreichen Geschäften viel Geld gemacht. Inzwischen besitzt er dreizehn moderne Schnellboote, die er bei den Walhai-Ausflügen einsetzt, und drei große Katamarane, mit denen er ganzjährig Tages-Touren nach Contoy macht. Er ist groß und sehr dick. Und jähzornig. Ich möchte nicht erleben, wenn bei den beiden zuhause die Fetzen fliegen. Luis und er sind seit Jahren gute Freunde. Und Geschäftspartner.

Ich blicke auf und mein Herz macht einen Sprung. Glücksgefühle verdrängen meine Nervosität. Mit einem Berg von Papierarmbändern steht er neben Maria.

Langsam gehe ich auf ihn zu. Seine verspiegelte Sonnenbrille lässt nur erahnen, wo er wohl gerade hinschaut. Überrascht mich zu sehen, begrüßt er mich mit einem in Mexiko üblichen Kuss auf die Wange. Ungeschickt verschüttet er dabei seinen Kaffee. Dem ansonsten so redefreudigen Luis hat es die Sprache verschlagen. Verwirrt wendet er sich schnell wieder den Gästen zu, um ihnen die Armbänder zu überreichen. Auch ich mache meine Arbeit und kümmere mich um die Gäste.

Als alle Gäste ihre Armbänder erhalten haben, fahren Maria und ihr Mann in ihrem luxuriösen Mercedes zurück in die Stadt. Auf die Insel fahren sie nicht. Die Arbeit überlassen sie ihren Angestellten. Alles junge Mexikaner aus Isla Mujeres. Sie gehen nur sicher, dass alle Gäste an Bord sind und gezahlt haben. Wenn die Kasse stimmt, lassen sie uns alleine mit den Urlaubern.

Seicht schaukelt der Katamaran vor sich hin, über das hellblau leuchtende Meer der Karibik. Fröhliche Musik tönt aus den Lautsprechern. Es herrscht eine ausgelassene Urlaubsstimmung. Immer kleiner werden die Hochhäuser des Festlands hinter uns am Horizont, und immer größer meine Freude, endlich wieder in Luis' Gesellschaft zu sein.

Noch immer blicke ich in Luis' verspiegelte Sonnenbrille, die er so gut wie nie ablegt. Doch besteht kein Zweifel, er schaut mir direkt in die Augen. Und er strahlt über das ganze Gesicht. Die Angespanntheit und die Nervosität scheinen wir auf dem Festland zurückgelassen zu haben.

„Wieso hast du mir denn nicht gesagt, dass du kommst", beanstandet er in einem fröhlichen Ton.

Ich lache. „Nun ja, dann wäre es ja keine Überraschung geworden. Ich wollte unbedingt sehen, wie du reagierst, wenn ich plötzlich vor dir stehe. Fast hättest du mich mit Kaffee begossen." Auch Luis lacht.

Fast sechs Wochen sind vergangen seit unserem letzten Treffen. Vor meinem Urlaub mit meinem Ehemann in Mexiko City. Es fühlt sich an, als wäre es Lichtjahre her. Soviel hat sich seither verändert. Ich habe meine Freiheit wiedererlangt.

Wie schön es doch ist, Luis zu sehen, denke ich.

„Ich bin ausgezogen. Habe mich von meinem Mann getrennt."

Ungläubig und überrascht schaut mich Luis an. Damit hatte er nicht gerechnet.

„Du hast dich von deinem Mann getrennt?" Ich nicke. Und wieder einmal ist er sprachlos.

Ich lächle. Eine tiefe innere Zufriedenheit hat sich in meinem Körper ausgebreitet. Ich würde die Zeit anhalten, in genau diesem Moment. Nirgendwo anders möchte ich sein. Mit niemand anderem.

15

Noch ist Nebensaison und nicht viele Touristen besuchen zurzeit die Riviera Maya. Daher wurde ich für heute nicht gebucht. Es ist früher Vormittag, und von meinem Bett aus starre ich an die weiße Decke. Von der gestrigen inneren Zufriedenheit spüre ich nichts mehr. Nur noch Leere. Ich drehe mich zur Seite und schließe die Augen. Träume vom Meer. Von Luis. Wie er heute nach Contoy fahren wird. Ohne mich.

Der Klingelton meines Handys reißt mich schließlich aus meinen Gedanken. „Luis" steht auf dem Display und sofort macht mein Herz einen kleinen Sprung.

„Arbeitest du heute nicht?", höre ich ihn fragen.

„Nein. Nicht genügend Touristen", antworte ich ihm enttäuscht.

„Ich komme zu dir", sagt Luis. „Werde Maria sagen, dass ich etwas Wichtiges erledigen muss und den Katamaran heute nicht fahren kann."

Mit einem Schlag bin ich hellwach. Ich springe aus dem Bett, das Handy ans Ohr gepresst. In aufgeregtem Ton erkläre ich ihm den Weg zu meiner Wohnung.

Eine Stunde hat er gesagt. Eine Stunde. Von der Leere die mich noch vor zehn Minuten komplett erfüllte, ist nichts mehr da. Aufgeregt eile ich ins Bad um mich zu duschen. Glücksgefühle durchströmen meinen Körper.

Vom Schlafzimmerfenster kann ich die Sandstraße vor dem Haus einsehen. Gespannt knie ich auf dem Bett und warte. Wie ein kleines Kind auf den Weihnachtsmann. Nur bin ich kein kleines Kind mehr und der Weihnachtsmann heißt Luis.

Dass sechzig Minuten so unglaublich lang sein können. Aber so ist das mit der Zeit. Möchte man einen Moment am liebsten für immer behalten, verfliegen die Stunden nur so. Wartet man auf etwas Wunderbares, so bleibt die Uhr fast stehen. So fühlt es sich zumindest an mit der Zeit. Als dann endlich ein Motorengeräusch in der Ferne zu hören ist, nimmt das Warten ein Ende. Es wird immer lauter, bis es schließlich verstummt. Ich laufe die Treppe hinunter und öffne das Eingangstor. Luis strahlt mich an. Er sitzt auf einem schicken silbernen BMW-Motorrad und streift sich langsam den schwarzen Helm vom Lockenkopf.

Draußen tobt inzwischen das Leben. Die Vögel des Dschungels zwitschern fröhlich, und in der Ferne ist das Rauschen der Autos zu hören. Doch das interessiert mich alles kaum. Die Zeit steht still. Tief schaue ich in Luis' dunkle Augen. Einige Menschen sagen, die Augen seien das Tor zur Seele. Ich sehe Sehnsucht, Liebe und Wärme. Luis legt seine Arme um mich. Dann küsst er mich. Umschlungen liegen wir nebeneinander auf meinem Bett. Ich küsse zärtlich Luis' nackten muskulösen Oberkörper. Er lächelt zufrieden. Mein Körper scheint, überschwemmt mit Glücksgefühlen, zu schweben.

Wie viele Stunden vergangen sind, weiß ich nicht. Hunger habe ich keinen, obwohl es schon Nachmittag ist. Ich spüre den warmen Fahrtwind im Gesicht. Meine Arme klammern sich fest um Luis' Oberkörper, über dem er ein eng anliegendes T-Shirt trägt. Mit lauten Motorengeräuschen in den Ohren scheinen wir über den Asphalt zu fliegen. Hier und da überholen wir ein Auto. Ich trage eine Jeans-Shorts und ein lilafarbenes Trägerhemdchen. Und Flipflops, wie jeden Tag. Mit knapp achtzig Stundenkilometern brausen wir über die Autobahn.

Dann biegt Luis ab. Wird langsamer. Wir passieren eine Schranke. Puerto Aventuras. Ein Dorf für Reiche mit privaten Villen, Eigentumswohnungen, großen und kleinen Hotels, teuren Geschäften, guten Restaurants und vor allem dem pompösen Hafen für Sportangler, Karibiksegler und Luxusjachten. Wir fahren über eine Brücke, die einen Ausblick auf die traumhafte Bucht und das türkis schimmernde Meer gewährt. An einem weißen Sandstrand brutzeln sonnenhungrige Touristen in der warmen Nachmittagssonne. Andere fahren auf orangenen Kanus in die Lagune hinein, die unter der Brücke hindurchführt, und mit dem Meer verbunden ist. Die Straßen sind gesäumt von schicken Häusern und Wohnanlagen. Alles ist penibel sauber.

Als die Sonne tief am rosafarbenen Himmel steht und es nicht mehr lange dauern wird, bis sie hinter dem Horizont verschwindet und ein weiterer Tag zu Ende geht, verabschieden wir uns voneinander. Es war ein Tag, von dem ich nie erwartet hätte, dass er so wunderschön werden wird. Ein Tag, der vieles verändern wird. An dem ich zu Luis' Liebhaberin wurde.

16

Ein später Dezembernachmittag. Eine angenehme milde Luft verdrängt die Hitze der letzten Monate. Von meiner Hängematte aus auf der Terrasse genieße ich die Ruhe. Nur die pechschwarzen *Zanates* des Urwaldes zwitschern mal wieder um die Wette.

Abrupt werde ich aus meinem Halbschlaf gerissen, als jemand klopft. Ich hüpfe aus der Hängematte und taumle etwas benommen zur Tür. „Dein Ex steht draußen vorm Haus", höre ich Karins Stimme.

Ich atme tief durch. Lange schiebe ich es schon vor mir her, ihm die Wahrheit zu sagen.

Über einen Monat ist es nun her, seit ich von Carlos weggezogen bin. Seither habe ich vermieden ihn zu treffen. Ich möchte ihn einfach nicht verletzen. Und doch wird sich das wohl auf Dauer nicht vermeiden lassen. Nun ja, irgendwann muss ich es ihm sagen. Das bin ich ihm schuldig. Schuld. Ja Schuldgefühle quälen mich, wenn ich an ihn denke. Seit meinem Auszug versucht er, mich mit Geschenken und Liebeserklärungen zurückzugewinnen, immer mit der Hoffnung, die Trennung sei nur vorübergehend. Und wieder machen sich Schuldgefühle in mir breit. Ich muss es ihm sagen. Jetzt.

Ich gehe zur Straße runter. Freundlich aber auch distanziert begrüße ich ihn. Er wirkt verletzt. Verzweifelt. Er tut mir leid. Nebeneinander gehen wir schweigend die Sandstraße entlang. Inzwischen ist es dunkel geworden. Nur das warme gelbe Licht der wenigen Straßenleuchten weisen uns den Weg. In der Ferne kläffen Hunde. Straßenhunde. Außer uns ist keiner mehr unterwegs. Ich weiß nicht recht, wie ich es ihm sagen soll. Suche in meinem Kopf verzweifelt nach den richtigen Worten. Dann nehme ich meinen ganzen Mut zusammen und fange an.

„Ich muss dir was sagen. Es tut mir leid, dass ich das nicht schon früher gemacht habe, ich wusste einfach nicht wie", fange ich an. Carlos schaut mich erwartungsvoll und zugleich ängstlich an. Sicher ahnt er es schon. Ist es nicht die Angst von jedem, die Person, die man liebt an einen anderen Menschen zu verlieren? Dann gibt es keine Hoffnung mehr. Gehört das Herz einem Anderen, dann gibt es kein Zurück. Keine Trennung auf Zeit. Kein „wir versuchen es noch einmal". Es ist das Todesurteil einer Beziehung.

„Ich werde nicht wieder zu dir zurückkommen. Ich habe mich in einen anderen Mann verliebt. Es tut mir leid. Es ist einfach passiert." Es ist gesagt. Endlich.

Für manche Dinge gibt es wohl keine passenden Worte. Wie man es auch sagt, es tut weh. Also warum groß herumreden. Tränen schießen aus Carlos' Augen. Voller Wut schimpft er auf mich ein. Er ist verletzt. Natürlich. Das verstehe ich.

„Du hast mich betrogen. Wir sind verheiratet", schreit er mich an.

„Ich weiß. Es tut mir leid. Ich wollte es wirklich nicht. Es ist halt einfach passiert", höre ich mich sagen.

Sicher, noch sind wir auf dem Papier Ehemann und Ehefrau. Auf dem Papier. Für mich ist das nichts weiter als ein Akt der Bürokratie. Hat mit Liebe nichts zu tun. Warum ich überhaupt geheiratet habe? Ich denke, ich hatte diese romantische Vorstellung davon, eine Familie zu gründen. Mit Carlos eines Tages Kinder zu bekommen. Tradition halt.

Am Hauseingang sitzt Karin auf den Treppenstufen im Halbdunkel und nimmt einen tiefen Zug an ihrer Zigarette. Ich setze mich zu ihr. Zünde mir auch eine an. Carlos ist gegangen. Verletzt und wütend. Obwohl er mir leid tut, spüre ich, wie sich ein Knoten in meinem Magen löst. Ein Knoten, den ich dort sehr lange hatte.

17

Ich schließe meine Augen, finde jedoch keine Ruhe um weiterzuschlafen. Meine Gedanken überschlagen sich, und ich kann sie einfach nicht abschalten. Ob Luis wohl wach ist? Ob seine Frau sich jetzt wohl im Bett an ihn schmiegt? Ich merke, wie sich mein Magen verkrampft. Und doch, ich kann an nichts anderes mehr denken. Von morgens bis abends und sogar in meinen Träumen verfolgt er mich. Ob er an mich denkt, so wie ich an ihn? Immer weiter versinke ich in eine melancholische Stimmung. Denke an die schönen Momente, die wir gemeinsam verbracht haben. Dass wir einfach nie genug Zeit miteinander haben. Uns so viel mitteilen wollen. Stundenlang gemeinsam Hand in Hand nebeneinander liegen können und dabei vergessen, dass wir den ganzen Tag keine Nahrung zu uns genommen haben. Als würden Luft und Liebe genug sein. Ich stehe auf.

In Shorts, einem Top und Turnschuhen gehe ich die Treppe runter zur Straße. So langsam steigt die Sonne am Horizont auf und vertreibt die Dunkelheit der Nacht. Ich stecke mir Kopfhörer in die Ohren und mache meinen iPod an. Und laufe. Ich laufe und laufe. An den großen schönen Häusern vorbei auf der Sandstraße am Rande des Dschungels. Nach einer Stunde brennt die Sonne schon heiß vom Himmel. Verschwitzt kehre ich zu meiner Wohnung zurück.

Nachdem ich mich geduscht und angezogen habe, gehe ich aus der Wohnung zu meinem Motorroller. Natürlich hat Carlos sein Auto behalten. Und ich brauchte einen fahrbaren Untersatz. Also habe ich mir einen Motorroller gekauft. Gebraucht. Denn für mehr hat es nicht gereicht. Doch habe ich ihn schnell lieben gelernt. Der Fahrtwind ist herrlich bei den heißen Temperaturen. Parken praktisch überall möglich. Und im Gegensatz zum Fahrrad kommt man auch nicht ins Schwitzen.

In meinem Poloshirt mit Firmenlogo der Agentur und einem kurzen Rock starte ich den Motor. Setze mir den Helm auf. Die Sonne brennt inzwischen gnadenlos vom wolkenlosen Himmel und ich fahre die Sandstraße entlang bis zur Autobahn. Immer bemüht, den Schlaglöchern auszuweichen. Mit fünfzig Stundenkilometern fahre ich auf der Standspur neben den Autos und Bussen, die in rasanter Geschwindigkeit an mir vorbeirauschen. Lasse die Stadt hinter mir. Der Fahrtwind ist angenehm kühl jetzt in den Wintermonaten. Ein herrliches Gefühl.

Nach einer halben Stunde biege ich in eine riesige Hotelanlage ein. Die Einfahrt ist pompös und das Hotel ähnelt einem Palast. Der Wachmann öffnet die Schranke, sodass ich passieren kann. An meinem Poloshirt kann er erkennen, dass ich für eine Agentur für Tagesausflüge arbeite und in den Hotels gibt es Verkaufsstände für Ausflüge. Die soll ich jetzt, an den Tagen, an denen ich nicht für den Ausflug nach Contoy gebucht werde, alle nacheinander abklappern. So hat es Maria entschieden und zahlt mir dafür ein festes monatliches Gehalt. In der gesamten Umgebung Playa del Carmens sind das eine Menge Hotels. Eine Menge Verkäufer, oder besser gesagt Repräsentanten. Wir nennen sie schlicht *Reps*. Die Idee ist es, den Verkauf von Marias Ausflügen anzukurbeln, indem ich für sie Werbung bei den Reps mache. Inzwischen gibt es nämlich Agenturen, die Tagesausflüge in der Riviera Maya anbieten, wie Sand am Meer. Der Markt ist hart umkämpft. Mir gefällt die Idee, ständig zu den Hotels zu fahren, nicht besonders. Zum einen sehe ich Luis nicht. Und zum anderen finde ich es furchtbar langweilig.

Ich parke mein Moped auf dem Parkplatz vor der Hotellobby und gehe auf den Eingang zu. Die kalte Luft der

Klimaanlage in der Eingangshalle lässt mich frösteln. In einer Ecke befinden sich mehrere Stände, an denen die *Reps* arbeiten. Jeder Reiseveranstalter hat seine eigenen *Reps*, wie zum Beispiel Thomas Cook oder Tui. Ihre Schreibtische sind übersät mit Flyern von unterschiedlichen Ausflügen. Plakate in mehreren Sprachen hängen aus.

Ich begrüße Tony. Er kommt aus Mexiko City. Tony ist freundlich und irgendwie immer lustig drauf. Muss er auch, da er ja tagtäglich den Urlaubern Ausflüge verkaufen will. Da ist ein grimmiger Gesichtsausdruck sicher nicht von Vorteil. Er arbeitet für Olympus und hat ein knalloranges Polohemd mit dem Firmennamen an. Sein Ausweis baumelt an einem langen, orangenen Band, das er sich um den Hals gehängt hat. Wir unterhalten uns eine Weile. Ich lasse ihm Flyer da. Da er noch nie auf Contoy war, erzähle ich ihm den Ablauf des Ausfluges. Um einen Ausflug richtig verkaufen zu können, muss er ihn kennen. Viele *Reps* werden daher auch eingeladen, am Ausflug kostenfrei teilzunehmen. Tony ist nicht nur für den Verkauf von Tages-Touren, sondern auch für die Beschwerden der Gäste zuständig. Manche der Beschwerden sind gut begründet, andere nicht nachvollziehbar. So gab es eine Beschwerde einer Frau, der beim Walhai-Ausflug das Boot zu sehr schwankte. Hätte man ihr angeblich vorher nicht gesagt. Wir lachen herzhaft. Einem anderen Gast wiederum gab es zu viele Fische im Wasser. Vom Meer war die Rede, nicht vom gechlorten Hotelpool. Hätte ich ja auch gerne erfahren, bevor ich meinen Ausflug buche, witzle ich. Dass im Meer Fische leben. Und einem Pärchen hätte man nicht gesagt, dass es im Dschungel Mücken gebe. Wollte sein Geld zurück. Wieder lachen Tony und ich. Einfach unglaublich. Und doch wahr. Die *Reps* haben es nicht einfach. Beschweren sich Gäste bei mir, leite ich sie zu ihnen weiter. Am Abend stehen sie dann vor Tonys Schreibtisch. Ich beneide ihn nicht um seine Arbeit. Wäre mir einfach zu langweilig, den ganzen Tag in einem Hotel herumzusitzen.

Ich bleibe noch eine Weile bei Tony und besuche anschließend noch seine Kollegen, die im gleichen Hotelkomplex arbeiten, jedoch in einer anderen Lobby. Ein enormes Gelände, das diese spanische Hotelkette hier in der mexikanischen Karibik hat entstehen lassen. Um zu den anderen Lobbys zu gelangen, nehme ich meinen Motorroller.

Es ist Mittag, als ich aus der letzten der fünf Lobbys in die Wärme hinaustrete. Die hohen Kokospalmen auf dem Weg zum Parkplatz spenden angenehmen Schatten. Alles ist sehr schön angelegt, der kleine Gehweg, die Straße daneben und dazwischen penibel gepflegte Rasenflächen. Alle paar Meter eine Kokospalme. Nirgendwo die Spur von Abfall und Müll. Zwei *Agutis* hoppeln langsam über die große Wiese. Es sind zahme, etwa hasengroße, Nagetiere. Ihr Fell ist bräunlich und dicht, und wie auch bei Hasen ist ihr Schwanz ein kleiner Stummel. Irgendwie erinnern sie mich an Meerschweinchen.

Ich setze mir den Helm auf und stecke den Schlüssel ins Schloss. Langsam fahre ich die Straße auf dem Hotelgelände entlang zurück in Richtung Ausfahrt. Der Sicherheitsmann lässt die Schranke hoch, und schon bin ich wieder auf der Autobahn. Fahre auf der Standspur weiter. Als Puerto Aventuras vor mir erscheint, fahre ich langsamer, bis ich vor der Schranke halte.

Das letzte Mal war ich mit Luis hier vor wenigen Wochen. Und vor zweieinhalb Jahren, an einem heißen Sommertag, habe ich hier Carlos geheiratet. Ich erinnere mich gut, als wäre es gestern gewesen. Noch nie habe ich viel von konventionellen Hochzeiten gehalten. Stundenlang an einem Tisch sitzen, essen, trinken und Small-Talk halten. Unglaublich langweilig, finde ich. Da hatte ich die Idee, einen Katamaran zu mieten.

Für drei Stunden. Musik, Essen und Trinken an Bord. Fünfzig
Gäste hatten wir eingeladen und der Standesbeamte wurde
zum Katamaran bestellt. Kurz bevor es auf das offene Meer
ging, unterschrieben wir den Ehevertrag. Auf dem offenen
Meer wurde dann fröhlich gefeiert. Wem es zu heiß wurde,
konnte sich einfach mit einem Sprung ins Meer erfrischen.
Freunde aus der Karibik, sowie Carlos' Freunde und Familie
aus der Hauptstadt waren mit an Bord. Auch meine Familie
aus Deutschland. Als der Katamaran bei Sonnenuntergang
langsam wieder in den Hafen einlief, baten Carlos und ich
einen Maya-Schamanen um seinen Segen und er hielt eine
traditionelle Maya-Zeremonie für uns ab. Dafür mussten wir
uns beide in Weiß kleiden und uns gegenüber auf die Knie
hocken. Dann bekamen wir einen Kranz aus gelben Wachs-
blumen umgelegt, der uns beide miteinander verband. Der
Schamane hatte ihn selber in seinem kleinen Dorf im Urwald hergestellt. Mit *Copal*, einem Baumharz, wurde das
Reinigungsritual durchgeführt. Es wurde angezündet und
hinterließ als Weihrauch einen sehr angenehmen Duft, der
uns umhüllte. Mit einer Muschel blies der Schamane in alle
vier Himmelsrichtung, um die Götter um Erlaubnis für die
Eheschließung zu bitten. Carlos bekam vom Schamanen
weiße Blumen überreicht, als Zeichen von Reinheit. Mir
übergab er rote, als Symbol des Blutes. Die Blumen wurden
vereint, sodass der Legende nach die Reinheit zur Frau und
das Blut zum Mann zurückkehren konnten. Mit der in der
Mayasprache gehaltenen Zeremonie sollte unsere Verbin-
dung mit dem Universum gefeiert werden. Es war ein sehr
spezieller Moment, den ich leider nicht besonders genießen
konnte. Schon kurz nachdem der schwankende Katamaran
sich in Bewegung setzte, wurde mir schwindelig und übel.
Ausgerechnet an meiner eigenen Hochzeit musste ich zum
ersten Mal im Leben am eigenen Körper erfahren, wie es

sich anfühlt, seekrank zu werden. Vielleicht lag es auch am engen Kleid, der Hitze, oder der Anspannung. Vielleicht war es auch eine Kombination aus allem. Vom Buffet ließ ich zumindest die Finger. Auch die leckere Schokotorte konnte ich am Abend auf der Dachterrasse eines Lokals nicht wirklich genießen. Eine Schande. Und doch habe ich daraus gelernt. Auf hoher See werde ich nicht mehr heiraten, das steht fest. Falls ich überhaupt noch einmal heiraten sollte.

Den Jachthafen lasse ich hinter mir. Erst vor einem zweistöckigen Appartementkomplex halte ich an.

Ana öffnet die Tür. Sie ist wieder zurück aus der Hauptstadt. Die Wohnung gehört ihrem Freund, dem Vater ihrer zwei Jahre alten Tochter. Sie besteht hauptsächlich aus einem sehr großen Raum, der gleichzeitig Wohn-und Esszimmer ist und an den sich eine schöne Terrasse mit Blick auf die Lagune und das dahinter liegende offene Meer anschließt. Die Terrassentür ist aus Glas und geschlossen, damit die kühle Luft der Klimaanlage nicht entweicht. Zudem gibt es neben einer kleinen offenen Küchenecke zwei Schlafzimmer mit Badezimmer. Die Decke ist unglaublich hoch, was die Wohnung riesig erscheinen lässt.

Ana ruft den Lieferservice an und bestellt uns eine Pizza. Sie erzählt mir von ihren Problemen mit dem Vater ihrer Tochter und ich erzähle ihr von Luis. Ihre Putzfrau verabschiedet sich, und wir gehen über die Terrasse die Treppen nach unten zum gemeinschaftlichen Swimmingpool der Wohnanlage. Wir sind die einzigen dort und ich genieße die Gesellschaft einer liebevollen Freundin. Ihr offenes Ohr und ihre Ratschläge. Eigentlich sind es immer die gleichen. Egal ob Karin, Sara oder Ana. Alle sind sich einig, ich solle mir keine zu großen Hoffnungen machen. Luis ist immerhin seit über zwanzig Jahren verheiratet und die Ehe hat schon mehrere Affären überstanden. Wieso sollte er sich dieses Mal von seiner Ehefrau trennen? Ich höre ihnen zu und wenn ich es aus einer objektiven Sichtweise betrachte, haben sie wahrscheinlich recht. Doch ich spüre etwas in mir, was stärker ist als alles, was ich bisher gefühlt habe. Den Drang, bei ihm sein zu müssen. Wie ein Magnet fühle ich mich zu ihm hingezogen. Tief in meinem Herzen fühle ich, dass wir zusammengehören und es auch eines Tages sein werden.

Die Stunden vergehen wie im Flug, und plötzlich steht die Sonne tief am Horizont. Gerne würde ich noch bleiben, doch im Dunkeln auf der Standspur der Autobahn fünfzehn Kilometer nach Playa del Carmen zurückzufahren ist nicht ungefährlich.

Der Fahrtwind ist kalt. Es ist nun doch schon fast dunkel und die hellen Lichter der Autos blenden mich. Ich versuche, mich auf den Verkehr zu konzentrieren. Meine Gedanken fliegen. Es war ein schöner Tag. Aber glücklich bin ich nicht. Die Sehnsucht nach Luis ist unerträglich. Als ich auf die Sandstraße in den Dschungel einbiege, ist es bereits stockdunkel. Die Luft wird spürbar kühler als ich in den Urwald hineinfahre, und ich bekomme eine Gänsehaut.

18

Heute ist Heiligabend. Für mich bedeutet Weihnachten Familie. Kuschelige Wärme nach einem Spaziergang in der Kälte. Unmengen von Schokolade und Keksen. Und Lebkuchen natürlich.

In der Karibik ist das jedoch anders. Bei den tropischen Temperaturen habe ich keinen großen Appetit auf Schokolade oder ähnliche Weihnachtsnaschereien. Es fühlt sich für mich einfach nicht nach Weihnachten an, sondern vielmehr nach Sommerurlaub. Und das, obwohl die Supermärkte duftende Tannenbäume aus Nordamerika zum Verkauf anbieten und ohne Pause Weihnachtslieder spielen. Weihnachten in der Karibik bedeutet für mich vor allem Arbeit. Es ist Hochsaison in der Tourismusbranche. Nur zu Ostern und in den Sommerferien ist es ähnlich voll in den Hotels wie über Weihnachten und Neujahr.

In diesem Jahr bin ich unendlich froh über die viele Arbeit. Endlich sind genug Urlauber bei den Ausflügen, und ich kann wieder nach Contoy fahren. Und das täglich.

Am Bootsanleger angekommen sehe ich, dass noch kaum Gäste da sind. Auch Maria und ihr Mann sind noch nicht da. Ich schicke meine Gäste zunächst zum Frühstücken. An einem langen Tresen können sie sich mit Saft, Kaffee und trockenem Kuchen versorgen. Nichts Großartiges.

Luis kommt direkt auf mich zu. Er ist klein und unglaublich muskulös. Sein Gang ähnelt einem Fußballspieler, da er so durchtrainierte Oberschenkel und O-Beine hat. Bis er mit Anfang zwanzig Knieprobleme bekam, spielte er sogar professionell. Dann widmete er sich dem Bodybuilding, der ihm hier und da sogar einen Preis einbrachte. Jetzt geht er nur noch regelmäßig ins Fitnessstudio, um seinen durchtrainierten Körper zu bewahren. Über seinem kurzen schwarzen Lockenkopf trägt er ein dunkelblaues Käppi. Die verspiegelte Sonnenbrille fehlt auch heute nicht, obwohl es leicht bewölkt ist.

Lächelnd greift er nach meiner Hand und zerrt mich hinter das graue Häuschen, wo uns keiner beobachten kann. Fängt an, mich wild zu küssen. Nach einem kurzen Moment löse ich mich von ihm.

„Luis, stopp. Maria und Enrique kommen gleich, stell dir vor, die sehen uns hier zusammen. Und was sollen die Gäste von uns denken!"

Wir schauen um die Ecke des Hauses und sehen, wie in diesem Moment der weiße Mercedes vorfährt. Luis packt mich erneut und gibt mir einen langen, innigen Kuss. Dann verschwindet er zügig um die Ecke. Ich warte noch einen Moment bevor ich in etwas Abstand folge und zurück zu meinen Gästen gehe.

Maria wirft mir einen vorwurfsvollen Blick zu, als ich wieder unter den Gästen bin. Eigentlich kann sie uns nicht gesehen haben. Ich spüre jedoch, dass sie ahnt, dass Luis seine Frau mit mir betrügt. Wie immer kümmere ich mich um meine Gäste, bin freundlich und versuche mir nichts anmerken zu lassen. Auch Maria tut so, als wäre alles wie immer.

So langsam treffen immer mehr Busse mit Tagesausflüglern ein und es entsteht ein großes Durcheinander. Auch Sara ist heute als Reiseleiterin mit dabei, was mich besonders freut. In etwas Abstand sehe ich, wie Luis sich mit Enrique unterhält. An Luis' Gesichtsausdruck ist zu erkennen, dass er mit der Unterhaltung nicht besonders glücklich zu sein scheint. Doch Enrique hat das Sagen. Er ist sein Boss, zahlt ihm sein Gehalt. Auf seinem dicken aufgequollenen Gesicht zeichnet sich ein ernster Gesichtsausdruck ab, bei dem ich eine Gänsehaut bekomme. Sollten sie von der Affäre zwischen mir und Luis erfahren haben? Stellt er nun Luis zur Rede? Meine Gedanken überschlagen sich.

Luis nickt nur. Er wirkt enttäuscht und unglücklich. Dann steigen sie in den Mercedes und fahren weg. An diesem Tag fährt Luis nicht mit nach Contoy und ich frage mich, worüber die beiden sich wohl unterhalten haben.

Auf dem Rückweg nach Playa bekomme ich endlich eine Nachricht von Luis. Enrique braucht ihn angeblich für den

Bau eines neuen Katamarans. Von nun an wird er daher tagtäglich in Cancún auf einem abgelegenen Gelände mithelfen, ihn zu bauen. Nach Contoy wird er daher vorerst nicht mehr fahren.

Natürlich kennen wir den wahren Grund, es ist einfach zu offensichtlich. Maria und ihr Mann müssen von unserer Affäre erfahren haben und versuchen nun, uns voneinander zu trennen. Luis' Frau und Maria sind befreundet und als strenge Katholiken ist Maria zudem wohl auch keine Befürworterin des Ehebruchs.

Trauer und Wut machen sich in mir breit. Bis zur nächsten Walhai-Saison sind es noch fünf Monate. Nur sonntags wird Luis frei bekommen und sonntags fahre ich normalerweise nach Contoy, da es an dem Tag normalerweise die meisten Gäste gibt. Wann sollen wir uns jetzt sehen können? Und wieso trennt er sich nicht von seiner Frau, wenn er mich liebt?

Frustriert schließe ich die Haustür auf und nehme den angenehmen Duft nach Rotkohl wahr. Mir fällt wieder ein, dass Heiligabend ist und Karin mit Sicherheit ein typisch deutsches Weihnachtsmahl gekocht hat.

„Komm rein, setz dich und iss mit uns", lädt sie mich fröhlich ein, als ich am Rahmen ihrer offenen Wohnungstür stehen bleibe, und den weihnachtlich geschmückten Esstisch bewundere. Selbst einen großen Weihnachtsbaum hat sie in einer Ecke des Wohnraums stehen. Zwar ist er aus Plastik, aber dafür kunterbunt geschmückt mit blinkenden Lichtern. Einen Hauch zu kitschig für meinen Geschmack.

Obwohl ich noch Salz in den Haaren habe und meine verschwitzte Uniform trage, setze ich mich zu Karin und ihren Mann an den Tisch. Zehn Jahre sind die beiden schon verheiratet. Ihr Mann ist hier im Dschungel in einem kleinen Maya-Dorf in ärmlichen Verhältnissen aufgewachsen. Er ist klein, dunkelhäutig und sehr muskulös. Pechschwarze Haare und dunkle kleine Augen hat er, typisch für einen Maya. Er ist ein lieber Kerl, solange er keinen Alkohol konsumiert.

Vor einigen Tagen hörte ich Schreie von unten aus deren Wohnung. Habe durch mein Fenster geschaut als Karin hinausrannte und schrie, ich solle die Polizei rufen, da ihr Mann sie mit einer Machete umbringen will. Bevor ich dazu kam zu reagieren, rannte er auf die Straße hinaus und fuhr in seinem alten Auto davon. Natürlich hatte er mal wieder ein Bier zu viel. Am nächsten Tag kam er nüchtern zurück. Auf allen Vieren um Verzeihung bettelnd. Es war nicht das erste Mal. Und auch sicher nicht das letzte.

Das Essen ist köstlich. Karin ist eine ausgezeichnete Köchin. Sie hat es geschafft die in mir schlummernden Weihnachtsgefühle zu wecken. Doch morgen muss ich wieder arbeiten. Erschöpft verabschiede ich mich von ihnen und gehe schlafen.

19

Es ist Januar. Seit drei Wochen habe ich ohne Unterbrechung gearbeitet. Sieben Tage die Woche. Nur Neujahr hatten alle frei. Müde bin ich. Und doch froh über die Ablenkung. Zuhause wäre mir sicher schon längst die Decke auf den Kopf gefallen. Es ist fast Mitternacht als mich das Klingeln meines Handys abrupt aus dem Schlaf reißt.

„Ich bin auf dem Weg zu dir" höre ich Luis aufgeregt sagen. „Bin schon auf der Fähre zum Festland."

Mit einem Schlag bin ich hellwach. Als hätte mir jemand einen Kübel Eiswasser ins Gesicht geschüttet.

„Ja gut, wie schön" stottere ich vor mich hin. „Ich hole dich vom Bus ab, sobald du in Playa bist."

Keine fünf Minuten später klingelt mein Handy erneut. Unbekannte Nummer. Eine tiefe raue Frauenstimme fängt an, mich zu beschimpfen.

„Was glaubst du eigentlich, wer du bist? Wie konntest du es wagen, dich mit meinem Mann einzulassen? Er ist auf dem Weg zu dir. Und er ist besoffen."

Ohne Zweifel gehört die mir fremde Frauenstimme der Frau von Luis. Ein eiskalter Schauer jagt mir den Rücken hinunter. Was soll ich ihr antworten? Sie hat ja Recht. Ich habe mich mit ihrem Mann eingelassen. Eine Affäre begonnen. Im Bewusstsein, dass er eine Frau hat, mit der er zusammen lebt. Das hätte ich nicht machen dürfen.

„Es tut mir leid", stottere ich leise vor mich hin. Doch sobald ich die Worte ausgesprochen habe, bereue ich sie auch schon. Wie lächerlich sich dafür zu entschuldigen, eine monatelange Affäre mit jemandem zu haben. Das ist ja nicht so, dass ich ihr aus Versehen auf den Fuß getreten bin. Dafür könnte ich mich entschuldigen. Sollte es. Doch dafür?

„Was? Es tut dir leid?" Sie platzt vor Wut. Und ich kann sie verstehen. Als sie anfängt, mich zu beschimpfen, lege ich auf.

Eine Stunde später sitze ich auf meinem Motorroller, auf dem Weg zur Bushaltestelle. Es ist ein Uhr morgens. Die milde Karibiknacht lockt noch viele Einheimische auf die Straßen. Touristen sieht man hier in den Wohnvierteln eher weniger. Die bleiben nachts lieber in den Hotelpalästen oder flanieren über die berühmte *5ta Avenida*.

Eine Freundin fährt mit ihrem Fahrrad vorbei. Wir grüßen uns kurz. Dann fährt sie weiter.

Es dauert noch eine ganze Weile, bis endlich ein kleiner alter *Combi* hält an. Die Schiebetür wird aufgezogen und Luis steigt aus. Nur an seinem roten Kopf und seiner aufgedrehten Art erkenne ich, dass er getrunken hat. Ansonsten ist es ihm kaum anzumerken. Einen Rucksack hat er dabei. Sonst nichts.

Freudestrahlend umarmen wir uns. Als er mein Moped entdeckt, fordert er mich auf, ihm die Schlüssel auszuhändigen. Als wäre es das Normalste der Welt. Der Mann fährt halt. Lässt sich bestimmt nicht von einer Frau fahren. Auch nicht dann, wenn er betrunken ist.

„Bist du dir sicher, dass du fahren kannst?", frage ich ihn. Sein Gesichtsausdruck offenbart, dass ihn meine Frage gekränkt hat. Er ist ein stolzer Mann, der nicht gerne auf Hilfe angewiesen ist. Schon gar nicht von einer Frau.

„Klar" antwortet er selbstsicher und schwingt sich gekonnt mit einem Satz auf den Motorroller.

Auch beim Fahren merkt man ihm erstaunlicherweise nicht an, dass er unter Einfluss von Alkohol steht. Vielleicht hat er ja nur wenig getrunken, denke ich. Mache mir darüber jedoch nicht allzu große Gedanken. Es ist einfach nur schön, ihn jetzt bei mir zu haben.

Sobald wir in meiner Wohnung sind, fangen wir an zu reden. Wochenlang haben wir uns nicht mehr gesehen. Ich möchte alles wissen, was inzwischen passiert ist. Und Luis erzählt.

Dass er und seine Frau sich permanent streiten würden. Sie heimlich sein Handy nach Nachrichten durchsuchte und dabei auf unsere stieß. Zwar hatte Luis anstelle meines Namens einen männlichen abgespeichert, es war dennoch offensichtlich, dass es mehr als nur eine Freundschaft war, die ihn mit jener Person verband. Die Nachrichten waren einfach einen Hauch zu romantisch für eine kumpelhafte Männerfreundschaft. Sie enthielten Liebeserklärungen und den sehnsüchtigen Wunsch nach einem baldigen Wiedersehen.

Luis' Frau stellte ihn daraufhin zur Rede. Zunächst bestritt er alles. Dachte auf eine naive Art, sie würde seine Ausreden schlucken. Als sie heute Abend jedoch wieder einmal anfing nachzubohren, gab er schließlich alles zu. Vielleicht lag es am Alkohol, vielleicht hatte er auch einfach keine Lust mehr auf die ganzen Lügengeschichten. Er gestand ihr sogar, sich in mich verliebt zu haben.

Das traf sie hart. Mit einer Affäre hatte sie gerechnet. War es ja nicht seine erste. Doch das Gefühle mit im Spiel waren, brachte sie dann doch aus der Fassung. Wütend drohte sie ihm an, ihm die Kinder wegzunehmen, sollte er sie verlassen. Natürlich war das eine lächerliche Drohung, da ihre Kinder fast erwachsen sind und zudem dreihundert Kilometer weit entfernt leben. Es war wohl mehr ein Akt der Verzweiflung aus Panik, den einzigen Mann verlieren zu können, mit dem sie jemals zusammen gewesen ist. Sie drohte Luis dann noch, Maria alles zu erzählen, sodass er seine Arbeit verlieren könnte. Doch letztendlich wäre das Marias und auch Enriques Entscheidung. Und der ist ja nun auch mit Luis befreundet. Zudem bin ich mir recht sicher, Maria weiß längst Bescheid.

Wutentbrannt schnappte sich Luis letztendlich seinen Rucksack und füllte ihn mit T-Shirts, Unterhosen und Shorts. Es sei aus, er würde jetzt zu mir ziehen, schrie er sie ihr und ließ seine hysterisch weinende Frau alleine in der Wohnung zurück.

Irgendwie kann ich es noch nicht so richtig glauben. Nun sind wir also endlich zusammen. Keine Affäre mehr.

Eine echte Beziehung. Die ganze Heimlichtuerei soll nun endlich zu Ende sein. Ich fühle mich wie auf Wolken schwebend. Ich bin glücklich.

Aneinandergeschmiegt reden wir die ganze Nacht. Viel zu aufregend ist alles, um an Schlafen zu denken. Selbst als mein Wecker klingelt, unterhalten wir uns noch immer. Fast hätte ich meinen heutigen Ausflug vergessen. Auch Luis muss los. Er hat heute um neun Uhr ein Seminar in Cancún.

Müde, aber vollgetankt mit Lebensfreude, gehen wir gemeinsam den Sandweg entlang bis zur Tankstelle an der Autobahn. Gemeinsam. Hand in Hand. Es fühlt sich so unwirklich an, nach den vielen Monaten des Wartens.

Luis setzt sich vorne zwischen mich und meinem Busfahrer. Dann holen wir gemeinsam die Urlauber aus den Hotels ab. In Cancún lasse ich Luis im Stadtzentrum raus. Schnell drückt er mir noch einen Kuss auf den Mund, dann fahren wir weiter zum Anleger.

Irgendwie fühlt es sich noch sehr unwirklich an. Das Luis jetzt bei mir wohnt. Seine Frau verlassen hat. Ist es nicht zu schön, um wahr zu sein?

Es ist schon dunkel, als ich voller Vorfreude den Sandweg nach Hause entlang gehe. Aufgeregt schaue ich von der Straße aus in die Fenster meine Wohnung. Doch alles ist dunkel. Und still. Nur die Grillen zirpen im dichten Grün.

Als ich die Wohnung betrete, ist sie genau so, wie ich sie am Morgen verlassen habe. Ich bin mir sicher, dass Luis schon auf dem Weg ist.

Mein Handy piept und ich starre auf die Nachricht von Luis. Sein Seminar in Cancún sei zu Ende, schreibt er. Doch er müsse noch auf die Insel rüber, um mit seiner Frau reden. Dann käme er.

Ein mulmiges Gefühl beschleicht mich wie eine böse Vorahnung.

Die Stunden vergehen und ich sitze mit Karin im dunklen Garten, dankbar, nicht alleine zu sein. Zünde mir eine Zigarette nach der anderen an. Die Müdigkeit ist einer innerlichen Unruhe gewichen. Luis hat sein Handy ausgestellt und ist nicht mehr zu erreichen.

Die Tränen laufen mir über die Wangen. Nun ist es fast Mitternacht. Ich solle schlafen gehen, redet Karin auf mich ein. Sie hat ja recht.

Ich gehe nach oben in meine Wohnung, lege mich auf mein Bett und hoffe, dass die Müdigkeit mich bald in einen tiefen traumlosen Schlaf fallen lässt.

20

Vorsichtig gehe ich den kleinen Dschungelpfad entlang. Immer nach Schlangen und Skorpionen Ausschau haltend, nur mit Flipflops an den Füßen. Mit den Händen schiebe ich Gestrüpp und dünne Äste zur Seite. Eine grüne, leicht giftige *Chaay kaan* schlängelt sich durch das Dickicht des Urwalds. Sie scheint jedoch mehr Angst vor mir zu haben, als ich vor ihr.

Nach einigen Metern lichtet sich dann das grüne Dickicht und ein grünlich schimmernder See, dessen kristallklares Wasser im Sonnenlicht glitzert, erscheint vor mir. Eine *Cenote*. Das aus der Maya-Sprache stammende Wort bedeutet soviel wie „Heiliges Wasser" oder „Heilige Quelle". Es sind mit Süßwasser gefüllte Kalksteinlöcher. Eingänge zu einem gigantischen Unterwasserflusssystem, das sich wie Adern durch die Halbinsel Yucatans schlängelt.

Meine Flipflops lasse ich zusammen mit meinem dünnen Sommerkleid auf einem Stein. Dann springe ich. Durch den von der Tropenhitze aufgeheizten Körper empfinde ich das Wasser zunächst als eiskalt. Nach wenigen Minuten gewöhne ich mich jedoch an die Temperatur und das Wasser wirkt belebend. Unter der glasklaren Wasseroberfläche befinden sich einige Meter unter mir Felsen und Steine. Ein kleiner Schwarm *Garra Rufas* schwimmt an meinen Füßen vorbei. Wenn ich sie ganz still halte, fangen die Fische an, an meinen Füssen zu knabbern. Es kitzelt.

Ein Teil der *Cenote* liegt unter dem freien Himmel, welches den Eindruck erweckt, es würde sich um einen See handeln. Der hintere Teil jedoch führt in eine Höhle hinein. Der See ist daher nur entstanden, da ein Teil der Höhlendecke eingebrochen ist, und die mit Wasser gefüllte Höhle zum Teil freigelegt hat.

Ich schwimme zum Höhleneingang. Neben den typischen Formationen einer Tropfsteinhöhle gibt es auch riesige Baumwurzeln hier unten zu bewundern, die sich ihren Weg durch den Kalkstein gebahnt haben. Ihr Ende liegt bereits im Wasser. Damit sind viele Bäume wie der *Ceiba,* das ganze Jahr mit Wasser versorgt.

Der Mayalegende nach verbindet dieser riesige Kapokbaum die drei Welten miteinander. Die des Himmels, die der lebenden Menschen und die Unterwelt, dem *Xibalbá.* *Xibalbá* bedeutet übersetzt aus der Maya-Sprache „Ort der Angst". Es ist die neunstufige Unterwelt, die von verschiedenen Göttern, Tieren und Mischwesen beherrscht wird. Einer der Götter des Xibalbá ist *Chac Mol,* ein Gott, der der Geschichte nach in der Dämmerung als Jaguar wiedergeboren wurde und Angst und Schrecken verbreitete. Um ihn zu besänftigen, brachten ihm die Mayas immer wieder Opfergaben. Auch heute noch werden auf dem Grund vieler *Cenotes* Knochenreste von damaligen Menschenopfern gefunden.

Auch *Aluxes*, die Geister des Lichtes, kann man im *Xibalbá* antreffen. Sie rauschen der Legende nach durch die *Cenotes*, um ihr Unheil zu treiben.

Mich fasziniert der *Xibalbá* von dem Tag an, an dem ich erstmals einen Fuß in eine *Cenote* getan habe. Es war mein zweiter Tag in der Karibik vor fast vier Jahren.

Schnell ließ ich den im trockenen liegenden Höhleneingang hinter mir und tauchte ein, in das Dunkel der Höhle. Nur eine kleine Lampe an meinem Helm und eine schwere große Tauchertaschenlampe, wiesen mir den Weg. Zunächst war von Wasser keine Spur und ich schlängelte mich zwischen Stalaktiten hindurch immer mit der Vorsicht, keine abzubrechen und nicht auf eine Stalagmite zu treten. Die einzigen Geräusche hier unten kamen vom stetigen Tropfen der Stalaktiten und dem Flattern der Fledermäuse. Je weiter ich in die Höhle eindrang, je schöner wurde sie mit ihren herrlichen Formationen. Und dann kam das Wasser. Ein ruhiger glasklarer See mitten in der pechschwarzen Höhle, umgeben von traumhaft schönen Formationen einer typischen Tropfsteinhöhle.

Langsam ging ich in das kühle Wasser und musste schwimmen, da es unter meinen Füßen plötzlich viele Meter in die Tiefe ging. An manchen Stellen war die Höhlenwand nur knapp einen Meter über mir und ich musste mich ducken, um mich nicht am Kopf zu verletzen. Sogar fossile Muschelabdrücke konnte ich entdecken.

Zurück am Höhleneingang verweile ich noch einige Zeit im kühlen Wasser und beobachte den grünen Dschungel um mich herum. Genieße das fröhliche Zwitschern der Vögel.

Auf einem Ast sitzt ein *Motmot,* einer der wohl schönsten Vögel der Region. Kunterbunt ist ihr Gefieder, grünlich-orange der Körper und leuchtend blau der lange Schwanz. Ein exotischer Paradiesvogel. Es ist immer etwas Besonderes, wenn man im Urwald auf einen trifft.

An diesem magischen Ort bleibt die Zeit stehen. Stundenlang könnte ich hier alleine verbringen, ohne Langweile zu verspüren. Meine Gedanken kommen zur Ruhe, und die Anspannung entweicht nach und nach meinem Körper. Ein bezaubernder Ort, das *Xibalbá.*

Seit Luis wieder zu seiner Frau zurückgekehrt ist, habe ich nichts mehr von ihm gehört. Mehrere Tage sind seither vergangen. Hundeelend fühle ich mich, sobald ich daran denke. Verletzt hat er mich, als wäre alles nur ein Spiel für ihn. Wütend bin ich. Würde ihn am liebsten vergessen. Wenn ich es doch nur könnte!

Doch vielleicht ist ja auch wirklich etwas schlimmes passiert und es gibt einen guten Grund für sein Verschwinden.

Zumindest werde ich ihn nicht anrufen. Er muss sich melden. Das ist er mir schuldig.

Zurück in meiner Wohnung öffne ich meinen Kleiderschrank und schaue traurig auf das Fach, wo sich ordentlich seine wenigen Klamotten stapeln. Die, die er in jener Nacht in seinem Rucksack hatte. Er hat es also ernst gemeint, denke ich. Hätte er sonst seine Sachen hiergelassen?

Das Klingeln meines Handys reißt mich aus meinen Gedanken. Für einen kurzen Moment bleibt mein Herz stehen. Doch es ist Karin.

„Fahre zum Supermarkt. Willst du mit?"

„Sicher", antworte ich ihr. „Komme gleich runter."

In Karins großem alten amerikanischen Auto riecht es unangenehm muffig. Auch die Sitzgarnitur hat schon bessere Zeiten gesehen. Sofort lassen wir die Fenster runter, denn aus der Klimaanlage pustet nur warme Luft.

Die Gänge des Supermarktes sind riesig. Im Hintergrund dudelt Musik, und es werden irgendwelche Angebote durchgegeben. Es gibt wirklich alles in diesen amerikanischen Mega-Märkten. Neben Nahrungsmitteln auch Klamotten, Fahrräder und sogar Autoreifen. Farben für das Haus, Zelte, Koffer und Unmengen von Kosmetikartikeln.

Ich schlendere mit dem großen Einkaufswagen durch die Gänge. Viel brauche ich nicht.

An der Kasse packe ich einen pinkfarbenen Bikini auf das Band. Etwas Obst und Brot. Das ist alles. Ich esse ja ohnehin immer bei der Arbeit mit meinen Gästen zusammen. Zuhause koche ich so gut wie nie. Wenn ich frei habe gehe ich meistens mit Freunden Essen. Sushi oder so.

Mein Handy klingelt. Wieder macht mein Herz einen Sprung. Und zurecht. Es ist tatsächlich Luis. Aufgeregt schaue ich aufs Display. Was soll ich ihm sagen? Sollte ich wütend sein? Vielleicht gar nicht abnehmen? Doch dazu bin ich viel zu neugierig. Möchte jetzt doch endlich wissen, warum zur Hölle er sich seit Tagen nicht gemeldet hat und was ihn dazu getrieben hat, wieder zu seiner Frau zurückzugehen. Oder ist er vielleicht gar nicht zu ihr zurück?

„Hallo", versuche ich so kalt wie möglich zu sagen. „Hallo", antwortet er freundlich. Als wäre alles wie immer. Ein ganz normaler Anruf. Um mal wieder Hallo zu sagen. Zu fragen wie es geht.

„Was ist los?", frage ich ihn noch immer in einem kühlen, bestimmten Ton. Er soll merken, dass sein plötzliches Verschwinden nicht in Ordnung ist. „Ich habe auf dich gewartet", ergänze ich.

Stille. Ich höre ihn schwer atmen.

„Es tut mir leid", antwortet er in einem schuldbewussten Ton, „ich konnte einfach nicht zu dir zurück. Meine Frau hat mich unter Druck gesetzt, und meine fast erwachsene Tochter hat die Windpocken bekommen. Wir mussten zu ihr nach Mérida fahren. Ich bin jetzt bei ihr. Sobald ich zurück bin, melde ich mich bei dir."

Dann legt er auf.

Meine Tränen fangen an zu fließen. Warum kann ich ihn nicht einfach aus meinem Leben verbannen? Wieso tut er mir das an? Spürt er denn gar nichts?

21

Vor einigen Jahren habe ich mich der Social-Media-Mode angeschlossen und bin Mitglied bei Facebook geworden. Ob es eine gute Entscheidung war, wage ich gerade zu bezweifeln.

Ich starre auf den Computerbildschirm meines Laptops auf das Foto von Luis. Seine Tochter hat es gepostet und ihn dabei markiert. Da ich mit Luis im Facebook befreundet bin, habe ich also Zugriff auf dieses Foto. Und da ich von Natur aus neugierig bin, schaue ich natürlich auch des Öfteren mal auf seine Seite.

Auf dem Foto sind Luis und seine Frau eng umschlungen zu sehen. Und unter dem Foto der Kommentar der Tochter „Meine Eltern wie frisch verliebt".

Wieder ist mir zum Heulen zumute. Spielt er mit mir? Und wieso kann ich ihn nicht einfach vergessen? Immer wieder die gleichen Fragen, auf die ich einfach keine Antwort habe.

Jedes Jahr wird Karneval gefeiert. Und zwar auch am heutigen Sonntag. Es ist inzwischen Februar. Die Fraueninsel wird voller Menschen sein, die sich den Umzug ansehen wollen. Eine abgespeckte Version des weltberühmten Karnevalsumzuges von Rio de Janeiro. Sehr abgespeckt, um ehrlich zu sein.

Während ich meinen Gästen die Armbänder umbinde, erzählt mir Maria, dass sie und ihr Mann heute mit einem von ihren Schnellbooten aufs Meer rausfahren werden, um mit Fächerfischen zu tauchen. Ein besonderes Ereignis zu dieser Jahreszeit, wenn das Meer etwas kühler ist. Dann bilden sich große Sardinenschwärme im Ozean, die viele Raubfische anlocken. Haie, Delfine aber auch Fächerfische wollen alle was von den Sardinen abbekommen. Aus der Luft nehmen Vögel an dem Festmahl teil. Wo also Sardinenschwärme sind, gibt es mit großer Wahrscheinlichkeit auch Fächerfische. Um die zu finden, muss man also einfach nur nach größeren Vogelansammlungen auf dem offenen Meer Ausschau halten, und dann mit einer Taucherbrille ins Wasser springen. Nun ja, so einfach auch nicht. Das Meer ist groß und es kann Stunden dauern, bis man Erfolg hat, und den schnellsten Fischen der Welt beim Jagen zusehen kann.

Auf dem Weg zum Katamaran komme ich an dem Schnellboot vorbei, mit dem Maria und ihr Mann aufs Meer fahren wollen. Es liegt auf der anderen Seite des Bootssteges. Schaukelt mit den Wellen hin und her.

Kurz halte ich inne. Glaube, mich versehen zu haben. Mich stockt der Atem, als ich Luis im Boot stehen sehe. Mit einem breiten Grinsen im Gesicht.

„Luis fährt uns", höre ich Marias Stimme hinter mir sagen. Ich versuche mir nichts anmerken zu lassen.

„Wie schön. Hättet mich ja auch einladen können", gebe ich provokant zurück, sodass alle es hören können. Luis lacht daraufhin laut los. Nur Maria und ihr Mann finden es überhaupt nicht lustig.

„Dich brauchen wir bei der Arbeit", antwortet Marias Mann ernst. Natürlich weiß ich das auch.

Vom Katamaran aus beobachte ich, wie Luis das Schnellboot startet und es vor meinen Augen immer kleiner wird. Neben einem turbulenten, schäumenden Wellengang hinterlässt es auch einen Hoffnungsschimmer. Luis bald wiederzusehen.

Auf Isla Mujeres ist am Nachmittag die Hölle los. Menschenmassen drängen sich durch das kleine Zentrum der Insel. In der Mitte der Straße passieren Gruppen von tanzenden Frauen in bunten Kleidern. Salsa-Musik schallt durch die Straßen. Eine Stunde habe ich Zeit, mir das Spektakel anzusehen. Meine Gäste haben jetzt Freizeit. Und ich Pause.

Einige hundert Meter weiter an einem anderen Bootsanleger entdecke ich das Schnellboot. Ich kneife meine Augen zusammen und erkenne Luis. Neben ihm im Boot steht Enrique. Sie scheinen sich zu unterhalten. Es ist jedoch kaum zu erkennen, so weit sind sie weg.

Sicher hat Luis mich auch entdeckt. Zumindest kann er den Katamaran sehen. Der ist in seinen knallgelben Farben nicht zu übersehen. Doch scheint er keinen Versuch unternehmen zu wollen, das Boot zu verlassen. Und ich werde mich hüten, zu ihm zu gehen. Nicht mit Marias Mann in der Nähe. Ich verlasse den Bootssteg und schlendere die vollen Straßen des Zentrums entlang.

Inmitten der Menschenmenge taucht plötzlich Maria vor mir auf und fängt an mir zu erzählen, wie schlecht es ihr doch auf dem Boot ergangen sei. Immer werde sie seekrank.

Wir gehen ein Stück gemeinsam weiter bis zum Straßenrand, um uns die vorbeiziehenden, tanzenden und herrlich bunt geschmückten Frauen anzuschauen. Laute Salsa-Musik dröhnt dabei durch die Straßen.

Zwischen den zuschauenden Menschen auf der anderen Straßenseite eilt eine kleine, etwas pummelige Frau mit langen, dunklen Haaren strahlend auf Maria zu. Als mir bewusst wird, um wen es sich handelt, erstarre ich. Obwohl ich sie bisher nur auf Fotos gesehen habe, erkenne ich sie sofort.

Panik steigt in mir auf. Ohne mich von Maria zu verabschieden drehe ich mich abrupt um und tauche in die Menschenmenge ein.

Fast hätten wir uns Kopf an Kopf gegenüber gestanden. Wenn ich Glück habe, hat sie mich nicht erkannt. Hat mich ja auch noch nie persönlich gesehen. Aber sicher schon auf einem Foto. Facebook macht es möglich.

Ohne viel Zeit zu verlieren, gehe ich zurück zum Katamaran. Ein sicherer Ort.

Langsam erhole ich mich von dem Schreck. Nach und nach trudeln die Urlauber wieder ein, doch auch nach mehrmaligem Zählen fehlt noch einer.

„Lass uns noch fünf Minuten warten", bitte ich den Kapitän. Der ist jedoch genervt und will fahren.

„Wir müssen los. Geh ihn suchen", antwortet er mir harsch.

Das meint der doch jetzt nicht ernst? Ich soll zurück in die Menschenmenge? Wo Maria mit Luis' Frau am Straßenrand steht?

Ohne zu wollen gehe ich den Bootssteg zurück zur Hauptstraße. Kaum bin ich dort angekommen, schaue ich mich um. Und genau da treffen sich unsere Blicke. Ihre kalten Augen sind so hasserfüllt, dass ich eine Gänsehaut bekomme und mich schnell abwende.

Nach wenigen Metern treffe ich dann zum Glück meinen verschollenen Gast, einen etwas verträumten Spanier. Erleichtert drehe ich um und wir gehen gemeinsam zurück. Richtung Bootsanleger.

Dann muss ich zu meinem Erschrecken feststellen, dass Luis' Frau schnurstracks auf mich zugeht. Sie muss mich die ganze Zeit über beobachtet haben, denke ich. Mir gefolgt sein.

Das Einzige, was mir in diesem Moment einfällt, ist, sie einfach zu ignorieren. Ich tue also so, als ob ich sie nicht sehen würde. Nicht wüsste, um wen es sich handelt.

Sie geht so nah an mir vorbei, dass mich ihre Haare streifen und ich ihr Parfum riechen kann. Zu meiner Überraschung ist sie einen ganzen Kopf kleiner als ich. Ich musste mich also gar nicht wegdrehen, als sie an mir vorbeiging. Es reichte vollkommen aus, einfach nach vorne zu schauen. Nur bloß nicht nach unten.

Der Horizont schimmert in den schönsten Orangetönen, während der Katamaran leicht schwankend auf das Festland zusteuert. Tief steht die Sonne wie ein glühender Feuerball. Gleich verschwindet sie hinterm Horizont.

Die Urlauber an Bord zelebrieren unterdessen das Ende eines besonderen Tages. Bei lauter Party-Musik trinken und unterhalten sie sich freudig.

Für mich war es ein anstrengender Arbeitstag, den ich so schnell nicht vergessen werde. Im Bus erzähle ich meinem Fahrer Victor, was mir heute passiert ist. Er schmunzelt. Immer wieder bekomme ich von ihm das Gleiche zu hören. „Habe Spaß, aber mach dir keine Hoffnungen. So sind wir

Mexikaner eben. Ich habe auch hin und wieder eine Affäre. Würde meine Frau dennoch nie verlassen. Und sie weiß es. Lebt damit. Akzeptiert es halt."

Ich denke nach. Versuche, mich in Luis' Frau hineinzuversetzen. Sie war erst sechzehn, als sie ihn geheiratet hat. Außer Mutter und Hausfrau hat sie, bevor die Kinder kamen, in einem Laden gearbeitet. Gelernt hat sie allerdings nichts. Nicht einmal einen Schulabschluss kann sie vorweisen. Dadurch wurde sie in den Jahren von ihrem Mann finanziell abhängig. Ohne ihn gäbe es kein Geld mehr. Sie müsste also arbeiten gehen, sollte sich Luis von ihr trennen.

Es ist sicher beängstigend sich vorzustellen, plötzlich alleine dazustehen. Ohne Mann und Geld. Wenn man nie etwas anderes kennengelernt hat. Aber vielleicht hat sie ja auch keine Lust auf Arbeiten und möchte daher eine Trennung um jeden Preis verhindern. Denn wie kann man bei einem Mann bleiben wollen, der einen ständig betrügt und sogar gesteht, jemand anderen zu lieben? Irgendwie ist mir die Frau ein Rätsel.

Es ist nicht einfach, in einem Land mit einer fremden Kultur zu leben. Viele Dinge, die für mich immer selbstverständlich waren, sind es plötzlich nicht mehr. Nach fast zehn Jahren in Mexiko gibt es immer wieder etwas Neues zu lernen und zu verstehen.

Viele meiner mexikanischen Freundinnen haben studiert. Sie kommen aus der Mittel- und Oberschicht. Bildung ist Priorität. Traditionen und Religion sind in den Hintergrund geraten. Viele von ihnen leben mit ihrem Partner zusammen, ohne jedoch verheiratet zu sein und haben höchstens zwei Kinder.

Auch alleinerziehende Freundinnen habe ich. Es sind starke Frauen. Unabhängige Frauen.

22

Das Frühjahr ist da. Seit fast drei Monaten habe ich Luis nicht mehr gesehen. Mit Ausnahme des Karnevals. Ab und zu erhalte ich eine oberflächliche Nachricht von ihm. Er könne sich angeblich von seiner Frau nicht loslösen. Von mir jedoch auch nicht. Kämpft einen Kampf, den er nicht gewinnen kann. Versucht es trotzdem.

Ich habe gelernt, geduldig zu sein. Was bleibt mir auch anderes übrig. Die Gefühle zu ihm kann ich nicht abstellen. Kein Tag vergeht, ohne dass ich an ihn denke. Und heute ist ein ganz Besonderer. Sein Geburtstag.

„Alles Gute zum Geburtstag."

„Danke", antwortet er liebevoll.

„Fährst du heute wieder nach Contoy?"

„Ja", antworte ich ihm. Ich wünsche ihm noch einen schönen Tag. Versuche dabei, so gelassen wie möglich zu klingen. Innerlich zermürbt es mich jedoch, dass er den heutigen Tag nicht mit mir, sondern mit seiner Frau verbringen wird.

Die Sonne brennt mal wieder gnadenlos vom Himmel, als ich den Bootssteg auf Contoy entlanggehe, um meine Inselführung zu beginnen. Nach einigen Meter fällt mir auf, dass ich meine Wasserflasche, die ich bei der einstündigen Führung bei über 30 Grad im Schatten, dabei haben muss, vergessen habe. Also drehe ich um und kehre zurück zum Katamaran.

In dem Moment sehe ich ein Schnellboot in die Bucht fahren. Direkt auf uns zu. Verblüfft halte ich einen Moment den Atem an. Ich kenne es. Es gehört Luis. Habe ich doch auf den Walhai-Ausflügen mit ihm an Bord gearbeitet.

Und ich traue meinen Augen nicht recht. Luis ist an Bord. Doch ist er nicht alleine. Seine Frau und seine beiden Kinder sind bei ihm.

Mir wird schlecht. Hätte ich das geahnt, ich wäre heute nicht zur Arbeit gekommen. Jetzt darf ich mir die nächsten drei Stunden die glückliche Familie ansehen. Ihnen dabei zuschauen, was für einen wunderschönen Tag sie gemeinsam verbringen.

Schnell greife ich nach der Wasserflasche, ziehe mir mein Käppi tief ins Gesicht über die Sonnenbrille und gehe zügig den Bootssteg entlang zum Strand.

In einem überdachten Bereich erkläre ich meiner Gruppe, anhand einer großen Inselkarte, zunächst die Geografie der Insel. Als ich ihnen dann die Fauna erklären möchte, halte ich plötzlich inne.

Etwas Abseits meiner Gruppe haben sich Luis' Frau, ihr Sohn und seine bildhübsche Freundin hingestellt, die auch noch mit auf dem Boot war. Jetzt beobachten sie mich. Die Augen seiner Frau starren mich dabei mit einer Eiseskälte an, dass ich, trotz der heißen Temperaturen, eine Gänsehaut bekomme. Ich spüre ihre Boshaftigkeit und wie sie es zu genießen scheint, mich leiden zu sehen. Mir klar zu machen, wer Gewinner und wer Verlierer ist.

Obwohl ich den Sohn von Luis kenne, wir letzten Sommer oft gemeinsam auf dem Boot waren und uns immer gut verstanden haben, ignorieren wir uns. Sicher weiß er von meiner Affäre mit seinem Vater und möchte nun nichts mehr mit mir zu tun haben.

Nervös verkrampfe ich innerlich. Spüre einen Kloß im Hals. Höre, wie die englischen Worte automatisch aus meinem Mund kommen, wie von einer Kassette abgespielt. Zumindest scheinen die Gäste nichts von meiner plötzlichen Unsicherheit zu merken. Wie ich innerlich mit mir ringe.

Am liebsten wegrennen, im Meer abtauchen oder mich am Strand einbuddeln würde.

Als ich meine Gruppe weiter zur Lagune führe, bleibt die Frau von Luis stehen. Ich bin erleichtert, als ich endlich mit meinen Gästen alleine bin.

Nach dem Mittagsbuffet setze ich mich mit den anderen Reiseleitern auf den Bootssteg. In der Mitte gibt es einen Pavillon aus Holz und Palmblättern. Ein willkommener Schattenspender.

Während die Touristen in der Sonne brutzeln und im seichten, kristallklaren Wasser der Bucht baden, schweift mein Blick unwillkürlich an den Strandabschnitt, wo sich Luis mit seiner Familie niedergelassen hat. Alle tummeln sie sich im flachen Wasser, wobei Luis sich mit seinen Kindern unterhält. Seine Frau sucht immer wieder seine Nähe, ohne ihn jedoch zu umarmen oder zu küssen. Sie scheinen alle einen schönen Tag zu haben. Auch Luis wirkt glücklich.

Beim Anblick spüre ich erneut einen Kloß im Hals. Und doch scheint es mir unmöglich, meinen Blick von ihnen zu wenden. So weh es mir auch tut.

Der Katamaran beginnt sich endlich zu bewegen. Ich schaue geradeaus auf das Meer, das vor uns liegt. Will nur noch nach Hause. Doch noch muss ich mich gedulden. Wir machen ja noch einen einstündigen Stopp auf Isla Mujeres. Der ist fester Bestandteil des Tagesausfluges. Schnell ist der Katamaran nicht, und auf dem Weg dorthin überholt uns Luis' Schnellboot. Freudig jauchzend winken sie uns zu.

23

Noch zwei Wochen. Dann beginnen die Walhai-Ausflüge von Neuem. Dann ist es ein Jahr her, als ich Luis kennenlernte.

Ein Jahr. Voller Sehnsucht, Hoffnung, Schmerz und Liebe. Noch nie hat eine Person meine Gefühlswelt so durcheinandergebracht. Nie hätte ich von mir gedacht, ein so geduldiger Mensch zu sein. Elf Monate voller Hoffnung, dass Luis sich von seiner Frau trennt. Sich zu mir bekennt.

Doch denke ich, dass alles aus einem bestimmten Grund passiert. Zufälle gibt es keine. Wir bestimmen selber, wie wir unser Leben leben möchte und aus schwierigen und schmerzhaften Situationen lernen wir. Wachsen wir. Und erst wenn wir auch den Schmerz kennen, werden wir Gesundheit und Wohlbefinden zu schätzen wissen. Ohne Schwarz gäbe es nun mal kein Weiß.

Ich habe im vergangenen Jahr viel neues über mich gelernt. Habe einen Schmerz kennengelernt, den ich vorher so nicht kannte. Den Schmerz, ohne die Person, die man liebt, nicht leben zu wollen. Das Leben als sinnlos zu betrachten. Und doch habe ich eine starke Seite an mir kennengelernt. Dass das Leben trotz des Schmerzes weitergeht. Und geduldig zu sein. Anderen Menschen die Zeit zu geben, die sie brauchen. Denn wenn Luis und ich füreinander bestimmt sind, dann werden wir auch zusammen kommen. Da bin ich mir ganz sicher.

Es ist Freitagabend. Heute war ich wieder bei den Hotels und habe *Reps* besucht. Jetzt geht es darum, ihnen die bevorstehenden Walhai-Ausflüge vorzustellen, damit die Schnellboote von Maria und ihrem Mann möglichst alle täglich ausgebucht sind.

Es ist schon dunkel, und ich stehe vor einem Bürogebäude im Zentrum von Playa del Carmen. Maria unterhält sich noch immer mit einigen *Reps*, denen wir eben anschaulich unseren diesjährigen Walhai-Ausflug vorgestellt haben.

Mein Handy klingelt. „Ich bin in Puerto Morelos auf einem zweitägigen Fischerturnier, das morgen früh anfängt. Kommst du mich abholen?"

Sobald ich seine Stimme höre, schaltet mein Verstand komplett aus und ich will nur noch eins. Bei ihm sein. Plötzlich ist es mir egal, wie weh er mir mit seinem Verhalten getan hat. Und das er noch immer mit seiner Frau zusammen lebt. Und dass er sie vielleicht nie verlassen wird. Doch solange ich Hoffnung habe, werde ich nicht aufgeben und um unsere Liebe kämpfen. Mein Blick fällt hinter mir auf Maria, die inzwischen auch ihr Handy am Ohr hat.

„Ja, ich fahre gleich los Schatz, bin in einer halben Stunde in Puerto Morelos", höre ich Maria sagen.

Ich schlucke. Ihr Mann ist mit Luis dort, gemeinsam werden sie am Turnier teilnehmen. Und Maria fährt da jetzt hin. Sollte jedoch nicht mitbekommen, dass ich auch dort hinfahre.

„Ja klar, so in einer Stunde bin ich da", antworte ich Luis und lege auf.

Maria verabschiedet sich von mir, und ich setze mich ins Auto. Warte, bis sie einen kleinen Vorsprung hat, sodass wir dort nicht aufeinandertreffen werden.

Da Sara zurzeit in Europa ist, habe ich ihr Auto. Nach zwanzig Minuten halte ich es nicht mehr aus und fahre los.

Puerto Morelos liegt ziemlich genau zwischen Playa del Carmen und Cancún. Ungefähr also dreißig Kilometer von Playa entfernt. Im Vergleich zu Playa ist es ein Dorf. Ein Fischerdorf, da es direkt an der Küste liegt.

Es ist stockdunkel und noch immer viel Verkehr auf der Autobahn. Gegen halb zehn biege ich dann von der

Autobahn auf eine lange Straße ab, die mitten durch die Mangroven führt. Nach mehreren Minuten Fahrt auf der dunklen, schmalen Straße tauchen die ersten schwachen Straßenlichter des Küstenortes vor mir auf.

Ich stelle den Wagen an den Straßenrand. Alles ist ruhig. Keine Menschen weit und breit. Die Ortsmitte besteht aus einem kleinen Platz, um den eine Straße herumführt. Doch auch hier ist keiner mehr unterwegs.

Plötzlich kommen zwei Gestalten auf mich zu, die ich im Dunkeln kaum erkennen kann. Als sie näher kommen, blicke ich in das strahlende Gesicht von Luis. Ein Freund begleitet ihn. Ich kenne ihn von den Walhai-Ausflügen. Auch er lebt auf der Insel. Ist mir sympathisch.

Luis umarmt mich herzlich. Sein Freund grüßt mich kurz, dann verschwindet er wieder in der Dunkelheit. Ziemlich schnell merke ich, dass Luis angetrunken ist. Sie haben gefeiert, erzählt er mir. Es gab ein Willkommens-Essen für alle Turnierteilnehmer.

Langsam fahren wir die Straße zurück zur Autobahn. Es ist unser erstes Wiedersehen, seit seinem Geburtstag vor wenigen Wochen. Und da war es auch nur auf Distanz, da er ja mit seiner Familie zusammen war.

„Es tut mir so leid. Meine Frau hat darauf bestanden, meinen Geburtstag auf Contoy zu feiern. Sie wusste, dass du da sein wirst. Maria hat es ihr gesagt. Sie wollte, dass du dich schlecht fühlst." Er schaut mich schuldbewusst an.

„Hat sie geschafft", antworte ich knapp. Ich wechsle das Thema, denn über jenen Tag in Contoy möchte ich nicht reden. Jetzt ist es nicht mehr wichtig. Es zählt nur dieser Augenblick. Die Gegenwart. Und in der sind Luis und ich zusammen.

Um vier Uhr morgens reißt uns mein Wecker aus dem Schlaf. Auch dieses Mal haben wir uns lange unterhalten.

Nach Mitternacht erinnerten wir uns jedoch an die schlaflose Nacht vor einigen Monaten und zwangen uns zu schlafen.

Noch im Dunkeln verlassen wir meine Wohnung. Kurz vor Sonnenaufgang kommen wir wieder in Puerto Morelos an. Ich wünsche ihm viel Erfolg, doch er scheint sich mehr auf den kommenden Abend als auf die Stunden auf hoher See zu freuen.

Schnell fahre ich zurück nach Playa. In meiner Wohnung angekommen, habe ich gerade noch Zeit, meinen Rucksack zu nehmen und zur Tankstelle zu gehen, denn Victor wartet schon mit dem Bus. Mit einem Lächeln im Gesicht starte ich in einen neuen Arbeitstag. Denke an den kommenden Abend, an dem ich ihn wieder von Puerto Morelos abholen werde, da das Turnier ja über zwei Tage geht. Viel Aufwand für wenige gemeinsame Stunden. Doch die sind es allemal wert.

Ich fühle mich wie auf Wolken schwebend. Die Müdigkeit nehme ich kaum wahr. Und als wir mit dem Bus an Puerto Morelos vorbeifahren, kann ich mir ein Lächeln nicht verkneifen.

24

Es ist Mai. Mitte des Monats beginnen endlich wieder die Ausflüge zu den Walhaien. Noch genau vier Tage, dann ist es soweit, und das lange Warten hat ein Ende.

Das Wasser im Swimmingpool ist angenehm kühl. Im Dunkeln schwimme ich eine Bahn nach der anderen. Nur die kleine Laterne spendet etwas Licht.

Nach einer Tagestour bin ich körperlich erschöpft. Doch da ich heute wieder mal nur zu einigen Hotels gefahren bin, blieb mir noch Energie übrig zum Schwimmen.

Es ist ruhig, keine Seele weit und breit. Während ich schwimme schaue ich immer wieder zum sternenübersäten Nachthimmel. Die Kokospalmen schwanken leicht im lauen Wind.

Zuhause verwöhne ich mich noch mit einer warmen Dusche. Mein Shampoo duftet herrlich nach Vanille.

Im Badezimmerspiegel blicke ich in mein braun gebranntes Gesicht. Meine kinnlangen Haare sind weißblond ausgeblichen von Sonne und Meer. Einen Pony habe ich mir schneiden lassen, aus praktischen Gründen. Fast täglich bin ich im Meer und muss sie daher ständig waschen. Da würden lange Haare nur stören.

Mein Handy piept. Eine Nachricht von Luis.

Vor einer Woche haben wir uns das letzte Mal gesehen. Als das Fischerturnier in Puerto Morelos stattfand.

Ich tippe auf das Display und die Nachricht erscheint.

„Ich bin auf dem Weg zu dir. Habe meine Frau verlassen. Es ist aus."

Ich bin baff. Aufgeregt vor Vorfreude und skeptisch zugleich. Ist es ja nicht das erste Mal.

Mein Handy piept erneut. Nachricht von unbekannter Nummer, lese ich.

„Es ist aus. Er gehört dir" steht da geschrieben. Es ist offensichtlich, von wem die Nachricht kommt. Antworten tue ich nicht.

Wieder mal ist es schon spät, als ich Luis an der Bushaltestelle abhole. Da ich noch Saras Auto habe, lasse ich meinen Motorroller stehen. Auch sicherer, falls er wieder angetrunken sein sollte. Denn Autofahren mag er nicht gerne, das überlässt er lieber mir.

Zu meiner Überraschung ist er nüchtern.

„Dieses Mal ist es anders. Es ist wirklich vorbei. Ich ertrage sie einfach nicht mehr. Wir haben uns nur noch gestritten. Zudem habe ich ihr gesagt, dass ich während des Fischerturniers die Nächte bei dir verbracht habe."

Luis ist aufgeregt. Er erzählt mir von seinen Ängsten, dass weder sein Sohn noch seine Tochter ihm die Trennung verzeihen würden. Sie wären der wahre Grund für sein Zögern gewesen.

Schon lange wussten sie von seiner Affäre. Als alle zusammen in einem Lokal waren und Luis betrunken seine Frau in den Arm nahm, nutzte ihre achtzehnjährige Tochter Lily den Augenblick, um ein Foto zu machen. Sie stellte es ins Facebook, damit ich es sehen konnte. In der Hoffnung, ich würde die Affäre mit ihrem Vater beenden.

Als ich von der Autobahn in die kleine Sandstraße biege, fängt Luis plötzlich bitterlich an zu weinen. Er starrt auf sein Handy und die Nachricht von seinem Sohn Ricky. Alle wissen inzwischen von der Trennung seiner Eltern. Dafür hat Luis' Frau gesorgt. Ricky schreibt seinem Vater, dass er Angst habe, ihn zu verlieren.

Luis treffen seine Worte direkt ins Herz. Natürlich beruhigt er seinen Sohn. Nichts würde sich in Zukunft zwischen ihnen beiden ändern. Absolut gar nichts.

Am nächsten Morgen wachen wir gemeinsam auf. Ohne das Klingeln eines Weckers. Zum allerersten Mal. Und wir bleiben einfach liegen. Obwohl Luis hätte arbeiten müssen. Und ich auch.

Luis ruft bei Enrique an, mit der Ausrede, Behördengänge machen zu müssen. Das heute Samstag ist, hat er vor lauter Aufregung völlig vergessen. Seine Ausrede wurde daher mit großer Wahrscheinlichkeit als Lüge entlarvt.

Ich rufe Maria an und melde mich krank. Erzähle ihr von den gestrigen *Tacos*, die mir wohl nicht bekommen seien.

Diese Tage gehören uns. Und nur uns. Die Welt draußen existiert nicht. Unsere Handys werden auf lautlos gestellt und ignoriert. Wir haben uns. Nach fast einem Jahr. Endlich.

Hand in Hand gehen wir die Sandstraße entlang zum kleinen Dschungelpfad. Bis wir auf die im Urwald versteckte *Cenote* stoßen. Unsere Klamotten lassen wir auf den Boden fallen und splitternackt springen wir in das kalte, kristallklare Wasser.

25

Wir hätten wohl ewig so weiterleben können. Abseits der Gesellschaft, irgendwo im Dschungel in einer kleinen Hütte oder auf einer einsamen Insel. Ich fühle mich überwältigt von Glücksgefühlen, die durch meinen Körper strömen.

Doch nach diesem Wochenende hat uns die Realität wieder. Es ist vier Uhr morgens, stockdunkel und schüttet wie aus Kübeln. Wenn es in den Tropen regnet, dann richtig.

Langsam fährt Luis die holprige Sandstraße entlang zur Autobahn. Ich habe ihn gebeten zu fahren. Riesige Wasserlöcher haben sich gebildet, denen er auszuweichen versucht. Kurzzeitig regnet es so stark, dass wir nichts sehen und Schritttempo fahren müssen.

Als wir nach einer Stunde kurz vor Cancún sind, lässt der Regen endlich nach. Langsam kommt eine graue Wolkendecke zum Vorschein und vertreibt die schwarze Nacht.

Luis parkt den Wagen gegenüber des Fähranlegers. Er muss um sechs Uhr die Personenfähre nach Isla Mujeres nehmen, damit er rechtzeitig bei seinen Booten ist, um den Ausflug zu den Walhaien vorzubereiten. Heute ist nämlich der erste Tag der Walhai-Ausflüge. Seine Angestellten warten bereits auf ihn, und er muss sie einweisen. Alles koordinieren und kontrollieren, um dann mit einem seiner Boote zurück zum Festland zu fahren, wo die Urlauber warten. Und ich. Falls Maria mich denn auf sein Boot lässt. Was ich zu bezweifeln wage. Sie ist der Boss und hat das letzte Wort. Und wird sicher nicht erfreut sein, dass Luis zu mir gezogen ist und ihre Freundin verlassen hat. Natürlich wird sie es inzwischen wissen. Davon gehe ich fest aus.

Es ist noch früh. Erst gegen sieben werden die ersten Mitarbeiter eintreffen und alles vorbereiten. Direkt neben der Personenfähre an einem alten Anleger werden wir mit unseren Booten zum Ausflug starten. Es wird ein kleines Frühstück für die Gäste aufgebaut werden. Und in einem großen Raum wird Maria die Urlauber in Empfang nehmen und ihnen die Boote zuweisen. Dabei werde ich ihr helfen, und in mehrere Sprachen übersetzen.

Es ist halb acht, als die ersten Busse mit Urlaubern eintreffen. Kurze Zeit später wimmelt es nur so von Menschen.

Als Maria eintrifft, schreitet sie mit ernster Miene auf mich zu.

„Du fährst heute nach Contoy. Hier brauchen wir dich nicht", sagt sie in einem ernsten Ton. Sie wirkt verärgert.

„Ich denke schon, dass ihr mich hier braucht", antworte ich kühl. „Wir haben mehrere Deutsche auf der Liste und ich bin die einzige deutsche Reiseleiterin."

Natürlich will ich unter keinen Umständen nach Contoy. Acht Monate lang habe ich mich auf diesen Tag gefreut. Und nicht nur wegen Luis.

„Die verstehen sicher auch Englisch", kontert Maria patzig. Bleibt bei ihrer Meinung. Doch ich weiß genau, was ich machen muss, um zu den Walhaien zu fahren.

„Ich frage sie einfach", antworte ich ihr selbstsicher und gehe zu den deutschen Urlaubern. Erkläre ihnen, sie hätten die Wahl. Einen Ausflug auf Englisch ohne mich oder einen auf Deutsch mit mir an Bord des Bootes.

Die aufgeregten und leicht nervösen Urlauber teilen mir sofort mit, mich gerne mit an Bord zu haben. So wie ich es mir gedacht hatte. Für Maria ist ein zufriedener Gast das Allerwichtigste. Das weiß ich. Daher bleibt ihr letztendlich nichts anderes übrig, als nachzugeben.

Sie nennt mir den Namen des Bootes, dass für mich und meine deutschen Gäste bestimmt ist, und ich gehe zum Anleger. Meine zehn Gäste folgen mir. Als ich das Boot sehe, kann ich es zunächst nicht glauben. Wieso weiß das Maria nicht? Oder hat sie das absichtlich gemacht? Niemals würde sie mich mit Luis zusammen arbeiten lassen. Hatte sie doch gerade noch versucht, mich nach Contoy zu schicken.

Vorsichtig helfe ich den Urlaubern nacheinander ins wackelige Schnellboot.

„Lass uns schnell los, bevor Maria merkt, dass sie mich auf dein Boot geschickt hat", sage ich leise.

Lachend stellt sich Luis hinter das Steuer und manövriert das Boot behutsam vom Bootsanleger an den anderen Booten vorbei, während ich mit einem zweiten mexikanischen Reiseleiter an Bord die Schwimmwesten austeile.

Dann gibt Luis Gas. Der vordere Teil des Bootes hebt sich aus dem Wasser und wir rauschen über das glitzernde Meer. Ich halte mich fest und stelle mich lächelnd neben Luis.

Es ist ein trister Tag. Die Sonne hat keine Chance gegen die dichten Wolken. Stundenlang fahren wir über das Meer. Doch nicht ein einziger Walhai lässt sich blicken. Auch die anderen Schnellboote bleiben erfolglos, was sie uns über Sprechfunkgeräte mitteilen.

Das Wetter scheint wohl auch ihnen nicht zu gefallen, warum daher auftauchen? Und wenn sie nicht an die Wasseroberfläche kommen und ihre Rückenflossen aus dem Wasser ragen, können wir sie nicht sehen. Ich stelle mich vorne an die Spitze des Bootes. Wo sind sie, die Haifischflossen? Das Einzige, was ich sehe, ist das unendlich scheinende dunkelblaue Meer und die graue, dicke Wolkendecke.

Nach fünf Stunden auf offenem Meer geben wir auf. Einige der zehn Gäste auf unserem Boot sind inzwischen seekrank geworden und füttern fleißig die Fische. Also fahren wir wieder Richtung Festland. Noch immer halte ich Ausschau nach den Walhaien, doch nichts.

Es gibt solche Tage. Und doch bin ich keineswegs unglücklich. Ich habe Luis an meiner Seite. Es ist fast wie letztes Jahr. Fast.

Zurück am Bootsanleger wartet schon eine genervte Chefin auf uns, die sich gerade mit wütenden Urlaubern auseinandersetzt, die ihr Geld zurückverlangen. Wir sind eines der letzten Boote, die in den Hafen einlaufen.

Müde helfe ich den Urlaubern aus dem Boot und suche meinen Rucksack. Dann gehe ich ihnen nach. Natürlich wollen auch sie ihr Geld zurück, und ich gehe mit ihnen zu Maria. Zum Übersetzen.

„Ja, es gibt Geld zurück", teile ich den deutschen Urlaubern mit. „Im Hotel werdet ihr es vom Verkäufer des Ausfluges bekommen." Ich bringe meine Gäste zu ihrem Bus und verabschiede mich von ihnen.

„Ich muss mit dir sprechen", höre ich Marias kalte Stimme hinter mir. Ich drehe mich um und blicke in ihr ernstes Gesicht. Sie ist sauer. Sicher ist sie nicht erfreut über die Tatsache, heute Verluste gemacht zu haben, denke ich. Doch es ist mehr als das. Etwas Persönliches. Ich spüre es.

„Ich weiß, dass Luis seine Frau verlassen hat und jetzt bei dir wohnt. Seine Frau hat mich angerufen. Du kannst nicht einfach auf Luis' Boot gehen, nur um bei ihm zu sein. Das geht nicht. So wollen Enrique und ich dich nicht weiter als Reiseleiterin beschäftigen."

Sie feuert mich? Es brodelt in mir und vor Wut schießt mir das Blut in den Kopf. Hätte sie wenigstens einen vernünftigen Grund, aber das? Es gibt nichts, was ich mehr hasse als Ungerechtigkeit.

„Maria, das ist doch wohl nicht dein Ernst? Ja, Luis hat seine Frau verlassen. Ja, er lebt bei mir. Und das ist unsere Privatangelegenheit. Und nein, ich bin nicht auf das Boot von Luis gegangen, um mit ihm zusammen zu sein, sondern weil du mich geschickt hast. Falls du dich noch erinnern solltest." Ich starre sie wütend an.

Auf der einen Seite würde ich ihre Kündigung gerne annehmen. Andererseits habe ich auch meinen Stolz. Und es wäre nicht gerecht. Meine Arbeit habe ich gemacht. Gut gemacht.

Maria überlegt einen Moment. Ich sehe ihr an, dass sie auch nicht glücklich mit der Entscheidung ist, mich als Reiseleiterin zu verlieren.

„In Ordnung", gibt sie schließlich nach. „Aber ich möchte durch eure Beziehung keine Probleme in der Zukunft haben."

„Nein, das wirst du nicht, das kann ich dir garantieren", antworte ich ihr trocken. Ich gehe. Was ist da gerade passiert? So langsam realisiere ich es und bereue meine Worte. Hätte ihr sagen sollen, dass ich mit einer so unprofessionellen Chefin nicht arbeiten möchte. Eine, die sich in mein Privatleben einmischt.

Die Busse der Urlauber sind inzwischen alle wieder auf dem Weg zu den Hotels. Auch Luis hat sein Boot wieder nach Isla Mujeres zurückgebracht, und ich bleibe zurück am Anleger, als auch Maria und ihr Mann abfahren. Nur Talia ist noch da. Meine gute Freundin und Kollegin aus Playa, die heute auf einem anderen Boot gearbeitet hat. Zurzeit führt sie ein Techtelmechtel mit einem Kapitän der Boote. Einem Mexikaner von der Insel. Rodrigo, den wir alle kurz Ro nennen.

Wie auch Luis ist Ro mit seinem Boot zur Insel zurück. Da für die nächsten Tage Sturm und Regen angesagt ist, und die Walhai-Ausflüge bis auf Weiteres abgesagt wurden, möchte er die Nacht bei Talia in Playa verbringen. Also warten Talia und ich jetzt am inzwischen leeren Anleger darauf, dass die beiden Männer mit der Personenfähre zum Festland zu uns zurückkommen. Um dann gemeinsam mit dem Auto nach Playa del Carmen zu fahren.

Am Kiosk der Personenfähre holen Talia und ich uns ungesundes Knabberzeug, um die Zeit zu überbrücken. Inzwischen ist es später Nachmittag, und es hat wieder angefangen zu regnen. Mir ist kalt, obwohl es sicher noch immer um die fünfundzwanzig Grad sind. Sicher ist es die Müdigkeit, da ich ja schon seit vier Uhr morgens auf den Beinen bin.

Vor dem Fähranleger setzen wir uns an einen runden weißen Plastiktisch. Talia reißt die Tüte auf. Wir beobachten, wie jede halbe Stunde eine Fähre von der Insel anlegt. Passagiere ein- und aussteigen. Und sie kurz danach wieder losfährt. Zurück zur Insel.

Bei der Vierten entdecken wir die beiden Männer endlich zwischen den anderen Passagieren, die mit ihnen aus der Fähre aussteigen. Inzwischen ist es dunkel geworden.

Eine Stunde brauchen wir auf der Autobahn. Ich fahre und muss mich sehr konzentrieren, denn die Lichter der entgegenkommenden Autos blenden mich im Dauerregen. Zudem klatschen dicke Regentropfen gegen die Windschutzscheibe, und die Scheibenwischer schnellen hin und her.

Musik und die fröhliche Gesellschaft vertreiben meine Müdigkeit ein wenig. Erleichterung macht sich in mir breit, als wir nach einer Stunde die ersten Wohnanlagen südlich Playa del Carmens passieren. Jetzt ist es nicht mehr weit.

In Playa halten wir an der ersten *Taquería*. Alle haben wir Hunger, denn das einzige Essen bei dem Walhai-Ausflug sind belegte Käse-Schinken-Sandwichs und *Ceviche*, einem Salat aus rohen Meeresfrüchten, Garnelen oder Fisch.

Ich bestelle mir drei *Tacos*. Alle mit gegrilltem, mariniertem Gyrosfleisch, Zwiebeln, frischem Koriander und frischer Ananas. Diese im ganzen Land berühmten *Tacos* werden *Tacos al Pastor* genannt. Darüber tröpfel ich vorsichtig eine rote *Salsa*. Sie ist scharf, dennoch längst nicht so scharf wie die grüne *Habanero-Salsa*. Habaneros sind grüne, gelbe oder rote Chilischoten. Man dachte früher sie kämen aus Kuba, Havanna. Daher auch ihr Name. Richtig ist jedoch ihr Ursprung aus Mexiko, und zwar kommen sie genauer gesagt von der Halbinsel Yucatán, wo sie auch hauptsächlich angebaut werden. Habanero-Chilischoten gehören zu den schärfsten der Welt. Es reicht aus, an ihnen zu lecken, um Tränen in die Augen zu bekommen. Wie es manche Menschen schaffen, sie sogar zu essen, ist mir schleierhaft.

Ro nimmt einen Löffel der scharfen grünen *Salsa* und begießt damit den Inhalt seines *Tacos*. Genüsslich beißt er hinein. Ich erinnere mich dabei an einen mexikanischen Spruch und fange an zu lachen. „Brennt es am Eingang, dann brennt es auch am Ausgang."

26

Am nächsten Morgen schlafen wir lange. Es ist grau und regnerisch. Die Luft feucht und warm. Viel Abkühlung bringt der Regen nicht, doch die dicke Wolkendecke versteckt zumindest die heiße Sonne vor uns.

Da die Ausflüge bis auf Weiteres abgesagt wurden, gibt es keine Eile. Trotzdem muss Luis zurück auf die Insel. Seine Boote kontrollieren. Sollten sie voller Wasser laufen, könnten sie untergehen. Zudem muss er seinen Auszug regeln.

Bei mir kann er nicht wohnen bleiben, das ist uns beiden inzwischen klar geworden. Er muss in der Nähe seiner Boote sein. Zumindest im Sommer während der Walhai-Saison. Ro hat ihm vorgeschlagen, bei ihm einzuziehen. Er hat eine kleine Drei-Zimmer-Wohnung auf der Insel und wohnt allein. Luis hätte sein eigenes Schlafzimmer. Wohnzimmer, Küche und Bad würden sie sich teilen. Sowie die Miete, Wasser und Strom. Eine Wohngemeinschaft halt.

Luis hat einen starken Willen. Hat er sich etwas vorgenommen, tut er alles, um es umzusetzen. Weit hat er es gebracht in seinem Leben.

Luis hat sieben Geschwister, wobei er der Jüngste ist. Seine Mutter hatte kurz nach seiner Geburt den alkoholkranken und gewalttätigen Vater rausgeschmissen. Sie waren arm. Lebten in einem kleinen Haus auf der Insel, nur wenige Meter vom Strand entfernt. Damals war die Insel noch ruhig, Tourismus gab es kaum. Die Straßen bestanden aus Sand, und die Menschen lebten vom Fischfang. Ein idyllisches und doch hartes Leben.

Wenn die Schildkröten in den Sommermonaten nachts an den Stränden ihre Eier ablegten, töteten sie sie, um ihr Fleisch zu essen.

Die größeren Geschwister passten auf die kleineren auf. Luis' größter Bruder ist zwölf Jahre älter als er und war ihm und seinen Geschwistern ein Vaterersatz.

Seine Mutter hatte es nicht leicht mit Luis. Als kleiner Junge schwänzte er nicht selten die Schule, um die Fischer hinauf aufs offene Meer zu begleiten. Das Meer war schon immer seine große Leidenschaft. Kam seine Mutter dahinter, gab es Ärger. Schnell kletterte der kleine Frechdachs auf eine hohe Kokospalme. Doch irgendwann musste er wieder runter und sich seiner wütenden Mutter stellen.

Einmal steckte er sich eine schwarze Bohne in die Nase, die er nicht mehr rausbekam. Seiner Mutter sagte er nichts, aus Angst vor einer Tracht Prügel. Als die Nase dann nach einigen Tagen begann zu schmerzen, brachte seine Mutter ihn zum Arzt. Inzwischen hatte die Bohne ausgeschlagen und wuchs munter vor sich hin.

Mit zwölf Jahren wurde Luis von einem Fahrrad überfahren und brach sich dabei das Bein. Krankenhäuser gab es damals weder auf der Insel noch in Cancún. Seine Mutter musste Luis vom Festland aus mit einem öffentlichen Bus in die dreihundert Kilometer entfernte Stadt Mérida bringen.

Einfach hatte sie es gewiss nicht, allein mit den acht Kindern. Um etwas Geld zu verdienen, arbeitete sie von morgens bis abends in der Küche eines Fischrestaurants der Insel. Trotz des wenigen Geldes sorgte sie dafür, dass alle ihre Kinder eine schulische Ausbildung bekamen. Einige musste sie auf staatliche, kostenlose Internate schicken, um ihre Versorgung sicherzustellen. Andere zu Familienangehörigen. So haben alle seine Geschwister heute ein gutes Leben. Auch Luis hat es weit gebracht. Sich nach und nach sein eigenes Unternehmen aufgebaut.

Er ist ein Kämpfer. Wie seine Mutter. Jahrelang war er angestellt als Kapitän und hat sich dann mit etwas Erspartem sein erstes Boot gekauft. Es war ziemlich heruntergekommen, doch Luis hat in jeder freien Minute daran gearbeitet, bis er schließlich mit dem Ergebnis zufrieden war, und damit Ausflüge anbieten konnte. Dann kam das zweite, dritte und vierte Boot. Nur in den Monaten, in denen keine Ausflüge zu den Walhaien stattfinden, arbeitete er noch immer als angestellter Kapitän.

Wir umarmen uns. Dann steigt er in den *Combi*, der zwischen Playa und Cancún pendelt. Wie oft habe ich ihn schon hierher gebracht. Ihn verabschiedet, ohne zu wissen, wann wir uns das nächste Mal sehen werden.

Luis zahlt den Fahrer und setzt sich ans Fenster. Ich winke ihm zu, als der Bus langsam anfährt.

Betrübt gehe ich zum Auto. Schon einmal ist er wieder zurück zur Insel gegangen, nachdem er seine Frau verlassen hatte, und ich habe ihn dann monatelang nicht mehr gesehen.

Jetzt ist es anders, sage ich mir. Jetzt ist es anders.

27

Der Strand vor den offenen aus Palmblattdach bestehenden Fischrestaurants ist voller Menschen. Sie gehen die Holzstege entlang, an denen schicke Sportjachten nach und nach in den Hafen einlaufen. Die Sportangler haben große Fische an Bord. Ein bestimmt drei Meter langer Schwertfisch wird stolz von mehreren Fischern in die Höhe gehalten.

Menschenmengen tummeln sich überall in der abendlichen Dämmerung. Vor den Restaurants sind Bierstände aufgebaut, wo man sich Dosenbiere aus Kühlboxen nehmen kann. Die Teilnehmer des Fischerturniers sind ausschließlich Männer. Viele haben langärmlige Shirts mit dem Turniersymbol darauf. Sie trinken fröhlich Bier und unterhalten sich.

Ich schlängele mich langsam durch das Gewühl, als ich am Bootssteg Luis entdecke. Neben ihm steht Enrique und unterhält sich mit ihm. Sie haben in ihrem weißen geräumigen Sportboot einen guten Fang dabei. Ein Barrakuda mit messerscharfen Zähnen.

Oft schon bin ich einem beim Schnorcheln begegnet. Lässt man sie in Frieden, tun sie einem normalerweise nichts. Provoziert man sie, könnten sie zubeißen und schlimme Wunden am menschlichen Körper herbeiführen. Dabei scheinen auch blinkende und blitzende Gegenstände die Barrakudas zu provozieren. Vor jedem Schnorchelgang gehe ich daher sicher, dass alle meine Gäste ihren Schmuck abgenommen haben. Ein kleiner Trost ist, dass im Gegensatz zu den Haien, Barrakudas nur einmal zubeißen. Dann entfernen sie sich wieder.

Die Turnierteilnehmer hängen den toten Barrakuda an ein Seil um ihn zu wiegen und zu messen. Bewundertes Raunen geht durch die Menge. Der silbrig glänzende fast zwei Meter lange Fisch wiegt genau vierunddreißig Kilogramm. Dafür bekommt die Crew, die den Fisch gefangen hat, eine gute Punktzahl. Vielleicht reicht es für den ersten Platz. Dann können sie sich über ein hohes Preisgeld freuen.

Ich warte in etwas Abstand zwischen der Menge. Möchte nicht, dass mich Enrique sieht. Wobei es mir eigentlich egal sein kann. Doch ich habe keine Lust, mit ihm zu reden. So tun zu müssen, als würde ich mich freuen, ihn zu sehen. Unsympathisch ist er mir. Immer schimpft er mit seinen Angestellten und ist schlecht gelaunt.

Luis geht den Steg entlang in meine Richtung. Als er mich erkennt, eilt er strahlend auf mich zu. Er holt sich ein Bier und erzählt mir vom Tag auf dem Meer. Was sie alles gefangen haben. So richtig höre ich ihm aber gar nicht zu. Bin zu glücklich und aufgeregt, endlich bei ihm zu sein. Auf der Insel.

Luis ist nicht zu seiner Frau zurückgekehrt. Als er zur Insel gefahren ist, fand er vor seiner Haustür seine Klamotten in großen schwarzen Müllsäcken vor. Daraufhin nahm er das Angebot von Ro an und zog bei ihm ein. Natürlich hielt ich es nicht lange ohne ihn aus. Schon am nächsten Tag habe ich Maria in Cancún aufgesucht und meine Arbeit bei ihr gekündigt. Es gibt nur noch eines, was ich will, und das ist mit Luis zusammen zu sein. Und wenn das bedeutet, auf die Insel zu ziehen, dann mache ich das halt.

28

Wieso schaut er mich so böse an? Wieso ist er so wütend? Ich war doch bloß bei einer Massage. Alle meine Freundinnen gehen ab und zu zu einer Massage. Auch meine mexikanischen Freundinnen.

Ja, es war ein Mann, ein männlicher Masseur. Ständig lassen sich Männer von Masseurinnen eine Massage geben.

Das Normalste der Welt. Welche Frau wird wütend und eifersüchtig, weil ihr man zu einer Masseurin geht? Warum sollten dann nicht auch Frauen von männlichen Masseuren behandelt werden dürfen?

Auch hier in Mexiko lassen sich mexikanische Frauen von Männern massieren. Zumindest in meinem Freundeskreis ist das ganz normal und kein Grund für ein Beziehungsdrama. Ich denke, Luis reagiert völlig übertrieben. Es war doch nur eine Massage.

„Ja, ich verstehe jetzt, dass es für dich ein Problem ist, wenn ich zu einem Masseur gehe. Das nächste Mal gehe ich zu einer Frau."

Ich bin es so satt. Habe keine Lust mehr zu diskutieren. Ungerecht ist es. Und das ärgert mich. Wieso soll ich ihm Recht geben, wenn ich denke, er hat kein Recht? Nachgeben, um ihn zufriedenzustellen? Und doch, trotzdem fängt er wieder und wieder damit an, will sich einfach nicht beruhigen. Wirft es mir immer wieder vor. Obwohl ich nachgegeben und ihm sogar Recht gegeben habe. Nur damit er endlich aufhört.

Immer dachte ich, es wäre irgendwie schön, einen Partner zu haben, der eifersüchtig ist. Ist doch ein schönes Gefühl zu wissen, dass er dich mit keinem Anderen teilen möchte.

Mir wird nun aber der Unterschied zwischen einer wohl normalen und einer krankhaften Eifersucht bewusst. Und dass es sich alles andere als schön anfühlt. Ich fühle mich angegriffen. In meiner Freiheit eingeschränkt, über mein Leben selbstständig Entscheidungen zu treffen. So war es doch einfacher nur Geliebte zu sein, und nicht jede meiner Handlungen rechtfertigen müssen.

Es ist noch dunkel, als mein Wecker klingelt. Halb fünf. Luis schläft tief und fest neben mir.

Es hat lange gedauert, bis er endlich eingeschlafen ist. Fast bis Mitternacht haben wir diskutiert. Über die blöde Massage. Hätte ich geahnt, dass er so reagieren würde, ich hätte es ihm verschwiegen. Wäre ja keine schlimme Lüge gewesen. Noch immer bin ich der Meinung, ich bin im Recht. Aber gut. Vorerst habe ich genug von dem Thema. Wobei mich die Diskussion angestrengt hat und ich einen sehr verspannten Nacken verspüre. Eine Massage würde sicher helfen.

Müde gehe ich aus dem kalten Schlafzimmer. Die summende Klimaanlage über dem Fenster kühlt das Zimmer auf einundzwanzig Grad ab und macht das Schlafen angenehm. Ich schließe die Schlafzimmertür hinter mir, und eine schwül-warme Luft umhüllt meinen Körper wie eine warme Decke. Ziehe mich an und schleiche mich aus der Wohnung in die dunkle Nacht hinaus. Vor dem Haus steht mein Motorroller.

Ich gebe Gas und fahre um die Ecke die Straße hinunter. Der lauwarme Fahrtwind streichelt mein Gesicht, die Sterne funkeln vom Himmel und das Mondlicht glitzert auf dem pechschwarzen Meer. Parallel fahre ich einige Meter über den Klippen die Küste entlang. Noch scheinen alle zu schlafen. Außer dem leisen Brummen des Mopeds und dem Rauschen des Meeres ist es ruhig.

Als ich ins Zentrum gelange, irrt hier und da schon eine wache Seele herum. Den Motorroller parke ich auf dem Parkplatz des Fähranlegers. Zu Fuß absolviere ich die letzten Meter zur Personenfähre. Halb sechs. Es ist die erste Fähre des Tages zum Festland.

An Bord suche ich mir einen Platz auf dem Sonnendeck. Zu dieser Zeit wohl eher ein Monddeck.

Während der kurzen Überfahrt blitzen die ersten Sonnenstrahlen über den Horizont und tauchen den Himmel in wunderschöne Orangetöne. Leicht schwankt der große

Katamaran hin und her und warmer Fahrtwind weht mir um die Ohren.

Marias Agentur ist zwar eine der größten, doch lange nicht die einzige, die Ausflüge zu den Walhaien anbietet. Nachdem ich bei ihr gekündigt hatte, fand ich schnell eine neue Agentur für Tagesausflüge zu den Walhaien. Um sechs Uhr morgens wartet ein Kleinbus am Fähranleger des Festlandes auf mich, um die Gäste abzuholen.

Heute sind es Franzosen eines luxuriösen Hotels aus der *Zona Hotelera*. Mit ihnen fahre ich nun zum Bootsanleger. Es ist nicht der Gleiche, wo die Boote von Maria und Enrique abfahren. Bei ihnen sind es täglich oft über fünfzehn Schnellboote gewesen, die zu den Walhaien aufgebrochen sind. An dem Bootsanleger meiner neuen Agentur fahren heute nur sechs Boote raus. Dementsprechend entspannt und ruhig ist es hier.

Es sind Schnellboote von Ros Vater. Dreizehn davon hat er insgesamt. Wie auch Enrique hat er vor einigen Jahren erkannt, dass mit vielen Schnellbooten in den vier Sommermonaten ein lukratives Geschäft gemacht werden kann.

Ro fährt als Kapitän eines der Boote seines Vaters. Dabei kontrolliert er die angestellten Kapitäne auf den anderen Booten. Sein Vater bleibt immer auf dem Festland. Luis kennt ihn seit vielen Jahren. So ist das auf der Insel, man kennt sich.

Ro ist mir ein guter Freund geworden. Heute fahre ich bei ihm mit. Es dauert eine Stunde, bis wir auf Walhaie treffen. Mehrere Boote von verschiedenen Agenturen sind dort, wo sich die meisten Tiere befinden, bereits versammelt, und lassen ihre Gäste mit den Walhaien schwimmen.

Die Sonne strahlt vom wolkenlosen Himmel. Ohne Sonnenbrille muss ich die Augen angestrengt zusammenkneifen, um etwas erkennen zu können. Ich spüre den warmen salzigen Wind in meinem Gesicht während das Boot leicht hin und her schwankt.

Lächelnd winke ich Luis zu. Der Streit von letzter Nacht ist längst vergessen. Er steht in seinem Boot etwa fünfzig Meter von meinem entfernt. Das Einzige, was uns trennt, ist das Meer voller Walhaie, die sich im Wasser um uns herum tummeln. Doch das ist nicht schlimm. Denn heute Abend haben wir uns wieder. Und morgen, wenn ich aufwache, wird er noch immer neben mir liegen.

Die Tour ist inzwischen zur Routine geworden und hat ohne Luis seinen Zauber verloren. Natürlich ist es noch immer ein schöner und aufregender Job. Doch fühlte es sich vor einem Jahr mit Luis einfach anders an. Irgendwie magisch.

29

Im Dunkeln fahren wir die beleuchteten Straßen der Insel entlang, links neben uns die steilen Klippen. Der Mond leuchtet wie eine Feuerkugel schön und rund auf uns herab und das Meer glitzert tiefschwarz. Neben dem Knattern des Mopeds höre ich das sanfte Rauschen der Wellen, die sich an den Klippen brechen.

Luis biegt in eine Straße ein und hält an. Der zweistöckige Gebäudekomplex besteht aus vielen kleinen Wohnungen. Durch offene Gänge sind die Gebäude miteinander verbunden.

Das Gebäude wirkt ungepflegt, da die helle Außenfarbe ständig der Meeresbrise ausgesetzt ist. Würde man es komplett neu anstreichen, sähe es mit Sicherheit sehr schön aus. Doch das scheint hier niemanden zu interessieren.

Viele Mexikaner auf der Insel kümmert es nicht, ob ihr Haus und Garten schön und gepflegt sind. Vor vielen Hauseingängen stapelt sich der Schrott. Alte kaputte Möbel, bunte verdreckte Plastikbehälter oder sogar defekte Elektrogeräte lassen sie einfach so herumliegen. Das wird bei den tropischen Temperaturen zu mehr als einem ästhetischen Problem. In der Regenzeit sammelt sich das Wasser in alten Behältern, die dann zu Brutstätten von Ungeziefer werden. Stechmücken vermehren sich und können das Dengue-Virus auf den Menschen übertragen. Meistens verursacht es nur Symptome wie die bei einer schweren Grippe. Kommen jedoch innere Blutungen dazu, endet es nicht selten mit dem Tod.

Auf Isla Mujeres brechen jedes Jahr Epidemien dieser Krankheit aus. Doch ist es schwierig, die Menschen der Insel zu ändern. Oft sind sie ungebildet und ignorant. Sie schmeißen den Abfall einfach an den Straßenrand. Fährt man über die Insel, kann man überall leere Chipstüten oder Plastikflaschen finden. Ein Pfandsystem gibt es nicht, nur das Aluminium der Dosen bringt etwas Geld ein. Dosen liegen daher nie herum, da sie schnell eingesammelt werden.

Da das Wasser aus der Leitung nicht nur ungenießbar, sondern sogar gesundheitsgefährdend ist, muss es in Plastikflaschen gekauft werden. So entstehen Unmengen von Plastikmüll. Zwar gibt es große 20-Liter-Trinkwasserbehälter, die man, sobald sie leer sind, auffüllen lässt. Doch sind letztendlich auch die aus Plastik. Und wenn man als Urlauber unterwegs ist, muss man sich kleine Wasserflaschen aus Plastik kaufen. Dafür gibt es so gut wie an jeder Ecke einen Miniladen.

Neben Wasserflaschen findet man dort auch jede Menge gekühlte Erfrischungsgetränke. Die mexikanische Bevölkerung konsumiert sie literweise. Dazu gibt es Salzgebäck in verschiedenen Ausführungen. Mexikaner lieben ihre Chips oder auch *Papas*. Es gibt sie natürlich auch mit Chiligeschmack, also schön scharf. Sogar Knabbergebäck aus getrocknetem Schweinefleisch gibt es, es wird *Chicharrón* genannt. Schön knusprig ist es. Mir graut es allerdings davor.

Luis schließt die Wohnungstür auf. Sie liegt im Erdgeschoss.

Ich trete in den Wohnbereich, in dem mein kleines Schlafsofa aus Playa steht. Eine Bar trennt den Bereich von der offenen Küche. Am Ende sind zwei kleine Schlafzimmer und ein Duschbad.

Gemeinsam haben wir die Wände gestrichen. Der Wohnbereich ist grün, das Schlafzimmer in einem matten Lila. Mitten im Wohnbereich hat Luis seine große schwarze Hängematte gespannt. Von dort kann man durch das Fenster direkt auf das offene Meer schauen. Das wohl Schönste der gesamten Wohnung ist diese traumhafte Aussicht.

Eng aneinander gekuschelt in der Hängematte blicken wir auf den schwarzen Horizont. Unsere erste gemeinsame Wohnung. Ein Jahr, nachdem wir unsere Affäre begonnen haben. Ein Jahr voller Tränen und wunderschöner Momente. Ein Jahr mit viel Geduld.

Und jetzt liegt sie vor uns. Die Zukunft zu zweit. Für die nächsten acht Monate gibt es keine Walhai-Ausflüge mehr. Der Sommer ist zu Ende. Doch wir haben uns. Und das ist das Einzige, was mir wichtig erscheint.

II

1

Im Bus ist es heiß. Alle Fenster sind weit geöffnet. Die Sitze abgenutzt und dreckig. Bei jedem Schlagloch auf der Sandstraße spüre ich den harten Sitz unter meinem Hintern. Der Busfahrer ist sehr jung. Bestimmt ist er noch keine Zwanzig. Dünn ist er und dunkelhäutig. Laute Musik dröhnt aus den Lautsprechern der Musikanlage und der Busfahrer wiegt sich im Takt mit.

Ich blicke nach draußen. Mir ist schlecht von der wilden Fahrt. Drei Stunden hatten sie gesagt, bis zur Hauptstadt. Nun sind wir schon vier unterwegs. Quer fahren wir durch den noch unberührten Regenwald. Nur ab und zu erscheinen einzelne Häuser am Straßenrand, die sich in relativ schlechtem Zustand befinden. Vor den Fensteröffnungen hängen alte, kaputte Tücher als Sichtschutz.

Der Bus hält an. Die Tür ist während der ganzen Fahrt offen, damit die stickige, schwüle Luft zirkulieren kann. Eine junge Frau verlässt mit ihren zwei kleinen Kindern den Bus. Ihr kleines Baby trägt sie eingewickelt in einem Tuch auf ihrem Rücken. Ihr dunkles Kleid ist abgenutzt und dreckig.

Ich drehe mich zum Fenster und bewundere die schönen Orchideen, die den Wegrand zieren. Stelle mir vor, wie sie wohl duften.

Wir fahren weiter. Immer wieder steigt jemand ein oder aus. Bushaltestellen gibt es nicht. Entweder wird dem Fahrer Bescheid gegeben, indem jemand laut durch den Bus ruft, oder an der Straße der Arm nach oben gehalten, sobald der Bus in Sichtweite kommt.

Nach sechs Stunden Busfahrt kommen wir dann endlich in die Stadt. Das satte Grün der Landschaft verwandelt sich schlagartig in ein trübes Grau. Sandstraßen werden durch Asphaltstraßen ersetzt, Bäume durch Häuser. Anstelle von Tiergeräuschen höre ich nun lautes Hupen und Motorengeräusche. Die Luft stinkt nach Abgasen.

Belize City ist keine besonders große Stadt. Vor mehreren hundert Jahren wurde sie von den Briten gegründet. Das Land Belize selbst trug noch bis 1973 den Namen British-Honduras und erlangte seine Unabhängigkeit der Briten erst im Jahre 1981. Viele Orte der Karibik sind wie Belize aus britischen Kolonien entstanden und die offizielle Sprache ist Englisch.

Am Busterminal steigen wir mit allen anderen Fahrgästen aus. Zu Fuß geht es nun weiter, auf der Suche nach einem Hotel. Mein Rücken schmerzt nach der langen, unbequemen Fahrt. Langsam wird es dunkel, und die Straßen leeren sich. Plötzlich scheinen Luis und ich die einzigen Personen zu sein, die noch unterwegs sind. Alles ist auf einmal gespenstig ruhig.

Als wir um eine Ecke biegen, sehen wir ein kleines, einfaches Hotel und gehen hinein. Sofort schließt der Besitzer hinter uns das Gitter vor der Eingangstür. Er erklärt uns, dass hier in der Hauptstadt von Belize abends und nachts niemand mehr durch die Straßen geht. Viel zu gefährlich, sagt er da dann bewaffnete Raubüberfälle häufig seien. Wenn wir etwas essen wollten, dann sollten wir es bestellen und bringen lassen.

Er drückt Luis ein Flugblatt von einem chinesischen Restaurant in die Hand. Nachdem Luis ein Gericht ausgesucht hat, bestellt es der Besitzer telefonisch.

„Ihr könnt im ersten Stock schon auf euer Zimmer gehen. Sobald das Essen geliefert wird, bringe ich es euch." Sein Englisch klingt komisch.

Neben Englisch werden in diesem kleinen Land auch noch andere Sprachen, wie Spanisch und Maya, gesprochen. Während des Kastenkrieges vor über hundert Jahren auf der Halbinsel von Yucatan, in der Mayas gegen die spanischstämmige Oberschicht kämpften, flohen viele der Ureinwohner nach Belize. Als Bauern beeinflussten die Mayas daraufhin die Entwicklung dieses Landes und prägen es bis heute, vor allem in den ländlichen Regionen des Nordens. Neben Mexiko und Belize leben die Mayas auch heute noch in Guatemala, El Salvador und Honduras, oft in bitterer Armut am Rande der Gesellschaft. Sie bauen dabei vor allem Bohnen, Kürbis und Mais an, aus dem die berühmten *Tortillas* hergestellt werden. Honig, Chilis und Kakaobohnen sind ihre Spezialitäten. In kleinen Dörfern leben sie noch immer wie vor Hunderten von Jahren in Hütten aus Ästen mit Palmblattdächern, in denen es eine offene Feuerstelle zum Kochen und Hängematten zum Schlafen gibt.

Als vor etwa fünfzig Jahren der Tourismus in der mexikanischen Riviera Maya stetig zu wachsen begann, wurden die kleinen Maya-Dörfer nach und nach mit Straßen verbunden. Eine Infrastruktur entstand. Plötzlich lebten sie nicht mehr isoliert im tropischen Urwald, sondern hatten Kontakt zu anderen Gemeinden und Städten. Einflüsse durch Werbung wirkten plötzlich auf sie ein, und das leider nicht unbedingt zu ihrem Vorteil. Sie begannen, anstelle von Wasser, Cola-Getränke zu konsumieren. Manche

Mütter gaben es sogar ihren Kleinkindern in der Annahme, es sei gesund. War es doch ein Symbol des westlichen Wohlstandes.

Nach und nach wurden die abgelegenen Dörfer ans staatliche Stromnetz angeschlossen, was neue Probleme mit sich brachte. Hatten die Mayas doch bisher von dem, was sie auf ihrem Land anbauten, leben können, mussten sie nun auf einmal Rechnungen bezahlen. Sie wurden gezwungen, Geld zu verdienen. Eine schulische Ausbildung besaßen sie jedoch meist nicht.

Viele Männer verbringen nun mehrere Wochen am Stück in den Städten, um auf Baustellen zu arbeiten. Sie sehen ihre Familie nur selten. Die Distanz bereitet vielen Kummer und hat schon so einige von ihnen in die Alkoholsucht getrieben.

Das Essen vom chinesischen Restaurant ist köstlich. Anschließend legen wir uns erschöpft auf das Bett. Ich bin müde, kann aber nicht schlafen. Die laute Klimaanlage knattert die ganze Nacht vor sich hin und unruhig wälze ich mich stundenlang hin und her.

Der Grund, warum wir nach Belize gefahren sind, ist prinzipiell ein bürokratischer. Habe ich doch seit fast zehn Jahren, die ich nun in Mexiko lebe, immer ein gültiges Visum gehabt. Sei es zum Studieren oder zum Arbeiten. Nie befand ich mich illegal im Land. Vor einem halben Jahr habe ich mit Luis meine Eltern in Hamburg besucht. In genau dieser Zeit lief mein Arbeitsvisum aus, und ich hätte es verlängern müssen. Ich habe mir jedoch nichts dabei gedacht. Bin ich doch auch vor einigen Jahren, als ich in die Karibik zog, mit einem Touristenvisum nach Mexiko eingereist, und habe dann im Land ein Arbeitsvisum beantragt und problemlos bekommen. Dass aber genau während meines Deutschlandurlaubes die Gesetze in Mexiko geändert werden, und Einreisende ab sofort in der mexikanischen Botschaft des Heimatlandes ihr Visum beantragen müssen, traf mich nach meiner Rückkehr wie ein Schlag ins Gesicht.

Zurück in Mexiko hatte ich also ein Touristenvisum für bis zu sechs Monate und ein Problem. Und dann wurde ich schwanger.

Eine Angestellte der mexikanischen Ausländerbehörde riet mir, kurz vor Ablauf meines Touristenvisums zur Landesgrenze zu fahren, um das Land zu verlassen, und nach wenigen Tagen mit einem neuen Touristenvisum einzureisen. Ich hätte damit weitere sechs Monate gewonnen. In dieser Zeit würde dann auch mein Baby zur Welt kommen, und mit der mexikanischen Geburtsurkunde bekäme ich schließlich eine permanente Aufenthaltserlaubnis von der mexikanischen Ausländerbehörde ausgestellt. Problem gelöst.

Luis und ich entschieden uns für die mexikanische Landesgrenze zu Belize. Sie befindet sich nur ungefähr vierhundert Kilometer südlich von Cancún. Und wenn wir schon einmal dort hinfahren, könnten wir ja auch gleich einige Tage Urlaub dort machen, dachten wir.

Als wir an die Grenze kamen, fragte uns dann direkt ein Beamter, nachdem ich ihm mein Touristenvisum aushändigte, ob ich für umgerechnet dreihundert Euro ein neues haben möchte. Ich staunte über das Angebot. Sich ein Visum zu erkaufen ist wohl nicht legal, hier aber anscheinend zu einem lukrativen Geschäft geworden. Viele junge Menschen aus der ganzen Welt lieben das aufregende Leben in der traumhaften mexikanischen Karibik. Sie arbeiten illegal im Tourismus und fahren alle sechs Monate für ein neues Touristenvisum an die Landesgrenze. Mit Geld bekommt man in diesem von Korruption gezeichneten Land so gut wie alles.

Ich lehnte das Angebot des Beamten freundlich ab.

Nach einer schlaflosen Nacht in Belize City gehen Luis und ich zu Fuß durch die Stadt zum Terminal der Wasser-Taxis. In einem kleinen Laden kauft Luis zwei Fahrkarten. Vor allem junge Rucksacktouristen warten hier auf die Überfahrt. Europäer und Reisende aus den Vereinigten Staaten. Einheimische sind kaum zu sehen.

Fünfunddreißig Kilometer sind es über das karibische Meer. Die orangefarbenen Plastiksitze sind im unteren geschlossenen Bereich wie in einem Flugzeug hintereinandergereiht. Nur kleine, runde Gucklöcher gibt es an den Seiten. Da ich am Gang sitze, kann ich den Meeresblick vor den Fenstern nur erahnen. In einem rasanten Tempo fahren wir über das relativ ruhige Meer.

Ich bin froh, als nach vierzig Minuten das Wasser-Taxi seine Fahrt verlangsamt und schließlich zum Stehen kommt. In solchen Momenten merke ich besonders, dass ich schwanger bin und kämpfe mit Übelkeit. Ähnlich ging es mir während der langen, ungemütlichen Busfahrt am Tag zuvor.

Der hölzernen Bootsanleger führt uns direkt ins Paradies. Caye Calker ist der Name dieser kleinen Koralleninsel. Etwas über tausend Menschen nennen die Insel ihr Zuhause. Sie leben vom Fischfang und Tourismus. Der Norden der Insel besteht aus einem Meeresschutzgebiet, der vielen Vögeln Nistplätze bietet. Vor der Insel verläuft das über zweihundert Kilometer lange Belize *Barrier Reef*. Ein Paradies für Taucher und Schnorchler. Nur das australische *Great Barrier Reef* ist noch größer.

Luis und ich schlendern Hand in Hand die Sandstraße entlang. Alles scheint hier etwas langsamer zu gehen, was vielleicht auch an den *Go Slow*-Schildern liegt, die an den Kokospalmen hängen. Die meisten Menschen sind wie wir zu Fuß unterwegs, einige mit dem Fahrrad. Autos gibt es keine, nur offene Golfwagen.

Wir setzen uns in ein kleines idyllisches Restaurant am Strand. Es besteht lediglich aus einem Pavillon mit Palmblattdach. Tische und Stühle stehen im Sand. Ich bestelle mir einen Obstsalat aus Papaya, Mango und Melone. Luis Rührei. Dazu frischen zuckersüßen Orangensaft.

In einem kleinen Hotel mieten wir uns ein kleines, helles, sauberes Zimmer. Von unserem Balkon aus dem zweiten Stock blicken wir auf das leuchtend blaue Meer. Während ich die warme Luft im Gesicht spüre, legt Luis liebevoll seine Arme um mich.

Am nächsten Morgen stehen wir früh auf, um zum *Barrier Reef* zu fahren. In einem langsamen Motorboot mit sechs weiteren Touristen geht es hinaus auf das Meer. Diesmal sind wir die Gäste. Im warmen hellblauen Wasser entdecke ich durch meine Taucherbrille *Manatis*, Rundschwanzseekühe. Diese runden, stämmigen Säugetiere habe ich schon einmal in ihrem natürlichen Lebensraum gesehen. In *Sian Kaan*. Auf kleinen Fischerbooten sind wir durch Lagunen auf das offene Meer gefahren, wo plötzlich ein Manati dicht unter unserem Boot durch das kristallklare Wasser an uns vorbeischwamm. Für mich gibt es kaum etwas schöneres als Tiere in ihrem natürlichen Lebensraum beobachten zu können.

Wir fahren weiter und als das Motorboot erneut hält, tummeln sich über dutzend Ammenhaie im Wasser um das Boot herum. Luis und ich setzen uns die Taucherbrille auf und springen rein. Gefährlich werden diese Raubfische nur, wenn man sie provoziert. Die kleinsten sind knapp einen Meter, die größten knapp drei Meter lang. Neugierig schwimmen sie um uns herum. Es fühlt sich schon komisch an, zwischen so vielen Haien im Wasser zu sein. Doch Angst habe ich keine.

Das letzte Schnorcheln findet direkt am *Barrier Reef* statt. An Korallenriffen zu schnorcheln gehörte bisher zu meiner täglichen Arbeit. Und doch staune ich über die Schönheit des Riffs hier in Belize. Langsam schwimmt eine Schildkröte an mir vorbei und aus einer kleinen Felsspalte am Riff schaut mich grimmig eine grüne Muräne an. Freundlich sieht dieser aalartige Knochenfisch definitiv nicht aus. Ich kann ihre scharfen Zähne erkennen, als sie plötzlich aus der Felsspalte herausschwimmt und sich zügig wie eine Schlange durch das Wasser in meine Richtung bewegt. Mir wird mulmig, und mit kräftigen Beinbewegungen bewege ich meine Flossen an den Füßen auf und ab und entferne mich vom giftigen Meeresbewohner in Windeseile. Zwanzig Haie sind mir definitiv lieber als eine Muräne.

Am Korallenriff tummeln sich viele bunte Fische, und die Sonnenstrahlen glitzern unter der Wasseroberfläche. Luis schnorchelt neben mir. Er genießt es genauso wie ich. Wir tauchen auf, und er drückt mir zärtlich einen Kuss auf die Stirn.

Am Abend schlendern wir die Sandstraße der Insel entlang. In einem kleinen, eleganten Restaurant genießen wir ein romantisches Abendessen. Während wir uns über den schönen Tag unterhalten und mich Luis liebevoll und verliebt anschaut, geht langsam die Sonne unter.

Die Tage vergehen schnell. Um uns nicht noch einmal die lange Busfahrt quer durch Belize antun zu müssen, entscheiden wir uns für den Wasserweg zur Grenze nach Mexiko zurück.

Zunächst halten wir noch auf der großen Nachbarinsel San Pedro, wo unsere Reisepässe gestempelt werden. Jetzt gelten wir offiziell als ausgereist. Dann geht es in einer rasanten und wackeligen Fahrt zwei Stunden über das Meer. Bis wir wieder in Mexiko sind. Zumindest kurz davor.

An einem großen Betonsteg steigen wir aus dem Wasser-Taxi aus und gehen auf ein kleines Gebäude zu, vor dem schon mexikanische Zollbeamte auf uns warten. Wir reihen uns ein. Viele Reisende sind es nicht, die hier mit uns aus Belize gekommen sind. Vielleicht zwanzig.

Als ich an der Reihe bin, schaut sich der Beamte ganz genau meinen Reisepass an. Jede einzelne Seite untersucht er.

„Sie sind, wie ich sehe, schon oft nach Mexiko ein- und ausgereist. Sicher um jedes Mal ein Touristenvisum zu ergattern und illegal im Land zu arbeiten. Folgen sie mir."

Mit meinem roten deutschen Reisepass in der Hand geht er geradewegs in das kleine Gebäude hinein. Mit einem Knoten in der Magengegend folge ich ihm. Luis hinterher, der ruhig und gelassen wirkt. Mir hingegen steht die Nervosität ins Gesicht geschrieben. Doch wieso eigentlich, frage ich mich? Könnten sie mir wirklich die Einreise verweigern, weil sie Vermutungen haben, ich würde illegal arbeiten wollen? Gibt es dafür eine rechtliche Grundlage?

Der Beamte übergibt meinen Reisepass einem dicken Mexikaner, der es sich vor einem großen, mit Dokumenten beladenen Schreibtisch, gemütlich gemacht hat. Sein Büro ist klein und wirkt chaotisch.

„Sie wollen nur mal wieder ein Touristenvisum haben, um dann illegal zu arbeiten, richtig? Kenne ich alles schon. Doch das geht so nicht", erklärt er mir in einem strengen kalten Ton, der mich erschauern lässt. „Von mir bekommen sie keinen Stempel in den Pass."

Kann er das wirklich machen, frage ich mich. Was soll ich tun? In Belize bleiben?

Ich erkläre ihm nervös meine Situation, doch scheint ihn das überhaupt nicht zu interessieren. Gelangweilt und genervt schaut er mich an, als würde er sich tagtäglich stundenlang Ausreden anhören müssen. Schließlich werde ich wütend.

„Mexiko ist mein Zuhause, ich bin im vierten Monat schwanger von meinem mexikanischen Freund, und sie wollen mich nicht in das Land lassen, in dem ich seit über zehn Jahren legal lebe und arbeite?"

Immer wieder wiederhole ich meine Worte, doch sein Blick bleibt gleichgültig und desinteressiert. Mir rollen Tränen der Verzweiflung über das Gesicht.

„Heulen wird Dir auch nicht helfen", blafft er mich böse an.

Ich erinnere mich an einen ähnlichen Moment, als ich vor zehn Jahren nach Mexiko City kam und in der Schulbehörde der Hauptstadt im Büro eines Beamten saß, der mir mein deutsches Abiturzeugnis nicht anerkennen lassen wollte. Seine Begründung war, dass sich mein Zeugnis auf vier Semester bezog, und nicht auf zwei Jahre, wie es in Mexiko üblich ist.

Eine halbe Stunde redete ich auf ihn ein, dass vier Semester und zwei Jahre das gleiche seien. Doch biss ich bei ihm auf Granit. Er wich einfach nicht davon ab. Es müsse in Jahre eingeteilt sein, nicht in Semester, sagte er immer wieder.

Mein damals mexikanischer Freund, der mich an jenem Tag begleitet hatte, bat mich schließlich, vor der Tür zu warten, um mit dem Beamten allein sprechen zu können. Es schien zu helfen, denn kurz darauf bekam ich meine Anerkennung. Damals sagte mir mein Freund, dass der Beamte nur darauf wartete, Geld angeboten zu bekommen, also kurz gesagt, bestochen zu werden. Irgendwie habe ich das Gefühl, dass genau das jetzt auch wieder der Fall ist.

Luis sitzt noch immer ruhig neben mir. Viel hat er bisher nicht gesagt, sondern den Beamten und mich reden lassen. Das Geschehen beobachtet. Luis richtet sich selbstbewusst auf und schaut dem dicken Mexikaner ernst ins Gesicht.

„Wir werden ihnen kein Geld geben, falls es das ist, was sie wollen. Wir haben Zeit und werden hier warten, bis sie meiner Freundin die Einreise genehmigen."

Luis spricht ruhig aber bestimmt. Dass seine Worte einen wunden Punkt treffen, ist dem Beamten anzusehen. Er wirkt plötzlich angespannt und rutscht unruhig mit seinem dicken Hintern auf dem Schreibtischstuhl hin und her.

„Es ist unverschämt, dass sie annehmen, ich ließe mich bestehen", versucht er sich herauszureden. Verärgert nimmt er meinen Reisepass und stempelt eine leere Seite.

„Das ist das letzte Mal, dass ich Sie mit einem Touristenvisum einreisen lassen. Regeln Sie gefälligst ihre Papiere in der Ausländerbehörde", maßregelt er mich, während er mir meinen Reisepass zurückgibt.

Ohne ein Wort zu sagen, verlassen wir zügig das Büro. Noch einige Stunden brauche ich, um mich vom Schrecken zu erholen.

2

Ich atme tief ein und schließe meine Augen. Die salzige Meeresluft dringt in meine Nase. Vom harten Felsen, auf dem ich nun schon eine Weile sitze, tut mir mein Po weh. Tief unter mir höre ich, wie sich die Wellen an den Klippen brechen.

Die Sonne steht schon tief, und die Hitze ist in eine angenehme Wärme übergegangen. Ich öffne meine Augen und blicke in die Ferne. Das unendliche scheinende dunkelblaue Meer liegt vor mir. Kein Land in Sicht. Es ist einer von diesen magischen Orten, an denen ich tiefen Frieden empfinde, obwohl es in mir drinnen wie wild brodelt.

Seit Langem habe ich es schon geahnt. Wollte es dennoch nicht wahrhaben. Ja, er hat oft getrunken. Und wenn, dann auch immer sehr viel. Schon als ich noch in Playa wohnte und er mich ab und an besuchen kam, war er oft betrunken. Nur habe ich es ihm kaum angemerkt. Nie wurde er ausfallend oder aggressiv. Bis er es dann doch wurde. Kurz nachdem wir auf der Insel zusammengezogen sind. Ich stellte ihn daraufhin zur Rede. Er müsse seinen Alkoholkonsum kontrollieren. Sonst würde unsere Beziehung nicht funktionieren und scheitern.

Natürlich wollte Luis das nicht. Er zeigte Einsicht und acht Monate lang trank er keinen Tropfen Alkohol. Das Problem schien gelöst. Ich war erleichtert. Bis vor wenigen Monaten. Nachdem ich schwanger wurde, begann Luis erneut zu trinken. An den Wochenenden. Oder nach einem Streit. Und auch die Aggressionen kamen in Form von Beschimpfungen und Drohungen wieder. Wie unsichtbare Stecknadeln wurden verletzende Worte auf mich abgefeuert. Manche hinterließen schmerzhafte Wunden, die noch immer nicht verheilt sind. Die Narben werden mich wohl mein restliches Leben begleiten.

Meine Wangen werden feucht, und die Tränen laufen mir wasserfallartig über das Gesicht. Ich habe ein mulmiges Gefühl im Bauch. Es ist wie eine Vorahnung. Etwas stimmt nicht. Und ich weiß, was es ist.

Luis und ich haben uns gestritten. Wütend hat er mittags die Wohnung verlassen. Weder hat er mir gesagt wohin er geht, noch wann er wieder zurückkommt. Ich erahne es jedoch.

Langsam senkt sich die Sonne und verschwindet in herrlichen Rottönen hinter dem Horizont. Zurück bleibt ein leuchtender rosaroter Himmel, der nach und nach von der Dunkelheit verdrängt wird. Sterne fangen an, über dem dunklen Meer zu glitzern. Der volle Mond steht tief und spiegelt sich über dem Horizont im Meer.

Luis ist wie eine Bombe, bei der man nicht weiß, wann sie explodieren wird. Man weiß nur, sie ist scharf. Irgendwie muss ich halt lernen, damit umzugehen, denke ich. Lernen, dass die bösen Worte, die aus seinem Mund kommen, mich einfach nicht mehr verletzen. Du bist eigentlich nicht gemeint, sage ich mir. Er meint es ja nicht persönlich, er projiziert lediglich alles Negative auf dich.

Ich streichle meinen inzwischen runden Bauch, in dem unser Baby Tag für Tag heranwächst. In der kleinen Wohnung ist alles ruhig. In der Hängematte im Wohnraum habe ich durch das offene Fenster einen weiten Blick auf das dunkle Meer. Tagsüber beobachten wir manchmal Delfine, wie sie sich fröhlich in Küstennähe tummeln.

Ich gehe ins Bad und mache mich fertig zum Schlafen. Müde bin ich nicht. Mich schlafend zu stellen, ist jedoch die einzige Möglichkeit, seinen aggressiven Ausrastern eventuell zu entgehen. Im besten Fall legt er sich einfach hin und schläft ohne ein Wort zu sagen ein. Das Schlimmste was ich machen könnte, wäre Streit zu suchen. Dann explodiert die Bombe sofort.

Ich lege mich aufs Bett und nehme mir ein Buch. Nach einer Weile werde ich dann doch müde und schlafe ein. Unruhig wälze ich mich hin und her. Jedes kleinste Geräusch lässt mich aus dem Schlaf hochschrecken.

Dann höre ich Schritte auf dem Gang vor der Wohnungstür und ein Schlüsselbund fällt auf den harten Steinboden. Er muss sehr betrunken sein, wenn er Schwierigkeiten hat, die Tür aufzuschließen. Plötzlich fällt die Tür mit einem lauten Krachen ins Schloss.

Mein ganzer Körper ist angespannt und ich spüre meine Nervosität. Atme so leise wie ich nur kann. Mein Gesicht habe ich zur Wand gedreht, sodass er mich nur von hinten sehen kann, sobald er das Schlafzimmer betritt. Doch er verschwindet zunächst im Badezimmer.

Luis dreht den Wasserhahn auf und ich höre das Plätschern der Dusche. Eine ganze Weile vergeht, doch das Wasser der Dusche rauscht noch immer. Viel zu lange. Luis dagegen ist mucksmäuschenstill. Irgendetwas scheint nicht in Ordnung zu sein.

Meine Sorgen sind schließlich größer als meine Angst und ich stehe auf und gehe ins Bad, wo ich erschrocken an der Badezimmertür stehen bleibe.

Luis liegt mit angezogenen Beinen und geschlossenen Augen in der Dusche auf dem Boden.

„Luis!", schreie ich voller Sorgen. „Wach auf! Du kannst da nicht liegen bleiben. Deine Lippen sind schon ganz blau vom kalten Wasser! Steh auf!"

Doch Luis reagiert nicht. Bewegt sich nicht. Nur sein Brustkorb hebt sich leicht. Er atmet.

So betrunken habe ich ihn noch nie erlebt. Ich muss ihn aus der Dusche holen, denke ich. Zunächst drehe ich den Wasserhahn zu. Dann nehme ich ein Handtuch.

„Luis, steh auf!" Kurz öffnet er müde seine Augen, entscheidet sich jedoch sie wieder zu schließen. Unmöglich ihn da alleine herauszuholen. Achtzig Kilo, das pack ich nicht. Vor allem nicht im schwangeren Zustand. Ich muss ihn also dazu bringen, selbstständig aus der Dusche zu kommen.

„Luis" schreie ich noch mal. „Raus! Steh auf!" Und es funktioniert. Langsam versucht er wirklich aufzustehen, fällt jedoch wieder hin. Ich halte ihn fest, stütze ihn. So schafft er es dann nach einer gefühlten Ewigkeit, mit meiner Hilfe bis ins Bett. Sofort fängt er an zu schnarchen.

Ich lege mich auf meine Seite ins Bett und drehe mich von ihm weg. Seine Bierfahne ekelt mich an. Wie konnte er sich nur so gehen lassen? Sogar zum Streiten war er zu betrunken.

Ich mache mir Sorgen um ihn. Um uns. Bald sind wir zu dritt. Sollte er nicht jetzt für mich da sein? Und wie wird es, wenn das kleine Wesen kommt? Lässt er mich dann auch nachts alleine? Oder ändert er sich? Vielleicht ist es ja genau das, was er braucht, um sich endlich vom Alkohol lösen zu können. Ein Baby. Verantwortung. Vater sein.

Und doch. Zwei Kinder hat er ja schon. Damals war er jedoch noch sehr jung, Anfang zwanzig. Hatte andere Interessen als Vater sein. So hat er es mir zumindest erzählt. Dass es jetzt, Mitte vierzig, für ihn etwas anderes sei. Dass er sich nichts Schöneres vorstellen könne, als noch einmal Vater zu werden.

Natürlich schläft er lange. Fast Mittag ist es, als er sich langsam aus dem Schlafzimmer ins Bad bewegt. Wieder höre ich, wie das Wasser fließt, doch dieses Mal mache ich mir keine Sorgen um ihn. Erschöpft sieht er aus, als er sich in der Küche einen Kaffee einschenkt. Wen wundert das. Ich frage mich wirklich, ob er sich noch an etwas erinnern kann. Frage ihn. Natürlich verneint er es. Ein wunderbares Alibi für einen Betrunkenen, der sich danebenbenimmt. Er erinnert sich halt einfach nicht mehr. Ob es die Wahrheit ist, bleibt fraglich.

Und natürlich schämt er sich für sein Verhalten.

„Du hast ja so recht, ich werde nicht mehr so viel trinken, das verspreche ich dir." Er meint es ernst, da bin ich mir sicher. Traurig und bedrückt nimmt er mich liebevoll in den Arm.

3

Die gesamte Nacht habe ich kein Auge zugemacht. Alle fünfzehn Minuten zieht sich krampfartig mein Unterleib zusammen. Es ist Samstagmorgen. An den Wochenenden gibt es im Gesundheitszentrum der Insel nur eine Notbesetzung. Kein guter Moment also, um ein Kind zu gebären.

Luis ist nervös. Wir machen uns fertig und fahren zum Gesundheitszentrum. Es ist wohl eher eine Krankenstation, die aus einem Eingang, dem Wartebereich und einigen wenigen kleinen Räumen besteht, in denen Ärzte verschiedener Fachrichtungen unter der Woche Sprechstunden anbieten. Am Ende eines kleinen Ganges gibt es die Notaufnahme mit vielleicht fünf Betten, die lediglich durch helle Vorhänge voneinander getrennt werden.

Wir gehen direkt in die Notaufnahme, wo uns die Notfallärztin in Empfang nimmt. Neben ihr sind am Wochenende nur noch zwei Krankenschwestern im Dienst.

Ich lege mich auf ein Bett, damit die freundliche Ärztin mich untersuchen kann. Außer mir liegt noch eine Frau hier in der Notaufnahme. Auch sie ist schwanger und steht kurz vor der Entbindung. Der Vorhang ist offen, sodass ich sie sehen kann. Sie hat inzwischen starke Wehen und stöhnt leise vor sich hin. Auch wenn die Wehen bei mir nun schon so an die zehn Stunden andauern und alle zehn Minuten kommen und gehen, sind sie lediglich unangenehm, jedoch nicht schmerzhaft. Erneut stöhnt die junge Frau mit schmerzverzerrtem Gesicht. Mitfühlend lächle ich sie an. Sie zeigt jedoch keinerlei Anzeichen, zurückzulächeln.

Ich bekomme einen Gürtel um meinen Bauch gespannt, mit dem die Herzfrequenz des Babys gemessen wird. Dann kontrolliert die Ärztin den Geburtskanal.

„Da hat sich noch nicht viel getan", meint sie. „Komm in vier Stunden wieder, dann sehen wir weiter."

Das ist nicht gerade das, was ich hören wollte. Aber gut, wieder nach Hause und geduldig sein.

Zuhause machen wir es uns auf dem Bett gemütlich. Wobei gemütlich relativ ist. Bei knatternder Klimaanlage und flimmerndem Fernseher sind meine Gedanken irgendwo im Nirgendwo. Und dann habe ich plötzlich keine Wehen mehr.

Nach langen vier Stunden fahren wir wieder ins Gesundheitszentrum. Erneut untersucht mich die Ärztin und legt mir den Gürtel um. Nach einer halben Stunde kommt sie zurück und schaut besorgt auf den Monitor, der den Herzschlag des Babys anzeigt. Er ist zu hoch. Zu schnell. Mein Baby hat Herzrasen. Und das schon seit zwanzig Minuten. Dazu kommt noch, dass mein Muttermund so gut wie geschlossen ist und die Wehen aufgehört haben.

„Das Baby muss geholt werden. So schnell wie möglich. Hier ist heute kein entsprechendes Personal, du musst in ein Krankenhaus auf das Festland."

So sehr hatte ich auf eine natürliche Geburt gehofft. Jetzt ist es mir jedoch vollkommen egal, wie das kleine Wesen auf die Welt kommt. Solange es gesund ist und nicht leidet.

Die Fähre zum Festland ist an einem späten Samstagnachmittag voll besetzt. Tagesbesucher fahren nach Hause. Luis setzt sich neben mich in den klimatisierten Innenbereich. Angespannt ist er. Nervös. Ich selbst bin überrascht über meine Gelassenheit und Ruhe. Erleichtert, dass es endlich losgeht. Vor allem, weil ich mir doch Sorgen um das Kleine mache.

Mein Frauenarzt erwartet mich schon am Eingang einer Privatklinik in Cancún. Plötzlich geht alles ganz schnell. Das erste Mal am heutigen Tag, dass etwas schnell geht.

Ich bekomme ein Einzelzimmer, welches eher einem Hotelzimmer als einem Krankenhauszimmer gleicht. Dann gibt es einen weißen, nicht besonders schicken Umhang und Verbände um die Beine. Ich bekomme eine Infusion in den Handrücken und schwupp, liege ich auf dem OP-Tisch. Hätte nie gedacht, dass die Liege im OP so schmal ist. Bisher hatte ich noch nicht das Vergnügen. Ich lege mich auf die Seite und versuche mich zu entspannen.

„Jetzt nicht bewegen", höre ich den Anästhesist sagen, während er vorsichtig eine Nadel in meinen Rücken einführt. Mein ganzer Körper ist von oben bis unten angespannt. Ich spüre einen kurzen, stechenden Schmerz und habe plötzlich das Gefühl, als ob ein Stromstoß durch mein Bein schießt.

Ziemlich schnell fängt die Betäubung an zu wirken und ich versuche mich zu entspannen. Links und rechts werden meine Arme fixiert und vor meinem Kopf ein großes Tuch aufgehängt, damit ich nicht sehen kann, wie sie mir den Unterleib aufschlitzen. Der Anästhesist macht ständig irgendeinen Scherz, als wolle er mit allen Mitteln verhindern, dass ich in Panik gerate. Irgendwie niedlich. Angst habe ich keine, aber mir ist kalt und ich zittere am ganzen Körper. Der OP-Saal gleicht einer Tiefkühltruhe und als gut gekleidet würde ich mich gerade nicht beschreiben.

Obwohl ich keine Schmerzen habe, spüre ich das warme Blut an meinem Körper herunterfließen und den Druck des Skalpells auf meiner Haut. Das Hantieren an beziehungsweise in meinem Körper. Plötzlich wird der Gynäkologe nervös. Immer wieder versucht er das Baby herauszubekommen, schafft es jedoch nicht. Er bekäme es einfach nicht zu fassen, sagt er. Mit seinem ganzen Körpergewicht stemmt sich der Arzt schließlich auf meinen Oberkörper, um das Baby herauszudrücken. Für einen kurzen Moment bekomme ich keine Luft mehr, habe das Gefühl, meine Lungen werden zerquetscht.

Als ich wieder tief durchatmen kann, höre ich den Kleinen schreien. Geschafft. Ich bekomme feuchte Augen.

Zuerst darf Luis ihn halten, der das ganze Schauspiel eifrig gefilmt hat. Natürlich ohne ohnmächtig zu werden. Auch er hat den Tränen in den Augen. Ist glücklich und gerührt. Dann halten sie mir den Kleinen an mein Gesicht. Mein Sohn. Er ist perfekt. Ich schaue ihn mir an. Kann nicht glauben, dass dieser kleine Kerl gerade noch in meinem Bauch war. Dieser kleine Schlingel. Erst wollte er nicht durch den normalen Geburtskanal kommen und dann hat er sich noch im Bauch vorm Arzt versteckt. Wir geben ihm den Namen Leo. Der Name stammt vom spanischen Wort *León* ab, was Löwe bedeutet.

Als ich im siebten Monat schwanger war, habe ich eine Wahrsagerin aufgesucht. Sie hat ihre Hand auf meinen Bauch gelegt und mir das genaue Geburtsdatum meines Sohnes gesagt. Heute. Und sie hat mir gesagt, dass mein Sohn mit Kaiserschnitt auf die Welt kommen wird, und zwar weil er keine Lust hat, die große Anstrengung einer natürlichen Geburt auf sich zu nehmen. „Er wird die Geburt so manipulieren, dass es zu einem Kaiserschnitt kommt", waren ihre Worte gewesen. Dazu erzählte sie mir noch, dass mein Sohn ein sehr anstrengendes Energiebündel sei. Es würde nicht einfach mit ihm werden, aber er ist clever und intelligent und wird es im Leben weit bringen.

Mein kleiner Löwe.

4

Langsam öffne ich meine Augen. Leo schreit. Es ist dunkel. Meine Augenlider sind schwer.

Ich setze mich aufs Bett und knipse ein schwaches Nacht-licht an. Hole den Kleinen aus seinem Gitterbett. Nach-dem ich noch ein Kissen unter meinem Bauch positionie-re, gebe ich ihm die Brust. Doch er will nicht trinken und schreit weiter. Vielleicht mache ich ja auch etwas falsch, frage ich mich. Aber wie ich ihn auch an die Brust anle-ge, es ist nichts zu machen. Der Charakter meines Löwen zeigt sich erneut.

Müde gehe ich in die Küche und hole die Milchpumpe, mit der ich meine Milch in ein kleines Fläschchen pumpe. Natürlich schreit der Kleine währenddessen weiter. Luis rührt sich nicht. Als schliefe er tief und fest und bekäme von alledem nichts mit. Ich wage dies jedoch zu bezweifeln.

Endlich ist die Flasche voll und der kleine Schreihals trinkt zufrieden seine Milch aus dem Fläschchen. Das Sau-gen an der Mutterbrust ist für ein Baby anstrengender. Das scheint auch Leo inzwischen gemerkt zu haben.

Während er so trinkt, fallen mir immer wieder meine Augen zu, und ich muss mich zwingen, sie wieder zu öff-nen. Ich war in meinem Leben noch nie so müde, wie in den letzten drei Monaten, in denen ich nie länger als drei Stunden am Stück geschlafen habe. Wie gerne würde ich doch einmal sechs Stunden ohne Unterbrechung schlafen. Nie im Leben hätte ich mir das so hart vorgestellt. Fast alle Frauen haben Kinder. Und die meistens mehr als eins. Ich frage mich ernsthaft, wie die das machen, und auch noch relativ gut dabei aussehen. Ich nehme nämlich so langsam die Gesichtszüge eines Zombies an. Die gut gemeinten Ratschläge meiner Freundinnen helfen mir da auch nicht viel weiter. Dass man tagsüber schlafen solle, wenn das Kind schläft. Und wann soll ich dann den Haushalt machen und kochen? Und dann ist da ja auch noch Luis, der Zeit mit mir verbringen möchte. Am besten, wenn Leo schläft.

Als ich am Tag nach dem Kaiserschnitt aus dem Krankenhaus entlassen wurde, konnte ich kaum gehen. Luis hat mir im Haushalt geholfen, hat Einkäufe gemacht. Gekocht. Nach wenigen Tagen ging es mir jedoch wieder besser, und seine Unterstützung endete so schnell wie sie begann.

Bei Maria hat Luis inzwischen gekündigt. Sie und ihr Mann haben unsere Beziehung inzwischen akzeptiert und Luis und Enrique verstehen sich auch weiterhin gut. Doch möchte er sich nun ausschließlich seinen Booten widmen und eine eigene Agentur gründen. Sich selbstständig machen. Zurzeit ist er damit beschäftigt, seine Schnellboote auszubessern und werkelt an ihnen herum. Vor einem Monat endete die diesjährige Walhai-Saison und Luis hat nun Geld und Zeit. Da er sich seine Arbeitszeit nun selber einteilen kann, hatte ich gehofft, ihn nun öfter bei mir zu haben. Doch ich wurde enttäuscht. Die meisten Tage verbringe ich alleine mit Leo. Erst am späten Nachmittag kommt er von den Booten zurück. Oft fühle ich mich einsam. Freunde auf der Insel habe ich kaum.

Der einzige Bruder von Luis, der auf der Insel lebt, ist Vincent. Er hat nie eigene Familie gegründet, ist alleinstehend. Seine Welt ist die Arbeit. Und die besteht aus dem Vermieten von Ferienwohnungen im Haus seiner Mutter. Immer renoviert oder dekoriert er etwas am Haus. Seine Mutter hat ganz unten ihre kleine Wohnung und er seine im ersten Stock des zweistöckigen Gebäudes. Insgesamt gibt es sechs oder sieben kleine Ferienwohnungen. So richtig weiß ich das nicht, ständig baut er etwas Neues. Eine neue Wand hier, eine neue Treppe dort, eine neue Terrasse. Das ist es, was er macht. Jeden Tag.

Anfangs, als ich ihn kennenlernte und gerade zu Luis auf die Insel zog, ignorierte er mich. Wollte nichts mit mir zu tun haben. Jetzt habe ich ihm einen Neffen geschenkt und er ist freundlich geworden.

Und dann ist da noch Luis' ältester Bruder, Antonio. Er lebt in Cancún mit seiner Freundin. Aus seiner ersten Ehe hat er drei Kinder in meinem Alter. Seine zweite Ehe wurde auch geschieden, und jetzt lebt er mit seiner Freundin Alina zusammen. Sie ist ein wunderbarer Mensch, wir verstehen uns prächtig. Ungefähr in meinem Alter ist sie, obwohl Antonio schon fast sechzig ist. Ich bin gerne mit den beiden zusammen. Ab und zu fahren wir sonntags nach Cancún und verbringen den Tag zusammen. Meiner Meinung nach jedoch viel zu selten.

Luis selber hat keine richtigen Freunde. Alle kennen ihn. Viele wissen ihn zu schätzen und einige haben sogar Angst vor ihm. Männerfreundschaften sind hier auf der Insel sehr oberflächlich. Man trifft sich zusammen in einem Lokal zum Trinken, mehr nicht. Dann geht jeder wieder zu Frau und Kind nach Hause, und das Leben geht weiter.

Hier auf der Insel sind es die Familien, die an den Wochenenden zusammen sind. In vielen Häusern leben bis zu vier Generationen unter einem Dach. Mit achtzehn Jahren schwanger zu sein, hier ist es noch normal. „Risikoschwangerschaft", stand auf meiner Krankendatei geschrieben. Ich sei ja schon dreiunddreißig. Dass ich nicht lache. In Mexiko ist es tatsächlich normal, mit vierzig schon Enkel zu bekommen. Auch Luis könnte theoretisch schon Opa werden. Immerhin ist seine Tochter Lily schon erwachsen. Er hofft jedoch, sie werde zunächst studieren und mit dem Kinderkriegen noch ein wenig warten.

Familien-Konstellationen sind in Luis' Familie teilweise sehr interessant. So hat ein Schwager von ihm Kinder in meinem Alter, die auch schon Kinder haben. Mit seiner zweiten Frau hat er zwei kleine Söhne, die jünger als seine Enkel sind. Alles etwas verwirrend. Seine neue Frau ist Anfang zwanzig, jünger als seine Tochter aus erster Ehe. Aber das ist hier alles irgendwie normal. Viele Kinder von unterschiedlichen Partnern. So hat Leo Cousins, die in meinem Alter sind. Und seine Halbschwester ist achtzehn Jahre älter.

Als blonde Europäerin ist es nicht einfach, hier auf der Insel Freunde zu finden. Meine Unabhängigkeit, in andere Länder reisen zu können und studiert zu haben, löst oft Neid unter den Frauen der Insel aus. Viele haben keinen Schulabschluss, keine Ausbildung. Dadurch sind sie finanziell von ihren Männern abhängig und übernehmen traditionelle Aufgaben wie Hausarbeit und Kinderbetreuung. Da sie ohne ihre Männer keine finanziellen Einnahmen hätten, verzeihen sie ihnen auch Seitensprünge. Sie lästern über mich und andere ausländische Frauen. Wir würden ihnen ihre Männer wegnehmen, sagen sie. Ich vermisse meine Freunde aus der Stadt.

Vorsichtig nehme ich den kleinen Leo auf den Arm und lege ihn wieder in sein Bettchen. Er ist endlich eingeschlafen. Es ist halb drei. Wenn ich Glück habe, dann lässt er mich bis sechs schlafen.

Sofort falle ich in einen tiefen traumlosen Schlaf. Dann schrecke ich hoch. Leo schreit. Es ist halb fünf.

5

Im Taxi ist es heiß und stickig. Ich kurble das Fenster herunter, und ein warmer Schwall tropisch feuchter Luft, gemischt mit stinkenden Abgasen, schlägt mir entgegen. Luis sitzt neben mir mit Leo auf seinem Schoß. Der Taxifahrer fährt wie ein Verrückter, um mit den Automassen mitzuhalten. Überall wird gehupt, und im Kreisverkehr gilt das Gesetz des Schnelleren. Der Erste gewinnt. Dass ein Einjähriger im Auto ist, scheint den Fahrer kaum zu interessieren. Alltag halt.

In diesem Land gibt es auffällig viele Kinder. Die Hälfte aller Mexikaner sind unter zwanzig Jahre. Mexiko ist ein sehr kinderfreundliches Land. Sie gehören einfach zur Gesellschaft dazu. Nie würde sich jemand über das Schreien eines Kindes beschweren, wie es leider so häufig in Deutschland der Fall ist. In so gut wie jedem Restaurant gibt es eine Spielecke für die Kleinen, oft ähnelt sie einem kleinen Kinderspielplatz und es gibt Rutsche und Klettergerüst. Doch während es für Kinder aus wohlhabenden Familien ein riesiges Angebot an Aktivitäten gibt, die natürlich meistens Geld kosten, haben es viele ärmere Kinder nicht leicht.

Ein Viertel aller Kinder dieses Landes leben in Armut. Sie haben nur schwer Zugang zu Schulen und Ärzten und leben in erbärmlichen Verhältnissen. Um ihre Familie zu unterstützen, müssen über drei Millionen Kinder sogar arbeiten. Als Haushaltshilfen, auf dem Land oder auf der Straße werden die Kinder oft ausgebeutet. Gerade die armen Kinder in Mexiko City haben es sehr schwer. Sie leben in Slums oder Armenvierteln und suchen auf gigantischen Müllkippen nach Brauchbarem. Die staubigen Sandwege und der dichte Smog der Hauptstadt erhöhen das Risiko

Allergien, Asthma und andere Atemwegserkrankungen zu erleiden. Kinder sind davon besonders betroffen.

Vor allem im Norden Mexikos an den Grenzgebieten zu den USA, werden Kinder nicht selten Zeugen des blutigen Drogenkrieges. Es geht dabei meistens um die Vorherrschaft eines Kartells. Schießereien am Straßenrand werden nicht nur von Erwachsenen, sondern auch von Kindern, beobachtet. Zu jeder Tageszeit und an öffentlichen Plätzen finden diese brutalen Auseinandersetzungen statt. So kann es passieren, dass ein Kind auf seinem Weg zur Schule auf eine herumliegende Leiche stößt. Ist eine Familie aktiv am Drogengeschäft beteiligt, werden auch die Kinder nicht selten mit in das Geschäft einbezogen, in dem sie zum Beispiel das Kokain abwiegen müssen. Ältere Kinder und Jugendliche werden auch schon mal von den Kartellen entführt und gezwungen, sich ihnen anzuschließen, um Mitglieder des verfeindeten Kartells zu erschießen. Weigern sie sich, ist ihr Tod so gut wie sicher.

Kinder der indianischen Bevölkerung, wie die der Mayas haben es auch nicht leicht. Sie leben nicht nur fast immer in Armut, sondern werden zudem wegen ihrer Abstammung diskriminiert und ausgegrenzt. Da ihre Familien noch sehr traditionell leben, brechen sie meistens schon vor ihrem zehnten Lebensjahr die Schule ab, um im Haushalt und auf dem Feld mit den Eltern zusammenzuarbeiten.

Ich schaue aus dem Fenster des Taxis. Auf einem Moped sitzt ein junges Pärchen. Die Frau sitzt hinten und hat ihr kleines, vielleicht zwei Jahre altes Kind, einfach unter den Arm geklemmt. Wie eine Ware. Ein vielleicht sechs Jahre alter Junge sitzt zwischen ihnen. Helme tragen nur die Erwachsenen. Ihr Anblick macht mich wütend.

Nach wilden zehn Fahrminuten hält der Taxifahrer endlich an und wir steigen aus. Aus dem Kofferraum holen wir den Kinderwagen, in den ich Leo lege. Luis gibt dem Taxifahrer sein Geld. Es ist nicht viel. Vielleicht umgerechnet etwas über einen Euro.

Eine Rampe führt zum Eingang in ein großes Bürogebäude. Innen ist es dunkel und kühl. Viele Menschen warten schon im Gang. Sitzen auf Stühlen oder stehen. Ich ziehe Leo einen Pullover über.

Nach kurzer Zeit wird eine Glastür geöffnet. Ein Mann ruft Namen von Personen auf, die er von einer Liste abliest. Auch wir sind dabei. Ich löse die Bremse am Kinderwagen und schiebe Max durch die Glastür. Luis folgt uns. Eine Dame am Empfang bittet mich, ihr die notwendigen Papiere auszuhändigen und ich krame einen Stapel Dokumente hervor. Nach kurzem Sortieren blickt sie mich ungeduldig an. Als ich ihr den großen Stapel gebe, sieht sie sie durch. Eines nach dem anderen.

„Sie haben keinen schriftlichen Nachweis des Kinderarztes", sagt sie kühl und gelangweilt.

Ich stocke. Einen Nachweis des Kinderarztes. Im Kopf versuche ich meine Gedanken zu sortieren und mich zu erinnern. Nein, daran kann ich mich nicht erinnern.

Früher ist mir so etwas nie passiert. Immer habe ich alles bis ins Detail geplant und organisiert. Vergessen? Wut und Verzweiflung befallen mich. Ich höre die Dame sagen, ich solle bitte einen neuen Termin machen und an einem anderen Tag wiederkommen. Was ist nur los mit mir? Ist es der chronische Schlafmangel einer jungen Mutter? Bin ich überfordert?

Mit dem Stapel von Dokumenten schiebe ich Leo wieder aus dem Eingangsbereich in den Gang. Einen Reisepass bekommt er heute jedenfalls nicht. Ohne ein Wort zu sagen folgt uns Luis. Warum kümmert er sich denn nicht um so einen Papierkram? Warum unterstützt er mich nicht? Ja, weil er arbeitet. Er ist ja nie da.

Genervt verlassen wir das klimatisierte Bürogebäude und gehen zurück in die stickig heiße Stadtluft. Es ist laut und der Verkehr dicht. Wir gehen einfach los. So weit es geht weg von diesem Gebäude. Den Bürgersteig immer weiter geradeaus. Ich schiebe Leo und Luis folgt uns.

„Wieso hast du es vergessen?", fragt Luis schließlich genervt. Gewartet habe ich, dass er etwas sagt. Mir Vorwürfe macht. Was soll ich ihm antworten? Wahrscheinlich am besten die Wahrheit.

„Habe ich halt. Tut mir leid. Aber du hilfst mir ja auch nicht mit Leo, den Papieren und dem Haushalt. Alles muss ich allein machen. Es ist halt etwas zu viel", gebe ich genervt zurück.

Ich hätte lieber nichts sagen sollen, denn Luis bleibt abrupt stehen. Bei seinem zornigen Blick erschauere ich.

„Ach ja?", erwidert er wütend. „*Du* wolltest doch ein Kind haben!"

Jetzt werde auch ich wütend. „Ja, sicher wollte ich ein Kind haben, und ich bereue es in keinster Weise! Ich dachte allerdings, du wolltest *auch* eins. Aber du bist ja nie da. Nicht *einmal* hast du eine Windel gewechselt, nie stehst du nachts auf, um ihn zu beruhigen oder ihm die Flasche zu geben. Wenn es mir nicht gut geht und ich erschöpft bin, gehst du saufen und vergnügst dich. Du hast mich komplett im Stich gelassen seit wir Leo haben. Und obwohl du Angestellte hast und es dir erlauben kannst, dir deine Zeit selber einzuteilen, bist du nicht da, hilfst mir nicht."

Ich bin sauer. Richtig sauer. Ein Jahr habe ich es geschluckt. Nichts gesagt. Jetzt kann ich einfach nicht mehr. Muss es alles loswerden. Ihm meinen Frust mitteilen.

Böse schaut mich Luis an. „Du kannst mich mal, fahr zur Hölle", schreit er mich an. Er dreht sich von mir weg und überquert zügig die Straße. Ich sehe, wie er sich nach und nach immer weiter von uns entfernt.

„Luis!" Mein hysterisches Schreien ist zwecklos. Zorn und ein Gefühl von Ohnmacht lassen meinen Körper beben. Jetzt hat er mich einfach mit Leo mitten in Cancún stehen gelassen. In der glühenden Mittagshitze, in einer nicht ungefährlichen Stadt. Die Autos rasen an mir vorbei.

Wie ein Häufchen Elend stehe ich da, während Leo im Kinderwagen wimmert, und mir schmerzt die Schulter von der schweren Wickeltasche. Die Tränen rollen mir über das Gesicht. War ja auch meine Schuld. Wieso habe ich ihn auch nur provoziert? Doch abhauen? Einfach wegrennen? Wie kann er mir so etwas antun? Sind wir ihm scheißegal? Was für ein kindisches Verhalten! Man muss sich doch in einer Beziehung die Wahrheit sagen können, denke ich.

Ich könnte mich jetzt an den Straßenrand setzen und stundenlang in Selbstmitleid versinken. Aber eine Lösung ist das auch nicht. Also reiß ich mich zusammen.

An der nächsten Ecke halte ich ein Taxi an. Den Taxifahrer bitte ich, mir für einen Moment Leo abzunehmen, damit ich den Kinderwagen zusammenklappen und im Kofferraum verstauen kann. Dann stelle ich die große Tasche auf den Rücksitz und setze mich. Leo gibt er mir auf meinen Schoß.

Erneut gibt es eine wilde Fahrt durch die Stadt. In den Kurven halte ich mich mit einer Hand fest und mit der anderen habe ich Leo fest umschlungen. Der schreit jetzt aus Leibeskräften. Bald sind wir da, bald sind wir da, sage ich mir. Versuche mich zu beruhigen. Und doch fühle ich mich fürchterlich. Wütend bin ich. Und verletzt.

Am Fähranleger gehe ich durch eine Gruppe von US-amerikanischen Touristen hindurch, die sich lauthals mitten auf dem Weg unterhalten. Langsam schiebe ich den Kinderwagen die Rampe zur Fähre hoch. Mit Leo auf dem Schoß setze ich mich ans Fenster in den klimatisierten Innenbereich der Fähre und beobachte das herrlich türkisblaue Wasser.

Fast bis auf den Meeresgrund kann man an einigen Stellen schauen. Glücklich macht mich der Anblick jedoch nicht. Immer wieder denke ich an den Moment, als er gegangen ist. Ja, ich habe ihn provoziert. Hätte ich vielleicht nicht machen sollen. Aber immer alles schlucken? Nein, das kann ich auch nicht. Leichte Wellen entstehen, und das Festland entfernt sich immer weiter von uns.

Was erwartet mich zu Hause? Ein schreiender aggressiver Luis? Beim Gedanken daran bekomme ich Magenschmerzen. Hoffentlich ist er nicht da, denke ich. Ich möchte ihn jetzt nicht sehen. Noch immer bin ich so wütend auf ihn. Und er macht mir Angst. Wie gerne hätte ich jetzt eine Freundin, zu der ich gehen könnte. Für einige Stunden. Zum Reden. Doch da ist niemand. Und zu Luis' Familie kann ich nicht. Das würde er mir niemals verzeihen.

Die Fähre verlangsamt das Tempo.

Schweißperlen tropfen mir von der Stirn. Die offenen Fenster lassen auch nur warme Luft in das kleine Auto. Zumindest zirkuliert sie jetzt. Die Klimaanlage funktioniert nicht. Zu alt ist das weiße japanische Modell.

Leo tut mir leid. Nach wenigen Minuten ist er komplett nassgeschwitzt. Bei den Saunatemperaturen kein Wunder.

Viele Menschen sind unterwegs auf dieser kleinen Insel. In Autos, offenen Golfplatzfahrzeugen und Motorrollern bahnen sie sich ihren Weg von Norden nach Süden und zurück. Viele sind Urlauber, die mal eine Runde um die acht Kilometer lange Insel drehen wollen. Dafür mieten sie sich einen Golfwagen. Uns Inselbewohner nerven sie. Sie sind langsam und halten den gesamten Verkehr auf. Mit waghalsigen Überholmanövern rauschen Taxen, Mopeds und Autos an ihnen vorbei. Und da die Touristen in vielen Fällen noch nie so einen Golfwagen gefahren haben, überschätzen sie deren Standsicherheit, und hier und da kippt mal einer in der

Kurve um. Denken doch viele von ihnen, auf einer kleinen Karibikinsel gäbe es keine Verkehrsregeln. Sogar Kinder setzen die meist ausländischen Touristen ab und an ans Steuer. Wäre auf einem Golfplatz auch sicherlich kein großes Problem. Doch hier im hektischen Straßenverkehr zwischen anderen Verkehrsteilnehmern ist es gefährlich. Und verboten.

Mit einem mulmigen Gefühl im Magen schließe ich die Wohnungstür auf. Erleichtert atme ich auf, als ich feststelle, dass Luis nicht in der Wohnung ist. Und doch, meine Nervosität will sich einfach nicht legen.

Ich lege Leo, der inzwischen erschöpft eingeschlafen ist, mit trockenen Klamotten in sein Bettchen und mache die Klimaanlage an. Dann lege ich mich ins Wohnzimmer in die Hängematte. In dem Moment wird die Tür aufgeschlossen und Luis tritt in die Wohnung. Ohne mich zu grüßen, geht er direkt in die Küche. Dann dreht er sich zu mir um, und mein Herz bleibt stehen. Seine dunklen Augen schauen mich mit einer eisernen Kälte an, dass ich eine Gänsehaut bekomme. Am liebsten würde ich wegrennen. Verschwinden. Doch Leo schläft friedlich in seinem Bettchen und ich würde ihn niemals alleine lassen. Noch nie hat Luis auf ihn aufgepasst und ich vertraue ihm nicht. Vielleicht würde er einfach gehen. Leo alleine in der Wohnung zurücklassen.

„Ich will das nicht mehr mit uns. Ich habe die Schnauze voll. Pack deine Sachen und verschwinde", schimpft er. „Eine blöde Schlampe bist du! Ein Idiot!"

Seine Worte dringen wie Nadeln direkt in mein Herz. Ich antworte ihm nicht. Warte bis er fertig ist und endlich geht, um sich zu Betrinken.

Als die Wohnungstür ins Schloss fällt, ist mit einem Mal alles wieder ruhig in der Wohnung. Doch in mir drinnen brodelt es. Ich fühle mich wie ein Häufchen Elend. Dass ich nur noch funktioniere, um für Leo da zu sein.

Wann war ich das letzte Mal glücklich? Es scheint in einem anderen Leben gewesen zu sein. Und doch war ich es noch heute Morgen. Es ist nur ein Streit, sage ich mir. Luis meint es nicht so. Er kann seine Wutausbrüche einfach nicht kontrollieren. Morgen wird er sich bestimmt bei mir entschuldigen, und alles wird wieder schön werden. So wie immer. Der jetzt unerträglich scheinende Schmerz wird vergehen. Die Wunden verheilen. Luis wird mich in den Arm nehmen und küssen. Wir werden zusammen an den Strand gehen, und er wird mit Leo im Meer spielen.

Es ist nur dieser Moment jetzt, den ich durchstehen muss. Ich hoffe, Luis kommt erst morgen wieder. Denn eines ist sicher. Er wird sich jetzt betrinken.

Weinend lege ich mich ins Schlafzimmer auf das Bett. Beobachte den kleinen Zwerg. Wie er unschuldig in seinem Bettchen schlummert. In seiner kleinen heilen Welt.

6

Sicher, er hat es ja nicht so gemeint. Er war einfach nur wütend und musste Luft rauslassen. Bedeutet das, dass es in Ordnung ist, als seelischer Mülleimer für seinen Partner herhalten zu müssen? Gibt es wirklich Beziehungen, in denen man miteinander diskutieren kann, ohne sich anzuschreien, sich zu beschimpfen oder zu manipulieren? In der eine Diskussion als etwas Positives gesehen wird, etwas, woraus man lernt? Oder machen es unsere Gefühle zur anderen

Person unmöglich, sachlich zu bleiben? Wo sollte die Grenze sein, ab wann ist eine Beziehung keine „gesunde" Beziehung mehr? Wann sollte man sich trennen? Und was sollte man beim anderen tolerieren, obwohl es einem nicht gefällt?

Alle diese Fragen lassen mich seit Monaten nicht mehr in Ruhe. Es gibt wunderschöne Momente mit Luis. Und doch gibt es Gewalt. Gewalt. Ein hartes Wort. Handgreiflich wurde er nie. Aber verbale Gewalt ist halt auch Gewalt. Erzähle ich meiner Freundin davon, rät sie mir, mich zu trennen. Aber ich liebe ihn doch. Und wir haben einen Sohn zusammen. Er braucht doch seinen Vater. Ich möchte nicht, dass Leo ohne Vater groß wird.

Aber ja. Es muss sich etwas ändern. Und da sich Luis nicht ändert, muss ich mich vielleicht ändern. Irgendwie muss es doch möglich sein, seine Wutanfälle nicht persönlich zu nehmen. Die Nadelstiche abzuwehren. Mit einer unsichtbaren Ritterrüstung.

Luis hatte eine schwere Kindheit. Sein Vater, ein gewalttätiger Alkoholiker, hat die Familie verlassen, als er gerade einmal vier Monate alt war. Nun ja, eigentlich hat ihn dessen Frau, also die Mutter von Luis, auf die Straße gesetzt. Seine Klamotten hat sie auf einen Haufen geschmissen und angezündet. Da gab es eine Menge Wut. Er hat sie jahrelang geschlagen und missbraucht.

Luis trägt die Gene seines Vaters in sich. Das könnte seine Aggressionen erklären. Aber würde es sie damit auch entschuldigen? Es spielen sicherlich viele Faktoren eine Rolle. Nicht nur die Gene. Auch das soziale Umfeld und die psychische Gesundheit.

Auf der Insel gibt es viele Bewohner mit Alkoholproblemen. Vielleicht ist es die Langeweile, dass es einfach nichts aufregendes auf der Insel zu machen gibt. Kein kulturelles

Leben. Und dann die ständige Hitze. Sie zermürbt einen auf die Dauer. Macht antriebslos. Vielleicht ist es auch einfach die Gewohnheit, sich abends in Kneipen auf ein kaltes, erfrischendes Bier zu treffen. Und aus einem werden schnell zwei und mehr.

Erst spät nachts kam er nach unserem Streit nach Hause. Betrunken natürlich. Ich tat so, als schliefe ich, und er ließ mich in ruhe. Am Morgen danach entschuldige er sich bei mir, mich als Schlampe bezeichnet zu haben und mich in Cancún alleine gelassen zu haben. Natürlich möchte er nicht, dass ich gehe. Er wäre todunglücklich, sollte ich ihn verlassen, hat er gesagt. Denn er liebe mich ja.

Alles war also wieder gut. Wie ich es mir schon gedacht hatte. Wir haben gemeinsam geweint und uns liebevoll umarmt. Nur die Wunden der Verletzungen sind noch da. Unsichtbar. Bis sie hoffentlich eines Tages zu Narben werden.

7

Unser eigenes Haus. Heute sind wir endlich eingezogen. Für uns ist es ein Traumhaus. Kein Luxus. Einfach ist es. Luis hat es mit eigenen Händen gebaut. Nur ein siebzigjähriger Tischler und Ricky haben ihm dabei geholfen.

Und so steht es jetzt da. Auf Holzpfählen, ungefähr einen Meter über der Wasseroberfläche der Lagune am Rande des Mangrovenwaldes.

Die Mangroven bestehen aus Sträuchern und Bäumen, die im salzigen Wasser der Lagune leben. Dafür haben sie sich angepasst und ein Filtersystem entwickelt, der das für sie schädliche Salz über die Blätter herausfiltert. Ihre großen Wurzeln ragen aus dem Wasser, um den lebenswichtigen Sauerstoff zu erhalten. Mangroven gehören zu den wichtigsten Ökosystemen der Welt. Sie bieten vielen Tieren einen Lebensraum. In ihren Baumkronen nisten Vögel. Reptilien, wie Schlangen und Krokodile, leben in ihrem Dickicht. Im Schutz zwischen ihren Wurzeln legen Fische ihre Eier. Auch Schnecken, Muscheln, Krebse und Krabben leben im Schutz der Wurzeln der Mangroven. Die Mangrovenwälder an den Küsten bieten dem Inland einen natürlichen Schutz bei Sturmfluten. Immer mehr Mangroven müssen jedoch weichen, da wir Menschen große Hotelanlagen direkt an die Küsten bauen. Die Riviera Maya ist ein gutes Beispiel für diese grausige Zerstörung der Natur durch den Menschen. Auf dem Festland mitten in Cancún wird gerade ein riesiger Mangrovenwald vernichtet, um dort einen Jachthafen der edelsten Art entstehen zu lassen. Mit einem Golfplatz, englischem Rasen und einem Einkaufszentrum für Wohlhabende und Touristen. Alles natürlich vom Feinsten. Die vielen Tierarten, die aus diesem Grund ihren Lebensraum verlieren, scheinen in einer von Profitgier gezeichneten Welt, keinen zu interessieren.

Um die Mangroven auf unserem Grundstück zu schützen, entschieden wir uns dafür, das Haus auf dem Wasser zu bauen. Nur ein schmaler Holzsteg führt durch sie hindurch und verbindet unser Haus mit der Straße.

Am Steg angebunden schwanken Luis' Schnellboote im trüben Wasser. Der Grund ist modrig braun und lädt nicht zum Schwimmen ein. Ein kleiner Stachelrochen gleitet behutsam über den Grund. Er hat ein dunkles Muster auf seinem flachen Rücken und einen Schwanz mit Giftstacheln. Auch Krokodile leben hier. Jedoch sieht man sie selten, da sie sich in den Mangroven und unter Wasser verstecken. Ans Land kommen sie so gut wie nie. Nur in der Regenzeit, wenn die Straßen unter Wasser stehen, sieht man ab und zu mal ein Krokodil auf dem Land. Angst vor ihnen haben wir dennoch keine. Zu selten lassen sie sich auf der Insel blicken.

Da es das ganze Jahr über warm ist, sind verschließbare Fenster überflüssig. Moskitonetze ersetzen sie. Denn Mücken sind ein ernstes und unangenehmes Problem in den Tropen. Gerade Leo möchte ich vor den unangenehmen Mückenstichen und dem nicht ungefährlichen Denguefieber schützen.

Die Wände und der Boden des Hauses sind aus dünnen Spanplatten, das Dach aus Fiberglas. Die Treppe zum ersten Stock hat Luis aus dem Baumstamm eines Mahagonibaums gebaut, das Geländer aus herumliegenden Ästen künstlerisch gestaltet.

Seit einigen Monaten geht der einjährige Leo nun in eine private Kinderbetreuung. Für fünf Stunden. Damit er endlich Kontakt zu anderen Kindern bekommt. Und ich im Haus mithelfen kann. Wo ich kann, packe ich mit an. Lackiere und streiche die Wände in bunten, fröhlichen Farben. Die Terrasse habe ich pink gestrichen, das Geländer hellblau. Im Kinderzimmer habe ich einen Schrank aus Holzplatten gebaut. Natürlich ist er hier und da etwas schief geworden, was jedoch nicht schlimm ist. Inzwischen bin ich relativ geübt im Umgang mit einer elektrischen Säge und einem Bohrer. Es ist schön, alles nach unseren Wünschen selber gestalten zu können. Für die Arbeitsfläche der Küchenecke haben wir Kacheln aus Pastelltönen gekauft und die Wände habe ich in einem limettengrünen Ton gestrichen. Das Badezimmer hat einen pinkfarbenen Anstrich und eine weiße Badewanne bekommen.

Leos Kinderzimmer, das Badezimmer und unser Schlafzimmer sind oben. Unten ist ein offener Wohnbereich mit der Küchenecke und ein kleines Gästezimmer. Das große Ecksofa im Wohnbereich haben wir aus Paletten gemacht. Die weinroten Bezüge ließen wir nähen. Nur die grauen Fliesen im Untergeschoss wurden von Fachleuten verlegt.

Vom Wohnraum geht eine große schwere Holzschiebetür auf den Holzsteg hinaus, der zur Straße führt. Eine weitere Tür führt vom Wohnraum auf die lange, schmale Terrasse, auf der nun Luis' schwarze Hängematte hängt. Den Meerblick haben wir nicht mehr, dafür schweben wir jetzt sozusagen über der Lagune.

Ich blicke über die große Lagune zur anderen Seite der Insel. Zur Rechten sieht man mehrere Bootsstege aus den Mangroven herausragen, an denen schicke Schnellboote und Luxusjachten liegen. Zur Linken sieht man den kleinen Kanal am Ende der Lagune, der auf das offene Meer führt.

Die Brise ist angenehm warm, nicht heiß. Es ist Februar. In den Wintermonaten ist das Klima hier sehr angenehm, es kann sogar sehr kühl werden, durch kalte Nordwinde aus den USA. Sehr kühl bedeutet achtzehn Grad Celsius. Einmal hatten wir sogar nur zwölf Grad um sechs Uhr morgens. Das ist allerdings die Ausnahme. Tagsüber wird es trotzdem meist wieder über fünfundzwanzig Grad, da die Sonne auch im Winter vom Himmel brennt. Das macht die Nähe zum Äquator. Jahreszeiten gibt es keine, dafür aber Trocken- und Regenzeit. Sommer und Herbst ist Regenzeit, wobei dann auch mal Tropenstürme oder sogar Hurrikans über das Land ziehen können. Der letzte starke Hurrikan dieser Region war *Wilma* im Jahr 2005. Drei Tage wütete er über Cancún und Playa del Carmen, hinterließ Schutt und Trümmer. Bäume wurden entwurzelt und Menschen starben. Meterhoch standen die Hotelanlagen der Hotelzone unter Wasser.

Durch die offenen Fenster haben wir immer eine frische Brise im Haus, brauchen keine Klimaanlage. Für die schwül-heißen Sommernächte gibt es Ventilatoren. Bei starkem Regen werden Holzbretter vor den Fenstern angebracht. Leider regnet es irgendwo dann doch rein. Meistens an mehreren Stellen, denn so ein tropischer Regenguss ist wie eine Dusche. Meist ist er dann jedoch schnell wieder vorbei, und es regnet oft monatelang gar nicht. Für uns Norddeutsche unvorstellbar.

Ich schließe meine Augen. Die Luft duftet nach Blumen. Rot-schwarze Trupiale und gelb-graue Pirole halten ein fröhliches Konzert, während im Gras die Grillen zirpen. Mein Zuhause. Unser Zuhause. Jetzt wird hoffentlich alles besser.

8

Es ist halb sieben an einem Frühlingsmorgen in der Karibik. Die Chachalacas geben alles, um den neuen Tag zu begrüßen. In den schönsten Rosatönen bahnt sich die Sonne ihren Weg nach oben, zum blauen wolkenlosen Himmel. Luis ist schon aufgestanden. Ich höre ihn in der Küche, und ein köstliches Kaffeearoma erfüllt das Haus.

Dann quietscht die schwere Schiebetür. Ein Schloss hat sie nicht. Nur die große Holztür an der Straße ist verschlossen. Über das Wasser könnte dennoch jeder zu unserem Haus gelangen. Die Einzigen, die aufpassen, sind unsere zwei schwarzen Labradors. Wenn sie mal nicht in der La-

gune baden oder wegrennen, faulenzen sie auf dem Bootssteg vor dem Haus.

Ich gehe ins Badezimmer und dusche. Anschließend hole
ich Leo aus seinem Bettchen und wickle ihn. Trage ihn nach
unten. In der Küche mache ich mir einen, Fruchtshake und
Leo bekommt ein Käsebrot mit Avocado. Meinen Rucksack
habe ich am Abend vorher gepackt. So bin ich. Gut organisiert. Meistens. Inzwischen hat es auch mit dem Reisepass
für den Kleinen geklappt.

Mit Leo unterm Arm, meinem Rucksack auf dem Rücken und seinem kleinen Rucksack in der Hand, gehe ich
den Holzsteg entlang zur Straße. Ich lasse die Holztür an
der Straße ins Schloss fallen und schließe mein Auto auf.

Die Straße ist relativ ruhig, endet nach ungefähr zwei
Kilometern in einer Sackgasse. Schöne Villen und ein präch-
tiges Hotel prägen sie. Auf unserer Seite befindet sich die
Lagune mit Mangrovenwäldern, auf der anderen traumhafte
Grundstücke mit weißen Privatstränden, von denen man
das Festland erblicken kann. Nachts hat man eine wunderschöne Aussicht auf die glitzernde Skyline Cancúns.

Auf der Landzunge fahre ich einen Kilometer zurück und
dann durch die dicht besiedelten Wohngebiete der Insel. Die
Häuser sind hier Wand an Wand gebaut. Der Fußweg gerade breit genug für eine Person. Bäume gibt es kaum. Schön
sieht es nicht aus. Viele Häuser sind renovierungsbedürf-
tig oder noch nicht fertiggestellt, und Eisenstangen ragen
aus dem flachen Dach empor. Man möchte ja irgendwann
einmal einen zweiten Stock aufbauen. In der Zwischenzeit
wohnt man darin. Oft vergehen Jahre, bis weitergebaut
wird. An den Straßenrändern, etwas erhöht, verlaufen die
Strom- und Telefonkabel. Wie ein gefährliches chaotisches
Wirrwarr ziehen sich die Kabel durch die Wohngebiete. Von
manchen baumeln Schuhe herunter. Ob das als Scherz ge-

meint ist oder eine besondere Bedeutung hat, habe ich noch nicht herausgefunden.

Vor einem weißen Zaun halte ich an. Eine Mexikanerin mittleren Alters hat hier einen kleinen privaten Kindergarten eröffnet. Nicht viele Kinder besuchen ihn. Vielleicht sind es so um die zehn. Die Besitzerin betreut sie mit der Hilfe einer jungen Frau. Zwei kleine Räume gibt es zum Spielen. Eine Küche und einen Garten, wo sie Kaninchen in einem großen Käfig und Schildkröten in einem kleinen Wasserbecken hält. Seit einigen Monaten bringe ich den kleinen Leo hierhin und habe nun endlich auch Kontakt zu anderen Mamis bekommen, die hier auf der Insel leben. Viele Ausländer sind es, die hier ihre Kinder hinbringen. Die Einheimischen können sich einen privaten Kindergarten oft nicht leisten und gehen zum staatlichen. Der ist kostenlos.

Leo läuft freudestrahlend der Kindergartenbesitzerin in die Arme. Gemeinsam gehen sie durch das weiße Tor, schließen es und verschwinden im Inneren des kleinen Hauses.

So früh am Morgen ist noch nicht viel los im Zentrum der Insel, und ich parke das Auto in einer kleinen Nebenstraße. Es ist kurz vor acht. Die Hauptstraße an der Strandpromenade ist noch nicht mit Tagestouristen überfüllt. Es sind die Inselbewohner, die sich jetzt auf dem Weg zur Arbeit befinden. So wie ich. Die meisten auf Motorrollern oder zu Fuß.

Der Katamaran liegt schon an dem großen hölzernen Bootssteg. Von der Strandpromenade gehe ich durch ein offenes Fischrestaurant hindurch zum Bootssteg, wo Luis schon mit der Crew an Bord wartet. Freudig begrüße ich sie alle. Für einige Stunden bin ich jetzt wieder Reiseleiterin. Es fühlt sich gut an. Ich sehe meine Kollegen und Freunde und bin nicht nur Hausfrau und Mutter. Und so wie damals, als ich noch in der Stadt wohnte, arbeiten wir wieder zusammen. Luis und ich. Was für eine tolle Zeit wir doch damals hatten. Und wie damals arbeiten wir wieder für Maria. Längst haben sie und Enrique erkannt, dass unsere Beziehung keine bloße Affäre ist.

Zuerst fing Luis vor einigen Monaten wieder an, für sie als Kapitän zu arbeiten. Und dann fragten sie mich. Fingen regelrecht an zu betteln. Ob ich nicht Lust hätte, wieder als Reiseleiterin zu arbeiten. Ich bräuchte auch nicht zu den Hotels fahren, um die Gäste abzuholen. Könnte am Anleger auf sie warten.

Zunächst zögerte ich. Normalerweise erreichen die Gäste das Festland erst am späten Nachmittag, und bis ich wieder auf der Insel bin, wäre es fast abends. So lange möchte ich Leo aber auf keinen Fall im Kindergarten lassen. Also einigte ich mich mit Maria darauf, dass ich meinen Sohn um sechzehn Uhr abholen kann, während die Gäste eine Stunde Freizeit auf Isla Mujeres haben. Danach nehme ich ihn einfach mit auf den Katamaran, um die Urlauber zurück aufs Festland zu bringen.

Leo genießt die Fahrt auf dem offenen Katamaran, und meine Gäste sind von meinem niedlichen Sohn und seinen dunklen Augen ganz entzückt. Kurz darf er sogar zum Papa-Kapitän auf den Arm. Es ist ein langer Tag.

Als Luis mit der Crew, mir und Leo den leeren Katamaran wieder auf die Insel zusteuert, verschwindet die leuchtend gelbe Sonne langsam hinter dem orangenen Horizont. Die Crew, bestehend aus männlichen, relativ jungen Inselbewohnern, macht sich sofort über das übrig gebliebene Bier her. Als hätten sie den ganzen Tag nur auf diesen Moment gewartet. Schlagartig ändert sich die Stimmung. Alle werden ausgelassen. Die Arbeit ist vergessen und jetzt wird gefeiert.

Auch Luis bekommt einen Becher in die Hand gedrückt und sofort spüre ich dieses mir inzwischen sehr bekannte mulmige Drücken in der Magengegend. Hatte er mir nicht versprochen, mit dem Trinken aufzuhören?

Natürlich werde ich hier vor seinen Kollegen keine Szene machen. Außer einem vorwurfsvollen Blick kommt von meiner Seite nichts. Warum auch? Bringt ja nichts, macht die Sache nur noch schlimmer. Zudem fühle ich mich wie eine meckernde Mutter, und das will ich auch nicht. Er muss selber wissen, was ihm gut tut, und was nicht.

Unzählige Male haben wir uns darüber unterhalten. Und unzählige Male hat er mir versprochen, nicht mehr zu trinken. Seine Entschuldigung ist immer die gleiche. Es sei schwer, und ich solle Geduld mit ihm haben. Er versuche es ja. Sagt er. Wenn er es alleine nicht schaffe, könne er doch eine Therapie machen, schlug ich vor. Aber dafür ist Luis zu stolz. Er müsse es alleine schaffen, er würde es alleine schaffen. Sagt er.

Am gleichen hölzernen Bootssteg, über den ich am Morgen eingestiegen bin, steige ich jetzt wieder aus. Mit dem einzigen Unterschied, dass ich nun Leo bei mir habe. In meinem kleinen Auto fahre ich mit Leo zurück zum Lagunen-Haus. Luis muss währenddessen den Katamaran zurück zum Anleger bringen, wo er für den morgigen Ausflug gereinigt wird. Natürlich geht am Anleger das fröhliche Betrinken der Crew weiter. Und Luis mittendrin.

Als ich in unser leeres Haus komme, spüre ich die Müdigkeit am ganzen Körper. In Ruhe bade ich Leo und mache Abendessen für uns zwei. Sobald Luis anfängt zu trinken, isst er nichts mehr. Wahrscheinlich kommt er ohnehin erst gegen Mitternacht nach Hause.

Nachdem ich Leo ins Bett gelegt habe, dusche ich mir das Salzwasser vom Körper. Ich bin so müde, dass mir beim Versuch ein Buch zu lesen, die Augen zufallen. Von Luis noch immer keine Spur. Und das, obwohl es schon fast zehn Uhr abends ist und wir beide morgen wieder arbeiten.

Wenn er sich betrinkt, schickt er keine Nachricht. Will seine Ruhe, und schottet sich von mir ab. Ich kann nur hoffen, dass er nicht zu betrunken mit seinem Motorroller über die Insel jagt.

9

Ich starre auf die zwei blauen Streifen des Schwangerschaftstests. Ja, ich wollte immer ein zweites Kind haben. Leo ist jetzt fast eineinhalb.

Als ich damals mit ihm schwanger wurde, war alles anders. Wir hatten schon knapp ein Jahr erfolglos versucht. Und als es dann doch endlich klappte, teilte uns mein Frauenarzt die freudige Nachricht mit. Zusammen.

Jetzt ist alles anders. Irgendwie habe ich das Gefühl, wir entfernen uns langsam voneinander. Er verbringt immer weniger Zeit mit uns, da er es vorzieht, in seiner Freizeit zu trinken, als mit seiner Familie zusammen zu sein.

Letzten Monat habe ich mir die Spirale herausnehmen lassen. Ich habe sie einfach nicht vertragen. Niemals hätte ich gedacht, einen Monat später schwanger zu sein. Niemals.

Freue ich mich? Natürlich freue ich mich. Immer wollte ich für Leo ein Geschwisterchen. Und dieses Kind hat sich entschieden, zu uns zu kommen. Dann soll das auch so sein. Dann ist das richtig so, wie es ist. Vielleicht wird Luis jetzt vernünftig und fängt an, an seinem Alkoholproblem zu arbeiten und macht endlich eine Therapie.

Hoffnung. Da ist sie wieder. Alles wird besser, sage ich mir. Und doch verlasse ich das Badezimmer mit gemischten Gefühlen. Morgen wird Luis sechsundvierzig. Ein schönes Geburtstagsgeschenk, mit dem er mit Sicherheit nicht rechnet. Morgen werde ich es ihm sagen.

Aufgeregt stehe ich neben Luis im Katamaran, beobachte ihn, wie er langsam auf das Festland zusteuert. Unser Arbeitstag hat gerade erst begonnen an diesem frühen Aprilmorgen.

Luis schaut sich zu mir um. Sitzt auf seinem Kapitänsstuhl vor dem Steuer. Ich lächle aufgeregt. Frage mich, wie er wohl reagieren wird. Ob er sich freuen wird. Natürlich wird er das. Wollte er doch auch ein Geschwisterchen für Leo haben.

„Ich bin schwanger", sage ich.

Ungläubig schaut er mich an. In seinem Kopf scheinen die Wörter zunächst sortiert werden zu müssen. Was hat sie da gerade gesagt? Schwanger?

Dann steht er auf und umarmt mich. Tränen rollen über seine Wangen.

„Wir bekommen ein Baby", ruft er aufgeregt zur Crew. Er ist glücklich und gerührt.

Erleichterung breitet sich in mir aus. Jetzt wird alles besser werden. Da bin ich mir ganz sicher.

Natürlich geht Luis am Abend mit seinen Arbeitskollegen trinken. Es ist ja sein Geburtstag. Das muss er feiern. Auf seine Art. Sicher hätte ich es schön gefunden, ihn zu Hause zu haben. Als Familie zu feiern und Torte zu essen.

Aber ich bin müde. Zu müde, um Energie aufzubringen, Dinge verändern zu wollen, die ich nicht ändern kann. Ich habe keine Lust mehr zu streiten, fühle mich ausgelaugt und erschöpft. Soll er doch machen, was er will, solange er mich und Leo in Ruhe lässt. Dann könnte ich mich auch vielleicht mit seinen Trinkgelagen abfinden. Ja, ich denke, das könnte ich tolerieren. Wenn es nur gelegentlich wäre und keine Wutanfälle mit sich bringen würde. Wie Beschimpfungen, Schreie, Drohungen und Erniedrigungen.

Vor wenigen Tagen passierte es mal wieder, als er um neun Uhr abends nach Hause kam. Leo schlief tief und fest in seinem Kinderzimmer, doch ich lag noch im Wohnzimmer auf der Couch und sah mir einen Film an.

Beim Eintreten ins Haus traf mich sofort sein böser Blick.

„Was guckst du so doof", fing Luis an zu schimpfen. „Hast du ein Problem?", meckerte er lallend.

Ich antwortete nichts.

„Jetzt ignorierst du mich also, du dumme Kuh!", schrie er mich an.

Ohne ihn eines Blickes zu würdigen, machte ich den Fernseher aus und ging nach oben ins Bett.

„Ja genau, verpiss dich doch", hörte ich ihn hinterherrufen, „ich will dich sowieso nicht sehen."

Irgendwann legte er sich dann in die Hängematte der Terrasse. Neben mir im Bett wollte er wohl nicht liegen.

Am nächsten Morgen war ihm sein Verhalten peinlich und unangenehm. Er schämte sich für seine Worte. Es ist die Einsicht, dass er selber erkennt, dass sein Verhalten nicht in Ordnung ist, die mich noch immer an seiner Seite hält. Und die Hoffnung. Dass er es schafft, eines Tages die Hände ein für alle Mal vom Alkohol zu lassen.

10

Es ist inzwischen fast Sommer und unglaublich heiß. Selbst nachts sind es meist noch über dreißig Grad Celsius. Die Schwangerschaft macht mich empfindlicher und mein Körper leidet unter der dauernden Hitze.

Der Katamaran schwangt leicht hin und her. Ich setze mich nach vorn und blicke über das türkisfarbene Meer. Die warme Brise im Gesicht fühlt sich gut an.

Aus meinem Rucksack krame ich ein Honigbrot heraus. Jeder Bissen fällt mir schwer und doch beruhigt sich mein Magen etwas und die Übelkeit wird erträglicher.

Am Korallenriff springe ich mit Flossen und Taucherbrille ins warme Wasser. Meine Gäste schnorcheln langsam hinter mir her. Knapp zwei Meter uns ist Seegras, und eine Schildkröte schwimmt erschrocken vorbei, als sie uns entdeckt. Dann wird der Meeresboden hell sandig, und die ersten Korallen erscheinen. Sie leuchten unter der glitzernden Wasseroberfläche in den schönsten Farben, als ein Schwarm grauer Kaiserfische an uns vorbeizieht. Blaue Doktorfische schwimmen an großen rötlichen Elchgeweihkorallen vorbei. Lilafarbene Seefächer schwanken mit den Strömungen leicht hin und her, und ein exotischer Perlenkofferfisch bahnt sich seinen Weg durch das klare blaue Wasser. Er wirkt irgendwie kantig, und seine weiße Haut ist übersät mit dunkelbraunen Punkten und hellbraunen Flecken.

Nachdem ich mich vergewissert habe, dass es meinen Gästen gut geht und alle mit meinem Tempo mithalten, schnorcheln wir über eine große dunkle Hirnkoralle, an der ein Schwarm atlantischer Spatenfische vorbeischwimmt. Diese runde Korallenart wird seinem Namen voll gerecht, sieht wahrhaftig aus wie ein riesengroßes menschliches Gehirn.

Langsam entfernen wir uns wieder vom Korallenriff, und unter uns im sandigen Boden liegt ein halb eingebuddelter amerikanischer Stechrochen. Als er uns entdeckt, flüchtet der graue Rochen mit seiner langen peitschenartigen Schwanzflosse, an der er seinen Stachel hat. Mit ihm kann er schwere Wunden verursachen. Doch müsste er dafür provoziert werden, denn aggressiv sind Stechrochen normalerweise nicht.

Wieder tauche ich auf und drehe mich um, um meine Gruppe zu kontrollieren. Plötzlich wird mir schwindelig und unangenehm übel. Ich versuche mich zu beruhigen und tief durchzuatmen.

So oft habe ich schon Gruppen beim Schnorcheln geleitet. Fühle mich normalerweise pudelwohl dabei. Wie ein Fisch im Wasser.

Zurück auf dem Katamaran atme ich erleichtert durch. Meinen Gästen geht es zwar gut, doch ich realisiere, dass ich im Moment nicht die Kraft habe, um auf sie aufzupassen und sie damit in Gefahr bringe. Luis verdient genug. Es gibt also keinen Grund für mich, weiterhin zu arbeiten, und ich beschließe, dass heute mein letzter Arbeitstag als *Tour Guide* ist.

11

Das laute Quietschen der Haustür lässt mich aufhorchen. Es ist acht Uhr abends, und ich bin mit Leo in seinem Kinderzimmer im oberen Stock, wo ich ihm ein Buch vorlese.

Luis schafft es nicht auf Anhieb die Haustür zu schließen. Sehr betrunken muss er sein, denke ich. Wieder einmal.

Seit fast zwei Wochen ist er keinen einzigen Tag mehr nüchtern nach Hause gekommen. Meistens habe ich schon geschlafen, und er hat sich einfach friedlich hingelegt. Manchmal in die Hängematte, manchmal auch neben mich ins Bett. Am nächsten Morgen steht er früh auf, um erneut zur Arbeit zu gehen und als Kapitän nach Contoy zu fahren. Abends kommt er dann wieder betrunken zurück.

Jeden Tag geht das jetzt so. Er wird weder seiner Vaterrolle, noch seiner Rolle als Partner oder Freund, gerecht. Er ist einfach nur noch abwesend.

So schlimm war das zuvor noch nie. Immer gab es Tage, Wochen oder sogar Monate, an denen er nüchtern blieb und wir Zeit füreinander hatten. Wo es zwischen seinen Wutanfällen auch schöne Momente gab. Jetzt gibt es keine schönen Momente mehr zusammen. Ich merke, dass ich mehr und mehr resigniere.

Der Fernseher geht an und mit ihm wird es schlagartig sehr laut im offenen und hellhörigen Haus. Das Kinderzimmer von Leo hat keine Tür. Luis nimmt keine Rücksicht darauf, dass der Kleine schlafen muss. Sein egoistisches Verhalten macht mich wütend. Und dass ich ihn jetzt nicht zur Rede stellen kann, frustriert mich. Sobald er wieder nüchtern ist, kann ich ihn darauf ansprechen. Ihn darum bitten, den Fernseher am späten Abend nicht so laut zu stellen. Sicher wird er mir recht geben. Doch sobald er wieder betrunken ist, ist auch das wieder vergessen und er macht, was er will.

Ich umarme den kleinen Leo und streichle ihn liebevoll über das Gesicht. Er tut mir so leid. Einen Vater zu haben, der sich einfach nicht ihm ihn kümmert. Noch nie hat Luis seinen Sohn ins Bett gebracht. Ihm etwas vorgelesen. Und

Leo vergöttert seinen Vater. Liebt ihn von ganzem Herzen. Würde so gerne mehr Zeit mit ihm verbringen. Immer fragt er nach Papa.

Langsam geht Luis die Treppe nach oben. Ich tue sofort, als würde ich schlafen, und drehe mich mit dem Gesicht zur Wand. Leo ist inzwischen neben mir eingeschlafen. Als Luis im Badezimmer ist, höre ich ihn wütend schimpfen. Dann schmeißt er etwas auf den Boden und ich höre es knacken.

Ich erstarre. Noch vor einigen Tagen teilte er mir mit, dass er die Lampe, die Sara mir geschenkt hat, nicht besonders schön fände. Sie ist ein kleines Kunstwerk und wurde aus einer ausgehöhlten Frucht in mühevoller Handarbeit hergestellt. Ich hängte sie ins Badezimmer.

Mit einer dunklen Vorahnung stehe ich auf. Im Badezimmer sehe ich zu meinem Schrecken, wie Luis die kaputte Lampe nimmt und sie aus dem Fenster wirft.

„Was soll das? Wieso machst du das?", frage ich ihn mit bebender Stimme. „Das ist meine Lampe, ich habe sie geschenkt bekommen!"

Ich bin unbeschreiblich wütend. Doch Luis scheint das nicht zu interessieren und schaut mich gleichgültig an.

„Sie ist hässlich", antwortet er mir lallend in einem kühlen Ton. Dann geht er an mir vorbei und legt sich aufs Bett. Tränen rollen über mein Gesicht. Wie kann er nur so böse sein, frage ich mich.

Ja, ich möchte ihn verlassen. Habe mich entschieden. Ich ertrage es einfach nicht mehr. Seine Abwesenheit und seine Boshaftigkeit. Sein Desinteresse an mir und Leo. Und seine Aggressionen.

Im vierten Monat bin ich jetzt schwanger. Vieles hat sich verändert, seit Leo da ist. Das erste Mal, seit ich vor nun fünf Jahren in die Karibik gezogen bin, habe ich das starke Bedürfnis, wieder nach Deutschland zurückzukehren.

12

Natürlich kam er erst gegen vier Uhr morgens nach Hause. Heute arbeitet er nicht und kann in Ruhe seinen Rausch ausschlafen. So hat er sich mal wieder die ganze Nacht in einem Lokal im dicht besiedelten Wohngebiet besoffen, wo es vor allem einheimische Männer hinzieht, die wohl anscheinend nichts besseres zu tun haben. Frauen sieht man dort eher weniger. Es sind frustrierte und gelangweilte Ehemänner, die sich hier täglich die Kante geben können.

Ich frage mich wirklich, was so furchtbar an unserer kleinen Familie ist, dass Luis sie meidet und nicht nach Hause kommen mag. Vielleicht liebt er mich nicht mehr. Aber was ist mit Leo? Ich bin mir ganz sicher, dass er ihn über alles liebt.

Heute ist der erste Sonntag nach Wochen, an dem Luis endlich frei hat. Heute werde ich ihm sagen, dass ich mich entschieden habe, mich von ihm zu trennen. Dass ich vorhabe, wieder zurück nach Deutschland zu gehen.

Es ist kurz nach sieben, als ich Leo im Kinderzimmer quaken höre. Ich nehme ihn mit nach unten ins Wohnzimmer, wo er spielen kann, während ich das Frühstück mache. Rührei. Es ist ja Sonntag. Natürlich nur für mich und Leo, da Luis tief und fest seinen Rausch ausschläft, und vorerst wohl nicht aufstehen wird.

Ich frage mich wirklich, wieviel ein Körper ertragen kann. Wenn ich mich betrinke, fühle ich mich die darauffolgenden Tage elend. Manchmal fängt Luis schon gegen Mittag an zu trinken und hört erst auf, wenn es schon nachts ist. Ohne dabei etwas zu essen. Viele Tage hintereinander. Ich weiß wirklich nicht, wie das sein Körper aushält.

Um neun Uhr gibt es noch immer kein Anzeichen dafür, dass Luis demnächst das Bett verlassen wird. Ich würde so gerne etwas unternehmen. Nach Cancún fahren, durch die Einkaufszentren schlendern. Lecker essen gehen. Seinen Bruder Antonio und Alina besuchen. Aber das kann ich alles nicht alleine entscheiden. Und mit dem Kater, den Luis haben wird, glaube ich kaum, dass er mit uns aufs Festland fahren möchte.

Frust macht sich in mir breit. Jeden Tag bin ich hier im Haus, koche, wasche, putze. Sonntags will ich einfach nichts davon sehen. Möchte als Familie einen schönen Tag verbringen.

Endlich höre ich Schritte. Luis ist aufgestanden und die Badezimmertür fällt ins Schloss. Ich gehe in die Küche und setze Kaffee auf. Erleichtert und nervös zugleich.

In Shorts und T-Shirt kommt er nach einer Weile langsam die Treppe herunter. In seinem braun gebrannten Gesicht sind schon so einige Falten zu erkennen. Die ständige Sonne und der starke Alkoholkonsum haben sichtbare Spuren hinterlassen.

Er sieht müde aus. Geht in die Küche und versucht mich zu ignorieren.

„Guten Morgen", sage ich zu ihm in einem kühlen Ton. Versuche jedoch freundlich zu klingen. Keinen Streit bitte. Keinen Streit.

„Guten Morgen", murmelt er unsicher zurück. Er füllt sich Kaffee in einen Becher und setzt sich aufs Sofa.

„Ich würde gerne mit dir reden, ich glaube es ist an der Zeit". Ich bin nervös aber entschlossen.

Sicher, er ist nicht alkoholisiert. Bedeutet jedoch nicht, dass er jetzt lieb und nett zu mir sein wird. Bei Luis weiß man das nie so genau.

Ich setze mich zu ihm aufs Sofa. Mit etwas Abstand. Leo hat sich inzwischen zu seinem Vater gesetzt und starrt auf den Fernseher.

„Ich kann so nicht weitermachen. Du bist praktisch nicht anwesend. Und wenn doch, dann betrunken. In den letzten Wochen warst du weder mein Mann noch ein Vater für Leo."

Luis schaut bei meinen Worten trübe drein. Er hört mir ruhig zu und scheint sich schuldig zu fühlen.

„Du hast recht", sagt er schließlich. „Ich habe in letzter Zeit etwas übertrieben. Ich werde das ändern. Versprochen."

Etwas übertrieben ist wohl ganz schön untertrieben. Nun ja, zumindest streitet er es nicht ab. Ich bin mir nicht sicher, wie oft ich diesen Satz in den letzten zwei Jahren gehört habe. Dass er sich ändern wird. Zumindest zu oft, um glaubwürdig zu sein.

„Verzeih mir", sagt er betroffen, und schaut mich traurig an. Dann dreht er sich zum Fernseher und widmet ihm seine ganze Aufmerksamkeit. Nach dem Motto, ich habe mich entschuldigt, also ist alles wieder gut.

Ich stehe auf, ohne ihm zu antworten. Was soll ich ihm auch sagen, was er noch nicht weiß? Dass sein Verhalten inakzeptabel ist? Dass ich mich allein und verlassen fühle? Dass es mich unendlich traurig macht, dass er kaum Zeit mit unserem Sohn verbringt? All das habe ich ihm schon so oft gesagt. Und ich bin es leid. Immer dieselben Worte, dieselben Vorwürfe, dieselben Versprechen. Am Ende ändert sich nichts. Ich gehe zurück zum Sofa.

„Ich habe eine Entscheidung getroffen. Ich werde zurück nach Deutschland gehen. Ich bin im vierten Monat schwanger und noch kann ich fliegen. Ich kann und will das hier nicht alleine durchziehen mit zwei Kindern. Dort habe ich meine Eltern. Ich bin hier komplett allein, du arbeitest und trinkst, wir sind dir egal. Das ist keine Familie. Dann denke ich, bin ich mit den Kindern in Deutschland besser aufgehoben."

Stille. Ich bin stolz auf mich. Endlich habe ich es geschafft. Gesagt, was ich wirklich denke. Ohne Angst vor ihm zu haben.

„In Ordnung. Wenn es das ist, was du willst. Aber ein Zurück gibt es nicht, das sollte dir klar sein. Wenn du einmal weg bist, will ich dich nie wieder sehen. Also überlege es dir gut." Sein Ton ist kalt. Drohend. Denkt er doch wirklich, mir damit Angst zu machen.

„Ich habe mir das gut überlegt. Es ist das, was ich will. Für mich und die Kinder", sage ich ruhig.

Damit ist das Thema beendet und ich stehe auf. Am Küchentisch fange ich an, in meinem iPhone nach Flügen zu suchen.

13

Ich bin überrascht. Dachte ich doch, jetzt würde Luis resignieren. Ich verlasse ihn, warum sich also Mühe machen und nüchtern bleiben?

Erstaunlicherweise kommt er am nächsten Abend nach der Arbeit direkt nach Hause. Nüchtern. Spontan entscheiden wir uns, noch an den Strand zu fahren. Den Sonnenuntergang planschend im Meer zu genießen.

Irgendwie ist es auf einmal so, wie es immer war. Als es diese schönen Momente noch öfter gab. Die alles Schlechte und Schmerzhafte vergessen lassen.

Leo und Luis spielen ausgelassen im Sand und graben tiefe Löcher. Bei jeder Welle werden sie überflutet. Der fast Zweijährige quietscht vor Vergnügen.

Ich spüre einen stechenden Schmerz in der Brust. Wie kann ich Leo nur von seinem Vater trennen und ihm solche

Momente vorenthalten? Bin ich egoistisch? Vielleicht übertreibe ich ja auch und Luis hatte einfach nur harte Wochen. Und jetzt hat er daraus gelernt.

Die Sonne verschwindet als leuchtender Feuerball hinter dem Horizont und hinterlässt einen rosaroten Himmel. Noch immer tummeln sich Einheimische und Urlauber am Strand und baden im lauwarmen, rosa schimmernden Meer. Luis kommt auf mich zu und nimmt mich zärtlich in den Arm. Seine Augen strahlen Wärme und Liebe aus.

„Bitte gehe nicht, tue mir das nicht an. Ihr seid mein Leben, ohne Euch sterbe ich. Ich werde mich bessern, das verspreche ich dir." Tränen laufen ihm über das Gesicht und er fängt bitterlich an zu schluchzen.

Oft hat er sich schon entschuldigt, doch selten sah ich ihn so verzweifelt wie jetzt. Ich weiß, dass er es ernst meint. Mir nichts vorspielt. Er vergöttert Leo und Leo seinen Papa. Wie könnte ich die beiden voneinander trennen?

Wenn ich die beiden so beobachte, kommt sie wieder. Die Hoffnung. Eine harmonische und liebevolle Familie sein zu können.

„Gut Luis, ich bleibe. Aber du musst dir wirklich Mühe geben. Schon bald sind wir zu viert und ich brauche dich. Wir brauchen dich."

Erleichtert umarmt er mich. „Ich liebe dich", flüstert er in mein Ohr.

14

Mein Bauch wächst und wächst. Auch dieser Sommer ist wie erwartet heiß und arbeitsreich. Die Walhai-Ausflüge sind in vollem Gang. Langsam schiebe ich den Einkaufswagen durch die Gänge, vollgepackt mit Lebensmitteln.

Die Arbeit als Kapitän beim Contoy-Ausflug hat Luis endgültig aufgegeben. Die Versuchung, am Ende des Ausfluges das restliche Bier zu trinken, war einfach zu groß, gab er zu.

Zudem hat wieder einmal die Walhai-Saison begonnen. In den letzten Jahren hat er seine Boote an Maria und ihren Mann vermietet. Die haben sich um die Organisation der Touristen gekümmert. Jetzt sind wir selbstständig mit unseren vier Booten. Haben unser eigenes Unternehmen gegründet.

Ich helfe bei der Organisation. Telefoniere mit Gästen und Agenturen, die eines unserer Boote anmieten wollen. Mache Einkäufe und bereite die Käse-Schinken-Sandwichs für den Ausflug vor. Zwei Stunden brauche ich um vierzig Brote zu schmieren. Nebenbei mache ich noch unser Mittagessen und den Haushalt. Leo hole ich nachmittags aus dem Kindergarten. Dann versuche ich, etwas mit ihm zu unternehmen, was auf einer kleinen heißen Karibikinsel gar nicht so einfach ist. An den Strand kann man erst am späten Nachmittag. Und auf den Kinderspielplätzen glühen die Spielgeräte in der heißen Sonne, sodass man sie erst nach Sonnenuntergang benutzen kann. Da schläft Leo aber meistens schon.

Inzwischen habe ich zumindest Freundinnen auf der Insel gefunden, die ihre Kinder ebenfalls im Kindergarten haben. Eine Schweizerin, eine Engländerin, eine Kanadierin und eine Mexikanerin, die aus der Hauptstadt kommt und mit einem Italiener verheiratet ist.

Die meisten ärmeren Mexikaner, die hier auf der Insel leben, bleiben lieber unter sich. Zumindest habe ich diesen Eindruck bekommen. Vielleicht denken sie aber auch, ich möchte nichts mit ihnen zu tun haben, denn in Mexiko herrscht ein geduldeter Rassismus gegenüber der eigenen Bevölkerung, den armen und dunkelhäutigen Mexikanern. Meist sind es die Mestizen und Ureinwohner, die von den Weißen, oft sehr wohlhabenden Mexikanern, diskriminiert werden. Selbst in den berühmten mexikanischen Seifenopern, die tagein tagaus über den Bildschirm flimmern, sieht man fast nur Hellhäutige. So spielen sogar weiße mexikanische Schauspielerinnen angestellte Putzfrauen in reichen Familien. Die Realität jedoch sieht anders aus. Es sind Dunkelhäutige, Mestizen oder Indigene, die in wohlhabenden Familien als Haushaltskräfte angestellt sind.

Der Machismo spielt auch in Mexiko noch immer eine große Rolle. Es ist nicht üblich, dass ein Mann die Kinder betreut, während die Frau arbeiten geht.

Ich selber habe Luis einmal vorgeschlagen, dass ich arbeiten gehen könnte, während er auf Leo aufpasst. Natürlich wollte er das nicht. Ginge gegen seinen Stolz als Mann, sich von seiner Frau ernähren zu lassen. Das Thema war, sobald ich es angesprochen hatte, auch schon abgeschlossen.

Der Mann hat das Sagen, während sich die Frau um Familie und Haushalt kümmert. Zumindest in den traditionellen und ärmeren Familien ist das auch noch heute so. Frauen sind oft ungebildet, heiraten früh und bekommen schon vor dem achtzehnten Geburtstag ihr erstes Kind. Familien mit mehr als drei Kindern sind keine Seltenheit. Oft leben mehrere Generationen unter einem Dach und unterstützen sich so gegenseitig.

Die Mittelschicht hat es auch nicht leicht. Finanzielle Unterstützung wie Kindergeld oder Elterngeld gibt es in

Mexiko nicht. Schon einen Monat nach der Entbindung muss die Mutter wieder zur Arbeit zurückkehren. Eine utopische Vorstellung. Bleibt sie zuhause, macht sie sich finanziell abhängig vom Mann. So wie es bei mir der Fall ist. Luis gibt mir Geld, wenn ich ihn darum bitte. Aber immer nur soviel, dass ich für die nächsten Tage die Einkäufe erledigen kann. Mal etwas mehr, mal etwas weniger. Und dann muss ich ihn wieder fragen. Oft fragt er mich, wofür ich denn soviel Geld ausgebe. Muss es rechtfertigen. Einmal habe ich ihm sogar schon den Kassenbon vom Supermarkt vorlegen müssen. Einfach erniedrigend. Als wäre das von ihm verdiente Geld sein Eigentum, welches mir nicht zustände. Und ich seine Angestellte, die für ihn seine Einkäufe erledigt.

Für mich kaufe ich schon lange nichts mehr. Es sind Lebensmittel und hier und da mal etwas für Leo zum Anziehen, für das ich das Geld ausgebe. So oft habe ich Luis darum gebeten, mir wöchentlich oder monatlich Geld auf mein Konto zu zahlen. Doch das lehnt er ab.

15

Inzwischen haben wir August und ich bin nun im sechsten Monat schwanger. Mir geht es schlecht. Seit Tagen habe ich Durchfall und eine konstante Übelkeit plagt mich. Es will einfach nichts in meinem Körper bleiben und ich beginne, mir um das kleine Wesen in mir Sorgen zu machen.

Im Wartezimmer ist es unangenehm warm und stickig, obwohl die Tür zur Straße offen steht und der Ventilator an der Decke fleißig seine Runden dreht. Wirbelt er letztendlich doch nur die schwüle Tropenluft herum.

Mir gegenüber sitzt ein junges schwarzhaariges Mädchen mit einem kugelrunden Bauch. Sie ist sicher erst sechzehn, schätze ich. Ihre Mutter, die neben ihr auf den Bildschirm ihres Handys starrt, ist definitiv jünger als ich. Vielleicht Anfang dreißig. Außer ihrer schwangeren Tochter im Teenageralter hat sie noch zwei weitere Jungs, die im kleinen Wartezimmer unruhig auf dem schwarzen Kunstledersofa hin und her rutschen. Ich schätze sie auf sechs und zehn.

Leo bleibt natürlich auch nicht ruhig sitzen. Immer wieder ermahne ich ihn, sich wieder hinzusetzen. Doch es ist zwecklos. Ich fühle, wie meine letzten Energiereserven zu neige gehen und jedes Aufstehen, um Leo erneut auf meinen Schoß zu setzen, mit einem immensen Kraftakt verbunden ist.

Nach einer endlos scheinenden Stunde wird endlich die Tür geöffnet und die Ärztin bittet mich einzutreten. Das Zimmer ist klimatisiert und sofort spüre ich die angenehme Kälte am Körper. Besorgt schaut die Ärztin auf die Laborergebnisse, die vor ihr auf dem weißen Schreibtisch liegen.

Sie ist Allgemeinmedizinerin, hat jedoch ein Zusatz-Diplom für Ultraschalluntersuchungen, mit dem sie Kontrolluntersuchungen bei Schwangeren durchführen darf. Die einzige Frauenarztpraxis der Insel ist nämlich vollkommen überlaufen. Sie befindet sich im neuen Krankenhaus, wo ein Gynäkologe aus Cancún unter der Woche Sprechstunden anbietet. Jedoch nur für Frauen, die kurz vor der Geburt stehen. Schwangere Frauen müssen also für die Vorsorgeuntersuchungen entweder aufs Festland oder zu einer Allgemeinmedizinerin gehen.

Vor ein paar Tagen war ich schon einmal bei ihr. Als ich Fieber bekam und immer schwächer wurde. Kaum mehr essen konnte.

Sie schickte mich mit einem Überweisungsschein zu einem Labor, wo mir Blut abgenommen wurde. Die Ergebnisse habe ich heute Morgen abgeholt.

„Wie geht es ihnen?", fragt mich die Ärztin.

„Nicht besonders", antworte ich ihr müde. Eigentlich möchte ich nur schlafen. Meine Augen offen halten zu müssen, strengt mich an.

„Kein Wunder, denn sie haben Typhus", erklärt sie mir. „Für das Baby ist das zunächst nicht gefährlich, wobei die starken Krämpfe im Darm frühzeitige Wehen auslösen könnten. Das wollen wir natürlich nicht. Daher ist es wichtig, den Durchfall unter Kontrolle zu bekommen und die Salmonellen-Erreger, die diesen Typhus ausgelöst haben, zu bekämpfen. Es ist ein Wunder, dass sie herkommen konnten. Als ich Typhus hatte, kam ich nicht aus dem Bett. Ruhen sie sich aus. Ich verschreibe ihnen Antibiotika und Medikamente gegen die Darmkrämpfe. Damit müsste es bald wieder besser gehen."

Ruhen sie sich aus. Die Worte klingen noch lange nach. Aber wie denn? Luis scheint mein schlechter Gesundheitszustand nicht zu interessieren. Seine Arbeit bei den Walhaien geht vor. Und ansonsten habe ich niemanden, der meine Einkäufe machen und auf Leo aufpassen könnte.

Zuhause lege ich mich niedergeschlagen aufs Sofa. Der Ventilator vor mir läuft auf der höchsten Stufe und brummt laut und eintönig vor sich hin. Immer wieder fallen mir die Augen zu. Aus dem Fernseher tönen englische Kinderlieder. Ich fühle mich als eine schlechte Mutter, da ich Leo den Fernseher angemacht habe. Doch mir fehlt die Kraft, mit ihm zu spielen. Zumindest lernt er nun auch etwas Englisch, denke ich, und fühle mich nicht mehr ganz so schlecht.

Inzwischen besucht Leo einen staatlichen Kindergarten auf der Insel. Der Vorteil ist, dass es dort richtige Erzieher gibt. Zudem ist er kostenlos. Jetzt sind jedoch Sommerferien, und er ist für drei Wochen geschlossen.

Ich überlege, Leo während der Ferien in einen privaten Kindergarten zu bringen. Damit er mit anderen Kindern spielen und ich mich etwas ausruhen kann.

Jetzt im Hochsommer, wenn es um die vierzig Grad im Schatten sind und keine Brise weht, hält man es nur bewegungslos vor dem Ventilator oder in einem klimatisierten Raum auf. An den Strand gehe ich entweder am frühen Morgen oder erst am späten Nachmittag. Schnell bekommen nämlich gerade Kinder einen Sonnenstich, und die zarte Haut verbrennt trotz Sonnencreme gnadenlos. Frustrierend stelle ich fest, dass die Möglichkeiten für Aktivitäten mit Kindern auf der kleinen Insel begrenzt sind.

Auf dem Festland ist das anders. Cancún bietet viele Aktivitäten für Kinder an, bei denen man der Hitze entkommt. Meist sind diese Aktivitäten jedoch recht kostspielig, und daher nur für die Mittelschicht, die Reichen und Touristen. Aufregende Indoor-Spielplätze, Kinos und klimatisierte Aquarien, wo die Besucher exotische Fische durch riesige Glasscheiben beobachten können, warten auf deren Besuch. Luxuriöse klimatisierte *Shopping-Malls* laden zum Flanieren ein, während sich die Kleinen bei Kindermusik, in einer niedlichen Eisenbahn, durch das Einkaufszentrum fahren lassen können. Anschließend wird in einem der vielen Restaurants geschlemmt, und zum Schluss gibt es noch ein köstliches Eis nach italienischer Art von einer *Heladeria*.

Für Leo ist das Highlight des Tages zurzeit jedoch lediglich der Besuch des großen Supermarktes der Insel.

Nostalgisch denke ich an meine eigene Kindheit in Deutschland zurück. Wie ich zu jeder Tageszeit Spielplätze besuchen und schon als kleines Mädchen mit dem Fahrrad durch Parks radeln konnte. Wie gerne würde ich das auch Leo ermöglichen.

Ich setze mich auf. Mir ist schwindelig. In der Küche öffne ich den Kühlschrank und hole eine Zwiebel, Knoblauch und Tomaten heraus. Hier bewahre ich sogar das Brot im Kühlschrank auf, und zwar nicht nur der Hitze wegen, sondern auch wegen der Ameisen. Ein Krümel reicht aus, um zehn Minuten später eine ganze Armee von Ihnen durchs Haus spazieren zu sehen.

Heute gibt es Spaghetti mit Tomatensoße zu Mittag. Es ist schnell gemacht und für mehr bin ich nicht in der Lage, so leid es mir auch tut. Ein Essen ohne Fleisch ist für Luis kein Essen, das hat er mir schon oft gesagt. Er bräuchte mehr, als nur Beilagen. Natürlich wird er meckern.

Ich quäle mich zurück aufs Sofa. Was würde ich gerade dafür geben, mich ins Bett fallen zu lassen und zu schlafen, ohne aufstehen zu müssen.

Meine Augen fallen zu und ich schlummere leicht vor mich hin, bis mich Motorengeräusche hochschrecken lassen. Als die quietschende Eingangstür aufgezogen wird, tritt Luis ins Haus.

„Na, faul heute?", fragt er mich, als er mich liegend auf dem Sofa sieht. Ich antworte nicht. In der Küche beugt er sich über den Gasherd und begutachtet interessiert den Inhalt des Topfes.

„Das ist alles, was du gekocht hast?"

Zu müde bin ich zum Antworten. Zu müde zum Streiten. Zu müde zum Rechtfertigen. Soll er doch sagen und denken was er will.

16

Es ist früher Abend. Leo ist soeben eingeschlafen und im Haus herrscht Stille. Nur das Plätschern des Wassers am Bootssteg ist zu hören.

Obwohl ich schon seit Wochen das Antibiotikum einnehme, wird der Erreger noch immer in meinem Blut nachgewiesen. Lässt sich einfach nicht kleinkriegen. Diese Fieslinge.

Ich lege mich aufs Bett. Versuche die Augen zu schließen und zu schlafen. Stehe wieder auf und gehe ins Bad. Muss mich übergeben. Dann krampft sich mein Unterleib zusammen. Durchfall. Wieder und wieder. Wann hört das endlich auf, frage ich mich verzweifelt.

Irgendwie habe ich es geschafft, mich die letzten Wochen durch die Tage zu schleppen. Einkäufe zu erledigen. Den Haushalt zu machen. Zu kochen. Leo in den privaten Kindergarten zu bringen und wieder abzuholen. Sandwichs zu schmieren. Viele Sandwichs. Und das, ohne die Unterstützung von Luis. Wie ich das geschafft habe, weiß ich nicht. Nur, dass es mir dabei alles andere als gut ging.

Zitternd umklammere ich auf dem Klo sitzend den blauen Plastikeimer. Mir ist schwindlig. Und dann bekomme ich Angst. Bis auf den schlafenden Leo ist niemand im Haus. Was, wenn ich ohnmächtig werde?

Luis wollte nur kurz weg. Das war vor fünf Stunden. Kam aber nicht wieder. Eine Nachricht kam auch nicht, und das bedeutet normalerweise, er trinkt. Wieder. Dieses Mal schaffte er es fast zwei Monate, trocken zu bleiben.

Ich zittere immer mehr. Wenn er trinkt, versuche ich ihn zu meiden. Möchte ihn weder sehen noch sprechen. Doch jetzt brauche ich ihn. Innerlich kämpfe ich mit mir.

Will ihn anrufen. Ihn hier bei mir haben. Habe aber angst, dass er betrunken ist und aggressiv wird.

Vielleicht hat er ja noch nicht so viel getrunken, überlege ich. Sicher wird er verstehen, dass ich jetzt nicht alleine sein möchte, weil es mir schlecht geht.

Ich wähle seine Nummer. Vielleicht nimmt er ja auch nicht ab, kommt es mir in den Sinn. Doch in dem Moment erklingt auch schon seine Stimme am anderen Ende der Leitung.

„Was ist los? Alles in Ordnung?", fragt er leicht genervt, als hätte ich ihn bei etwas Wichtigem gestört.

„Bitte komm nach Hause, mir geht es nicht gut, und ich möchte nicht allein sein", erkläre ich ihm.

Es dauert einen kurzen Moment, bis er antwortet. „Ich komme."

Erleichtert atme ich durch. Ja, er trinkt und man hat es ihm an der Stimme angemerkt. Aber er war eher nur angetrunken. Ich bin froh, dass ich ihn angerufen habe. Sofort spüre ich, wie ich ruhiger werde.

Luis hält sein Wort. Kurz nach dem Telefonat erscheint er vor mir an der Badezimmertür.

„Was ist los?", fragt er mich, und ich erkläre es ihm.

„Du siehst ja noch ganz gut aus", entgegnet er schließlich. „Ruf mich einfach an, wenn es dir schlechter geht. Ich habe gerade so eine tolle Unterhaltung in der Kneipe mit der Familie meiner Ex. Ich bleibe nicht lange, in einer Stunde bin ich wieder zurück."

Bevor ich die Möglichkeit habe, etwas zu erwidern, ist er auch schon wieder weg.

Einen Moment brauche ich, um zu begreifen, was passiert ist. Dass Luis wieder gegangen ist, obwohl es mir schlecht geht und ich ihn gebeten habe, zu bleiben. Im Stich gelassen hat er mich.

Ich bin bitterlich schockiert über sein Verhalten. Fühle mich tief verletzt. Eine Wunde ist entstanden, von der ich mir nicht sicher bin, ob sie jemals wieder verheilen wird. Ich fühle mich verlassen. Noch nie in meinem Leben habe ich mich in einer Beziehung so einsam und erniedrigt gefühlt.

Doch das Leben geht weiter, versuche ich mich zu ermutigen. Für Leo und das kleine Wesen in mir. Und für mich. Weil wir es wert sind. Ich schaffe das. Ich muss das schaffen.

Mein Körper zittert noch immer wie verrückt, als ich mich schließlich völlig erschöpft aufs Bett lege. Nach einer Weile falle ich dann endlich in einen leichten Schlaf. Erst viele Stunden später lässt mich das Quietschen der Eingangstür hochschrecken. Der Blick auf den Wecker verrät mir, dass es kurz vor vier ist. Morgens. Aus der einen Stunde sind acht geworden.

Schmerzhaft wird mir bewusst, wie gleichgültig ich Luis sein muss. Nach dieser Nacht werde ich wohl nie wieder das gleiche für ihn empfinden. Da bin ich mir ganz sicher.

Wieso bin ich nicht nach Deutschland geflogen, als ich noch konnte, frage ich mich frustrierend. Wie konnte ich nur so naiv sein zu denken, er würde sich wirklich ändern und die Finger vom Alkohol lassen. Jetzt ist es zu spät. Hochschwanger wird mich keine Fluglinie befördern wollen. Wie sehr ich doch meine Entscheidung, bei Luis geblieben zu sein, bereue.

17

Nach einem heißen Sommer werden die Nächte langsam wieder etwas kühler. Tagsüber weht ein angenehmer, warmer Wind, und am Himmel ziehen dunkle Wolken auf, die die ersten starken Regenfälle bringen. Es ist die Zeit der Tropenstürme. Die Luft riecht herrlich nach frischem, feuchtem Grün. Alles scheint wieder zum Leben erweckt zu sein. Vögel zwitschern fröhlich und Grillen zirpen im nassen Gras.

In kürzester Zeit entstehen riesige Pfützen und verwandeln Straßen in kleine Flüsse. Krokodile erscheinen plötzlich mitten auf der Straße, und in Cancún nehmen die Menschen anstelle des Autos ein Kanu. Schulen und Kindergärten bleiben geschlossen. Es herrscht Ausnahmezustand. Denn es regnet.

Das Einzige, was mich an diesen starken Regenfällen etwas stört, sind die Pfützen, die sich im Inneren unseres Hauses bilden. Das Sofa muss in die Mitte geschoben werden, damit es trocken bleibt, denn das Wasser läuft nur so die Wände herunter. Es plätschert und tropft überall in unserem Holzhaus auf der Lagune.

Und doch finde ich, hat dieser Regen etwas Urgemütliches an sich. Die Zeit bleibt stehen. Da wir Holzbretter vor den Fensteröffnungen anbringen, wird es recht dunkel im Inneren des Hauses. Nur oben im Dach hat Luis ein richtiges Glasfenster eingebaut, sodass immer Licht ins Haus fallen kann. Stromausfälle sind häufig, gerade bei einem tropischen Regenguss, daher ist es wichtig eine natürliche Lichtquelle im Haus zu haben. Um das Fenster herum tropft es allerdings auch. Überall liegen triefend nasse Handtücher und stehen Eimer, in die es eifrig hineinplätschert.

Es gibt so viele Dinge am Haus, die ausgebessert werden müssten, aber da bin ich sicher auch zu anspruchsvoll. Versuche es, gelassen zu sehen. Mein Bäuchlein ist inzwischen ziemlich rund. Anfang Dezember ist es soweit. In zwei Monaten.

Die Walhai-Saison ist vor drei Wochen zu Ende gegangen. Luis hat nun Zeit und Geld, um das zweite Kinderzimmer herzurichten. Noch fehlt eine Wand und der Kleiderschrank. Da wir wie immer alles selber machen, braucht es seine Zeit. Ich streiche Wände und kümmere mich um die Dekoration.

Inzwischen fühle ich mich auch wieder körperlich in der Lage dazu. Haben doch die Typhus-Erreger nach fast zwei Monaten Antibiotikum endlich aufgegeben. Alle tot. Nur muss ich mich zusammenreißen, damit ich es nicht übertreibe.

Ich ziehe mir eine dünne Decke über den Bauch, und zum ersten Mal seit Monaten trage ich wieder Socken.

Die kühlen grauen Fliesen sind im heißen Sommer eine angenehme Abkühlung unter den nackten Füßen. Jetzt fühlen sie sich kalt an und es ist herrlich, sich endlich mal wieder flauschig warm einpacken zu können. Und da man an einem solchen stürmischen Regentag nicht rausgehen sollte, sind wir alle einfach faul und liegen auf dem Sofa.

Luis geht in die Küche und bereitet einen Fischeintopf mit Gemüse und Reis zu. Fisch- und Fleischgerichte sind sein Bereich, wenn er mal Zeit und Lust hat zu kochen. Dann macht er es gerne. Und gut. Ab und zu bringt er auch frischen Fisch mit nach Hause, den er eigenhändig mit seiner Harpune aus dem Meer holt. Er nimmt ihn aus und dann wird er gegrillt.

Im Haus breitet sich langsam ein herrlicher Duft nach Lorbeerblättern und Oregano aus, und mir läuft das Wasser im Mund zusammen.

Luis nimmt mich in den Arm und drückt mir liebevoll einen Kuss auf die Stirn. Es scheint, als wären wir eine glückliche Familie. Und ja, irgendwie sind wir das ja auch. Nur einfach nicht immer.

18

Luis hievt Leo ins Boot. Dann hilft er mir. Mit dem dicken Bauch ist alles nicht so einfach. Er macht die Leinen los, springt gekonnt ins Boot und steuert langsam durch die Lagune auf den kleinen Kanal zu, hinter dem sich das offene Meer befindet. Die Sonne glitzert am wolkenlosen Himmel, und vom tropischen Regensturm ist keine Spur mehr. Nach drei Tagen ist er weitergezogen nach Norden, in den Golf von Mexiko.

Der schmale Kanal führt durch Mangroven hindurch, vorbei an Bootsstegen und offenen Fischrestaurants mit Palmblattdächern. Überall liegen moderne Schnellboote und wunderschöne Segelschiffe. An einem edlen Jachthafen liegt eine monströse weiße Luxus-Jacht. Sie besteht aus drei Stockwerken und einem Hubschrauberlandeplatz. Der Besitzer ist sicherlich ein reicher US-Amerikaner. Von denen gibt es nicht wenige hier, auf dieser kleinen mexikanischen Karibikinsel. Sie besitzen Grundstücke mit Villen und Privatstränden.

Gegenüber von unserem Haus wohnt ein älteres, sehr nettes Ehepaar. Sie verbringen die Wintermonate auf der

Insel. Den heißen Sommer bleiben sie in den USA. Vor dreißig Jahren haben sie sich für einen Spottpreis dieses Stück
Paradies gekauft. Jetzt ist es Millionen wert. Amerikani-
sche Dollar.

Leo kniet mit Sonnenbrille und Mütze auf der Bank am
Bootsrand und beobachtet das grünliche Wasser der Lagune. Er strahlt. Luis steuert das weiße Boot hinter dem Kanal von der Insel weg und auf das knapp zwölf Kilometer
entfernte Festland zu. Die Personenfähre, ein moderner,
blau-gelber Katamaran, bestehend aus einem Sonnendeck
und einem Innenbereich, von dem aus die Passagiere durch
große abgedunkelte Kristallfenster nach draußen schauen
können, fährt an uns vorbei. Sofort entstehen hohe Wellen
und unser Boot schaukelt hin und her. Luis beschleunigt,
und ein herrlich warmer Fahrtwind weht mir um die Ohren.

Unser Boot scheint über die farbenfrohe Wasseroberfläche zu schweben. Einige Stellen schimmern dunkelgrün
vom Seegras, der sich auf dem Meeresgrund befindet. Wo
der Grund lediglich aus weißem Sandboden besteht, leuchtet das Meer in einem hellen Türkis. Das Wasser ist so klar,
dass man bei höchstens zehn Meter Tiefe bis auf den Grund
blicken kann.

Die Hochhäuser des Festlandes werden immer größer
und zurück bleibt Isla Mujeres hinten am Horizont.

An einem kleinen Holzsteg neben dem großen Betonsteg der Autofähre legt Luis an. Sein großer Bruder Antonio und seine Freundin Alina warten schon auf uns. Auch
die Zwillingstöchter seines Bruders, beide in meinem Alter,
sind mit ihren kleinen Kindern dabei.

Leo jauchzt vor Begeisterung, wird sofort auf den Arm
genommen und wie ein kleiner Prinz behandelt. Seine mexikanische Familie ist unglaublich herzlich, und die Kinder
werden vergöttert.

Auch ich freue mich sehr auf diesen Familienausflug. Wir umarmen uns zur Begrüßung. Mit allen an Bord geht es dann zurück Richtung Insel.

Kurz vor der Insel stoppt Luis das Boot, und ich springe mit meiner Schnorchelausrüstung ins Wasser. Lange ist es her, dass ich schnorcheln war. Da lebt man auf einer Karibikinsel und plötzlich vergehen Monate, ohne einmal geschnorchelt zu sein.

Umso mehr genieße ich es jetzt und tauche ein in die Unterwasserwelt. Lasse mich treiben zwischen einem Schwarm gelber Grunzer und bunten Papageifischen.

Durch meine Taucherbrille beobachte ich etwa zehn Meter unter mir, die von Algen überwucherten Statuen auf dem Meeresgrund. Hunderte von Skulpturen in Menschengröße wurden hier auf dem Grund errichtet. Die Idee des künstlichen Riffs ist es, den jährlich Tausenden von Tauchern und Schnorchlern eine Attraktion zu bieten, um sie vom gefährdeten natürlichen Korallenriff abzulenken. Das Unterwassermuseum ist inzwischen ein recht beliebtes Ziel bei Tauchern aus aller Welt.

Während ich wieder in die Richtung des Bootes schnorchle, schwimmt ein fast ein Meter langer Tiger-Zackenbarsch an mir vorbei.

Alle amüsieren sich, die einen im Boot, die anderen im Wasser. Es ist eine sehr entspannte und fröhliche Atmosphäre. Ich habe Luis' Familie unheimlich gern. Genieße ihre unbeschwerte Fröhlichkeit.

Vorsichtig hieve ich mich, mit meinem großen runden Bauch, zurück ins Boot. Ich umarme Luis und gebe Leo einen Kuss auf die Backe. Er und sein Vater werfen Krümel von Tortillas ins Meer, und unzählige Makrelen schnappen an der Wasseroberfläche danach. Es ist ein herrliches Schauspiel und Leo quietscht vor Vergnügen.

Vor dem schönsten Strand der Insel wirft Luis den Anker in das knietiefe Wasser. *Playa Norte*. Hier liegen viele Boote im flachen Wasser vor dem Strand. Schicke Jachten und kleine Schnellboote. Und überall wird gefeiert. Es sind Touristen und Einheimische, die diesen Sonntag am Strand genießen. Reiche Mexikaner vom Festland, die es sich leisten können, eine Jacht zu mieten oder zu besitzen. Die Inselbewohner dagegen liegen meist mit der ganzen Familie am Strand zwischen Bergen von Chipstüten und Erfrischungsgetränken.

Leo planscht vergnügt mit seinen Schwimmflügeln im kristallklaren Wasser. Alina spielt mit ihm. Eigene Kinder hat sie keine. Antonio ist auch schon ziemlich alt, hat schon Enkelkinder. Für ihn ist das Thema Kinder durch.

Wenn ich Alina so mit Leo spielen sehe, wird mir ganz warm ums Herz. Sie wäre eine so wunderbare Mutter. Auch vom Alter her könnte sie noch Kinder bekommen. Ist sie doch nur wenige Jahre älter als ich.

Ich spüre die warme Sonne im Gesicht und lege mich mit dem Rücken auf die Wasseroberfläche. Lasse mich im warmen Wasser treiben. Die Bucht ist geschützt, Wellengang gibt es keinen. Es ist fast wie ein großes, flaches Schwimmbecken. Nicht ohne Grund gilt *Playa Norte* als einer der schönsten Strände der Welt.

Es ist ein schöner Tag, der mich wieder einmal daran erinnert, warum ich das Leben hier so liebe. Es ist die Verbundenheit zur Natur. Zum Meer. Zu den Menschen.

Es ist die unfassbare Schönheit dieses Paradieses, bei der mir warm ums Herz wird.

19

Es ist drei Uhr morgens und ich wälze mich in meinem Bett hin und her. Kurz bin ich eingeschlafen, dann aber wieder aufgewacht.

Heute ist ein großer Tag. Ich drehe mich wieder auf die linke Seite, die Seite, auf der schwangere Frauen angeblich schlafen sollen. Wegen der Durchblutung, haben sie gesagt. Mein Körper schmerzt schon davon, immer nur auf der einen Seite zu liegen. Inzwischen ist mein Bauch kugelrund und schwer. Ich überlege wirklich, wie dicke Menschen leiden müssen. Jeden Tag tragen sie eine solche Kugel mit sich herum. Nun ja, ohne Baby natürlich. Das ist vielleicht ein Unterschied. Mein Bauch wird jedoch schon in wenigen Stunden um einige Kilos leichter werden. Wenn ich endlich meine Tochter in den Armen halten kann.

Der letzte Ultraschall vor einem Monat fand im Krankenhaus der Insel beim Frauenarzt statt. Dabei konnte der Arzt erkennen, dass die Kleine die Nabelschnur um den Hals hat. Noch schwebt sie im Fruchtwasser. Bei einer normalen Geburt jedoch könnte die Nabelschnur um den Hals fatale Folgen haben. Also wurde ein Termin für einen Kaiserschnitt vereinbart. Einmal in der Woche kommt der Gynäkologe ins Krankenhaus der Insel, um geplante Kaiserschnitte durchzuführen. Es ist der Kaiserschnitt-Tag. Enttäuscht bin ich schon, da ich gerne eine natürliche Geburt gehabt hätte. Und doch ist so ein geplanter Kaiserschnitt, wenn ich gestehen soll, auch relativ entspannt. In Ruhe kann ich nun alles organisieren. Wie zum Beispiel die Betreuung von Leo.

Es wird das erste Mal sein, dass Luis mit Leo eine Nacht allein im Haus verbringt. Ich könnte mir vorstellen, dass

Luis mehr Angst vor der alleinigen Betreuung seines Sohnes hat, als ich vor der Geburt. Immerhin weiß ich dieses Mal, was mich erwartet. Und das macht mich definitiv gelassener. Zudem bin ich froh, wenn sie endlich draußen ist. Ansonsten platze ich nämlich bald.

Halb sechs. Ich stehe auf und gehe duschen. Noch einmal Haare waschen. Wer weiß, wann ich das wieder schmerzfrei machen kann. Wenn alles gut geht, bleibe ich nur eine Nacht im Krankenhaus und kann morgen wieder nach Hause.

Ich trockne mich ab und ziehe mich an. Es ist Dezember und die Nächte angenehm kühl. Noch ist alles dunkel und ruhig.

Leise wecke ich Luis. Müde öffnet er seine Augen, steht jedoch zügig auf und verschwindet im Badezimmer. Mir ist kühl, und ich streife mir einen Pullover über. Leo schläft tief und fest in seinem Kinderzimmer. Auch Ricky schläft ruhig im Gästezimmer. Er wird sich um Leo kümmern, während Luis mit mir ins Krankenhaus fährt.

Nur die Grillen zirpen, als wir den dunklen Bootssteg zur schwach beleuchteten Straße hinaufgehen und ins Auto steigen. Da wir nun bald zu Viert sind, haben wir uns ein neues Auto gekauft, und uns von dem kleinen alten Japaner, dessen Klimaanlage nicht mehr funktionierte, getrennt.

Ich lasse mich in den bequemen Beifahrersitz des geräumigen Volkswagens fallen. Außen glänzt er in einem edlen sand-goldenen Metallton. Aber das Allerbeste ist ganz sicher seine einwandfrei funktionierende Klimaanlage.

Die silbern glänzenden Buchstaben des Wortes *HOSPITAL GENERAL* an der weißen Außenwand des Krankenhausgebäudes leuchten in der Dunkelheit.

Luis stellt den Wagen am Straßenrand ab. Nachdem wir die wenigen Stufen zum Eingang nehmen, treten wir in die gespenstig ruhige und dunkle Eingangshalle ein. Große Gemälde an der Wand verschaffen einem den Eindruck, in einem modernen Hotel zu sein. Das erst vor wenigen Wochen fertiggestellte und aus zwei Etagen bestehende Krankenhaus, scheint fast etwas zu groß zu sein für diese kleine Insel.

Wir folgen dem Licht, das aus der Notaufnahme kommt. Es ist der einzige Bereich des Krankenhauses, wo sich zu dieser frühen Stunde, Menschen aufhalten.

Eine Dame am Empfang lächelt mich an, als ich ihr meinen Einweisungsbescheid übergebe. Sie bittet uns freundlich, in dem offenen Raum vorm Empfang auf den weißen Plastikstühlen Platz zu nehmen und zu warten.

Außer uns ist auch hier niemand, als befänden wir uns in einem Geisterkrankenhaus.

Nach kurzer Zeit kommt dann endlich eine Krankenschwester zu uns. Sie gibt mir einen weißen Umhang und bittet mich, ihn anzuziehen. Trotz des leeren Krankenhauses scheint sie es eilig zu haben, und verschwindet wieder.

Da Luis dieses Mal nicht beim Kaiserschnitt anwesend sein darf, da es in einem staatlichen Krankenhaus nicht erlaubt ist, fährt er wieder zurück zum Haus. Zudem muss er Leo in den Kindergarten bringen. Anschließend käme er wieder, sagt er. Um seine Tochter kennenzulernen.

In der Toilette ziehe ich mich um. Alles ist klinisch sauber, wie es in einem Krankenhaus sein sollte. Ganz im Gegensatz zum alten Gesundheitszentrum der Insel, das inzwischen geschlossen wurde. Das neue Krankenhaus ersetzt es hervorragend.

Die Krankenschwester kommt wieder und ich folge ihr in den Bereich, wo die Notfallpatienten behandelt werden. Mehrere Betten stehen hier nebeneinander gereiht, mit dicken Vorhängen als Sichtschutz dazwischen.

Sie weist mir mein Bett zu und erklärt mir, dass sie zwar im oberen Stockwerk richtige Zimmer hätten, jedoch nicht genügend Personal. Außerdem bin ich, neben einer weiteren

Frau, die einzige Patientin im gesamten Krankenhaus. Sag ich ja, Geisterkrankenhaus. Zumindest gibt es dann wohl eine eins-zu-eins-Betreuung für die nächsten vierundzwanzig Stunden, die ich hier verweilen werde.

Ich lege mich auf das nicht besonders bequeme Bett und bekomme eine dünne Decke. Die Luft ist durch die Klimaanlage kalt und trocken. Den Vorhang schließt die Krankenschwester komplett, und ich kann nur erahnen, was sich auf dem Gang tut. Während ich lausche, höre ich Stimmen von der Krankenschwester und einem Pfleger. Zum Glück hat sie das grelle weiße Licht über meinem Bett ausgemacht.

Der Vorhang wird aufgezogen und die Krankenschwester legt mir eine Infusion mit einer Kanüle in den Handrücken. Ich verziehe mein Gesicht und entspanne es erst, als der Schmerz langsam in einen unangenehmen Druck übergeht. Nach einer Weile gewöhne ich mich daran, und versuche mich auszuruhen, schließe die Augen. Bald werde ich wohl wieder unter chronischem Schlafmangel leiden, denke ich. Doch schlafen kann ich nicht. Also lausche ich weiter den Stimmen auf dem Gang.

Als der Vorhang erneut aufgeht, steht mein Gynäkologe lächelnd vor mir. Seine hübsche Frau daneben. Sie ist Kinderärztin, und Luis und ich haben uns entschieden, dass sie beim Kaiserschnitt dabei sein soll. Normalerweise ist das bei staatlichen Krankenhäusern nicht üblich. Doch gegen Bezahlung dann halt doch. Umgerechnet etwa einhundert Euro zahlen wir ihr, damit sie unsere Tochter nach der Geburt entgegennimmt und untersucht. In privaten Kliniken ist das bereits im Geburtspaket mit drin. Fast zweitausend Euro hat die Geburt von Leo gekostet. Mit allem drum und dran. Die meiner Tochter ist kostenlos.

Endlich darf ich aufstehen und in den Operationssaal gehen, wo der Narkosearzt schon mit einer monströsen

Nadel, die in meinen Rücken soll, auf mich wartet. Ich bitte ihn um eine Decke, da ich das letzte Mal so fürchterlich gefroren habe.

Und wirklich. Ich muss nicht zittern. Zudem wirkt die Narkose besser als letztes Mal. Ich spüre absolut nichts. Kein warmes Blut auf meinem Körper, kein Hantieren von Skalpellen an meinem Körper.

Die Stimmung ist gelassen und während sie an mir herumschnippeln, unterhalten sich die Ärzte mit dem Krankenpfleger, in welcher Form sie denn ihre Eier zum Frühstück gerne hätten. Rührei, Omelette oder Spiegelei. Die Bestellung wird aufgeschrieben und weitergegeben. Ich schmunzle bei dem Gedanken, dass sie mich vor dem Frühstück ja noch kurz aufschlitzen müssen.

Der Narkosearzt versucht, mich die ganze Zeit mit irgendwelchen Witzen bei Laune zu halten. Das war auch schon bei meinem ersten Kaiserschnitt so. Vielleicht haben sie Angst, ich könnte eine Panikattacke bekommen. Ob die Narkoseärzte dafür wohl Seminare belegen? Wie man Patienten am besten bei Laune hält?

Mir geht es jedenfalls gut. Viel entspannter bin ich, als es damals bei meinem Löwen der Fall war. Ich freue mich auf die Kleine. Frage mich, wie sie wohl aussieht.

Leo hatte dunkelbraune glatte Haare und braune Augen bei der Geburt. Auch ich habe braune Augen, die Wahrscheinlichkeit für braune Augen sind daher groß.

Sie ist da. Die Kinderärztin nimmt die Kleine zu sich und untersucht sie. Ich drehe meinen Kopf nach links und kann sie dabei beobachten. Höre jedoch kein Schreien. Die Ärztin wirkt nervös. Gibt dem Winzling Sauerstoff. Irgendetwas scheint nicht zu stimmen, doch ich traue mich nicht zu fragen. Weiß, es ist nicht der richtige Moment. Sekunden fühlen sich an wie Minuten.

Nach einer gefühlten Ewigkeit beugt sich die Kinderärztin, mit einem in Tüchern gewickelten Neugeborenen, zu mir herunter. Der Schreck ist ihr noch anzusehen. Sie legt mir meine Tochter an den Kopf, sodass ich sie sehen kann.

„Es hat einen Moment gedauert, doch jetzt atmet sie", sagt sie erleichtert. „Ein gesundes Mädchen".

Meine kleine Mia. Sie hat braune Augen, praktisch keine Haare auf dem Kopf und eine sehr helle Haut. Neugierig schaut sie mich, mit ihren großen dunklen Kulleraugen, an.

Die Anspannung entweicht meinem Körper und Glückshormone machen sich breit. Jetzt sind wir zu viert. Da ich keine weiteren Kinder mehr möchte, verlötet der Gynäkologe noch meine Eileiter, sodass die Eizelle die Gebärmutter nicht mehr erreichen kann und sich somit nicht mit einer männlichen Samenzelle verschmelzen kann. Eine Schwangerschaft wird daher nicht mehr möglich sein. Diese Art von Sterilisation ist in Mexiko während eines Kaiserschnittes, bei einer Frau, die keine Kinder mehr möchte, ein gängiger Standardeingriff.

Als der Arzt mich wieder komplett zusammengenäht hat, werde ich aus dem Operationssaal herausgeschoben, wo Luis schon gespannt wartet. Er strahlt, als er seine Tochter sieht und sie auf den Arm nehmen darf.

Mich bringt man schließlich zurück in die Notaufnahme zu meinem harten Bett. Auch Luis darf hinein und leistet mir noch eine Weile Gesellschaft. Ich nehme die kleine Mia auf den Arm und sie fängt zufrieden an, an der Brust zu saugen. Sie trinkt ihre erste Milch, und das ohne Flasche und ohne Tränen. Wie unterschiedlich Kinder doch sind, staune ich. Mia ist die Ruhe selbst. Wie ein kleiner Engel schläft sie satt und zufrieden in meinem Arm ein, und Luis legt sie vorsichtig in ihr Babybettchen.

Eine Stunde später kommt mein Frauenarzt um mich zu fragen, wie es mir ginge.

„Sehr gut, nur dieses Mal wurde ich so gut anästhesiert, dass ich noch immer nichts spüre." Er macht ein überraschtes Gesicht und kneift mir in den Zeh. „Nichts?", fragt er beunruhigt.

„Nichts", antworte ich.

„Na gut, dann warten wir mal noch etwas ab, das wird schon."

Er verabschiedet sich, und es dauert noch eine ganze Weile, bis ich plötzlich wieder leichtes Kribbeln spüre. Und mit dem Ende der Betäubung kommt schließlich der mir wohlbekannte Schmerz.

Die Krankenschwester gibt mir Schmerztabletten. Und doch bin ich dieses Mal so viel gelassener, was vielleicht daran liegt, dass ich weiß, dass der Schmerz in einigen Tagen nachlässt.

Unentwegt schaue ich auf Mia. Sie ist so friedlich. Sie liegt einfach nur da. Mal mit geschlossenen, mal mit offenen Augen. Ich bitte eine Krankenschwester, sie mir zu reichen, denn die starken Schmerzen machen es mir unmöglich, sie aus dem Bettchen zu heben. Jede Bewegung, die damit verbunden ist, Bauchmuskeln anzuspannen, ist zu vermeiden. Bis morgen darf ich auch nicht aufstehen. Einfach nur liegen bleiben. Und ausruhen. Ich schließe meine Augen und spüre die warme Mia auf meinem Körper.

Als der Krankenpfleger eine halbe Stunde später Mia zurück ins Bettchen legt, bin ich schon im Halbschlaf.

„Ruhe dich aus", sagt er mir, und schnell schlafe ich ein.

Eine Stunde habe ich geschlafen, als Luis mit Obst und einem Schokoladencroissant vor mir steht. In staatlichen Krankenhäusern Mexikos gibt es keine Mahlzeiten. Das Essen müssen die Angehörigen mitbringen. Es dürfen auch keine Kinder zu Besuch kommen.

Jetzt erst merke ich, wie hungrig ich bin und bin Luis dankbar, dass er mir etwas mitgebracht hat. Doch lange bleibt er nicht, da er Leo aus dem Kindergarten abholen muss. Das allererste Mal wird er den ganzen Tag mit ihm alleine sein. Und die Nacht.

Der Tag vergeht, und bis auf Rickys Freundin, die kurz vorbeischaut, kommt mich keiner besuchen. Darüber bin ich ehrlich gesagt auch ganz froh. Ich genieße die Ruhe mit meiner kleinen Tochter. Nur Leo hätte ich gerne gesehen. Natürlich vermisse ich ihn.

Wann die Sonne untergeht bekomme ich nicht mit. Der dicke Vorhang um mein Bett herum schottet mich ab, von der Außenwelt. Auch Fenster gibt es hier keine. Nur das künstliche Licht vom Gang erhellt den Raum. Und das vierundzwanzig Stunden lang. Hätte ich keine Uhr, ich wüsste nicht, ob es Tag oder Nacht ist.

Inzwischen ist es schon fast Mitternacht, doch schlafen kann ich nicht. Und es ist nicht Mia, die mich daran hindert, weil sie alle zwei Stunden trinken möchte.

Auf dem Gang ist alles ruhig. Nur ab und zu höre ich Schritte. Die andere Patientin ist auch noch da. Liegt zwei Vorhänge von mir entfernt. Sie gibt kaum einen Ton von sich. Nur ab und zu stöhnt sie gequält.

Eine Krankenschwester schiebt den Vorhang zur Seite und fragt mich, ob alles in Ordnung sei. Sie sei die Nachtschwester. Falls ich etwas bräuchte, solle ich einfach Bescheid sagen, denn sie säße auf dem Gang. Dann verschwindet sie.

Inzwischen tut mir vom harten Krankenhausbett mein Rücken und Hintern weh. Da ich mich aus Angst vor Schmerzen nicht bewegen mag, liege ich seit Stunden in der gleichen Position. Doch nun halte ich es einfach nicht mehr aus. Mit zusammengebissenen Zähnen versuche ich, mich etwas nach oben zu legen und meine Liegeposition somit zu verändern.

Meine Augen werden schwerer und ich versuche zu schlafen. Doch das ständige Piepen von irgendeinem Gerät auf dem Flur hindert mich daran. Ein Piepen, das ich am Tag bei den vielen Geräuschen gar nicht wahrgenommen habe. Aber jetzt in der ruhigen und stillen Nacht ist dieses permanente Piepen unglaublich lästig.

In den frühen Morgenstunden lugt ein Krankenpfleger durch den Vorhang und begrüßt mich fröhlich. Wenigstens er scheint letzte Nacht geschlafen zu habe, denke ich. Er animiert mich duschen zu gehen, damit ich entlassen werden kann. Das bedeutet erneut Zähne zusammenbeißen.

Natürlich will ich nach Hause, um eine weitere Nacht in diesem harten Bett und dem nervigen Piepen zu vermeiden.

Also setze ich mich langsam auf die Bettkante. Sehr langsam. Aber langsam tut auch weh, und ich blicke den stämmigen Krankenpfleger mit einem schmerzverzerrten Gesicht an. Er hilft mir hoch und an seiner Seite schlurfe ich den Gang entlang zum Waschraum, wo er mich schließlich meinem Schicksal überlässt.

Mit höllischen Schmerzen im Unterleib streife ich mir den weißen Umhang vom Körper und drehe den Wasserhahn der Dusche auf. Lasse warmes Wasser über meinen Körper rieseln. Mit meiner mitgebrachten Seife wasche ich mich gründlich. Als ich mit den Händen an die Wunde komme, spüre ich die harten Nähte auf der Haut. Mir wird schwindlig, und ich drehe den Wasserhahn zu.

Langsam ziehe ich mich wieder an und schlurfe den Gang entlang zurück zu meinem Bett, wo mein Gynäkologe schon lächelnd auf mich wartet. Nach einem kurzen Blick auf die Wunde und ein paar Fragen teilt er mir mit, dass einer heutigen Entlassung nichts mehr im Wege stände.

Ich freue mich. Auf Leo und mein kuscheliges Bett.

Eine Stunde später holt mich Luis ab. Er nimmt Mia auf den Arm und ich folge ihm langsam bis zum Auto, wo ich kurz inne halte. Ich atme tief ein und beim Ausatmen lasse ich mich in den Autositz sacken. Das tat richtig weh. Zuhause angekommen lasse ich mich mit Mia auf dem Sofa nieder. Als Leo aus dem Kindergarten kommt, sieht er seine kleine Schwester zum ersten Mal. Neugierig erkundet der Zweijährige ihr kleines, friedliches Gesicht, lächelt sie liebevoll an und streichelt ihre rosa Wangen. Ich bin müde aber glücklich mit meiner kleinen Familie.

„Essen ist fertig!", ruft Luis aus der Küche.

20

Es ist bitterkalt in diesen frühen Morgenstunden eines Februartages, da im Norden Amerikas heftige Schneestürme herrschen. Die kalten Winde kommen jetzt zu uns in die Karibik und bleiben, bis sich der Wind wieder dreht.

Das Thermometer zeigt elf Grad Celsius an. Natürlich gibt es keine Heizung in unserem Lagunen-Haus. Wir haben ja noch nicht einmal Fenster. Nur mit Moskitonetzen bespannte Öffnungen. Neben mir liegt die kleine, in drei dicke Decken eingewickelte, Mia. Nur ihr zartes Gesicht ist zu erkennen. Es ist Zeit für ihre Milch. Während Leo lauthals alle paar Stunden nach seiner Milch verlangte, muss ich die Kleine sogar wecken. Sie würde sonst einfach acht Stunden durchschlafen. Und dabei ist sie erst drei Monate alt.

Behutsam hebe ich Mia aus dem Bettchen und lege sie an meine Brust. Sofort fängt sie zufrieden an zu trinken.

Seit Mias Geburt schlafe ich bei ihr im Kinderzimmer im Untergeschoss. So ist es einfacher. Sie ist in meiner Nähe und Luis hat seine Ruhe. Wird durch das nächtliche Milchgeben nicht in seinem Schlaf gestört. Als Mia fertig getrunken hat, schläft sie gleich wieder ein, und ich wickle sie vorsichtig in die vielen Decken, damit sie nicht friert.

Noch ist es dunkel, als ich nach oben ins Badezimmer gehe um mich zu duschen. Anschließend wecke ich Leo. Die Idee aufzustehen, gefällt ihm jedoch überhaupt nicht, und er faucht mich böse an. Wird seinem Namen voll gerecht. Um spätestens neun Uhr muss ich ihn in den Kindergarten gebracht haben. Danach wird das Tor abgeschlossen. Keiner kommt mehr rein. Eine Methode, den vielen unpünktlichen Mexikanern Pünktlichkeit beizubringen.

Als ich in der Küche das Frühstück für Leo vorbereite, ist es inzwischen hell geworden. Luis kommt in die Küche um sich seinen Kaffee abzuholen, der schon sein duftendes Aroma im Haus verbreitet. Mit einem Kuss verabschiedet er sich von mir und den Kindern. Kurz darauf höre ich, wie der Motor seines neuen roten Cross-Motorrads aufheult. Auf dem Weg holt er sich sicherlich am Straßenrand an einem Imbiss ein belegtes Brötchen mit geschmortem, gewürzten Schweinefleisch, *Cochinita pibil*. Ein traditionelles mexikanisches Gericht dieser Region. Mexikaner halten nicht viel von einem leichten Frühstück. Gerne dürfen es Eier in allen möglichen Varianten, oder aber auch Geflügel oder Fleisch sein.

Zur Zeit ist Luis damit beschäftigt, seine Boote für die Walhai-Ausflüge vorzubereiten. Zudem investiert er Geld in die Anschaffung gebrauchter Boote, die er überarbeitet, um sie dann in der nächsten Walhai-Saison einzusetzen.

Motoren und Zubehör bekommt er aus Miami von einem dort ansässigen Freund. Gemeinsam wickeln sie Geschäfte ab. Was Luis nicht selber gebrauchen kann, verkauft er dann in Mexiko weiter. So kommt auch in den Monaten ohne Ausflüge etwas Geld rein.

Luis ist ein guter Geschäftsmann. Riskiert, investiert und macht dabei meistens Gewinne. Seine Arbeit ist auch seine Leidenschaft. Von morgens bis abends werkelt er vor unserem Haus an seinen Booten. Dafür hat er sich inzwischen sogar eine richtige Werkstatt mit allen möglichen Geräten zugelegt.

Ricky arbeitet inzwischen mit seinem Vater zusammen. So gut wie jeden Tag ist er bei ihm und isst zudem bei uns zu Mittag. Es hat nicht lange gedauert, bis er mich als die neue Freundin seines Vaters akzeptierte. Wir verstehen uns prächtig und er vergöttert seine Halbgeschwister. Auch seine große Schwester Lily, die sich zu Beginn weigerte, mich kennenzulernen, ist gerne bei uns zu Besuch. Zwar kommt sie recht selten, da sie wie gehabt in Mérida lebt, doch wenn sie kommt, dann ist es jedes Mal ein freudiges und herzliches Ereignis. Nur die Ex von Luis tut sich mit der Trennung noch immer schwer. Sollten wir uns zufällig über den Weg laufen, ignorieren wir uns. Noch immer haben sich beide nicht scheiden lassen, obwohl sie nun seit fast drei Jahren getrennt leben. Sie behielt das gemeinsame Haus der Insel und Luis seine Boote. Doch auch sie möchte ein Boot haben, um es an Agenturen vermieten zu können. Da Luis ihr nämlich kein Geld mehr gibt, muss sie als Kellnerin in einem Fischrestaurant ihren Lebensunterhalt erarbeiten.

Als ich einen Blick auf die Uhr werfe, stelle ich erschrocken fest, dass es bereits halb neun ist. Ich nehme Mia auf den Arm, Leo an die Hand und meine Tasche über die Schulter. Mit viel Kraft ziehe ich die schwere Eingangstür auf und hinter uns wieder zu. Vorsichtig gehe ich mit den Kindern über den Holzsteg durch die Mangroven hindurch.

Als beide Kinder sicher im Auto auf ihren Plätzen sitzen, steige ich ein und hole tief Luft. Ich starte den Wagen und fahre los, lasse mein Fenster herunter und genieße den kühlen Fahrtwind im Gesicht. Vom fast wolkenlosen Himmel scheint inzwischen die warme Karibiksonne, um die nächtliche Kälte in Windeseile zu vertreiben.

Vor dem Kindergarten hat sich schon eine Menschenschlange gebildet, und als wir endlich an der Reihe sind und eine Erzieherin Leo entgegennehmen möchte, fängt dieser an zu schreien. Mit Händen und Füßen wehrt er sich, als ich versuche, ihn durch das Gittertor zu schieben. Auch gutes Zureden macht keinen Sinn. Schließlich packt die Erzieherin den wilden Löwen und geht mit ihm im Arm ins Gebäude.

Schweren Herzens gehe ich zum Auto zurück und fahre mit Mia in den Supermarkt. Es tut mir so leid für Leo, aber ich finde es wichtig, dass er in den Kindergarten geht. Es ist ja nicht lange. Um eins macht er dort seinen Mittagsschlaf und anschließend hole ich ihn ab. Ich denke zudem, dass er den Kontakt zu anderen Kindern braucht. Was soll er auch denn den ganzen Tag zuhause?

Ich hoffe, er wird sich beruhigen. Natürlich ist er eifersüchtig auf die kleine Schwester. Sie darf bei mir bleiben. Das möchte er auch. Immer wieder wird er in letzter Zeit ihr gegenüber aggressiv. Kneift oder schubst. Für mich ist es nicht einfach, Leo die Aufmerksamkeit zu geben, die er braucht, da ich mit Mia alle Hände voll zu tun habe. Und Luis' Priorität ist auch weiterhin seine Arbeit. Zeit mit seinem Sohn verbringt er kaum. Nur gelegentlich nach der Arbeit, aber dann liegen die beiden Männer meistens zusammen vor dem Fernseher. Unter qualitativ hochwertiger Zeit mit Papa stelle ich mir definitiv etwas anderes vor.

Jedes Mal, wenn Luis das Haus betritt, stürzt er sich freudestrahlend auf Mia und wiegt seine kleine Prinzessin liebevoll in den Armen. Für Leo dagegen gibt es nur einen Kuss auf die Stirn mit einem netten „Hallo". Doch seine Augen strahlen nicht so, wie bei Mia. Und das ist auch schon Leo aufgefallen. Er ist verständlicherweise frustriert. Um Aufmerksamkeit zu bekommen, wird er daher aggressiv und schreit, schlägt und tritt.

Ich fühle mich schuldig, versuche nachmittags mit ihm auf den Spielplatz oder an den Strand zu gehen. Doch was er wirklich bräuchte, wäre Zeit mit seinem Vater. Und zwar allein. Luis scheint das jedoch weniger zu interessieren.

21

Mein Handy klingelt. Die Stimme der Ärztin, bei der ich die Vorsorgeuntersuchungen mit Mia gemacht habe, erklingt in der Leitung. Ich finde es merkwürdig, um diese späte Uhrzeit einen Anruf von ihr zu erhalten, es ist ja schon fast Mitternacht. Sie erzählt mir, dass die Ergebnisse von Mias Blutproben eingegangen sind, leider mit drei Monaten Verspätung.

Nach der Geburt wird jedem Neugeborenen Blut abgenommen, und es wird nach genetischen Defekten und Ähnlichem gesucht. Benachrichtigt wird man allerdings nur, wenn ein Wert nicht in Ordnung ist. Daher habe ich mir auch keine Sorgen gemacht. Das ist ja nun auch schon drei

Monate her, und die Ergebnisse liegen normalerweise innerhalb von zwei Wochen vor.

„Ich muss ihnen mitteilen, dass ein Wert zu hoch ist. Es handelt sich dabei um die Galaktose-Werte. Ich kann ihnen auch nicht viel dazu sagen, so einen Fall habe ich noch nie gehabt. Kommen sie morgen in meine Praxis, da stelle ich ihnen eine Überweisung zur Kinderärztin ins Krankenhaus nach Cancún aus.“

Was soll das heißen? Was bedeutet das?

Sofort gebe ich im Internet die Daten ein und lese Erschreckendes über Galaktosämie. Es handelt sich dabei um eine seltene angeborene Stoffwechselstörung. Galaktose kann nicht vom Körper aufgenommen werden, da die entsprechenden Enzyme fehlen. Somit kommt es im Blut zu einem Überschuss. Die Folge sind Organschädigungen und geistige Behinderungen.

Das Blut schießt in meinen Kopf und mir wird heiß. Mein Herz beginnt zu rasen. Ich setze mich auf die Treppe. Langsam merke ich, wie Panik in mir aufsteigt. Ich versuche mich zu beruhigen.

Beunruhigt gehe ich ins Kinderzimmer und beobachte die kleine Mia, wie sie friedlich in ihrem Bettchen liegt und schläft, und sich bei jedem Atemzug ihr zarter Oberkörper leicht wölbt. Tränen laufen mir die Wangen herunter. Mir wird bewusst, dass es nichts Schlimmeres auf der ganzen Welt gibt, als ein krankes Kind zu haben. Aber hat sie die Krankheit denn wirklich? Die Ärztin meinte, ich solle Ruhe bewahren und erst einmal die Kinderärztin aufsuchen. Zudem muss die Blutprobe noch einmal wiederholt werden. Meine Gedanken überschlagen sich.

Luis ist zwar auch beunruhigt, lässt es sich aber kaum anmerken und wirkt gelassen. Das weiß ich sehr zu schätzen, denn meine Emotionen sprudeln über. Seine Ruhe und Sachlichkeit geben mir Halt.

Am nächsten Morgen fahre ich sofort ins Krankenhaus der Insel, wo meine Ärztin vormittags Sprechstunden anbietet. Sie gibt mir eine Überweisung. Wie auch am Abend zuvor, kann sie mir nicht weiterhelfen, mir meine Sorgen nicht nehmen. Also nehme ich die nächste Fähre nach Cancún und suche das dortige staatliche Krankenhaus auf, in der die Kinderärztin arbeitet, zu der ich überwiesen wurde.

Mia trage ich vor dem Bauch in einem speziellen Babytuch, während ich mich durch die Menschenansammlungen drängle. Das Krankenhaus macht einen heruntergekommenen Eindruck, so wie das Gesundheitszentrum der Insel damals. Nur ist es natürlich viel größer. In den Gängen sitzen und liegen Menschen. Ich scheine die einzige Ausländerin hier zu sein. Diejenigen, die etwas Geld haben, meiden staatliche Krankenhäuser und suchen teure Privatkliniken auf. Der Grund liegt auf der Hand.

Für ein staatliches Krankenhaus braucht man eine kostenlose staatliche Versicherung. So gut wie jeder kann sie bekommen und darf somit kostenfrei in einem staatlichen Krankenhaus behandelt werden. Die Ärzte sind nicht schlechter als in privaten Krankenhäusern, nein, sie haben sogar den Vorteil, viel mehr Erfahrung zu haben, da es einfach mehr zu tun gibt. Der Nachteil ist die Wartezeit. Da ist schon manch einer mit einer akuten Blinddarmentzündung gestorben, da er einfach zu lange warten musste. Zu viele Patienten, zu wenig Personal. Die Insel ist da eine Ausnahme mit ihrem nagelneuen Krankenhaus.

Im Gewühl der Menschen krame ich mein Handy aus der Tasche und rufe die Kinderärztin an. Denn irgendwie habe ich keine Ahnung, wo ich eigentlich hin muss. Sie ist sehr freundlich und erklärt mir den Weg. Also gehe ich durch eine Tür und einen grauen Gang entlang. Zu meiner Linken sind Zimmer, in denen ein Bett neben dem anderen steht. Nur Vorhänge trennen sie voneinander. Die Angehörigen warten auf den Gängen, um ihren kranken Familienangehörigen Essen zu bringen. Da sich alle miteinander unterhalten ist es sehr laut.

Eine zierliche kleine Dame in den Fünfzigern geht schnurstracks auf mich zu und bleibt freundlich lächelnd vor mir stehen. Sie begrüßt mich und ich folge ihr in einen kleinen Raum, in dem sich nur ein Tisch, ein Computer und zwei Stühle befinden. Mit einem Behandlungszimmer hat dieser Raum kaum etwas zu tun. Es ist eher ein sehr kleines Büro.

Die Ärztin schaut auf den Computerbildschirm und tippt eifrig auf die Tastatur, während sie mir von der stressigen Arbeit hier im staatlichen Krankenhaus erzählt. Dann wirft sie einen flüchtigen Blick auf Mia. Ich solle sie entblößen, damit sie sie untersuchen könne.

Nach und nach tastet die Kinderärztin den kleinen nackten Körper ab. Stellt mir dabei immer wieder Fragen. Ob sie Erbrechen und Durchfall hätte. Doch beides verneine ich.

Nach einer recht kurzen Untersuchung kommt die Ärztin zum Entschluss, dass es sich möglicherweise um ein falsches Testergebnis handele, da sie keinerlei Anzeichen einer Stoffwechselerkrankung feststellen könne. Um ganz sicherzugehen, muss der Bluttest wiederholt werden.

Ich atme tief durch. Erleichterung macht sich in meinem Körper breit. Und doch, ein Rest Ungewissheit bleibt, denn komplett ausgeschlossen hat die Ärztin noch nichts.

Draußen vor dem Krankenhaus springe ich in das erste vorbeifahrende Taxi, um direkt zu einem speziellen Labor zu fahren, wo bei Babys dieser Bluttest gemacht werden kann. Die wilde Fahrt durch die hektische Stadt dauert nicht lange, und schon nach zehn Minuten betrete ich, durch eine gläserne Eingangstür, einen etwas sterilen, weißen, klimatisierten Raum, der aus mehreren Stuhlreihen besteht. Eine Dame sitzt hinter einem weißen Tresen und telefoniert, und ich gehe auf sie zu. Ein zweites Telefon klingelt, sie legt auf und nimmt es ab. Es dauert sicher eine gute Viertelstunde, bis sie mir endlich ihre Aufmerksamkeit schenkt.

Ich überreiche ihr den Überweisungsschein von der Kinderärztin, und sie verschwindet in einem anderen Raum.

„Sie haben Glück, mein Kollege hat gleich Zeit für Sie, die Blutprobe abzunehmen. Nehmen sie ruhig noch einen Moment Platz. Wir rufen sie."

Ich setze mich auf einen Stuhl und nehme Mia auf den Arm. Da sie nüchtern sein muss, darf ich ihr keine Milch geben und sie quengelt etwas, wirkt unruhig. Doch weinen tut sie nicht. Leo dagegen hätte das ganze Gebäude zusammengeschrien.

Neben uns wartet noch ein Pärchen. Ein Krankenwagen hält vor der Tür und eine Frau wird auf der Krankenliege reingeschoben. Sie wurde bei einem Autounfall verletzt und müsse jetzt geröntgt werden, erklären die Sanitäter der Dame am Empfang. Eine halbe Stunde später verlassen sie das Labor und die verletzte Frau wird wieder in den Krankenwagen geschoben. Den Rettungssanitätern wird ein großer Umschlag, in dem sich die fertiggestellten Röntgenbilder befinden, übergeben. Dann fahren sie weg.

Endlich werden wir aufgerufen. Das von der Empfangsdame angekündigte „kurze Warten" dauerte über eine Stunde. Sie führt mich in einen kleinen Raum, in dem schon ein Angestellter wartet. Mit einer spitzen Nadel macht er einen winzigen Einstich in Mias Fuß, sodass etwas Blut heraustropft. Die Kleine schreit herzergreifend. Das Blut wird auf eine Schablone gegeben, in der mehrere Kreise aufgezeichnet sind. Nach kurzer Zeit sind alle Kreise mit Bluttropfen gefüllt und die schluchzende Mia bekommt ein kleines Pflaster. Ich setze mich wieder in den Wartebereich und lege sie endlich an meine Brust. Zufrieden fängt sie zügig an zu trinken.

Mit einer Auftragsbestätigung und einem mulmigen Gefühl im Magen verlasse ich das Labor. Zwei Wochen dauert es, bis die Ergebnisse vorliegen. Zwei Wochen. Das werden sehr lange zwei Wochen werden. Was würde ich dafür geben, die Ergebnisse jetzt schon zu haben und die Zweifel aus dem Weg räumen zu können. So ist die Wahrscheinlichkeit zwar groß, dass dieses Mal alle Werte in Ordnung sind, aber noch immer besteht diese kleine Möglichkeit, dass Mia Galaktosämie haben könnte. Eine kleine Möglichkeit. Und die reicht, um mich verrückt zu machen.

Es ist fast Mittag, und die Sonne brennt grell vom wolkenlosen Himmel, als ich mit Mia zur Hauptstraße gehe, um uns ein Taxi zu suchen. Die Autos rauschen in Windeseile vorbei, und es dauert eine Weile, bis endlich ein leeres Taxi anhält. Ich möchte weg aus der lauten, dreckigen Stadt und zurück auf die ruhige Insel.

Auf der Fähre setze ich mich nicht oben auf das Sonnendeck, auf dem die Touristen glücklich in der heißen Sonne brüten, sondern in den klimatisierten Bereich. Zu den Einheimischen, die vor der Hitze fliehen. Hat man Sonne und Wärme tagtäglich, möchte man Schatten und Kühle. Man möchte wohl immer das, was man gerade nicht hat. Meine Freunde in Deutschland beneiden mich um das karibische Wetter, und ich beneide sie darum, sich auch mal in einen dicken Pulli einhüllen und es sich bei einem heißen Tee zuhause gemütlich machen zu können. Wir Menschen sind schon merkwürdige Wesen. In Mexiko sind helle Augen und blonde Haare ein Schönheitsideal, während ich in Deutschland immer für meine braunen Augen bewundert wurde. Wieso ist das so? Warum wissen wir nicht das zu schätzen, was wir haben?

Seitdem ich mich erinnern kann, wollte ich in die Ferne. Schon als kleines Mädchen überkam mich jedes Mal beim Anblick eines Flugzeuges am Himmel eine Sehnsucht nach der großen weiten Welt. Eine Sehnsucht, die mehr war, als die einfache Lust zu reisen. Als hätte ich damals schon geahnt, eines Tages ein Zuhause in der Ferne zu haben. Als hätte ich damals schon Heimweh nach Mexiko gehabt. Wenn ich jetzt Flugzeuge am Himmel beobachte, spüre ich nichts mehr. Die Sehnsucht nach der Ferne ist verschwunden.

Oft frage ich mich in letzter Zeit, ob ich mir vorstellen könnte, wieder in Deutschland zu leben.

Bevor ich Mutter geworden bin, war die Antwort ein klares Nein. Doch mit Leos Geburt veränderte sich alles in meinem Leben. Plötzlich standen meine Wünsche und Interessen nicht mehr im Vordergrund. Nun ist es meine Aufgabe, meinen Kindern ein schönes Leben zu ermöglichen. Dafür zu sorgen, dass sie gesund und glücklich heranwachsen und die Möglichkeit einer guten schulischen Ausbildung haben.

Mexiko ist ein wunderbares Land mit wunderbaren Menschen. Und doch, wenn ich an meine eigene Kindheit denke, fehlt mir für meine Kinder hier sehr viel. Gute Schulen, große Spielplätze, die zu jeder Tageszeit genutzt werden können und Museen, sind nur einige der Dinge, die ich gerne im Leben meiner Kinder hätte. Auf der Karibikinsel gibt es sie leider nicht.

Doch Luis würde niemals Mexiko verlassen. Da bin ich mir sicher. Alles, was er immer wollte und wofür er sein Leben lang gekämpft hat, ist hier. Allein müssten wir gehen. Ihn zurücklassen. Ein hoher Preis, um mit den Kindern in Deutschland zu leben.

Die Fähre legt an und ich gehe mit Mia zum Parkplatz, wo unser VW in der Sonne brütet. Als ich den Wagen starte, pustet mir warme Luft aus der Klimaanlage um die Ohren, und ich lasse die Fenster herunter. Nach einigen Minuten wird die Luft spürbar kühler, und ich schließe die Fenster wieder. Als ich nach zehn Minuten in unsere Straße biege, fahre ich an der Schildkrötenfarm vorbei, der *Tortugranja*.

In den Sommermonaten kommen die Meeresschildkröten nachts an die Strände der Insel, um ihre Eier zu legen. Nachdem die Schildkröte ihre Eier in einem Loch am Strand begraben hat, verschwindet sie wieder im Meer. Die Eier sind nun ihrem Schicksal überlassen. Vögel rauben sie, oder sogar Menschen. Um das zu verhindern, werden die Eier schnellstmöglich aus den Löchern geholt und in der *Tortugranja* erneut in Sandlöcher vergraben, wo sie mit Drähten vor Vogelangriffen geschützt sind. Wenn die Kleinen dann endlich schlüpfen, kommen sie zunächst in Wasserbecken, bis sie letztendlich groß genug sind und gute Überlebenschancen im Ozean haben. Erst dann geht es für die Meeresschildkröten in die große weite Welt, in der sie sich von nun an alleine behaupten müssen.

Die Straße ist sehr ruhig und sauber. Schöne Häuser säumen sie auf der einen Seite und die dichten Mangroven auf der anderen. In der letzten Kurve, kurz vor unserem Grundstück, kreuzen sich die Äste der Flammenbäume über der Straße, und ich fahre durch einen Tunnel aus leuchtend roten Blüten.

Noch haben wir einen provisorischen Bauzaun neben unserer Eingangstür. Das Auto parke ich davor und gehe ins Haus. Mia ist durchgeschwitzt und ich ziehe sie um. Auch mein Kleid klebt am verschwitzten Körper, und während ich dusche, lasse ich Mia in ihrem Babybett. Das kühle Wasser wirkt belebend und erfrischend. Am liebsten würde ich mich gleich auf die Terrasse in die Hängematte legen. Doch der Blick auf die Uhr verrät mir, dass ich Leo abholen muss. Und Essen muss ich auch noch zubereiten.

Ich drehe den Wasserhahn wieder zu und hole mir ein sauberes Kleid aus dem Schrank. Unten hole ich Mia aus ihrem Bettchen, nehme mir meine Tasche und die Autoschlüssel und verlasse das Haus.

22

Noch immer warten wir auf die Blutergebnisse. Noch zehn Tage. Irgendwie versuche ich mich zu beruhigen. Kann ja ohnehin nichts daran ändern. Mia macht auf mich einen normalen Eindruck. Und doch, eine mit Angst vermischte Ungewissheit ist da. Die Angst, das eigene Kind verlieren zu können. Wie schaffen es Eltern, einen solchen Schicksalsschlag zu verarbeiten und danach weiterzuleben? Wieder glücklich zu werden? Oder werden sie es einfach nicht mehr?

Eigentlich möchte ich nicht darüber nachdenken. Noch steht ja auch gar nichts fest. Doch jetzt, in den frühen Morgenstunden, wenn alle noch schlafen und das Haus still und dunkel ist, schwirren all diese beunruhigenden Gedanken durch meinen Kopf und wollen mir einfach keine Ruhe lassen.

Mia öffnet ihre kleinen honigbraunen Augen. Ich gebe ihr die Brust und anschließend lege ich sie auf den Wickeltisch, wobei mir eine kleine Lampe etwas Licht spendet.

Als ich einen Blick auf den Inhalt ihrer stinkenden Windel werfe, erschrecke ich. Noch einmal schaue ich genau hin, doch ich bin mir sicher darin Blut zu erkennen. Mir läuft es kalt den Rücken runter. Meine ersten Gedanken sind, dass es sich hier um ein Symptom der Stoffwechselerkrankung handelt, und ihr Darm dadurch so angegriffen wurde, dass er nun blutet.

Verzweifelt und machtlos stehe ich mitten im dunklen Kinderzimmer. Was soll ich machen? Es ist gerade einmal fünf Uhr in der Früh. Zum Arzt kann ich mit ihr erst in einigen Stunden. Luis aufwecken mag ich auch nicht. Das gebe nur Ärger. Für ihn gibt es kaum etwas Schlimmeres, wenn man ihn aus dem Schlaf holt. Zudem kann er auch nichts machen. Doch mit irgendjemandem muss ich reden. Jetzt.

Ich entschließe mich, meine Mutter anzurufen. Gut, dass es in Deutschland schon Mittag ist. Mütter sind toll, sie wissen immer alles. Zumindest denke ich das von meiner. Ich versuche leise zu sprechen, sodass keiner aufwacht. Natürlich kann sie mir auch nicht helfen. Aber sie beruhigt mich. Hört mir zu. Ermutigt mich, sobald es hell wird, die Kinderärztin anzurufen. Also warte ich.

Um neun Uhr morgens wähle ich dann endlich die Nummer der Kinderärztin. Jetzt ist sie sicher in ihrer Praxis im Krankenhaus von Cancún. Ich entscheide mich nämlich, nicht die Allgemeinmedizinerin auf der Insel anzurufen. Sie kannte die Stoffwechselerkrankung ja nicht einmal. Die Kinderärztin in Cancún weiß besser Bescheid. Hat auch schon Fälle dieser Erkrankung gehabt. Und sie hat Mia schon einmal untersucht.

Mein Herz rast vor Nervosität als sie schließlich abnimmt. Beunruhigt erzähle ich ihr, was ich festgestellt habe. Die Kinderärztin jedoch reagiert gelassen. Ärzte müssen wohl so sein. Egal wie schlimm es einem Patienten geht. Müssen professionell bleiben und emotionalen Abstand halten, um nicht als emotionales Wrack zu enden.

„Nehmen sie die Windel und gehen sie damit in ein Labor. Dort lassen sie sie auf Amöben und Parasiten untersuchen. Ich bin mir sicher, dass sie welche hat. Mit der Stoffwechselerkrankung hat das nichts zu tun."

Ich danke ihr und lege auf. Natürlich bin ich zunächst erleichtert. Doch Amöben? Bei einem dreimonatigen Säugling, der bisher nur an meiner Brust gesaugt hat? Nie Flasche oder Schnuller bekommen hat? Sogar zum Baden benutze ich Wasser aus dem Supermarkt. Woher soll sie Amöben haben?

Ich selber kenne das Problem gut. Habe schon unzählige Male Amöben und Parasiten gehabt. Sie sind Dauerbewohner meines Darms. Ab und zu verjage ich sie mit Chemikalien, dann kommen sie wieder. Und ja, es ist hier normal. Salat wird nicht gut gewaschen. Das Wasser in der Dusche ist verseucht. Überall sind diese kleinen Biester. Sie sind einer der Gründe, warum ich in den ersten Jahren in Mexiko wirklich überlegt habe, wieder nach Deutschland zu gehen. Es gab eine Zeit, da hatte ich chronische krampfartige Durchfälle und eine gelbe Gesichtsfarbe. Alles hatte ich ausprobiert und nichts schien zu helfen. Von Chemiebomben bis hin zu Kräutern. Sogar zu einem Heilpraktiker von chinesischer Medizin bin ich gegangen, der mich mit Akupunktur behandelte. Seitdem habe ich keine Neurodermitis mehr. Doch meine Darmfreunde haben darüber nur gelacht und sind geblieben.

Als ich die Ergebnisse des Labors vor mir habe, bin ich verblüfft. Die Kinderärztin hat recht gehabt. Mia leidet tatsächlich an Amöbenruhr. Meine kleine drei Monate alte Tochter. Ein Baby. Noch immer ist mir schleierhaft, woher sie die Amöben wohl hat. Dennoch bin ich erleichtert, da sie sich behandeln lassen. Und Mia scheint längst nicht der einzige Säugling mit Amöbenruhr zu sein, wie mir die Kinderärztin versicherte.

„Das ist hier ganz normal. Auch bei Babys." Die Amöben seien in der Luft, sagt sie, somit kann sie hier in den Tropen jeder bekommen. Habe ich zwar noch nie gehört, aber gut, wenn sie das sagt. Letztendlich werde ich es ohnehin nicht mehr erfahren, woher sie diese kleinen Viecher nun hat.

Über zehn Tage muss ich Mia nun ein starkes Parasitenmittel verabreichen. Ich habe ein sehr schlechtes Gewissen, in diesen kleinen Körper so viele Chemikalien zu pumpen. Vor allem, weil auf der Packung darauf hingewiesen wird, dass es nicht für Kinder unter drei Jahren gedacht ist.

Aber sie müssen weg. Und die Ärztin hat mich beruhigt. Gäbe wohl nur nicht genug Studien mit Babys, darum stände es da geschrieben. Also gut. Nach Anweisung gebe ich ihr schließlich die Medizin.

Mia scheint das alles gar nichts auszumachen, ihre Welt scheint in Ordnung zu sein, denn Tränen vergießt sie keine. Auch die Medizin schluckt sie genüsslich. Nach wenigen Tagen schon sehe ich kein Blut mehr in der Windel und es scheint überstanden.

Die Ablenkung ist vorbei, und ich warte weiterhin unruhig auf die Blutwerte. Nur noch wenige Tage.

23

Es waren die wohl bisher längsten zwei Wochen in meinem Leben. Zwei Wochen voller Hoffnung und Angst, in denen mir bewusst geworden ist, wie sich Eltern von schwerkranken Kindern fühlen müssen. Ich bewundere ihre Stärke und hoffe, sollte Mia diese schwere Stoffwechselstörung haben, dass auch ich diese Stärke aufbringen kann. Aber ich habe auch Hoffnung. Hoffnung, dass dies nur ein böser Schrecken war. Ein falsches Ergebnis. Aber wenn nicht?

Ich versuche meine Gedanken auf etwas anderes zu konzentrieren, sonst drehe ich durch. Im Internet wird man bombardiert mit Informationen. Ich habe von Fällen ohne Symptome gelesen. Immer weiter steigere ich mich hinein. Bekomme Panik und die Angst paralysiert mich. Lässt mich nicht mehr objektiv denken.

Heute begleitet mich Luis nach Cancún. Er ist fest überzeugt, eine gesunde Tochter zu haben, und dementsprechend gelassen. Beim Betreten des Labors spüre ich meine Anspannung und Nervosität am ganzen Körper. Nur eines gibt mir etwas Ruhe. Dass es heute endlich vorbei ist. Ob gut oder schlecht. Das Warten hat ein Ende.

Ich bekomme von der Empfangsdame einen Umschlag überreicht. Die Kinderärztin hat mich gebeten, sofort mit den Resultaten zu ihr ins Krankenhaus zu kommen, also machen wir uns auf den Weg zu einem Taxi. Trotzdem kann ich nicht mehr warten. Will es jetzt wissen. Ich stoppe und öffne ihn.

Zwei Zettel mit Unmengen von Daten springen mir entgegen. Natürlich wurde nicht nur der Galaktose-Wert geprüft, sondern alles mögliche. Meine Augen wandern von Zeile zu Zeile. Auf Zettel eins ist alles normal. Auf dem zweiten suche ich die Galaktose-Werte.

Als ich sie entdecke, fange ich aufgeregt an zu lesen. Normalwerte der Galaktose bis maximal acht Milligramm. Mia hat 26,8 Milligramm. Zu hoch steht darüber. In rot. Und darunter in fetten Buchstaben „Das Ergebnis wurde überprüft".

Ich bekomme eine Gänsehaut. Kann es nicht glauben. Das ist nun der Beweis, dass sie ohne Zweifel die Stoffwechselstörung hat. So sehr habe ich gehofft, alles wäre nur ein schlimmer Traum gewesen. Ein falsches Ergebnis. Und heute könnten wir endlich unser normales Leben weiterführen. Mit zwei gesunden Kindern.

Die letzten Wochen habe ich dennoch versucht, mich auf das Schlimmste vorzubereiten. Aber das ist unmöglich, wenn es um die Gesundheit des eigenen Kindes geht.

Im Krankenhaus schiebt Luis Mia in ihrem Kinderwagen durch die mit Menschen gefüllten Gänge. Vor der geschlossenen Tür der Kinderärztin sollen wir dann warten.

Noch einmal schaue ich mir das Ergebnis an und breche schließlich in Tränen aus. Es muss wahr sein. Die Werte können doch nicht fälschlicherweise zweimal zu hoch sein. Selbst Luis merke ich an, dass er beunruhigt ist. Noch ist er nicht davon überzeugt, eine kranke Tochter zu haben. Noch fehlt ihm die Bestätigung der Ärztin. Doch seine Zweifel nehmen zu.

Als wir eintreten dürfen, beruhige ich mich etwas. Die Ärztin wird uns jetzt endlich erklären, was mit unserer Tochter los ist, denke ich.

Ruhig schaut sie sich die Ergebnisse an. Ich erwarte, dass sie uns erklärt, wie wir mit der Stoffwechselerkrankung unserer Tochter umgehen sollen. Was Mia von nun an essen darf und was nicht. Es gibt nämlich eine Möglichkeit mit dieser Krankheit zu leben, indem man einfach auf Lebensmittel mit Galaktose verzichtet. Nun ja, alles andere als einfach. Fast überall ist es drin. Sogar in Tomaten, habe ich gelesen. Und in der süßen Muttermilch natürlich. Jetzt werde ich wohl abstillen müssen.

Doch die Reaktion der Kinderärztin überrascht mich, denn sie ist ratlos. Kann uns nicht erklären, wieso die Werte auch dieses Mal zu hoch sind, Mia jedoch keine Symptome zeigt. So einen Fall habe sie noch nie gehabt. Normalerweise haben Kinder, die unter dieser Stoffwechselerkrankung leiden, vom ersten Lebenstag an Durchfall und Erbrechen.

Also macht die Kinderärztin das Einzige, was sie machen kann, und überweist uns zu einem Spezialisten. Frustrierend stelle ich fest, dass die Tortur demnach noch nicht zu Ende ist, und das quälende Warten auf eine konkrete Antwort weiter geht.

Nur zwei Kinderärzte für Endokrinologie gibt es in der gesamten Stadt. Mit Namen, Adressen und Telefonnummern ausgerüstet, machen Luis und ich uns auf die Suche nach ihnen. So schnell wie möglich möchte ich nun wissen, was mit unserer Tochter los ist. Am besten heute noch.

Das Ärztehaus inmitten von Cancún ist ein mehrstöckiges weißes Gebäude. Es wirkt relativ neu. Ärzte verschiedener Fachrichtungen sind hier untergebracht, um private Sprechstunden anzubieten. Man zahlt Bar.

Mit dem Fahrstuhl fahren wir in die dritte Etage und gehen den langen, leeren Flur entlang, bis wir schließlich vor einer der vielen geschlossenen Türen stehen bleiben. Auf einem kleinen Schild neben der Tür steht der Name der Ärztin, den mir die Kinderärztin des Krankenhauses aufgeschrieben hat.

Ungeduldig klopfe ich an die Praxistür, und eine junge Dame öffnet sie. Sie sei die Sprechstundenhilfe, teilt sie uns mit.

„Leider ist Frau Doktor auf einem Seminar und kommt erst morgen wieder. Bis nächste Woche habe ich auch nichts frei. Aber mit etwas Glück kann ich sie morgen Nachmittag noch dazwischenschieben. Ich rufe sie an."

Enttäuscht gehen wir aus dem Gebäude. Die Hoffnung, heute noch eine Antwort auf alle meine Fragen zu bekommen, habe ich inzwischen aufgegeben, denn auch der andere Spezialist erklärt mir telefonisch, dass er heute keine freien Termine habe. Erst in zwei Wochen könnten wir einen bekommen.

In der brütenden Mittagshitze lassen wir uns frustriert mit dem Taxi zum Fähranleger fahren, als plötzlich mein iPhone klingelt. Unbekannte Nummer.

„Ich habe es geschafft, Ihnen für morgen Nachmittag einen Termin zu geben. Bitte seien Sie um vier Uhr hier."

Die Sprechstundenhilfe der Kinderärztin für Endokrinologie, bei der wir gerade waren, schafft es, mir heute doch noch ein Lächeln ins Gesicht zu zaubern. Ich danke ihr von ganzem Herzen dafür, dass wir morgen endlich eine konkrete Antwort bekommen werden. So hoffe ich zumindest.

24

Viel zu früh bin ich losgefahren. Typisch für mich, wenn es sich um einen wichtigen Termin handelt. Und nun sitze ich mit Ricky, seiner Freundin, Leo und Mia in einem französischen Café in Cancún gegenüber vom Ärztehaus.

Rickys Freundin Tania wohnt in Cancún bei ihrer Mutter und hat uns mit dem Auto vom Fähranleger abgeholt. So bleibt uns die Fahrerei in Taxen erspart. Luis konnte nicht mitkommen. Arbeit natürlich. Er bat dafür Ricky, mich zu begleiten, damit er auf den zweijährigen Leo aufpasst, während ich mit Mia die Untersuchung wahrnehme.

Ich bestelle mir ein Schokoladen-Mandel-Croissant. Obwohl, Appetit habe ich keinen. Vielleicht esse ich es später und verstaue es in meiner Tasche.

Die Zeit vergeht langsam. Viel zu langsam. Stände blicke ich auf die Uhr, um frustriert feststellen zu müssen, dass gerade einmal wieder nur zwei Minuten verstrichen sind. Unruhig wippe ich auf dem Stuhl hin und her und entscheide mich schließlich, lieber im Wartezimmer, als in diesem Café zu warten. Also brechen wir auf.

Mit dem Aufzug fahren wir nach oben und gehen erneut den leeren Gang entlang. Die Wände sind beige gestrichen, und die Fliesen glänzen hell. Von den Gängen gehen die kleinen Privatpraxen ab. Alle Türen sind nummeriert und auf einem kleinen Schild steht der jeweilige Name des Arztes mit seinem Fachgebiet.

Als wir vor der Tür der Ärztin stehen, werde ich nervös. Wobei, nervös war ich auch vorher schon. Doch jetzt spüre ich die Nervosität in jeder Zelle meines Körpers.

Was wird man mir sagen? Bin ich darauf vorbereitet? Gibt es noch die Möglichkeit, dass Mia gesund ist, obwohl die Werte dagegen sprechen? Zweimal zu hoch waren sie. Das kann einfach kein Zufall sein. Doch warum zeigt sie keinerlei Symptome?

Schon wieder fange ich an, alles schwarz zu sehen, und zwinge mich, damit aufzuhören. Ich versuche meine Gedanken bezüglich Mia zu verdrängen. Lange kann es jetzt auch nicht mehr dauern, bis alle meine Fragen endlich beantwortet werden. Die freundliche Sprechstundenhilfe lässt uns eintreten und wir nehmen im kleinen Vorraum der Praxis auf einem Sofa Platz und warten.

Nach einer halben Stunde öffnet sich die Tür zum Sprechzimmer, und eine Frau meines Alters tritt mit ihrer jugendlichen Tochter in den kleinen Vorraum. Sie zahlt der Sprechstundenhilfe die Behandlung, und beide verlassen anschließend die Praxis.

Weitere zehn Minuten dauert es, bis dann endlich die Kinderärztin im Türrahmen des Sprechzimmers steht und uns freundlich hinein bittet. Ich bin überrascht, wie groß sie ist. Untypisch für eine Mexikanerin. Sofort spüre ich ihre positive Energie, die sie ausstrahlt, fühle mich wohl und ruhig in ihrer Gegenwart. Elegant, schick und gleichzeitig irgendwie lässig sieht sie aus, mit ihrem langen Rock, der legeren Bluse und den gigantisch großen Ohrringen, die fast bis auf ihre Schultern herunterbaumeln. Sie ist hellhäutig, und ihre hellbraunen langen Haare hat sie zu einem Zopf zusammengebunden.

Zurück am Schreibtisch wirft sie zunächst einen Blick auf ihren Computerbildschirm, bevor sie sich Mias Testergebnissen widmet, die ich ihr überreiche. Dabei erkläre ich ihr warum wir hier sind.

Auch sie bittet mich zuerst, Mia komplett auszuziehen, um sie zu untersuchen. Dabei prüft sie, ob Mia ihr Köpfchen alleine halten kann und wie sie auf Reflexe reagiert. „Normal", sagt sie schließlich, und ich ziehe Mia wieder an.

Endlich schaut sie sich die Testergebnisse an. Am Computerbildschirm erscheint eine Liste mit Daten, die sie mit Mias Daten vergleicht. Hinter dem zu hohen Galaktose-Wert notiert sie eine Nummer. Nervös beobachte ich sie dabei.

Dann erklärt sie es mir. Etwas, was die Kinderärztin im Krankenhaus nicht konnte.

„Der Test wird normalerweise an Neugeborenen gemacht, die höchstens ein paar Wochen alt sind. Da Mia jedoch schon drei Monate alt ist, und ihr jetziges Alter im Test nicht berücksichtigt wurde, ist der Galaktose-Wert zu hoch ausgefallen. Für ein drei Monate altes Baby ist der Galaktose-Wert jedoch im normalen Bereich. Sie haben also ein kerngesundes Mädchen."

Ich kann nicht glauben, was ich da höre. Es ist zu einfach zu schön um wahr zu sein. Hätte ich niemals mit einer so einfachen und einleuchtenden Antwort gerechnet. Ich frage mich, wieso die Kinderärztin es nicht im Krankenhaus bemerkt hat.

Meine Augen werden feucht vor Erleichterung. Ein Stein fällt mir vom Herzen und ich bin unendlich dankbar dafür, ein gesundes Kind zu haben, denn seit den letzten Wochen der Ungewissheit und Angst weiß ich, dass es nicht selbstverständlich ist.

Ich rufe Luis an, um ihm die Neuigkeit schnell mitzuteilen.

„Ich wusste es. Siehst du, ganz umsonst hast du dir solche Sorgen gemacht", sagt er in einem erleichterten, überheblich klingenden Ton. Es war mir klar, dass er das sagen wird. Doch zu glücklich bin ich, um mich darüber zu ärgern.

Vor dem Ärztehaus packe ich mein unangetastetes Schokoladen-Mandel-Croissant aus und beiße genüsslich hinein. Es ist köstlich.

25

Mias erster Sommer, und Luis ist wieder tagtäglich auf dem Meer bei den Walhaien. Wie auch letztes Jahr helfe ich, wo ich nur kann. Die kleine Mia ist nun ein halbes Jahr alt und krabbelt vergnügt durch das Haus. Leo wird bald drei und ist ein aufgeweckter cleverer Wildfang.

Es ist fast neun Uhr abends, und Mia schläft tief und fest in ihrem Babybett oben im Schlafzimmer. Die einzigen

Geräusche im Haus kommen aus dem Fernseher, wo sich Leo Zeichentrickfilme auf englisch anschaut.

Ich spüle das Geschirr in der Küche, als mit einem lauten Quietschen die Haustür aufgezogen wird. Langsam taumelt Luis ins Haus, ohne dabei von Leo Notiz zu nehmen. Er stellt sich an die Bar. Muss sich abstützen. Besorgt stelle ich fest, dass er betrunken ist.

Mit einem eisigen Blick schaut er mich böse an und mir wird flau in der Magengegend.

„Hat sie dir das Geld gegeben?", lallt er in meine Richtung. Ich stocke.

Marisa ist eine gute Freundin, die ich während meiner Arbeit als *Tour-Guide* kennenlernte. Vor Jahren haben wir in der Nähe von Playa Höhlentouren geleitet. Ich habe dann mit den Ausflügen zu den Walhaien angefangen, und Marisa gründete ein Rochen-Projekt. Dafür verbringt sie mit einer Gruppe von Biologen jedes Jahr mehrere Monate auf der Insel und fährt auf das offene Meer hinaus, um die majestätischen Meeresbewohner in ihrer natürlichen Umgebung zu erforschen. Auch in diesem Sommer sind sie wieder auf der Insel und haben sich für ihre Expedition über mehrere Tage von uns drei Schnellboote gemietet. Gestern war ihr letzter Tag.

„Ja", höre ich mich lügen.

Sie hat mir tatsächlich etwas Geld gegeben heute Morgen, doch nicht alles. Den Rest will sie mir morgen geben, versprach sie.

Ich gehe nicht davon aus, dass Luis das Geld jetzt in betrunkenem Zustand nachzählen würde. Es sind immerhin eine Menge Scheine. Also gehe ich das Risiko einer Lüge ein, um einen Streit zu vermeiden. In der Hoffnung, dass er sich zufrieden zurückzieht und ruhig bleibt. Wenn er dann morgen nüchtern ist, erkläre ich es ihm.

„Gib es mir", faucht er mich an.

Langsam spüre ich, wie sich Wut in mir breit macht. Mit welchem Recht darf er so mit mir reden? Ich schaue ihn ernst an.

„Ich gebe es dir morgen, du bist betrunken."

Natürlich wusste ich, dass die Bombe scharf war. Sie ist es immer, wenn er betrunken ist. Und mit meinen Worten habe ich sie jetzt zum Explodieren gebracht. Sofort bereue ich sie, doch es ist zu spät.

Luis kommt auf mich zu. Immer näher. Sein Gesicht glüht vor Wut. Er ballt seine rechte Faust, mit der er mich am linken Oberarm trifft. Dann am Rechten.

Erschrocken weiche ich zurück. Erstarre. Mit einem Wasserfall böser Worte habe ich gerechnet. Doch nicht damit. Noch nie wurde er mir gegenüber handgreiflich.

Plötzlich bekomme ich Angst. Angst, um meine körperliche Unversehrtheit. Angst, um mein Leben. In meinem Kopf überschlagen sich die Gedanken. Wehre dich nicht, er ist zu stark. Provoziere ihn nicht weiter. Er könnte dich ernsthaft verletzten, dich töten.

Ich erinnere mich daran, wie er mir von einer Prügelei erzählte, bei der er vor vielen Jahren im betrunkenen Zustand einen Mann mit einer Glasflasche gefährlich verletzt hat. Luis hatte damals viel Glück, musste zwar den Krankenhausaufenthalt und die Behandlung der von ihm verletzten Person übernehmen, doch kam er nicht ins Gefängnis. Hätte er ihn jedoch getötet, wäre er sicher noch heute im Gefängnis. Und viel hat dafür damals nicht gefehlt.

Schützend lege ich meine Arme um meinen Kopf, sacke zusammen und breche in Tränen aus.

„Hör auf damit! Ich gebe dir das Geld. Es ist in meiner Tasche."

Doch nichts scheint ihn jetzt beruhigen zu können, das Geld interessiert ihn nicht mehr. Die Bombe ist explodiert.

Der kleine Leo sitzt noch immer auf dem Sofa. Doch sein Blick ist nicht mehr auf den Fernseher gerichtet. Nun starrt er erschrocken in unsere Richtung. Mein Herz zerspringt in tausend Stücke, als er mich ängstlich und hilflos mit seinen großen dunklen Augen ansieht.

Ich gehe auf ihn zu, nehme ihn auf den Arm und laufe zur Treppe. Luis folgt mir, und noch bevor ich die erste Stufe nehmen kann, trifft mich seine Faust am Hinterkopf. Mit Leo im Arm renne ich die Treppe rauf. Oben im Badezimmer mache ich die Tür hinter uns zu und schiebe den Riegel vor, obwohl ich weiß, dass er nicht halten wird. Es gibt keinen sicheren Ort im Haus. Und ohne Mia verlasse ich das Haus nicht.

Mit einem lauten Krachen springt der Riegel aus der Halterung und die Badezimmertür fliegt auf. Als Luis erneut ausholt, rennt der kleine Leo mutig wie ein tapferer Ritter auf ihn zu. Trommelt mit seinen kleinen zierlichen Kinderfäusten wütend gegen Luis' muskulösen Oberschenkel.

„Lass Mama in Ruhe", schreit er verzweifelt mit seiner weinerlichen Kinderstimme.

Es rührt mich, wie er mich beschützen möchte. Doch sollte ich es doch sein, der ihn beschützt, um solche gewalttätigen Situationen nicht miterleben zu müssen.

Die Faust von Luis wird zu einer flachen Hand, mit der er Leo mit voller Wucht auf den Boden schleudert. Als wäre er eine lästige Fliege. Sofort wird aus dem kindlichen Weinen ein hysterisches Kreischen.

„Papa hat mich geschlagen", schluchzt Leo herzergreifend, und ich drücke ihn fest an mich. Soll er weiter auf mich einschlagen, aber Leo krümmt er kein Haar mehr. Ich koche vor Wut.

Doch Luis schlägt nicht weiter und verlässt das Badezimmer. Schimpfend geht er die Treppe nach unten. Was er sagt, höre ich nicht. Will es auch nicht hören.

Ich hoffe, dass er aufgegeben hat und nicht wieder zurückkommt. Zu meinem Erstaunen schläft Mia seelenruhig in ihrem kleinen Bettchen. Wenigstens sie blieb vom Wutanfall ihres Vaters verschont.

Fest umschlungen halte ich Leo in den Armen und lege mich mit ihm auf sein Bett. Lange streichle ich liebevoll über seine dunklen Haare, bis er schließlich schluchzend und erschöpft einschläft. Bis auf das Mondscheinlicht ist alles dunkel im Kinderzimmer. Und ruhig. Nur ab und zu schimpft Luis unten im Haus noch immer vor sich hin.

Nach einer Weile höre ich, wie er langsam die Treppe nach oben geht. Dann ein Quietschen. Luis scheint irgendetwas über den Holzboden zu schieben.

Ich halte erschrocken die Luft an, als mir bewusst wird, dass es sich um Mias Babybett handelt, das neben unserem großen Doppelbett steht. Was hat er vor? Will er ihr etwas antun? Unserer sechs Monate alten Tochter?

Doch dann höre ich nichts mehr außer dem Plätschern der Lagune und schleiche mich vorsichtig und leise aus dem Kinderzimmer. Sehe, dass er das Babybett mit der noch immer schlafenden Mia tatsächlich auf den Flur geschoben hat. Luis liegt inzwischen schnarchend auf dem großen Doppelbett.

Ich fühle mich, als hätte er mir mein Herz herausgerissen. Die Boshaftigkeit, die er seinen Kindern gegenüber zeigt, als würden sie ihm ein Dorn im Auge sein, verwandelt meine Liebe zu ihm in bitteren Hass. Würde er jetzt sterben, ich würde nicht um ihn trauern. Nicht eine einzige Träne vergießen. So sehr hasse ich ihn dafür, was er mir und den Kindern angetan hat.

Leise schiebe ich Mias Babybett in Leos Kinderzimmer und lege mich zurück zu meinem kleinen Sohn. Wie ein kleiner unschuldiger Engel liegt Mia friedlich in ihrem Bettchen. Ich beobachte sie, wie sich ihr Bäuchlein bei jedem Atemzug leicht hebt.

Schlafen kann ich nicht. Muss wach bleiben. Meine Kinder beschützen. Mich beschützen.

Aufmerksam lausche ich und achte auf das kleinste Geräusch. Ich höre, wie die Wellen gegen den Bootssteg schlagen und die Grillen in den Mangroven zirpen. Das gleichmäßige Schnarchen von Luis. Sobald es für einen Moment aussetzt, halte ich die Luft an, bis es weitergeht.

Ich verspreche mir und den Kindern, keine weitere Nacht in diesem Haus zu verbringen. Einem Haus, in dem ich Angst habe. Angst um mich und meine Kinder. Keine einzige Nacht mehr. Nicht eine. Niemand sollte in seinem eigenen Haus Angst haben müssen. Niemand.

26

Langsam wird es hell, und die schwarzen Dohlengrackeln begrüßen den neuen Tag. Jeden Morgen hören wir sie, wie sie mit ihren kräftigen Beinen über das dünne, aus Fiberglas bestehende Dach hüpfen und dabei jede Menge Krach machen.

Luis ist aufgestanden, und ich höre die Badezimmertür zugehen.

Ich schließe meine Augen und atme, so leise ich kann. Noch immer liege ich neben Max im Kinderzimmer. Unter keinen Umständen möchte ich Luis' Blick begegnen und drehe mich mit dem Gesicht zur Wand, denn das Kinderzimmer hat keine Tür, und Luis wird daran vorbeigehen, sobald er aus dem Bad kommt.

Noch während Luis unter der Dusche ist, höre ich Ricky und mehrere Angestellte auf dem Bootssteg, wie sie die weißen Kühlboxen der Boote mit Erfrischungsgetränken und kleinen Plastikwasserflaschen füllen und darüber Eiswürfel schütten. Aus dem großen Kühlschrank im Lagerraum holen sie die von mir vorbereiteten Sandwichs und Tüten mit Tomaten, Zwiebeln, und Koriander, um später an Bord den Gästen *Ceviche* zuzubereiten. Aus dem Gefrierschrank nehmen sie den Fisch. Anschließend prüfen sie die Motoren und deren Ölstand, wobei sie sich laut und fröhlich unterhalten.

Die Badezimmertür geht auf und ich höre Luis die Treppe hinuntergehen. Kurz darauf breitet sich ein angenehmer Geruch von Kaffee im Haus aus. Dann ist es mit einem Mal still.

Vorsichtig stehe ich auf und gehe zum Schlafzimmer, von dem ich einen herrlichen Blick über die Lagune habe. Im morgendlichen Sonnenschein glitzert die Wasseroberfläche und ich beobachte, wie sich die Boote nach und nach vom Haus entfernen, auf den kleinen Kanal zusteuern, und dabei weißen Schaum und leichten Wellengang hinter sich lassen.

Nun bin ich mit den Kindern allein im Haus. Endlich. Zumindest die nächsten sechs Stunden.

Als ich zwei Stunden später in der Küche das Frühstück vorbereite, piept mein iPhone. Wahrscheinlich ist es Luis, denke ich, der sich entschuldigt.

Doch als ich mein Handy in die Hand nehme, sehe ich, dass es eine Nachricht von Marisa ist, die an der Straße vor der verschlossenen Holztür steht. Da wir keine Klingel haben und sie nicht rufen wollte, schickte sie mir eine Nachricht. Also gehe ich den Steg hoch und öffne ihr.

Wir umarmen uns zur Begrüßung und sie folgt mir über den Bootssteg ins Haus, wo meine Kleinen inzwischen im unteren Wohnbereich spielen.

Als erstes überreicht sie mir das restliche Geld. Dann zeigt sie mir Nachrichten auf ihrem Handy, die Luis ihr gestern Abend geschickt hat. Ich sehe ihr an, wie unwohl sie sich dabei fühlt. Luis droht ihr, sie umzubringen.

Besorgt und fragend schaut sie mich an. Ich kann sie verstehen. Besser als sie denkt. Erzähle ihr, wie sich Luis gestern Abend hier im Haus aufgeführt hat. Von seinem Alkoholproblem und der Gewalt.

Fassungslos hört sie zu. Natürlich muss ich hier weg und ihn verlassen. Das ist mir klar. Unter keinen Umständen werde ich zulassen, dass meine Kinder in einem Haus voller Gewalt groß werden. Der erschrockene Blick meines Sohnes von letzter Nacht will mir einfach nicht aus dem Kopf gehen. Wie er wie versteinert auf dem Sofa saß, voller Angst und Schrecken.

Mein iPhone piept erneut, und schon wieder denke ich, es sei Luis. Kurz überlege ich, was ich ihm antworten könnte.

Doch auch dieses Mal ist er es nicht und ich bin erleichtert, denn eigentlich habe ich keine Ahnung, was ich ihm antworten würde. Ihm Vorwürfe machen wäre überflüssig, da er sich mit großer Wahrscheinlichkeit seiner Taten bewusst ist. Und Verzeihen kann und will ich ihm zumindest zum jetzigen Zeitpunkt nicht.

Es ist eine Nachricht von meiner kanadischen Freundin Christine, die einen Sohn in Leos Alter hat. Sie fragt, ob ich Lust habe, mit den Kindern zum Swimmingpool zu gehen.

Kurz überlege ich, dann sage ich ihr zu. Ich denke, nach dem Schrecken der letzten Nacht wird es Leo guttun, mit seinem Freund einige Stunden im Swimmingpool zu planschen. Auch mir wird es guttun. Mein Schädel dröhnt von der schlaflosen Nacht, zudem bin ich emotional unglaublich aufgewühlt und muss erst einmal zur Ruhe kommen. Mir genau überlegen, was ich machen soll. Und kann.

Ich verabschiede mich von Marisa, verspreche ihr, auf mich und die Kinder aufzupassen.

Ich packe eine große Badetasche und schmiere die Kinder mit Sonnencreme ein. Mit Mia auf dem Arm gehen Leo und ich den Holzsteg zum Auto entlang. Zuerst fahren wir zu Christine ins dichtbebaute Wohnviertel. Ihre Wohnung ist sehr klein, besteht lediglich aus einem Eingangszimmer, das gleichzeitig auch Küche ist, und einem zweiten Raum dahinter, in dem sie alle schlafen. Alle Drei in einem Bett. Christine, ihr Freund, der auch der Vater ihres Sohnes ist, und der kleine Zweijährige. Ein kleines Bad gibt es auch. Das gesamte dreistöckige Gebäude besteht aus mehreren solcher kleinen Wohnungen, in denen meistens Familien mit mehreren Kindern leben. Der kleine betonierte, schattige Hof wirkt ungepflegt und dreckig. Überall stehen alte Möbelstücke und kaputte Spielsachen herum. Und es ist laut, da Türen und Fenster der meisten Wohnungen geöffnet sind.

Christines Freund ist Mexikaner. Kommt aus einer armen Familie und arbeitet als Gehilfe auf den Booten für Tagesausflüge. Er hat ein Drogenproblem, und es vergeht kein Tag, ohne dass er Marihuana raucht. Zudem wird er nicht selten auch aggressiv. Wirft mit Gegenständen, wird ausfällig. Als es einmal sehr schlimm war rief Christine die Polizei. Eine Nacht verbrachte er daraufhin in einer kleinen Gefängniszelle der Insel. Dann kam er wieder frei. Und alles ging weiter wie gehabt.

Christine begrüßt mich freudig. Ihre roten Locken umrahmen ihr mit Sommersprossen übersätes Gesicht. Sie ist sehr hübsch, spricht fließend spanisch, jedoch mit einem starken französischen Akzent.

Ihr Sohn läuft aus der Wohnung direkt zu Leo, als er ihn sieht. Die beiden freuen sich, sich zu sehen. Zusammen gehen wir meinem Auto und ich fahre los.

Unterwegs erzähle ich ihr von der letzten Nacht. Da Christine weiß wie es ist, mit einem gewalttätigen Partner zusammenzuleben, reagiert sie entsprechend gelassen. Und doch ist sie natürlich nicht glücklich über ihre eigene Situation und möchte sich trennen.

Nur ist das nicht so einfach. Als alleinerziehende Mutter auf einer mexikanischen Karibikinsel müsste sie hart arbeiten gehen, um mit ihrem Sohn nicht in Armut zu versinken. Finanzielle Unterstützung vom Staat gibt es keine. Und der Unterhalt, den der Vater zahlen müsste, würde noch nicht einmal für Lebensmittel reichen. Sie müsste sich daher eine *Niñera* besorgen, die ihren Sohn am Nachmittag aus dem Kindergarten abholt, um erneut als Tauchlehrerin arbeiten zu können.

Ich stehe vor einem ähnlichen Dilemma und habe keine Ahnung, was ich machen soll.

Ich parke das Auto und hole den Kinderwagen aus dem Kofferraum. Die Badetasche, einen aufblasbaren schwimmenden Babysitz für den Pool und die Kinder. Als Mutter wird man definitiv zum Packesel. Die heiße Sommersonne brennt schon vom nahezu wolkenlosen Himmel, und ich freue mich auf die baldige Abkühlung.

Am Eingang erwartet uns schon eine Menschenschlange von Inselbewohnern, die alle ihren freien Sonntagsbesuch nutzen wollen. Damit der Park nicht von Menschenmassen heimgesucht wird, ist nur eine gewisse Anzahl von

Besuchern zugelassen, nur die ersten Hundert dürfen rein, dann ist Schluss. Wir haben Glück und sind dabei.

Hinter dem Eingang der Parkanlage hoch über den Klippen, hat man einen herrlichen Ausblick über das Meer bis zum Festland hin. Tief unter uns kann im flachen Wasser geschnorchelt und an einer Seilbahn hängend über das türkisfarben leuchtende Meer gegleitet werden.

Ein steiler Weg führt uns nach unten. Ehe ich mich versehen kann, rennt Leo vor. Wie eine hysterische Mutter schreie und ich ihm hinterher, er solle warten. Ohne Erfolg. Schnellen Schrittes schiebe ich den Kinderwagen mit Sack und Pack den kurvigen Weg hinunter. Christine folgt uns mit ihrem Sohn an der Hand.

Als wir endlich am Swimmingpool ankommen, planscht Leo bereits fröhlich im brusthohen Wasser. Da er noch nicht schwimmen kann, schnappe ich ihn mir und puste zunächst seine Schwimmflügel auf, die er um seine Oberarme bekommt. Leo ist einfach nicht zu halten. Ein Energiebündel ohne Angst. Beim Beobachten von anderen Müttern, deren Kinder auf Schritt und Tritt folgen und Anweisungen befolgen, werde ich neidisch.

Es hat etwas gedauert, aber dann stehen wir letztendlich doch alle im erfrischenden Swimmingpool. Und es ist einfach herrlich. Mia sitzt vergnügt in ihrer aufblasbaren Schwimminsel bis zum Bauchnabel im Wasser. Das kleine Sonnensegel spendet ihr dabei Schatten. Sie quietscht vor Vergnügen und strampelt fröhlich mit den Beinen im gechlorten Poolwasser.

Für einen Moment vergesse ich die letzte Nacht und genieße den Moment. Die Jungs planschen fröhlich, und mein Blick fällt auf das glitzernde Meer, dessen Farben von einem leuchtenden Türkis bis zu einem Dunkelblau reichen. Am Horizont protzt die Silhouette der luxuriösen Hochhäuser der Hotelzone Cancúns.

Eigentlich dachte ich, wir würden nur knapp drei Stunden hier verbringen und gegen Mittag wieder gehen. Bevor Luis wieder nach Hause kommt. Doch keiner von uns scheint nach Hause zu wollen. Und wohl nicht nur, weil es hier so schön ist. Also bleiben wir. Essen Pommes mit Ketchup und Tortillas mit gebackenem Käse. Nach der Stärkung gehen wir erneut ins Wasser.

Alle haben wir eine schöne Zeit und ich bin erleichtert, Leo so glücklich zu sehen. Natürlich wird er die Nacht nicht vergessen haben, aber sie wird durch dieses schöne Ereignis vielleicht weniger schmerzhaft für ihn sein. Mich überrascht meine Gelassenheit. Habe ich doch keine Idee, wie es weitergehen soll. Irgendwann muss ich wieder mit den Kindern nach Hause. Mich der Realität und den damit verbundenen Problemen stellen. Ein Blick auf die Uhr verrät mir, dass es bereits halb vier ist. Luis ist sicher bereits vom Ausflug zurück. Eine Nachricht von ihm habe ich nicht erhalten. Ich nähme an, dass er sich für sein Verhalten schämt und nun auf mich wartet. Um sich zu entschuldigen. Um diese Uhrzeit ist er zwar normalerweise nicht betrunken, aber ein mulmiges Gefühl bekomme ich schon, wenn ich daran denke, ihn gleich zuhause anzutreffen.

Wir packen unsere Sachen zusammen und gehen zum Auto zurück. Zuerst fahre ich Christine nach Hause, dann geht es die Landzunge entlang an der Schildkrötenfarm vorbei. Je näher ich dem Haus komme, desto nervöser werde ich. Nach der letzten Kurve vor unserem Haus kann ich unseren grünen Bauzaun sehen. Ich wundere mich, dass der alte weiße Pick-up von Luis nicht davor steht. Er hat ihn erst vor wenigen Monaten gekauft, um Bootsmotoren transportieren zu können. Benutzt ihn nur dafür oder wenn er in die Kneipe fährt. Auf der Insel benutzt er ansonsten sein schnelles rotes Motorrad, das neben dem Eingang steht.

Bootsmotoren wird er am heutigen Sonntag mit Sicherheit nicht zu transportieren haben. Also kann das nur eins bedeuten. Er ist in die Kneipe gefahren. Betrunken ist es für ihn leichter und sicherer, ein Auto zu fahren als ein Motorrad.

Vor vielen Jahren hatte Luis nämlich einen schweren Unfall mit seinem Motorroller. Nachdem er das Gleichgewicht verlor, stürzte er mit dem Kopf auf den harten Asphalt. Der Helm rettete ihm damals sein Leben. Und trotzdem lag er zunächst eine Weile bewusstlos in einem Krankenhaus auf dem Festland. Die Ärzte waren sich nicht sicher, ob er jemals wieder aufwachen würde, da sie durch sein blutendes Ohr einen Schädelbruch vermuteten. So legten sie ihn in einen Raum, indem mit weißen Tüchern abgedeckte tote Körper lagen. Auch seiner Mutter versuchte man schonend zu erklären, dass sein Sohn diesen Unfall wohl mit seinem Leben bezahlen würde. Zur Überraschung aller wachte Luis nach wenigen Tagen ohne einen einzigen gebrochenen Knochen aus der Bewusstlosigkeit auf. Seither ist er jedoch auf einem Ohr taub. Doch daraus gelernt hat er nicht. Wieder und wieder nahm er ab und an sein Moped in betrunkenem Zustand. Nur sein neues schnelles Motorrad lässt er lieber stehen. Vielleicht aus Angst, es könnte bei einem Unfall kaputt gehen. Dass er sich um seine eigene Gesundheit nicht sonderlich sorgt, hat er nämlich schon oft genug bewiesen, wie zum Beispiel bei der alljährlichen Stier-Show auf der Insel, als er in betrunkenem Zustand in der Arena von einem Stier angegriffen und auf den Boden geschleudert wurde, wobei er die Besinnung verlor. Hätte ein Freund ihn nicht in letzter Sekunde aus der Arena gezogen, gäbe es Luis jetzt mit Sicherheit nicht mehr.

Ich atme erleichtert durch und entspanne mich sofort bei der Erkenntnis, Luis nicht im Haus vorzufinden. Wobei der

Gedanke, dass er sich erneut die Kante gibt, mich auch nicht gerade glücklich stimmt. Die Boote liegen inzwischen wieder alle gesäubert und verlassen am Steg, und bis auf das Gezwitscher exotischer Singvögel ist alles still.

Den ganzen Tag habe ich mir erstaunlicherweise keine Gedanken um heute Abend gemacht und wie es weitergehen soll. Jetzt habe ich ganz klar vor Augen, was ich machen werde. Es ist vier Uhr am Nachmittag. Vor acht kommt Luis mit Sicherheit nicht wieder zurück. Also habe ich einige Stunden Zeit mich zu organisieren und zu packen.

Zunächst lege ich die müden Kinder hin, und während beide ein Nickerchen halten, packe ich uns eine Reisetasche. Zunächst für drei Tage. Auch Mias Babybett packe ich zusammen und verstaue es im Kofferraum meines Autos. Es ist ein Babyreisebett und lässt sich schnell auf- und abbauen.

Als Leo zwei Stunden später mit verschlafenem Gesicht aus dem Bett krabbelt, ist das Auto fertig gepackt. Jede Minute, die ich länger in diesem Haus verbringe, werde ich nervöser, also entscheide ich mich dazu, zu fahren. Nur wohin? In ein Hotel möchte ich nicht. Unpraktisch, da ich dort nicht kochen kann und Mia inzwischen Brei bekommt. Meine Freundinnen möchte ich nicht belästigen. Haben sie doch auch alle Kinder und wenig Platz. Um nach Playa zu fahren ist es schon spät. Dort könnte ich zwar bei Freunden unterkommen, doch möchte ich lieber auf der Insel bleiben.

Es fällt mir spontan nur eine Person auf der Insel ein, zu der ich fahren könnte. Auch wenn das bei mir gemischte Gefühle hervorruft. Vincent. Luis' Bruder, der Ferienwohnungen auf der Insel vermietet. Inzwischen verstehen wir uns auch richtig gut. Er vergöttert die Kinder und würde alles für sie tun. Aber dann müsste ich ihm erzählen, was passiert ist. Ihn einweihen. Und ich bin mir nicht sicher, ob das eine gute Idee ist. Er ist immerhin Luis' Familie. Sicher, er ist klug, kennt seinen Bruder und sein Alkoholproblem. Weiß von seinem Hang zur Gewalt. Aber ich würde ihn bloßstellen. In seiner eigenen Familie. Und doch. Ist es nicht auch meine Familie? Immerhin ist er der Onkel meiner Kinder. Und meine Familie ist tausende von Kilometern weit entfernt. Sicher hat Vincent dafür Verständnis. Dennoch, Luis wird bestimmt nicht erfreut reagieren, wenn ich seinem Bruder von seinen Gewaltausbrüchen erzähle. Rasend vor Wut wird er werden. Zudem wird es Vincent auch den anderen Brüdern mitteilen. Ich würde eine Lawine ins Rollen bringen und es gäbe kein Zurück mehr.

Ich starte den Wagen. Fahre die Landzunge entlang zum Kreisverkehr und die Straße Richtung Zentrum. Auf der Hälfte des Weges biege ich in eine Nebenstraße und fahre am Lokal vorbei, in dem sich die Inselbewohner zum Trinken treffen. Der Kneipe der Insel. Luis' Pick-up parkt etwas abseits am Straßenrand. Habe ich es mir doch gedacht. Da sitzt er jetzt und säuft aufs Neue. Ich frage mich, was wohl in seinem Kopf vor sich gehen mag. Ist die Sucht etwa stärker, als das schlechte Gewissen, das er bezüglich letzter Nacht haben sollte?

Immer wieder Frage ich mich, wie es wohl im Inneren eines alkoholkranken Menschen aussehen mag. Alkoholsucht ist eine Krankheit, das ist mir bewusst. Durch einen inneren Zwang wird er zum Konsum getrieben, welcher dann Einfluss auf Bewusstsein, Wahrnehmung und Verhalten hat. Im Klartext bedeutet das, dass die Aggressivität und Streitlust von Luis das Ergebnis seiner Alkoholintoxikation sind, und somit Symptome seiner Krankheit. Trifft Luis demnach keine Schuld an seinem Verhalten? Sein Gehirn drängt ihn zum Konsum. Er ist krank. Aber muss ich deswegen sein Verhalten entschuldigen und akzeptieren?

Entschlossen fahre ich am Pick-up vorbei weiter ins Zentrum und halte vor Vincents Haus.

Als ich an die Tür klopfe und nach ihm rufe, macht mir keiner auf. Eine Klingel gibt es auch hier nicht, daher wähle ich nach kurzem Warten seine Nummer. Er nimmt ab und ich werde nervös. Frage mich, ob es die richtige Entscheidung ist. Doch ich sehe keinen anderen Ausweg. Denke es ist an der Zeit, Hilfe zu suchen.

„Hallo Vincent, ich stehe mit den Kindern vor deiner Haustür, da es Probleme mit Luis gab." Am Telefon möchte ich ihm keine weiteren Details nennen. Etwas genervt brummt er, dass er käme und legt auf.

Inzwischen kenne ich Vincent gut genug um zu wissen, dass er Probleme verabscheut. Seien es die eigenen oder die der anderen. Möchte er doch einfach nur seine Ruhe haben. Ich versuche trotzdem, kein schlechtes Gewissen zu bekommen. Er wird mich sicher verstehen und unterstützen.

Kurze Zeit später fährt Vincent auf seinem Moped vor den Hauseingang und parkt auf dem Bürgersteig.

„Was hat er gemacht?", fragt er mich ohne zu grüßen in einem scharfen Ton.

Noch während er aufschließt und mich mit den Kindern reinlässt, fange ich an, von letzter Nacht zu erzählen. Plötzlich fange ich an zu weinen. Tagsüber habe ich das Erlebte irgendwie verdrängt, um mit den Kindern eine schöne Zeit zu haben. Jetzt hier vor Vincent durchlebe ich die letzte Nacht noch einmal und mir wird bewusst, dass sie schmerzhafte Spuren hinterlassen hat.

Vincent hört mir ruhig zu. Sein etwas dickliches Gesicht ist angespannt zu einer ernsten, versteinerten Miene. Innerlich kocht er vor Wut. Würde ich Vincent nicht zurückhalten, wäre er jetzt auf dem Weg, um Luis zur Rede zu stellen. Doch er sieht ein, dass es zum jetzigen Zeitpunkt keinen Sinn macht, da er mit großer Wahrscheinlichkeit schon wieder betrunken ist.

Vincent hätte nie damit gerechnet, dass es zwischen Luis und mir Probleme gäbe, gesteht er mir traurig. Dachte er doch die ganze Zeit über, wir würden ein harmonisches Familienleben führen. Dass sich Luis verändert hätte, und seine dunkle, von Gewalt und Alkoholexzessen geprägte Vergangenheit, überwunden habe.

Es gibt kein zurück mehr und ich erzähle Vincent alles. Es sprudelt nur so aus mir heraus. Von den letzten Jahren, den immer wiederkehrenden Alkoholexzessen, den Wutausbrüchen und der verbalen Gewalt.

Vincent ist fassungslos. Für einen Moment hat es ihm die Sprache verschlagen. In seinen Augen erkenne ich tiefe Trauer. Die Tatsache, dass sein Bruder seine Familie zerstört, scheint ihm qualvolle Schmerzen zu bereiten.

Wieder frage ich mich, wie Luis wohl reagieren wird, sobald er erfährt, dass ich Vincent von seinem Verhalten mir und den Kindern gegenüber erzählt habe? Aber ich kann einfach nicht mehr. Ich habe keine Kraft mehr, diese gewalttätigen Übergriffe zu ertragen. Ich brauche Hilfe. Und diese Hilfe heißt jetzt Vincent.

Er gibt mir die Wohnung seiner Mutter im Erdgeschoss. Es ist die gleiche Wohnung, die ich vor fast fünf Jahren zum ersten Mal betreten habe, als ich seine Mutter kennenlernte. An dem Tag, als Luis mich das erste Mal küsste.

Vincent hat die Wohnung inzwischen komplett neu renoviert und in einem hellen Rosa gestrichen. Seine Mutter kommt nur noch selten auf die Insel. Verbringt ihre Zeit entweder in Cancún oder Mérida.

Die Wohnung ist klein. Ein Doppelbett, eine kleine Küchenecke mit einem Tisch und vier Stühlen. Zudem gibt es ein kleines Duschbad und eine Klimaanlage. In den heißen

Sommernächten ein Muss. Man fühlt sich ein wenig eingesperrt, denn Fenster gibt es keine.

Als Vincent sich schließlich verabschiedet, um in seine Wohnung nach oben zu gehen, verriegel ich die Tür hinter ihm. Seit langer Zeit fühle ich mich endlich wieder sicher.

Die Kinder schlafen schnell ein. Leo liegt neben mir im Doppelbett. Zum ersten Mal am heutigen Tag komme ich zur Ruhe und spüre den Schmerz. Trotz Müdigkeit fällt es mir schwer, einzuschlafen. Viel zu aufgewühlt bin ich. Meine Gedanken schlagen Purzelbäume, und auf meinem Herzen liegt ein schwerer Stein. Ich habe den Menschen verloren, den ich über alles liebe. Den Vater meiner Kinder. Wie ist es nur möglich, jemanden so zu lieben, obwohl er einem so weh tut? Ich hasse ihn dafür, was er uns angetan hat. Wieso verschwindet die Liebe denn nicht einfach?

Während ich meine Kinder friedlich beim Schlafen beobachte, werden meine Wangen feucht. Wie konnte er uns das nur antun, wie konnte er das nur seinen Kindern antun? Diesen kleinen unschuldigen Wesen, die doch nur geliebt werden wollen. Wieso, Luis, wieso? Wieso vertreibst du die Personen, die du über alles liebst? Denn ich weiß, du liebst uns. Tief in deinem Herzen. Und du leidest. Vielleicht genauso wie wir. Oder sogar noch mehr.

Die Hoffnung, wieder eine Familie zu werden, scheint erloschen zu sein.

27

Es war eine unruhige Nacht. Nur durch eine kleine Luke über dem Bett, wo die Wand durch dickes Glas ersetzt wurde, dringt Tageslicht in den kleinen Wohnraum. Es ist ein milchiges Glas, durch das man nicht schauen kann.

Ich öffne die alte hölzerne Tür, um nicht das Gefühl zu bekommen, in einem Kellerraum eingeschlossen zu sein. Sie führt direkt auf den kleinen Bürgersteig der viel befahrenen Einbahnstraße. Schon in diesen frühen Morgenstunden pulsiert das Leben im Zentrum der Insel. Ein alter Pick-up mit Gasflaschen beladen, der über Lautsprecher mit einer monotonen Melodie den Verkauf von Gas ankündigt, bahnt sich seinen Weg von Haus zu Haus, während knatternde und stinkende Mopeds vorbeirauschen.

Ich setze mich müde auf die Bettkante. Leo und Mia schlafen noch. Ein Blick auf mein iPhone verrät mir, dass es auch erst sechs ist. Ich lege mich wieder hin und versuche, mich zu entspannen. Starre an die weiße Decke. Doch auch wenn mein Körper noch Schlaf gebraucht hätte, so wirbeln meine Gedanken zu wild durch den Kopf.

Letztendlich schließe ich die Eingangstür wieder und gehe duschen. Kaltes Wasser kommt aus dem Wasserhahn. Obwohl es einen Boiler gibt, bleibt das Wasser kalt. Vincent möchte ich deswegen jetzt nicht nerven. Zudem ist es Sommer und heiß, also stört mich das kalte Wasser nicht sonderlich.

In Mexiko wird das Wasser in riesige Plastikbehälter auf den Dächern der Häuser gepumpt, in denen es verweilt, bis man den Wasserhahn aufdreht und es durch dünne Rohre in die Wohnung gelangt. Meistens sind diese Wassertanks schwarz und fassen über eintausend Liter. Durch die warme

Sonne erwärmt sich das Wasser in den Tanks. Im Sommer manchmal so sehr, dass es nicht mehr kühl, sondern heiß aus dem Wasserhahn fließt. Vor allem nachmittags ist es daher überhaupt nicht mehr erfrischend. Jetzt in den frühen Morgenstunden dagegen ist es noch kalt, und treibt mir die Müdigkeit aus dem Körper.

Ich ziehe mir ein leichtes Kleid über. Inzwischen ist auch Mia wach. Als sich schließlich auch Leon aus dem Bett bewegt, frühstücken wir. Es gibt etwas Obst und Brot, dass ich gestern Abend aus dem Haus mitgenommen habe.

Da heute Montag ist, fahre ich Leo nach dem Frühstück in den Kindergarten. Mit Mia fahre ich anschließend in den großen Supermarkt, um das Nötigste für die nächsten Tage zu besorgen. Da wir inmitten der Walhai-Ausflüge sind, hat Luis eine Menge Einnahmen. So viele, dass er mir vor einer Woche eine größere Summe Geld gegeben hat; die ich sofort auf mein Konto eingezahlt habe. Normalerweise gibt er mir ja immer nur genug für einige Tage. Ich habe also Glück. Hätte mir es sogar leisten können, in ein Hotel zu gehen. Zumindest muss ich Vincent nun nicht um Geld bitten, was mir sehr unangenehm wäre, obwohl er es mir gestern sogar anbot.

Normalerweise müsste ich jetzt die Einkäufe für den Walhai-Ausflug machen. Es fühlt sich alles anders an. Irgendwie wie ein unerwünschter Urlaub. Sandwichs muss ich keine machen. Nicht für Luis kochen und auch kein Haus putzen. Nichts. Nur für uns Drei sorgen. Ich frage mich, ob Luis das jetzt alles ohne meine Hilfe hinbekommt. Gestern hätte er für den heutigen Ausflug einkaufen und Sandwichs vorbereiten müssen. Dennoch war er in der Kneipe und hat sich betrunken.

Kann mir ja eigentlich auch egal sein, denke ich. Das ist jetzt sein Problem. Vielleicht schätzt er dann endlich mal meine Arbeit. Wird sich bewusst, dass ich nicht den ganzen Tag Däumchen drehe.

Zurück in der Wohnung macht Mia ihren Mittagsschlaf und ich koche Süßkartoffeln. Für Mia zerdrücke ich sie zu einem Brei.

Als sich so langsam die Mittagshitze ihren Weg in die kleine Wohnung bahnt, schalte ich die Klimaanlage mit der Fernbedienung an. Die angenehme Kühle lässt mich entspannen und ich lege mich auf das Bett. Nach kurzer Zeit falle ich in einen leichten, erholsamen Mittagsschlaf.

Am späten Nachmittag mache ich mit den Kindern einen Spaziergang zum Rathausplatz. Da Vincents Haus sehr zentral liegt, sind es nur wenige hundert Meter bis dorthin.

Der *Palacio Municipal* besteht aus einem relativ einfachen, zweistöckigen Gebäude. Steht man auf dem Rathausplatz vor dem hübschen Stadtpalast, schaut man links auf die Kirche. Das Gotteshaus ist weder pompös noch elegant, wie wir es in Europa gewöhnt sind, und besteht aus einem schlichten, weißen und breiten Gebäude. Neben der Kirche befindet sich ein Basketballfeld mit einigen wenigen Sitzbänken. Abends finden hier regelmäßig Spiele lokaler Basketballteams statt. Auf der gegenüberliegenden Seite des Rathausplatzes beginnt die kleine Fußgängerzone und an der Ecke gibt es einen Eisladen. Die Besitzer sind Italiener und das Eis ein Genuss. Ich kaufe Leo und mir eins. Die kleine Mia darf von meinem probieren.

Immer wieder werfe ich einen Blick auf mein iPhone. Doch nichts. Keine Nachricht, kein verpasster Anruf. Ich frage mich, was Luis wohl macht. Ob er sich erneut betrinkt oder vielleicht inzwischen zur Besinnung gekommen ist und Gewissensbisse hat. Zu gerne wüsste ich, was in seinem Kopf vor sich geht.

Ich fühle mich inzwischen besser. Keine Angst mehr haben zu müssen ist ein wunderbares Gefühl. In dem Moment, als ich Vincent eingeweiht habe, ist zudem eine schwere Last von mir abgefallen.

Am Abend kommt Vincent zu uns in die Wohnung um sich zu erkundigen, ob alles in Ordnung sei. Liebevoll nimmt er Leo auf seinen Schoß und kitzelt ihn durch. Leo krümmt sich dabei und quietscht vor Freude.

Vincent liebt die Kinder und würde alles für sie tun. Auch wenn das bedeutet, sie vor seinem Bruder zu schützen.

Ich wünsche ihm eine gute Nacht und danke ihm immer wieder für seine Hilfe. Er verabschiedet sich, drückt den Kindern noch einen zärtlichen Kuss auf die Stirn, und ich schließe die Tür.

Die Kinder schlafen schon, als um neun Uhr Abends mein iPhone piept. Sofort spüre ich eine aufkommende Nervosität.

Die Nachricht ist von Luis. Neugierig lese ich sie. Immerhin sind es seine ersten Worte an mich, seitdem er mich geschlagen hat.

Je mehr ich lese, desto enttäuschter werde ich. Auch meine Nervosität legt sich wieder. Es ist eine von diesen Nachrichten, von denen ich schon so viele erhalten habe. Als hätte Luis einfach eine alte genommen und sie erneut geschickt.

Es täte ihm leid. Unverzeihlich wäre sein Verhalten gewesen. Vergeben solle ich ihm. Würde er nie wieder machen, denn er will mich und die Kinder nicht verlieren.

Natürlich habe ich mit einer solchen Nachricht gerechnet. Immer ist er bisher damit durchgekommen. Wieso nicht auch jetzt?

Ich schreibe ihm eine kurze und knappe Antwort. „Ich brauche Zeit." Mehr will und kann ich ihm nicht sagen.

Noch nicht. Muss ich mir doch erst einmal selber überlegen, was ich machen werde, denn ewig kann ich nicht bei Vincent bleiben. Möchte es auch nicht.

Die Müdigkeit nach zwei schlechten Nächten und der ganzen Aufregung lässt mich endlich in einen tiefen Schlaf sinken. Doch mitten in der Nacht schrecke ich plötzlich hoch, als vor dem Haus eine Frau lauthals nach Vincent schreit. Sie hat einen amerikanischen Akzent und hört sich betrunken an. Sicher hat sie den Schlüssel der Ferienwohnung vergessen oder verloren, denke ich.

Eine ganze Weile schreit sie und ich überlege kurz, Vincent eine Nachricht zu schicken, da er sie vielleicht nicht hört. Doch dann macht er ihr die Tür endlich auf und ich höre, wie sie sich noch eine Weile auf englisch unterhalten.

Dann schlafe ich wieder ein.

28

Dienstag. Ich habe kaum noch saubere Wäsche und muss unbedingt waschen. Zudem brauche ich meinen Pürierstab, um Mia ihren Brei zuzubereiten.

Nach dem Frühstück bringe ich Leo wieder in den Kindergarten und fahre anschließend die Straße entlang nach Süden, bis ich am Straßenrand anhalte. Hier befindet sich ein kleiner Bootssteg zwischen den dichten Mangroven, und man erhascht einen Blick auf die Lagune und unser Haus auf der anderen Seite. Friedlich steht das Holzhaus auf seinen Stelzen im Wasser. Auch am Bootssteg ist es ruhig. Nur die schwarzen Labradors liegen faul im Schatten. Alle Boote sind weg. Das ist gut, denn es bedeutet, dass Luis beim Walhai-Ausflug ist und sich niemand im Haus befindet. Für die nächsten Stunden zumindest.

Ich fahre weiter zum Kreisverkehr und biege in die ruhige Straße mit den Flammenbäumen ein. Nach einem Kilometer auf der Landzunge parke ich neben Luis' Pick-up.

Mit Mia auf dem Arm und einer großen Tasche mit Dreckwäsche über der Schulter schließe ich die Holztür an der Straße auf. Obwohl Luis nicht im Haus sein wird, bin ich nervös. Was ist, wenn er jemand anderen als Kapitän angeheuert hat und besoffen auf dem Sofa liegt? Nein, unwahrscheinlich. Liebt er es doch, die Kontrolle zu haben. Über seine Boote, seine Angestellten, den Ausflug.

Langsam gehe ich den Bootssteg entlang zum Haus. Es ist alles ruhig. Und doch, irgendwie fühle ich mich unwohl. Meine Nervosität jedoch ist unbegründet, da sich niemand im Haus befindet.

Mia lege ich mit Spielzeug auf ihren Spielteppich in den Wohnraum, während ich die Waschmaschine anwerfe und Babybrei koche. Dann gehe ich die Treppe nach oben. Alles sieht aus, wie immer. Und doch fühlt es sich nicht wie immer an. Ich nehme einen Koffer aus dem Schrank und fülle ihn mit sauberen Klamotten.

Plötzlich horche ich auf. Höre Stimmen unten vor dem Haus und Motorengeräusche.

Mir stockt der Atem. Es wird doch nicht Luis sein? Ich gehe zum Fenster im oberen Stock und schaue nach unten auf die Lagune. In dem Moment legt eines von Luis' Booten an. Bewegungslos bleibe ich oben stehen.

Sie müssen etwas vergessen haben, denke ich, als ich Schritte auf dem Bootssteg vernehme und die Tür vom Lagerraum mit einem leisen Quietschen aufgeht. Da ich die Eingangstür offen gelassen habe, kann man vom Bootssteg aus in den Wohnraum blicken, wo Mia auf dem Boden spielt.

„Grüß Leo von mir", höre ich Rickys Stimme von unten. Erleichtert, dass es nicht Luis ist, antworte ich ihm mit einem freundlichen Ja, ohne mich auch nur einen Schritt von der Stelle zu bewegen. Noch immer sitzt mir der Schreck im Nacken. Erst als die Motorengeräusche langsam wieder leiser werden erwache ich aus meiner Starre und werfe einen Blick auf Mia, die von allem unbekümmert ein Spielzeug nach dem anderen an den kleinen Mund legt und es genüsslich mit Sabber überzieht.

Schnell packe ich alles zusammen, nehme Mia auf den Arm und verlasse das Haus. Keine Minute länger möchte ich hier verbringen.

Meine Schweizer Freundin Anja schaut mich besorgt an, während ich ihr von den letzten Tagen erzähle. Sie lebt schon seit mehreren Jahren glücklich auf der Insel. In ihrem schlanken hübschen Gesicht, das von braunen kurzen Haaren umrundet wird, erkenne ich einen Hauch von Wut. Sie hält sich mit Kommentaren jedoch weitgehend zurück und hört mir ruhig zu. Obwohl wir uns auf deutsch unterhalten könnten, sprechen wir spanisch. Warum weiß ich selber nicht so genau. Vielleicht einfach aus Gewohnheit.

Wie auch ich ist sie Mutter zwei kleiner Kinder, einem Jungen und einem Mädchen, die jetzt beide mit Leo spielen. Ihr Mann ist Mexikaner. Für ihn scheint es absolut in Ordnung zu sein, eine selbstbewusste und eigenständige Frau an der Seite zu haben. Gemeinsam besitzen sie einen kleinen Souvenirladen im Herzen des Zentrums der Insel und wechseln sich mit Arbeitsschichten und Kinderbetreuung ab.

Während ich Anja von Luis' Verhalten erzähle, wird mir bewusst, wie unwohl ich mich die vielen Monate in meinem eigenen Haus gefühlt habe, immer mit der konstanten Angst vor seinen Wutausbrüchen. Jetzt ist es weg. Dieses flaue Gefühl im Magen, wenn ich mich von meinen Freunden verabschiede, um nach Hause zu fahren. Die Wohnung in Vincents Haus ist zwar klein und einfach, und doch gibt sie mir etwas, was wichtiger ist als jeder Luxus. Sicherheit.

Als ich schließlich am frühen Abend in der kleinen Küchenecke der Wohnung das Abendessen zubereite, piept mein iPhone. Ich blicke auf den Bildschirm und sehe, dass Luis mir eine Nachricht geschickt hat.

Ich habe zwar angenommen, dass Ricky ihm von unserer Begegnung berichtet hat, doch was ich da lese, kann ich kaum glauben. Wenn Luis betrunken ist, merke ich das schnell. Auch an seinen Nachrichten und der Art, wie er schreibt. Sich ausdrückt. Doch betrunken ist er nicht. Nur wütend.

Wieder und wieder lese ich seine Nachricht. Weiß nicht, ob ich lachen oder weinen soll und frage mich, ob er das tatsächlich ernst meint, was er da schreibt.

Er schreibt, ich hätte mich in sein Haus geschlichen und sei eine Diebin. Daher werde er das Türschloss an der Holztür zur Straße austauschen.

Mich als Diebin zu bezeichnen, weil ich in unserem gemeinsamen Haus Kleidung für mich und die Kinder geholt, den Pürierstab und Lebensmittel mitgenommen habe? Weil ich Wäsche gewaschen und für unsere Babytochter gekocht habe?

Ich bin fassungslos. Und das nach allem, was er uns schon angetan hat! Jetzt darf ich nicht mehr unser Haus betreten?

Ich koche vor Wut. Hatte er doch gerade noch gefleht, ich solle ihm verzeihen, da er uns nicht verlieren wolle. Irgendwie passt das alles nicht zusammen, macht keinen Sinn.

Ich bitte Vincent runterzukommen und frage ihn um Rat. Zeige ihm die Nachricht. Doch auch er scheint genauso überrascht zu sein wie ich und kann das unmögliche Verhalten seines Bruders nicht erklären. Also ruft er schließlich Antonio an. Und als er dem großen Bruder aus Cancún von Luis' Schandtaten berichtet, ist dieser außer sich vor Zorn. Strafbar habe der Mistkerl sich gemacht, sprudelt es nur so aus ihm heraus. Vincent solle ihn zur Rede stellen. Würde er nicht mit sich reden lassen, käme er persönlich auf die Insel, um ihn zur Rede zu stellen. Dann legt er auf.

Plötzlich bekomme ich ein mulmiges Gefühl. Luis wird mir nie verzeihen, dass ich Hilfe bei seinen Brüdern gesucht habe. Bei Vincent kann mir und den Kindern zwar nichts passieren, denke ich, doch im Lagunen-Haus habe ich meine gesamten Papiere. Wichtige Dokumente und Zeugnisse. Und die der Kinder. Reisepässe und Geburtsurkunden.

Mir läuft ein Schauer über den Rücken. Zum jetzigen Zeitpunkt traue ich Luis alles zu. Was, wenn er alles in die Lagune wirft oder zerstört?

Ich bitte Vincent, erst morgen mit Luis zu reden, wenn er vom Ausflug zurückkommt, damit ich am Vormittag die Dokumente aus dem Haus holen kann. Bevor er die Schlösser austauscht und vor Wut in die Luft geht. Erst muss ich die wichtigen Unterlagen in Sicherheit wissen, danach ist mir alles egal. Ich denke nicht, dass er die Schlösser gleich heute austauschen wird. Sicher betrinkt er sich jetzt wieder.

29

Es ist noch früh am Morgen, doch an Schlafen ist nicht mehr zu denken. Zu aufgeregt bin ich. Immer wieder überlege ich mir, ob alles so klappen wird, wie ich es mir vorgenommen habe. Wird Luis auf dem Ausflug sein, damit ich ins Haus kann? Wird das alte Schloss noch da sein oder hat er es inzwischen wie angekündigt ausgetauscht? Sind die wichtigen Dokumente noch da? Wird Vincent heute mit ihm sprechen können? Und was wird dann passieren? Wie wird Luis reagieren?

Nachdem ich Leo ohne großes Gezeter in den Kindergarten gebracht habe, halte ich erneut am Straßenrand auf der gegenüberliegenden Lagunenseite an und werfe einen Blick hinüber zu unserem Haus.

Weder sehe ich eins von unseren vier Schnellbooten, noch gibt es Anzeichen auf Personen. Natürlich gibt es die Möglichkeit, Luis könnte trotzdem im Haus sein. Es ist jedoch unwahrscheinlich. In der Hauptsaison, und die haben wir jetzt, sind Kapitäne auf der Insel rar. Und da alle seine Boote dem Anschein nach auf dem Weg auf das offene Meer sind, wird er auch gefahren sein. Ich hoffe es zumindest. Also fahre ich zum Haus.

Auf den ersten Blick sieht alles wie immer aus. Auch die Holztür zur Straße, vor der ich jetzt stehe. Wie gewohnt stecke ich meinen Schlüssel ins Schloss. Er funktioniert und ich atme erleichtert durch. Das Schloss hat er also nicht gewechselt. Hätte mich auch gewundert. Als ich die Tür jedoch wie gewohnt aufdrücken möchte, geht es nicht. Für einen Moment halte in inne. Sollte Luis so dreist gewesen sein, und hat ein zweites Schloss angebracht? Aber wo? Ich kann von außen keines erkennen.

Mit aller Kraft versuche ich die Holztür aufzudrücken, indem ich mich mit meinem ganzen Körper dagegenstemme. Etwas gibt sie schließlich wirklich nach und öffnet sich einen kleinen Spalt. Genug, um zu erkennen, dass Luis von innen eine Drahtvorrichtung angebracht hat, um das Öffnen der Tür zu verhindern.

Ich koche vor Wut. Und zwar nicht, weil sich die Tür nicht öffnen lässt, sondern weil er tatsächlich versucht, mich aus unserem gemeinsamen Haus auszusperren. Und das komplett grundlos. Eigentlich hätte ich einen Grund, ihn nicht mehr ins Haus zu lassen. Ihn auszusperren. Ich habe das Gefühl, die Welt steht Kopf.

Entschlossener denn je, stecke ich vorsichtig meine Hand durch die offene Türspalte und drehe am Draht herum. Obwohl meine Hände durch den spitzen Stahldraht anfangen zu bluten, gebe ich nicht auf, bis ich den Draht schließlich soweit losbekomme, dass die Tür aufgeht.

Mia lasse ich erneut in der Spielecke des Wohnzimmers, während ich mit hochrotem Kopf nach oben zum Kleiderschrank gehe, um alle meine Koffer zu füllen, die ich finde. Erleichtert stelle ich fest, dass Luis die Papiere nicht angerührt hat. Neben den Dokumenten und der Kleidung nehme ich alles mit, was mir und den Kindern gehört und Platz in einem Koffer findet.

Ich bin unbeschreiblich wütend. Nie wieder will ich dieses Haus betreten. Nie wieder. Obwohl beim Gedanken dabei mein Herz weint, denn es ist mein Zuhause. Das Zuhause meiner Kinder. Ich liebe dieses Holzhaus auf der Lagune. Monatelange Arbeit haben wir in unser Traumhaus gesteckt und es nach unseren Wünschen eingerichtet und dekoriert. Überall hängen Familienfotos mit fröhlichen Gesichtern. Ja, es gab sie. Wunderschöne Momente zusammen. Also wir uns zum Beispiel nachts auf dem Bootssteg mit einem

Wasserschlauch duschen mussten, aus dem nur eiskaltes Wasser kam, da wir im Badezimmer noch keinen Wasseranschluss hatten. Kichernd und splitternackt standen wir damals im schimmernden Mondlicht.

Mein Blick fällt auf die schon fast vollen Koffer, und meine nostalgischen Gedanken werden von der schmerzerfüllten Gegenwart verdrängt. Es ist ein schönes Haus, doch ohne sich darin sicher zu fühlen, ist es für mich wertlos.

Hin und wieder blicke ich aus dem Fenster und schaue zum Kanal hinüber. Aus Angst, eines von Luis' Booten könnte zurückkehren. Doch meine Sorgen sind unbegründet, denn die Lagune liegt friedlich da und die Sonnenstrahlen glitzern auf der ruhigen Wasseroberfläche.

Nach zwei Stunden bin ich endlich fertig und der VW randvoll bepackt. Mia schaut mich friedlich von ihrem Autobabysitz inmitten von Taschen, Decken und Klamotten an.

Als Vincent die vielen Koffer sieht, macht er einen gequälten Gesichtsausdruck. Er scheint Angst zu bekommen, ich wolle mich hier niederlassen.

Ehrlich gesagt, weiß ich noch nicht, wie es weitergehen soll, doch dass ich nicht ewig in der kleinen Wohnung bleiben kann, ist mir klar. Ich werde mir eine Wohnung suchen müssen. Aber soweit bin ich noch nicht.

Ich gebe Vincent grünes Licht. Er könne nun mit Luis sprechen, sobald er vom Ausflug zurück käme. Nur rate ich ihm nicht bis zum Abend zu warten, damit er ihn ganz sicher nüchtern erwischt.

Es vergehen Stunden und ich spüre meine Nervosität. Voller Spannung warte ich in der kleinen Wohnung mit geöffneter Tür, dass Vincent erscheint und mir vom Gespräch mit Luis berichtet, als ich ein knatterndes Moped höre.

Als Vincent in die Wohnung tritt, blickt er direkt in mein angespanntes und sorgenvolles Gesicht. Er hingegen wirkt gelassen. Da er jedoch meine Neugierde spürt, fängt er sofort an zu erzählen.

Als er ins Lagunen-Haus trat, kam Luis gerade vom Ausflug zurück. Sie setzten sich aufs Sofa und als Vincent ihm offenbarte, über seine Gewalttaten Bescheid zu wissen, wurde Luis plötzlich ganz still. Er schimpfte mit ihm, wie der Vater mit seinem Kind, das Mist gebaut hat und jetzt seine Moralpredigt bekommt. Nur ist Luis kein Kind mehr. Und doch. Vor seinen großen Brüdern hat er noch immer Respekt.

Vincent machte Luis darauf aufmerksam, dass er eine Straftat begangen habe und ich zu jeder Zeit die Behörden einschalten könne. Letzteres sagte er vor allem in der Hoffnung, ihm Angst zu machen und ihn somit zur Vernunft zu bringen.

Eine Stunde redete Vincent auf den völlig überrumpelten Luis ein. Nie hätte er damit gerechnet, dass ich seinem Bruder alles erzählen würde. Die ganze Zeit über nahm er an, ich wäre bei einer Freundin untergekommen. Dass ich jedoch bei Vincent wohne, war eine große Überraschung für ihn.

Schließlich berichtet mir Vincent noch, dass Luis einen einsichtigen und schuldbewussten Eindruck gemacht habe. Es täte ihm alles sehr leid und er möchte es wieder gutmachen. Seine Familie nicht verlieren.

Ich bin verblüfft. Vincents Worte verwirren mich. Dachte ich doch, dass jetzt erst recht alles vorbei sein würde und Luis vor Wut kocht. Doch das Gegenteil scheint eingetreten zu sein. Darauf war ich nicht vorbereitet.

Kurz darauf erhalte ich die Bestätigung. Luis schreibt mir in einer Nachricht, wie leid es ihm doch alles täte und wie sehr er alles bedauere. Ob ich ihm verzeihen könne, fragt er mich. Er bräuchte uns und könne ohne uns nicht leben. Werde aufhören zu trinken und alles machen, was ich von ihm verlange, wenn wir wieder zu ihm zurückkehren. In unser gemeinsames Haus.

30

Zeit. Ich brauche Zeit. Muss nachdenken. Darüber, was ich machen könnte. Was ich machen möchte.

Schon einmal war ich kurz davor, wieder nach Deutschland zurückzugehen. Als ich mit Mia schwanger war. Damals habe ich es letztendlich nicht gemacht und später meine Entscheidung bereut. Doch auch wenn ich will, kann ich jetzt nicht nach Deutschland reisen, da die sechs Monate alte Mia noch keinen Reisepass besitzt. Und das dauert. Zumindest, um den deutschen Reisepass zu erhalten. Die mexikanischen Geburtsurkunden müssen zunächst übersetzt und in der Hauptstadt des Bundeslandes mit einer Apostille versehen werden. Dann wird der Antrag nach Mexiko City geschickt. Alles in allem dauert das mehrere Monate. Sicher könnte ich auch erst einmal nur den mexikanischen Reisepass beantragen. Aber wenn ich wirklich nach Deutschland gehen sollte, möchte ich alle Unterlagen vorher vollständig haben. Deutschland ist somit zum jetzigen Zeitpunkt keine Option.

Ich könnte mir eine Wohnung auf der Insel suchen. Müsste arbeiten gehen, um die Miete zu zahlen. Die kleine Mia mit Leo zusammen in die Kinderbetreuung geben. Als *Tour-Guide* zu arbeiten wäre wegen der Arbeitszeiten schwierig. Schon alleine mit Leo war es unglaublich anstrengend, und ich musste ihn am Ende des Ausfluges auf dem Katamaran mitnehmen. Am besten wäre es daher, mir eine andere Arbeit zu suchen. Doch auf der Insel sind die Möglichkeiten beschränkt.

Und in Cancún? Um Arbeit zu finden wäre die große Stadt definitiv vorteilhaft. Habe ich doch schon während meiner ersten Schwangerschaft, als ich keine Bootsausflüge mehr machen sollte, im deutschen Honorarkonsulat von Cancún gearbeitet. Das Angebot, erneut dort zu arbeiten, steht noch immer. Aber dazu müsste ich wohl auch in die nicht ungefährliche Stadt ziehen, in der es Tag für Tag immer mehr kriminelle Machenschaften gibt. Schießereien zwischen Drogenkartellen, Raubüberfälle oder auch Kidnappings. Möchte ich da wirklich mit meinen Kindern hinziehen? Und das auch noch ganz alleine? Ich schüttel den Kopf.

Zuallerletzt gibt es auch noch die Möglichkeit, zurück nach Playa zu ziehen. Die Vorteile sind, dass ich dort viele Freunde habe und auch leicht Arbeit finden würde. Die Arbeitszeiten müssten jedoch stimmen. Und das ist im Tourismus gar nicht so einfach. Wochenenden und Feiertage gibt es da nicht. Aber Schulen und Kindergärten haben dann geschlossen. Ich müsste mir eine private *Niñera* besorgen, die sich um meine Kinder kümmert, während ich arbeiten gehe. Könnte meine beiden Kleinen kaum noch sehen. Denn Teilzeitarbeit gibt es in Mexiko nicht. Aber will ich denn überhaupt wieder in Playa del Carmen leben? Vor vier Jahren bin ich dort weggezogen und habe es seither nicht bereut. Sicher, meine Freunde vermisse ich. Aber das Leben in Playa nicht.

Mein Kopf fängt an zu dröhnen und ich entscheide mich dafür, meine Gedanken um die Zukunft zunächst auf Eis zu legen und abzuwarten.

Die Tage vergehen. Luis hat sich anscheinend wirklich beruhigt, denn er schickt mir täglich liebevolle Nachrichten. Er sehnt sich nach seinen Kindern und möchte sie sehen. Und ich willige ein.

31

Die Sonne steht schon tief am Horizont und macht die Nachmittagshitze im belebten Wohnviertel der Insel erträglich. Ein mit Wellblechdach überdachter Basketballplatz wird von kleinen Kindern zum Dreiradfahren genutzt. Als Leo seinen Vater erblickt, rennt er freudestrahlend auf ihn zu. Luis geht in die Knie und empfängt ihn mit offenen Armen. Eine ganze Weile hält er den Kleinen fest umschlungen. Tränen fließen über sein schmerzverzerrtes Gesicht.

Eine Woche ist es nun her, dass er uns das letzte Mal gesehen hat. Als er Leo wieder loslässt und Mia vorsichtig aus dem Kinderwagen nimmt, fängt er herzergreifend an zu schluchzen.

Leo spielt in der Zwischenzeit glücklich mit dem neuen Spielzeug, das Papa ihm gekauft hat. Luis versucht, seine Fehler mit materiellen Dingen wieder gutzumachen. So war er schon immer. Das es jedoch wichtiger ist, mit seinem Sohn gemeinsame Zeit zu verbringen, hat er noch nicht verstanden.

Als Luis sich langsam beruhigt, begrüße ich ihn freundlich aber kühl. Ich bin selber überrascht, wie gelassen und ruhig ich mich fühle. Ohne eine einzige Träne zu vergießen, stelle ich mich neben ihn. Mir ist nicht mehr zum Weinen zumute. Das habe ich genug getan in der letzten Woche. Mein Reservoir an Tränen scheint vorerst aufgebraucht zu sein. Vielleicht habe ich das Geschehene auch inzwischen verarbeitet. Zumindest bereitet mir die Erinnerung daran keine Schmerzen mehr. Was jedoch nicht bedeutet, ich hätte Luis verziehen.

Luis dagegen hat anscheinend einiges nachzuholen. Nachdem er Mia wieder in den Kinderwagen legt, schaut er mich schuldbewusst mit feuchten Augen an, in denen eine tiefe Trauer liegt.

„Es tut mir alles so unendlich leid", gesteht er, als er wieder von Neuem anfängt zu weinen.

Ich höre ihm zu. Er hört mir zu. Wie zwei zivilisierte Menschen reden wir ruhig miteinander. Ich erinnere mich nicht, wann wir dies das letzte Mal konnten. Es ist auf jeden Fall schon eine Weile her.

Nie wieder werde er trinken. Nie wieder schlagen. Er nimmt Mia erneut auf den Arm und wieder fließen Tränen. Er könne ohne uns nicht leben, schluchzt er. Wird sich bessern. Ein besserer Vater sein. Ein besserer Partner.

Sicher habe ich das alles schon öfter gehört. Und doch ist es dieses Mal anders. Noch nie zuvor bin ich ausgezogen. Nie zuvor hat sich einer seiner Brüder eingemischt und ihn zurechtgewiesen. Und noch nie zuvor habe ich ihn so verzweifelt gesehen wie jetzt.

Und ich? Das mag vielleicht verrückt und lächerlich klingen, aber ich liebe ihn. Trotz allem. Wie kann man einen Menschen lieben, der einen so verletzt? Die Antwort ist einfach. Man rechtfertigt dessen Verhalten. Und das tue ich. Führe es auf seine Alkoholsucht zurück. Und das ist nun mal eine Krankheit.

Doch ich stelle Konditionen. Neben der Forderung, keinen Alkohol mehr zu trinken, möchte ich auch, dass er eine Therapie macht. Seine Sucht als Krankheit anerkennt und sie behandeln lässt. Das ist meine Bedingung. Um es noch einmal miteinander zu versuchen. Ein letztes Mal. Beim ersten Bier bin ich weg. Und zwar mit den Kindern. Das ist seine allerletzte Chance mit uns ein friedliches Familienleben zu führen. Kein Alkohol, keine Gewalt und eine Therapie. Luis nickt erleichtert.

32

Natürlich ist Vincent erleichtert, dass ich es noch einmal mit Luis versuchen werde und wieder zurück ins Haus ziehe. Die Kinder vom Vater zu trennen ist schon ein großer Schritt, der mir sehr schwerfällt, hat er doch auch seine guten Seiten. Er liebt seine Kinder über alles und Leo vergöttert seinen Vater. Ich möchte wirklich alles versuchen, damit wir eine Familie bleiben. Es könnte alles so schön sein, wenn nur nicht dieser verdammte Alkohol wäre. Doch vielleicht hat Luis es ja jetzt verstanden, dass ich ihn wirklich verlassen werden, sollte er es nicht schaffen, trocken zu bleiben. Sicher kann ich natürlich nicht sein. Nur in einem bin ich mir sicher. Sollte ich mein Versprechen nicht halten, und ihm beim nächsten Mal wieder verzeihen, dann wird er sich niemals ändern. Es ist das letzte Mal. Es muss das letzte Mal sein. Doch anstelle Angst zu haben, dass er es nicht schaffen wird, versuche ich positiv zu denken. Leicht ist das jedoch nicht nach den vielen Enttäuschungen.

Als ich mit meinem beladenen Auto vor dem Lagunen-Haus halte, habe ich keinerlei Bedenken, meine Entscheidung eines Tages bereuen zu können. Ich vertraue auf mein Gefühl, und das sagt mir, zurückzukommen. Nach Hause.

Es ist Mittag und Luis noch auf dem offenen Meer. Als ich schließlich alles wieder verstaut habe, stelle ich fest, wie das Haus in nur einer Woche verdreckt ist. Natürlich hat Luis nicht geputzt während ich weg war.

Mit einem Feudel mache ich mich an die Arbeit, es wieder wohnlich zu bekommen. Mia fängt langsam an zu krabbeln, und da ist es mir schon wichtig, den Boden sauber zu haben. Während ich wische, laufen zwei rotbräunliche *Cucarachas* über die grauen Fliesen um ihr Leben. Kurz halte ich inne und schüttel mich vor ekel. Diese amerikanischen Schaben sind einfach nur widerlich. Sie fressen alles und können Krankheitserreger wie Parasiten, Salmonellen und Würmer auf den Menschen übertragen und dabei auch noch fliegen. Als Leo noch ein Jahr alt war, fand er eine tote *Cucaracha* und fing an, genüsslich darauf herumzukauen, bis ich sie schließlich angewidert aus seinem kleinen Kindermund herausholte. Das Dilemma der oralen Phase bei Kleinkindern. Sie nehmen einfach alles in den Mund. Eine weitere Motivation für mich, das Haus sauber zu halten. Einen gesundheitlichen Schaden hat Leo damals übrigens nicht davon getragen. Ich freue mich schon jetzt auf seinen Gesichtsausdruck, wenn ich ihm eines Tages davon erzähle.

Die Boote legen eines nach dem anderen an. Es wird gescherzt, gelacht, und hier und da meckert Luis mit einem

Angestellten, während sie die Boote säubern. Alles fühlt sich irgendwie an wie immer. Als wäre ich nicht mit den Kindern vor der Gewalt des Vaters geflohen, sondern eine Woche im Urlaub gewesen.

Während Luis noch bei den Booten beschäftigt ist, bereite ich das Mittagessen zu. Es gibt *Enchiladas Verdes*, sein Lieblingsessen. Gekochtes Hähnchenfleisch eingerollt in Weizentortillas, überbacken mit Creme, Käse und einer grünen Salsa aus grünen Tomaten und milden Chilis.

Fröhlich tritt Luis ins Haus und gibt mir einen Kuss auf den Mund, während er mir liebevoll den Arm um die Taille legt.

Keine Wut, keine Angst, keine nachtragenden Gefühle. Es ist ein neuer Start mit der Hoffnung auf ein harmonisches und glückliches Familienleben.

33

Wieder einmal hat unser Löwe Mia geärgert. Ihr das Spielzeug weggenommen und es in hohem Bogen durch die offene Tür in die Lagune geworfen. Natürlich schimpfe ich mit Leo und ermahne ihn, dass man das Spielzeug nicht einfach jemandem wegnimmt und es vor allem nicht in die Lagune wirft. Luis ist das jedoch zu wenig und würde seinem Sohn gerne den Hintern versohlen. Und so fangen wir an, über unsere unterschiedlichen Ansichten von Erziehungsmethoden zu diskutieren.

Ja, es ist nicht einfach mit Leo, das gebe ich zu. Er ist ein Frechdachs und ärgert gerne andere Kinder, vor allem seine kleine Schwester. Sein Vater hat dafür jedoch kein Verständnis und es mangelt ihm an Geduld.

Unsere hitzige Diskussion führt letztendlich dazu, dass Luis wütend das Haus verlässt. Plötzlich bekomme ich ein flaues Gefühl im Bauch. So, wie früher. Wird er heute rückfällig werden?

Fast fünf Monate sind vergangen, ohne dass Luis einen Tropfen Alkohol angerührt hat. Fünf Monate ohne Drohungen und Beleidigungen. Es waren Monate voller schöner Momente. Nachmittags brachten wir Leo zum Baseball-Training für Kinder, um ihm dabei gemeinsam zuzuschauen, während Mia auf Papas Schoss sitzen durfte. Die Sonnenuntergänge genossen wir bei einem Bad im warmen Meer. Luis ließ den inzwischen Dreijährigen das Schnellboot steuern. Stolz war Leo, wie Papa ein richtiger Kapitän zu sein. Natürlich passte Luis gut auf, dass das Boot den richtigen Kurs nahm.

Es waren Monate voller Harmonie. Während ich die Kinder ins Bett brachte, bereitete Luis uns Abendessen vor. Nur für uns zwei. Köstlich belegte Sandwichs oder Rührerei mit Tomaten und Schinken. Genüsslich speisten wir dann in unserem gemütlichen Lagunen-Haus, während die Kleinen friedlich schliefen. Auf der Lagune beobachteten wir, aneinandergeschmiegt in der Hängematte, den glitzernden Sternenhimmel über uns. Und redeten und redeten. So wie früher, als wir uns unsterblich ineinander verliebten. Wir sprachen von unseren Träumen und Wünschen, aber vor allem von der Vergangenheit, als Luis sich einfach nicht von seiner Frau trennen konnte. Wir schmunzelten bei der Erinnerung an Maria und Enrique, und wie beide fieberhaft versucht hatten, uns auseinanderzubringen. Wie hatten wir für unsere Liebe kämpfen müssen, überlege ich. Viele Steine lagen in unserem Weg.

Doch wir schafften es. Und wir werden es weiterhin schaffen. Zu stark ist die Liebe zwischen uns, und zu sehr haben wir für sie gekämpft, um einfach alles hinzuschmeißen.

Nachdem ich die Kinder schlafen gelegt habe, lege auch ich mich aufs Bett. Und warte. Sehr lange. Ständig stehe ich auf und gehe in Leos Zimmer, von wo aus ich auf die Tür zur Straße blicken kann. Bis auf den Lichtstrahl einer gelben Lampe ist alles dunkel.

Um drei Uhr morgens ist Luis noch immer nicht zurück, und ich lege mich zu Leo. Wenn ich auf einen betrunkenen Luis warte, dann nämlich lieber im Kinderzimmer. Mich schlafend stellend.

Wieder kreisen die Gedanken in meinem Kopf wild umher. Eine Chance hatte ich ihm im Sommer gegeben. Eine letzte Chance. Jetzt trinkt er wieder. Und ich muss mein Wort halten. Tue ich es nicht, denkt er, er kann machen was er will. Nimmt mich nicht ernst.

Ich starre an die Holzdecke des Kinderzimmers. Der Mondschein gibt genug Licht, sodass man alles im Dunkeln erkennen kann. Hin und wieder höre ich einen Motorroller die Straße entlang rauschen. Auf der anderen Lagunenseite wird in einem Lokal laut gefeiert, und kurz erklingen die Sirenen eines Krankenwagens in der Ferne, bis sie immer leiser werden und verstummen.

Jedes Mal, wenn ich nachts wach im Bett auf Luis warte, habe ich Angst, dass ihm etwas passiert sein könnte. Er einen Unfall hatte. Irgendwie schon etwas ambivalent. Während ich Angst habe, Luis könnte mir und den Kindern etwas antun, habe ich gleichzeitig Angst um ihn.

Erneut stehe ich auf und blicke durch das Moskitonetz des offenen Fensters. Höre schließlich ein mir vertrautes Motorengeräusch. Dann erlischt es plötzlich.

Mein Puls wird schneller, als die Holztür an der Straße aufgeht und Luis den Bootssteg entlang torkelt.

Schnell lege ich mich zurück zu Leo ins Bett und drehe mich mit dem Gesicht zur Wand. Tue, als würde ich schlafen.

Er ist tatsächlich betrunken. Geahnt hatte ich das ja schon. Es dann bestätigt zu bekommen, trifft mich hart. Sein Versprechen, nie wieder zu trinken, ist kein halbes Jahr her. Er hat es nicht geschafft. Und ich muss mich jetzt von ihm trennen. Das habe ich mir fest vorgenommen. Und muss es auch halten.

Luis zieht die quietschende Eingangstür auf und schließt sie wieder. Ohne weiteren Lärm zu machen geht er direkt nach oben und legt sich ins große Bett. Fängt an gleichmäßig zu schnarchen. Nach einer Weile falle ich in einen unruhigen Schlaf.

Am frühen Morgen wecken mich die Kinder und die Vögel auf. Müde schleppe ich mich ins Badezimmer und lasse kaltes Wasser an einem Körper herunterfließen. Als ich die Treppen nach unten gehe, höre ich das noch immer gleichmäßige Schnarchen von Luis.

Es ist schon fast Mittag an diesem Novembersonntag, als Luis schließlich mit müdem Gesicht die Treppe herunter kommt und sich in der Küche einen Kaffee macht.

Während ich ihn vom Sofa aus beobachte, spüre ich, wie enttäuscht ich bin. Vielleicht war es auch naiv von mir zu denken, er würde sich ändern. Nicht mehr Trinken. Vor fünf Monaten bin ich wieder zu ihm zurückgekehrt, weil er mir versprochen hatte, kein Alkohol mehr zu trinken und eine Therapie zu beginnen. Um die hat er sich jedoch nie gekümmert. Zu stolz ist er, um sich helfen zu lassen.

Luis ignoriert mich. Vielleicht aus Scham, vielleicht aus Unsicherheit. Wütend sieht er nicht aus.

In etwas Abstand setzt er sich zu uns aufs Sofa. Der Kater steht ihm ins Gesicht geschrieben. Auch ich ignoriere ihn, werfe ihm lediglich kurz einen vorwurfsvollen Blick zu. Kann es mir einfach nicht verkneifen. Nach einer Weile ertrage ich dieses Schweigen jedoch nicht mehr.

„Was ist los?", werfe ich in einem kühlen Ton in den Raum.

Er wirkt bedrückt. Weiß er doch ganz genau, was los ist. Und fürchtet sich sicher jetzt vor den Konsequenzen. Denn eines ist er gewiss nicht: dumm.

„Es war ein Rückfall, nur einer, es tut mir leid. Ich war aber ganz ruhig als ich nach Hause kam. Es ist wirklich hart, auf Alkohol zu verzichten. Die ganzen letzten Monate habe ich absolut nichts getrunken. Nur dieses eine Mal. Ich bekomme das schon hin. Bitte glaube mir", fleht er mich an.

Ja, mit dieser oder einer ähnlichen Antwort habe ich schon gerechnet. Habe ich alles nämlich schon so oft gehört. Und alles verziehen. Immer wieder und wieder. Nur muss doch irgendwann mal ein Schlussstrich gezogen werden. Es kann doch nicht immer so weitergehen. Es darf einfach nicht mehr so weitergehen. Es reicht.

Und der Moment ist gut. In vier Wochen geht unser Flug nach Deutschland. Alles schon gebucht. Urlaub bei Oma und Opa. Die Kinder haben inzwischen beide ihre deutschen Reisepässe.

„Ich habe dir im Sommer gesagt, keinen Tropfen Alkohol mehr oder ich bin weg. Das kann nicht immer so weitergehen. Wie oft habe ich dir verziehen, und dann? Es ging immer wieder weiter. Es reicht mir. Ich bin es einfach leid. Du hast die letzten Monate nicht getrunken, das ist richtig. Aber du hast nie eine Therapie gemacht, wie du es mir versprochen hattest. Du musst auch einsehen, dass man gewisse Dinge im Leben nicht alleine schafft und es keine Schande ist, sondern eine Stärke, sich Hilfe zu suchen. Aber das willst du nicht, und die wahren Ursachen für deine Trinkerei wirst du daher nicht ergründen können. Das macht es so schwierig, damit aufzuhören. Du kannst nicht alles aus eigener Kraft lösen." Ich bin frustriert.

Luis scheint über meine Worte nachzudenken und schaut mich betrübt an.

„Du hast recht. Aber ich habe es ja schon mehrere Monate geschafft, da werde ich es auch weiterhin schaffen. Letzte Nacht, das war eine Ausnahme. Es wird nicht wieder vorkommen. Versprochen." Angst und Verzweiflung stehen ihm ins Gesicht geschrieben.

Ich belasse es dabei und stehe auf. Nein, ich muss mein Wort halten. Mich trennen. In einem Monat geht unser Flug. Ich könnte den Rückflug ja einfach verfallen lassen und aus dem geplanten Familienurlaub eine Rückkehr in die Heimat machen, überlege ich.

34

Eine Woche noch. Dann geht es los. Ich fühle mich angespannt. Unglücklich. Mein Kopf sagt mir zwar, dass es die richtige Entscheidung ist, aber mein Herz weint. Der Gedanke, dieses Land, in dem ich nun seit dreizehn Jahren lebe, zu verlassen, macht mich traurig.

Es fühlt sich an, wie der Sprung ins kalte Wasser. Ins Ungewisse. Und ich habe Angst, sollte ich den Schritt wagen, ihn anschließend zu bereuen. In ein tiefes Loch zu fallen und von unerträglichen Schmerzen des Heimwehs nach meinem mexikanischen Zuhause geplagt zu werden.

Und vom Liebeskummer nach Luis. Denn auch nach alledem liebe ich ihn noch immer.

Uns was ist mit den Leo und Mia? Wie werden sie die Trennung vom geliebten Vater aufnehmen? Werden sie in Deutschland glücklich sein? Es mir das Herz, meine Kinder vom Vater zu trennen, obwohl er uns sehr weh getan. Trotz allem liebt er sie über alles. Und sie ihn.

Es grummelt in meiner Magengegend. Ich habe Luis meine Pläne inzwischen mitgeteilt. Überraschenderweise hat er mit Verständnis reagiert. Und Trauer natürlich. Aber anstatt wütend und enttäuscht zu sein, ist er liebevoll. Hat seit dieser einen Nacht vor einigen Wochen auch nicht mehr getrunken. Und das verwirrt mich jetzt. Wäre es doch einfacher, einen wütenden, betrunkenen und gewalttätigen Luis zu verlassen, und nicht einen liebevollen, schuldbewussten und traurigen.

Ich setze mich auf die Treppe im Haus. In den letzten Wochen war ich ihm gegenüber kühl und abweisend und habe versucht, alles mit dem Kopf zu entscheiden. Meine Gefühle abzustellen. Sie zu verdrängen.

Doch plötzlich muss ich weinen. Luis sieht mich und setzt sich verständnisvoll neben mich.

„Ich möchte nicht weg, das ist mein Zuhause, ich liebe es hier. Ich möchte dich nicht verlieren", gestehe ich ihm schluchzend, und er nimmt mich liebevoll in die Arme.

„Das musst du auch nicht. Das will ich auch nicht. Du und die Kinder gehören hierher. In euer Haus. Alles wird gut, du wirst schon sehen", tröstet er mich liebevoll.

Mit einem Mal löst sich meine ganze aufgestaute Anspannung in Luft auf, und unendliche Erleichterung breitet sich in mir aus. Ich habe mich entschieden zu bleiben.

Und da ist sie wieder, die Hoffnung auf eine glückliche Zukunft zusammen.

35

Draußen hat sich über Nacht eine Frostschicht gebildet. Es ist Ende Dezember in Hamburg.

Die letzten drei Wochen bei Oma und Opa waren sehr schön. Geschneit hat es zwar nicht, aber die gefrorenen Pfützen waren definitiv ein Highlight für den dreijährigen Leo. Mia dagegen störte die dicke Winterkleidung und quengelte, sobald sie angezogen werden sollte. So ein warmer Schneeanzug nervt nämlich ganz schön, wenn man endlich die ersten Schritte machen möchte. Dazu kommt natürlich auch, dass sie leichte Sommerkleider und barfuß gewöhnt ist.

Die Koffer sind gepackt, und es geht raus in die Kälte. Nur einzelne weiße Wolken ziehen am blauen, sonnigen Winterhimmel vorbei.

Der Flug nach Cancún ist lang und anstrengend. Da er sich über den gesamten Tag hinzieht, schlafen die Kinder nur wenig und quengeln, weil sie nicht mehr stillsitzen wollen. Nach zehn Stunden im Flugzeug liegen bei Luis dann die Nerven blank.

So habe ich Luis noch nie erlebt. Als stünde er kurz vor einem Nervenzusammenbruch.

„Ich kann nicht mehr. Nimm die Kinder", sagt er gereizt und packt mir Mia auf meinen Schoß, während Leo zwischen meinen Beinen steht. Sitzen will er nicht, obwohl er seinen eigenen Sitzplatz hat.

Als wir dann endlich landen, ist es acht Uhr abends. In Deutschland jedoch schon zwei Uhr morgens. Leo schläft inzwischen tief und fest und wacht auf, als wir den Flieger verlassen. Übermüdet ist er und fängt sofort lauthals an zu schreien. Unmöglich ihn zu beruhigen.

Bei der Gepäckausgabe liegen dann endgültig alle Nerven blank und Luis und ich beschimpfen uns gegenseitig. Ich hätte besser in Deutschland bleiben sollen, schmeißt mir Luis an den Kopf. Ja hätte ich wohl machen sollen, entgegne ich ihm wütend.

Ich spüre Blicke von Mitreisenden, denen ich jedoch mit Gleichgültigkeit entgegne. Als wir endlich alle Koffer haben, gehen wir nach draußen, und die feucht-schwüle Luft legt sich wie eine warme Decke über meinen vor Müdigkeit frierenden Körper.

Alina fährt in ihrem großen SUV vor, und wir steigen ein. Luis verstaut die Koffer im geräumigen Kofferraum. Als Alina uns herzlich begrüßt, beruhigen wir uns sofort und machen kurze Zeit später schon Scherze über unseren Streit und den nicht zu enden scheinenden, langen Flug.

Erst nach zehn Uhr abends erreichen wir den Fähranleger auf dem Festland. Zu dieser späten Stunde fährt die Personenfähre nur noch selten.

Die Sterne leuchten vom dunklen Nachthimmel, und das Mondlicht glitzert auf der schwarzen Wasseroberfläche. Ein milder, salziger Wind bläst uns dabei angenehm um die Ohren. Am Horizont die Lichter der Insel.

Plötzlich wird mir schwindelig. Ich erinnere mich, seit fast zwölf Stunden nichts mehr gegessen zu haben und krame einen Traubenzuckerlolli aus dem Rucksack, den ich eigentlich für die Kinder eingesteckt hatte. Schnell geht es mir etwas besser.

Da um diese Zeit kaum Menschen unterwegs sind, die die Fähre benutzen, ist die Überfahrt ruhig. Auf der Insel wartet bereits Ricky auf uns, der und mit dem Pick-up zum Haus fährt.

Es ist bereits Mitternacht, als wir endlich zuhause sind. Früher Morgen in Deutschland. Seit fast vierundzwanzig

Stunden sind wir auf den Beinen. Das Haus ist dreckig. Während wir im Urlaub waren, hat Ricky hier übernachtet, um Diebstähle und Einbrüche zu verhindern, jedoch keinen Wert auf Sauberkeit gelegt.

Total erschöpft bringe ich zunächst die Kinder ins Bett. Luis hilft mir dabei wie erwarten nicht. Er lässt sich lieber von Ricky mit Neuigkeiten versorgen, während er ihm im Gegenzug von unserem Urlaub erzählt.

Genervt stelle ich fest, dass es kein Klopapier gibt, und lege mich schließlich völlig übermüdet ins Bett. Schlafen kann ich trotzdem nicht. Die vielen Geräusche und die warmen Temperaturen fühlen sich noch fremd an. Hier leben wir inmitten der Natur. Ich höre die Grillen zirpen und das Plätschern des Wassers der Lagune unter uns. Unglaublich laut kommt mir das jetzt alles vor. In Deutschland gab es nachts nur Stille im Schlafzimmer. Kein Ton drang durch die dicken Glasscheiben der Fenster ins Innere.

Bedauerlicherweise schlafen auch die Kinder schlecht und Leo ist bereits um sechs Uhr wach. Kurze Zeit später dann auch Mia. Der Einzige, der einen guten Nachtschlaf zu haben scheint, ist Luis, der sich nicht rührt.

Ich stehe auf, mache den Kindern den Fernseher an und tue das, was ich schon die ganze Nacht gerne gemacht hätte: Hausputz.

36

Das neue Jahr ist da. Ein Jahr voller Hoffnungen. Hoffnung, die Vergangenheit hinter uns zu lassen. Hoffnung, als Familie zusammenzubleiben. Hoffnung. Dass Alkohol und Gewalt kein Thema mehr sein werden.

Leo besucht inzwischen die Vorschule. Zwischen dem dritten und vierten Lebensjahr wird es für Kinder in Mexiko nämlich ernst, und sie lernen Lesen, Schreiben und Rechnen. Wenn sie dann mit sechs Jahren eingeschult werden, müssen sie es können.

Zuerst hatten wir Leo in einer privaten Schule angemeldet, wo der Unterricht von morgens um sieben bis um vierzehn Uhr geht. Doch er hat es gehasst. Stillsitzen und Aufgabenhefte durcharbeiten. Buchstaben und Zahlen ausmalen. Den eigenen Namen schreiben. Immer wieder und wieder. Und das in einem kleinen klimatisierten Raum. Sogar Hausaufgaben hat er aufbekommen. Und das mit nur drei Jahren. Eigentlich wollte er, wie es sich wohl für sein Alter gehört, nur Spielen und Quatsch machen. Was er zum Leidwesen der Lehrer auch tat. Als die Direktorin mich dann darum bat, mit Leo einen Neurologen aufzusuchen, da sie der Meinung war, der Grund für Leos wildes Verhalten könnte eine Aufmerksamkeitsstörung sein, platzte mir der Kragen. Ich kündigte und meldete ihn bei der staatlichen Vorschule der Insel an. Zwar lernen die Kinder auch dort Lesen, Schreiben und Rechnen, doch die Unterrichtsdauer beträgt täglich nur drei Stunden.

Zurzeit jedoch sind Ferien. Osterferien. Neben Weihnachten die wichtigsten Ferien in diesem vom katholischen Glauben geprägten Land. Die Karwoche in Mexiko wird *Semana Santa* genannt, was heilige Woche bedeutet, und dauert bis zum Ostersonntag an. Schulen bleiben geschlossen, und viele Mexikaner nutzen diese freie Zeit, um in den Urlaub zu fahren. Die beliebten Küstenregionen des Landes füllen sich abrupt mit einheimischen Urlaubern, während die Hauptstadt plötzlich wie ausgestorben wirkt. Überall finden Prozessionen statt, und die Straßen werden bunt geschmückt. Am Ostersonntag wird im ganzen Land mit großen Feierlichkeiten, den berühmten *Fiestas*, die Auferstehung Christi gefeiert. Dabei wird reichlich gegessen und getanzt. Die Kirchenglocken dürfen nach drei Tagen Stille dann auch wieder läuten.

Das Auto ist gepackt. Nichts passt mehr in den geräumigen Kofferraum. Die Kinder sitzen auf dem Rücksitz in ihren Kindersitzen, und ich bin in freudiger Urlaubsstimmung, endlich der monotonen Routine entfliehen zu können.

Zu deutscher Kindermusik fahre ich langsam die Straßen der Insel entlang, bis ich mich am Fähranleger in die Autoschlange einreihe und den Motor abstelle. Alle zwei Stunden pendelt die Autofähre zum Festland. Die nächste steht schon bereit.

Es ist ein herrlicher Vormittag. Die Sonne strahlt vom blauen, wolkenlosen Himmel als die langsame Fähre ablegt. Fast eine Stunde braucht sie zum Festland.

Luis wollte nicht mitkommen, obwohl er es gekonnt hätte. Natürlich war seine Ausrede die Arbeit. „Kann nicht, muss arbeiten." Noch gibt es jedoch keine Ausflüge zu den Walhaien, und er werkelt an seinen Booten herum. Tagein tagaus. Hätte er auch mal für einige Tage sein lassen können. Aber gut. Betteln wollte ich dann auch nicht. Es ist letztendlich seine Entscheidung. Und ich brauche ihn nicht, um eine schöne Zeit mit den Kindern zu verbringen. Vielleicht ist es sogar besser so. Zumindest gibt es so keinen Streit. Nur für die Kinder ist es natürlich schade, dass Papa nicht dabei ist.

Getrunken hat er seit dem letzten Mal tatsächlich nicht mehr. War wohl wirklich nur ein Ausrutscher. Doch gestresst ist er. Ständig. Wegen allem Möglichen. Und schlecht gelaunt. Vielleicht, weil er nicht Trinken darf. Eine Therapie hat er leider nie begonnen. Hätte mich auch gewundert. Ständig streiten wir uns wegen Kleinigkeiten. Meistens wegen Leo und unseren unterschiedlichen Ansichten von Kindererziehung. Dann taucht Luis wieder in seine Arbeitswelt ein und vergisst, dass er eine Familie hat.

Der Verkehr in Cancún ist die Hölle. Ampeln werden an einigen Kreuzungen durch einen mehrspurigen Kreisverkehr ersetzt, und wenn man sich nicht schnell genug seinen Platz ergattert, bleibt man nicht nur auf der Strecke, sondern darf sich zudem an einem kostenlosen Hupkonzert erfreuen.

Ich biege von einer der viel befahrenen, mehrspurigen Hauptstraßen ab und halte vor einer Schranke. Dem Wachmann nenne ich Namen und Adresse von Luis' Bruder, woraufhin er mich durchfahren lässt. Überprüfen tut er meine Angaben nicht.

Ich fahre durch eine ruhige, private Wohnanlage, die aus mehreren kleinen mit *Topes* ausgestatteten Straßen besteht. Einfamilienhäuser mit kleinen Auffahrten davor zieren sie. Bäume gibt es kaum, und die Sonnenstrahlen reflektieren grell auf dem grauen Asphalt. Jeder Eigentümer hat sein Haus inzwischen individuell gestaltet, obwohl sie alle einmal gleich aussahen. Manche haben ein zweites Stockwerk aufgebaut, andere es bunt gestrichen oder die Auffahrt in eine geschlossene Garage umgebaut. Antonio hat sich vor vielen Jahren zwei Häuser in der gleichen Straße gekauft. In einem wohnt seine Mutter, wenn sie mal nicht in Mérida oder auf der Insel ist. Im anderen lebt er mit Alina.

Solche privaten Wohnanlagen sind typisch für Cancun und Playa. Auf einem riesigen Grundstück werden dicht an dicht ein Haus neben dem anderen errichtet, wobei es sich dabei um relativ kleine und sehr einfache Häuser handelt. In etwas luxuriöseren Wohnanlagen sind die Häuser schicker und haben oft auch zwei Stockwerke. Kleine Straßen verbinden sie und in der Mitte gibt es eine gemeinschaftliche Grünfläche mit Swimmingpool.

Vor Antonios dunkelrotem Haus halte ich an. Seine private Auffahrt hat er mit einem großen Pavillon aus wasserfestem, hellbraunem Stoff überdacht, sodass Alinas golden glänzender SUV im Schatten parkt. Nur etwas Platz bleibt, um am Auto vorbei zur offenen Eingangstür zu gelangen.

Alina freut sich riesig als sie uns sieht. Auch Leo läuft ihr freudig entgegen, um sich von ihr liebevoll drücken zu lassen.

Das kleine Haus ist sehr geschmackvoll eingerichtet. Im Eingangsbereich steht ein beigefarbenes Sofa und auf der gegenüberliegenden Seite zwei gemütliche Sessel. In der Ecke hängt ein moderner flacher Fernsehbildschirm. Geht man am Sofa vorbei, stößt man auf einen Esstisch aus Glas und vier weißen Stühlen. Die offene Küche ist weiß gekachelt und wird durch eine offene Bar vom Wohnbereich getrennt. Es gibt ein kleines Gästezimmer, ein Duschbad und ein sehr großes Schlafzimmer mit einem edlen Spiegelkleiderschrank, einem zwei Meter breiten Bett und einem gigantisch großen Plasmabildschirm. Alle Räume sind selbstverständlich mit einer Klimaanlage ausgestattet und die Luft angenehm kühl.

Alina strahlt mich fröhlich an. Ihre Eltern sind zurzeit zu Besuch bei ihr und Antonio. Sie leben in einem Dorf in der Nähe von Mérida, in einem Haus mit exotischen Obstbäumen und Hühnern, Schweinen und Ziegen. Wohlhabend sind sie nicht, und doch scheinen sie mit dem zufrieden zu sein, was sie haben.

Ihre Mutter steht in der Küche und rührt langsam in einem großen Kochtopf, während das Haus nach schwarzen Bohnen und Speck duftet. Leo bekommt sofort eine kleine dampfende Schüssel gereicht und setzt sich an den Tisch. Alinas Mutter begrüßt uns herzlich. Sie ist, wie auch Alina, ein sehr liebevoller Mensch. Alina selber hat studiert und lebt nun seit vielen Jahren in der Stadt. Als Angestellte bei einem internationalen Unternehmen verdient sie gutes Geld. Noch heute muss sie geschäftlich in die Hauptstadt fliegen.

Auch Antonio hat dank seines Computer-Ladens ein beachtliches Einkommen. Beide genießen es, teure Urlaubsreisen zu machen. Gerade vor Kurzem waren sie gemeinsam in Kanada und haben sich das erste Mal auf Skier gestellt.

Alina überreicht mir den Schlüssel fürs Haus, das Antonio vor vielen Jahren in Playa del Carmen für wenig Geld gekauft hat. Dank des Tourismus-Booms ist es heute viel wert. Sie benutzen es hin und wieder an Wochenenden als Ferienhaus. Auch seine erwachsenen Kinder fahren gelegentlich mit den Enkeln hin.

Nachdem Leo seine Bohnen gegessen hat und noch einmal zur Toilette war, fahren wir los.

Ich bin voller Vorfreude, als wir endlich zur Autobahn gelangen. Dann geht es immer geradeaus. Vorbei am Flughafen und an Einfahrten, die zu riesigen palastähnlichen Hotelanlagen führen. Und dem immergrünen Dschungel. Nur die fast immer gerade, mehrspurige, graue Autobahn mit den immer wiederkehrenden grünen Hinweisschildern, liegt vor uns.

Schließlich wird der Verkehr dichter und dichter, bis er kurz zum Stillstand kommt und es nur sehr langsam weitergeht. Der Grund ist ein fester Kontrollstützpunkt des Militärs vor den Toren Playa del Carmens, welches aufgrund von steigender Kriminalität von vielen Einheimischen auch schon als *Playa del Crimen* bezeichnet wird. Die Militärkontrolle besteht aus einer kleinen Hütte mit Palmblattdach und befindet sich in der Mitte der Autobahn. Schwer bewaffnete Soldaten kontrollieren mit ernstem Blick die im Schritttempo vorbeifahrenden Autos. Sobald ihnen etwas verdächtigt erscheint, lassen sie das Auto am Straßenrand anhalten, um es nach Waffen und Drogen zu durchsuchen. Sie suchen nach *Narcos*, Mitgliedern der Drogenmafia.

Mexiko ist ein vom Drogenkrieg gebeuteltes Land. Jedes Bundesland wird von einem Kartell der Mafia beherrscht. Bei Streitereien zwischen mehreren Kartellen über die Vorherrschaft in einem Bundesland kommt es nicht selten zu blutigen Auseinandersetzungen mit öffentlichen Schießereien. Oft werden die Getöteten offen zur Schau gestellt, indem sie zum Beispiel von Straßenbrücken, an einem Strick um den Hals, herunterbaumeln. Ein Zeichen der Macht des Drogenkartells, als Warnung und Abschreckung gedacht, sich lieber nicht mit ihnen anzulegen. Seit vielen Jahrzehnten sind diese Kartelle tief im politischen System Mexikos verwurzelt. Mit den Unmengen von Geldern, durch Einnahmen aus illegalen Drogengeschäften, bestechen sie erfolgreich Polizisten und Politiker. Jeder bisherige Versuch, die Kartelle zu vernichten oder ihnen zumindest die Macht zu entziehen, scheiterte und führte letztendlich zu noch mehr Blutvergießen.

Mich winken die grünen Soldaten nicht an den Straßenrand. Als Mutter von zwei kleinen Kindern gehöre ich nicht zur Gruppe der Verdächtigen. Zudem ist mein sechs Jahre alter Volkswagen kein typisches Auto der *Narcos*. Teure, große Luxusmodelle werden von ihnen bevorzugt. Natürlich mit verdunkelten Scheiben. Dass genau solche Autos Aufmerksamkeit erregen, scheint den Kartellmitgliedern egal zu sein. Ist es doch ein Zeichen ihrer Macht. Und wozu so viel Geld besitzen, wenn man es nicht zeigen kann? Das denken sich wohl auch wohlhabende Bewohner des Landes, die keine kriminellen Machenschaften pflegen. Und das, obwohl sie dabei Kopf und Kragen riskieren.

Vor uns erscheint eine Abzweigung, die um die Stadt herumführt. Zumindest war das vor wenigen Jahren noch so. Inzwischen ist Playa del Carmen jedoch so groß geworden, dass diese ehemalige Umgehungsstraße inzwischen durch die Stadt hindurchführt.

Es geht am großen staatlichen Krankenhaus, vielen neuen Wohnanlagen und einem pompösen Einkaufszentrum, in dem sich auch ein großes Kino befindet, vorbei. Immer wieder staune ich über das rasante Wachstum dieser einst idyllischen Kleinstadt, in der ich viele Freunde gefunden habe und die lange mein Zuhause war. Diese schnelle Entwicklung erschreckt mich. Werden auf der einen Seite Arbeitsplätze und Wohnraum geschaffen, die die Wirtschaft des Landes ankurbeln, so steigt mit dem Bevölkerungswachstum auch die Kriminalität. Immer öfter hört man von Schießereien und Überfällen am hellen Tag. Zudem muss der schöne und für so viele Lebewesen wichtige Dschungel immer weiter neuen Wohnanlagen und Straßen weichen. Pumas und Affen werden vertrieben und unzählige Reptilien- und Vogelarten verlieren ihren Lebensraum. Immer wieder liegen totgefahrene Tiere auf den Schnellstraßen. Und je mehr Straßen gebaut werden, je mehr Tiere werden durch den rasanten Autoverkehr ihr Leben verlieren. Dazu kommt, dass immer mehr Tiere auf immer engerem Raum zusammenleben müssten. Feindliche Arten könnten sich dadurch kaum noch aus dem Weg gehen, und es käme zu Konflikten.

Bei der Vernichtung von Urwaldabschnitten wird das grüne Dickicht nicht selten vom Menschen gezielt verbrannt. Es werden große Feuer gelegt, bei denen viele Tiere qualvoll ihr Leben lassen.

Ich biege ab in eine kleinere sehr ruhige Straße und gelange in eine unbewachte Wohnanlage mit einem kleinen Park. Das Auto stelle in den Schatten unter einen riesengroßen Baum. Sein dicker Baumstamm steht auf dem Grundstück des eingeschossigen dunkelroten Hauses von Antonio. Die große Baumkrone spendet angenehmen Schatten, und ein großer Zaun trennt das Grundstück vom schmalen Fußgängerweg. Kleine, mir unbekannte Früchte liegen überall herum, da der große Baum übersät von ihnen ist.

Das Haus ist schön und sauber und ähnelt etwas seinem Haus in Cancún. Innen ist ein kleiner Wohnbereich mit einer Sofaecke und einem runden gläsernen Esstisch, einer offenen Küche, drei Schlafzimmern und zwei Badezimmern. Die weißen Fliesen fühlen sich, unter den nackten Füßen, angenehm kalt an. Auch im Haus herrscht eine angenehme kühle Luft. Nur in den Schlafzimmern gibt es Klimaanlagen.

Ehe ich mich versehe, hat Mia eine dieser exotischen Früchte aufgehoben und kaut nun genüsslich darauf herum. Mit meinen Fingern puhle ich sie ihr aus dem Mund, nehme einen Besen und fege die Früchte auf dem Boden der Einfahrt zusammen. Während ich fege, fallen jedoch immer wieder neue vom Baum.

Das kann ja lustig werden. Schließlich gebe ich auf und schließe die Haustür von innen ab, sodass die Kinder nicht mehr alleine nach draußen gehen können. Lasse die beiden im Wohnzimmer spielen, während ich im Schlafzimmer auspacke und Mias Reisebettchen aufstelle.

37

Die amerikanischen Supermärkte überwältigen mich immer wieder aufs Neue. Es gibt scheinbar nichts, was sie nicht haben. Zum Einkaufen sollte man mindestens eine Stunde einkalkulieren.

Ich stehe mit den Kindern in einem dieser riesengroßen Gänge und überlege fieberhaft, welches von diesen gefühlt hundert verschiedenen Sorten von Zerealien das Beste ist. Wenig Zucker, keine künstlichen Zusatzstoffe, vitamin- und nährstoffreich wäre gut. Ach ja, und es sollte den Kindern auch noch schmecken.

Ich stelle fest, dass ich gnadenlos überfordert bin. Es vergehen mehrere Minuten, bis ich schließlich genervt aufgebe und Leo auffordere, sich eines auszusuchen.

Natürlich wählt er eins mit viel Zucker. Es sieht halt toll aus, da es aus bunten Kügelchen besteht. Für den dreijährigen Leo ist das natürlich ausschlaggebend. Zumindest hat es zugesetzte Vitamine, lese ich auf der Verpackung. Ob das nun gut oder schlecht ist, kann ich jedoch nicht beurteilen.

Ich packe die Zerealien in den Einkaufswagen und schiebe ihn weiter durch die breiten Gänge zur Kinderkleidung.

Nicht weit vom Supermarkt entfernt wohnt meine gute Freundin Sofia. Seit ich sie damals mit Carlos in Guanajuato besucht habe, ist viel passiert. Auch sie ist in den letzten Jahren Mutter geworden, hat inzwischen zwei kleine Töchter. Zusammen lebt sie mit dem Vater ihrer Töchter in einer kleinen Wohnung einer privaten Wohnanlage. Die Einfahrt ist durch ein großes Gittertor geschützt, dass Sofia mir von ihrer Wohnung aus öffnet. Automatisch schließt es sich hinter meinem Auto und ich parke vor ihrer Wohnung.

Wir begrüßen uns herzlich. Ihre älteste Tochter ist in Leos Alter, und beide verschwinden im Kinderzimmer, um miteinander zu spielen. Ihre jüngste Tochter ist erst wenige Monate alt und auf liegt auf Sofias Schoß. Die einjährige Mia erkundet neugierig das Wohnzimmer, während Sofia und ich uns über alte Zeiten unterhalten. Als wir noch keine Kinder hatten und für eine Agentur arbeiteten, die auf Öko-Tourismus spezialisiert ist. Das bedeutet, dass bei den Ausflügen auf die ansässige Bevölkerung und Umwelt Rücksicht genommen wird. Die Agentur bietet Besuche in verschiedene Maya-Dörfer des Urwaldes an, wobei die dort lebenden Mayas mit uns zusammenarbeiten. Sie zahlt ihnen dafür Gehälter. So begleiten die Männer des Dorfes uns *Tour-Guides* mit der Touristengruppe durch den dichten Dschungel. Sie helfen den Urlaubern beim Abseilen in eine Cenote und beim Überqueren einer Lagune an einer Seilrutsche, dem sogenannten *Zip-Lining*. Im Dorf bereiten die Maya-Frauen währenddessen für die Tagesbesucher ein traditionelles Essen zu. Die Urlauber bekommen einen Einblick in ihre Hütten und die Herstellung von handgemachten Tortillas. Die Männer des Dorfes müssen dank der Gehälter nicht in die fernen Städte auf Arbeitssuche gehen und werden somit nicht von ihren Familien getrennt.

Wir schmunzeln darüber, als wir uns daran erinnern, wie wir im ersten Arbeitsmonat mit zehn weiteren zukünftigen *Tour-Guides* eingearbeitet wurden. Wir waren eine bunt gemischte Gruppe und einige von ihnen sind noch immer gute Freunde von uns. Neben Sofia und mir gab es eine Italienerin, eine Holländerin und natürlich mehrere Mexikanerinnen und Mexikaner.

Teil der Einarbeitung war ein zweitägiger Aufenthalt mit Übernachtung im Dschungel. Mit einem der Leiter der Agentur fuhren wir ohne Urlauber in den Dschungel in ein kleines Maya-Dorf. Es war Regenzeit, die Luft feucht-warm und schwül, der Himmel grau. Ein kleiner Trampel-pfad führte uns zu Fuß durch den grünen, lebendigen Ur-wald. Immer nach vorne auf den Pfad achtend, um nicht versehentlich auf ein gefährliches Tier, wie eine hochgiftige Korallenschlange zum Beispiel, zu treten. In meiner Höh-lentour kam sie mir und meinen Gästen einmal sehr nahe, als sie im Wasser in einigen Metern Entfernung plötzlich in unsere Richtung schwamm. Sie hat rote, gelb-weiße und schwarze Streifen und ist somit ziemlich gut zu erkennen. Nach einem Biss von ihr werden nach ungefähr zwanzig Minuten ohne Behandlung die Überlebenschancen mini-mal. Damit eine Schlange jedoch überhaupt zubeißt, muss man sie schon ernsthaft provozieren oder auf sie treten.

Bei jedem Schritt durch den Dschungel traten wir da-her fest auf den erdigen Boden, damit die Erschütterungen die Schlangen verjagten. Mitten im Urwald beobachteten wir scheue Klammeraffen hoch oben in den Baumkronen. Als wir schließlich an der *Cenote* ankamen, wurden wir in die Kunst des Abseilens eingeführt. Um die Angst vor dem Abgrund zu überwinden, wurden wir jedoch zunächst auf-gefordert, vom Rande des Kalksteinfelsens ins Wasserloch zu springen. Zehn Meter in die Tiefe.

Nach kurzem Zögern sprang ich. Der freie Fall dauerte wenige Sekunden. Dann bekam ich die harte Wasserober-fläche zu spüren. Bis auf ein Mädchen sprangen alle.

Die Nacht verbrachten wir auf Hängematten unter ei-nem offenen Pavillon aus Hölzern und Palmblättern. Vor uns lag eine schöne Lagune, in der wir vor Sonnenunter-gang noch baden gingen. Manchmal kann man Krokodile in der Lagune beobachten, Spitzkrokodile, die bis sieben Me-ter lang werden. Abschrecken tat uns das jedoch nicht, da bisher noch kein Mensch in dieser Lagune von einem Krokodil angegriffen wurde. Zumindest nahmen wir es an, da die Bewohner des Dorfes ebenso wie wir, fröhlich badeten. Auf der anderen Lagunenseite raschelte es im Dickicht, da sich schwarze Brüllaffen in den Bäumen tummelten. Sieben von ihnen konnte ich erkennen und sie dabei beobachten, wie sie hoch auf den Bäumen Blätter fraßen.

Als es schließlich dunkel wurde, fingen die Mücken an uns zu attackieren. In leichten Schlafsäcken eingehüllt, versuchten wir uns auf den Hängematten vor ihnen zu schützen, denn trotz Mückenschutzmittel stachen sie zu.

Sobald die Nacht hereinbrach, veränderten sich die Geräusche des Dschungels schlagartig. Es wurde zu meiner Überraschung sehr laut. Der Urwald schien zu erwachen. Überall raschelte es im Dickicht. Grillen zirpten und Kröten quakten so laut, dass ich nicht schlafen konnte. Die Nacht war pechschwarz und der Gedanke, dass sich jetzt Pumas und Jaguare im Urwald auf Beutezug befanden, unheimlich.

Irgendwann musste ich dann doch eingeschlafen sein, denn neben dem Vogelgezwitscher wurde ich vom Gebrüll der Brüllaffen geweckt.

Es regnete den ganzen Tag ohne Pause, und als wir uns nachmittags im klimatisierten Bus auf den Rückweg in die Stadt machten, waren wir alle triefend nass und fröstelten. Noch nie hatte ich mich so mit der Natur verbunden gefühlt, wie an diesen beiden Tagen.

Über den Dächern von Playa del Carmen leuchtet der Himmel in wunderschönen warmen Rosatönen, als ich mich schließlich von Sofia verabschiede. Auf der Rückfahrt versuche ich mir vorzustellen, wie es hier wohl vor einem halben Jahrhundert ausgesehen haben mag, als dieser Flecken Erde noch der Tierwelt alleine gehörte.

38

Am nächsten Morgen muss ich zu meinem Entsetzen feststellen, das mein Volkswagen einen Platten hat. Keine zwanzig Minuten später fährt der von mir gerufene Reifenser-
vice vor. Dafür haben die beiden jungen Mexikaner ihren
alten Pick-up so ausgerüstet, dass sie den Reifen nicht nur
vor Ort wechseln, sondern auch gleich reparieren können.
In unglaublich kurzer Zeit und für sehr wenig Geld wird
mein kaputter Reifen geflickt.

Dann kann es losgehen und ich fahre mit den Kindern
die ruhige Straße entlang zur Hauptstraße, bis ich auf einem Parkplatz den Wagen abstelle. Am Eingang der grünen
Parkanlage zahle ich Eintrittsgeld. Es ist sehr wenig, um
es so gut wie jedem zu ermöglichen, diesen wunderschönen Ort zu besuchen. Ein Stück Dschungel inmitten der
Stadt, mit unterschiedlich großen gechlorten Schwimmbecken zum Baden und Planschen. Alle sind an den meisten Stellen so flach, dass kleine Kinder im Wasser noch
stehen können. Die hohen Bäume und Palmen spenden
wohltuenden Schatten vor der heißen Sonne am wolkenlosen Himmel.

Mia und Leo jauchzen vergnügt im erfrischenden Wasser. Ich sitze am Beckenrand und beobachte sie dabei, während meine Füße im kühlen Wasser baumeln. Genieße die
Ruhe und die Zeit mit meinen Kindern fernab des Alltags.

Viele Familien genießen wie wir den heißen Apriltag in
der Parkanlage. Haben mitgebrachtes Essen und Trinken
dabei. Leo schließt schnell Freundschaften mit anderen Kindern und gesellt sich zu einer Familie, deren mitgebrachte
Chipstüten er zu leeren hilft. Mia ist inzwischen friedlich
und erschöpft in ihrem Kinderwagen eingenickt.

Am Nachmittag verlasse ich den Park und spaziere mit den Kindern die berühmte Promenade an der Küste entlang, wo ich Sara treffe. Ich vermisse sie sehr. In einem französischen Café plaudern wir über Neuigkeiten aus unserem Leben, während die Kinder genüsslich ein Schokoladencroissant verspeisen.

In den nächsten Tagen zieht sich dann plötzlich der Himmel zu. Die Wolkendecke wird dichter und dichter. Trotzdem entschließe ich mich dazu, mit den Kindern eine *Cenote* aufzusuchen, da es sie auf der Insel nicht gibt und ich mich sehr nach einem Bad in ihr sehne.

Während ich mit Leo in das kalte Wasser eintauche, entleeren sich schlagartig die schwarzen Wolken am Himmel. So ein Tropenregen hat es in sich. In kürzester Zeit entstehen riesige Pfützen, und die Straßen verwandeln sich in strömende Bäche. Die Luft kühlt sich leicht ab. Draußen kann man sich jetzt nicht mehr aufhalten.

Die Scheibenwischer schnellen auf der höchsten Stufe hin und her. Autos halten an. Es ist einfach nichts mehr zu erkennen. Die Regentropfen trommeln aufs Autodach. Zudem wird es jetzt auch langsam dunkel. Die Straße lässt sich nur noch erahnen. Überall blenden grelle Lichter. Im Schritttempo fahre ich durch die Stadt. Morgen werden wir wieder zurück auf die Insel fahren. Unser kleiner Familienurlaub ist nun fast zu Ende.

Es waren schöne Tage. Bei Ana waren wir, in Puerto Aventuras. Bei Regen haben wir es uns gemütlich gemacht auf ihrer überdachten Terrasse mit Blick auf die Lagune und einer großen Pizza Margherita.

Und bei Karen war ich auch. Auch sie ist inzwischen Mutter geworden. Wenige Tage nach Mias Geburt kam ihre

Tochter zur Welt. Viel hat sich in den fünf Jahren in ihrem Leben verändert, seit ich nun nicht mehr in ihrem Haus wohne. Nicht nur, dass sie sich mit fast Fünfzig nun doch ihren Herzenswunsch erfüllen konnte und Mutter einer bezaubernden Tochter wurde. Sie gründete eine Agentur für Ausflüge exklusiv für deutschsprachige Urlauber, mit der sie unglaublich großen Erfolg und dementsprechend gute Einnahmen hat. Der unberührte Urwald auf ihrem Grundstück musste einem großen beleuchteten Swimmingpool weichen. Wo einst ein kleinen einfaches Stoffsofa stand, steht nun ein edles Ledersofa. Die Außenwände des Hauses hat sie lachsfarben streichen lassen. Mindestens einmal im Jahr fliegt sie nach Deutschland zu ihren Eltern. First Class. Ihre Tochter hat eine *Niñera*, die sich rund um die Uhr um die Kleine kümmert. Wie es bei wohlhabenden Familien in Mexiko üblich ist.

39

Luis liegt auf dem Sofa vor dem Fernseher, als ich mit Mia auf dem Arm und Leo an der Hand das Haus betrete. Leo hatte sein Baseball-Training. Die Zeit, als Luis uns noch begleitete, um beim Training zuzuschauen, ist vorbei. Die Motivation, Zeit mit seinen Kindern zu verbringen, abgeflaut. Sie hielt nur wenige Monate an. Und so bin ich erneut alleine mit den Kindern unterwegs. Immer mehr fühle ich mich als alleinerziehende Mutter. Luis ist immer nur irgendwie anwesend, nimmt an unserem Familienleben aber kaum noch teil. Ich fühle mich Lichtjahre von ihm entfernt, und das, obwohl er nur einige Meter von mir entfernt ist. Während ich die Kinder versorge, Leo in den Kindergarten bringe und nachmittags auf den Spielplatz oder zum Strand gehe, werkelt Luis an seinen Booten und legt sich anschließend vor den Fernseher. Stundenlang. Sein Verhalten ärgert mich so sehr, dass ich in seiner Gegenwart schlechte Laune bekomme. Und dann streiten wir uns. Wieder und wieder.

Getrunken hat er allerdings nicht mehr. Gereizt und aggressiv ist er allerdings trotzdem geblieben. Wenn er wütend ist, beschimpft er mich. Ich ihn allerdings inzwischen auch. Als harmonisch würde ich unser Zusammenleben schon lange nicht mehr bezeichnen. Wenn es das überhaupt jemals war. Doch, es gab sie einmal, die harmonischen Momente. Und die haben auch eine Zeit lang überwogen. Die schlechten Momente dadurch vergessen lassen. Mit jedem Kind nahmen sie jedoch ab. Und jetzt sind sie praktisch nicht mehr vorhanden.

Jedes böse Wort, das jemals aus Luis' Mund kam, traf mich wie ein Pfeil und verletzte mich. Einige dieser Wunden sind bis heute nicht verheilt. Andere haben Narben hinterlassen. Immer wieder frage ich mich, wann man weiß, dass man wirklich verziehen hat, und ob die Worte „ich verzeihe dir" schon ausreichen. Oder kann man erst verzeihen, wenn die Erinnerung an das Geschehene keine Schmerzen mehr bereiten? Was, wenn man die schmerzhaften Erinnerungen einfach verdrängt, und sie im Unbewusstem weiterschlummern? Kann man trotzdem verzeihen? Ich denke, die Worte „ich verzeihe dir" sind schnell gesagt. Oft zu schnell, ohne groß darüber nachgedacht zu haben. Weil man verzeihen will. Weil man möchte, dass es nicht mehr weh tut. Doch ist es wirklich möglich, den Kopf über die Seele zu stellen?

Das Verzeihen als einen rationalen Akt anzuerkennen ohne Rücksicht auf die schmerzenden Qualen der Ereignisse?

Nein, das glaube ich nicht. Ich denke, man kann jemandem erst wirklich verzeihen, wenn man das Passierte verarbeitet hat und es ohne es verdrängt zu haben, keinerlei Schmerzen mehr verursacht. Erst dann glaube ich, ist die Seele dazu imstande, zu verzeihen. Ob man es dann auch will, ist eine andere Frage.

Ja, ich wollte ihm verzeihen. Dachte, ich könnte es. Viele von seinen Verletzungen bereiten mir jedoch noch heute Schmerzen. In mir brodelt es wie in einem Kochtopf voller Frust, Wut und Angst. Es ist der Frust finanziell abhängig von ihm zu sein, die Wut, dass er keine Zeit für die Kinder und mich aufbringen möchte, und die Angst vor erneuten Gewalttaten.

Ich gehe in die Küche und werfe ihm beim Vorbeigehen ein kurzes und kühles „Hallo" zu. Sofort rennen die Kinder zum Papa und kuscheln sich neben ihn aufs Sofa. Luis macht jedoch keinerlei Anstalten, seinen brutalen Spielfilm über Piraten auszuschalten. Als ich ihn darauf hinweise, bekomme ich lediglich einen wütenden Blick zurück. Natürlich könnte ich jetzt erneut mit ihm streiten. Oder ich lasse die Kinder gewalttätige Filmszenen mitansehen. Vor Wut krampft sich mein Magen zusammen. Die Machtlosigkeit bereitet mir Übelkeit. Ich fühle mich wie eine gefesselte Gefangene, die mit ansehen muss, wie ihren Kindern Schaden zugefügt wird, entweder durch Gewalt aus dem Fernseher oder durch einen Streit der Eltern mit bösen Beschimpfungen.

40

Ein sandiger Trampelpfad, übersät mit dicken Wurzeln und kleinen Steinen, führt neben einem kleinen idyllischen Hotel steil den Abhang herunter. Vorsichtig nehme ich einen Schritt nach dem anderen, was gar nicht so leicht ist, da ich Mia auf dem Arm habe. Leo rennt wie immer vor, und er schafft es, dabei nicht hinzufallen.

Am Strand wartet er schließlich, auf dem feinen weißen Sand. Das kristallklare Wasser ist hier sehr flach und herrlich zum Planschen. Etwas weiter draußen wird das Wasser abrupt dunkelgrün, da dichtes Seegras den Meeresgrund bedeckt. Dahinter befinden sich Korallen und es wird tiefer. Doch so weit gehen wir nicht hinaus. Am Horizont sind die pompösen Hochhäuser des Festlandes zu erkennen.

Da es ein weitgehend unberührter Strandabschnitt ist, wo sich so gut wie nie Touristen aufhalten, liegen überall Steine und Muscheln herum und man muss aufpassen, wo man hintritt.

Plötzlich schreit Leo laut auf. Er steht im niedrigen Wasser an einem kleinen Felsen, der aus dem Wasser ragt. Als ich zu ihm gehe, sehe ich, dass der Felsen unter Wasser mit kleinen schwarzen Seeigeln bedeckt ist.

Tränen rollen dem kleinen Leo über sein schmerzverzerrtes Gesicht. Ich nehme ihn auf den Arm und trage ihn aus dem Wasser an den Strand. Unter seinem Fuß haben sich viele kleine schwarze Stacheln in die Haut gebohrt.

Es ist schon spät abends, als ich mit Leo zum Krankenhaus fahre. Zunächst hatte ich zuhause versucht, ihm die Stacheln mit einer Pinzette zu entfernen. Sobald ich mit der Pinzette aber auch nur in die Nähe seines Fußes kam, schrie der Kleine hysterisch auf. Ich gab auf.

Als der Arzt die Fußsohle von Leo unter der Lupe begutachtet, schüttelt er leicht mit dem Kopf.

„Keine Chance die Stacheln herauszuziehen. Es sind viel zu viele."

Er gibt mir schließlich eine Salbe mit Antibiotika, die ich täglich auf die verletzte Haut auftragen soll, um eine Entzündung zu verhindern.

Draußen ist es bereits dunkel, als wir das stille Haus betreten. Luis ist nach Miami geflogen, wo er mehrere Tage bleiben wird. Geschäftlich. Ein Schnellboot will er kaufen. Ich vermisse ihn nicht. Die Ruhe im Haus tut gut, und die permanente innere Anspannung, auf einen Streit vorbereitet sein zu müssen, ist weg.

41

Mit Mia im Arm gehe ich die Treppe nach unten. Wie schon so oft. Die Stufen sind etwas zu weit auseinander, und man muss große Schritte machen. Doch habe ich inzwischen Übung darin. Womit ich jedoch nicht rechne, ist, dass Leo ein kleines Spielzeug auf die Treppe gelegt hat.

Als ich darauf trete, verliere ich das Gleichgewicht. Mit der einen Hand umklammere ich fest die kleine Mia, mit der anderen suche ich Halt am Geländer. Schaffe es gerade noch, mein Gleichgewicht wieder herzustellen. Das war knapp, denn fast wäre ich mit Mia zusammen die Treppe heruntergefallen.

„Leo", schimpfe ich erschrocken, „kein Spielzeug auf die Treppe!"

Noch immer erschrocken schnappe ich mir das Spielzeug und hebe es ruckartig hoch, sodass ich versehentlich Mia damit an der Stirn treffe, die noch immer auf meinem Arm ist. Sofort fängt sie herzergreifend an zu weinen.

Luis, der alles vom Sofa aus beobachtet hat, steht wütend auf und schleift Leo in Mias Kinderzimmer, wo er ihn auf das Bett hebt. Er zieht sich einen Flipflop aus und fängt an, auf den Kleinen einzuschlagen. Wieder und wieder. Mit der linken Hand hält er Leo dabei so fest, dass dieser sich kaum bewegen kann. Hysterisch fängt der Dreijährige an zu kreischen.

Erschrocken und fassungslos versuche ich Luis zur Vernunft zu bringen. Flehe ihn mit bebender Stimme an, aufzuhören.

„Leo war doch gar nicht bewusst, was passieren kann, wenn er Spielzeug auf die Treppe legt. Das versteht er doch noch gar nicht! Außerdem weint Mia wegen *mir*! Es ist *meine* Schuld, dass sie jetzt eine Beule hat. Hör sofort auf ihn zu schlagen!"

Luis' Gesicht glüht vor Wut. Meine Schimpfen scheint ihn erst recht in Rage zu bringen, und mit voller Kraft haut er wieder und wieder den Flipflop auf den zarten, kleinen Kinderpo. Leo wimmert inzwischen kläglich vor sich hin, während ihm die Tränen wasserfallartig die Wangen hinunterfließen.

„Jetzt nimmst du den scheiß Mistkerl auch noch in Schutz und tröstest ihn", brüllt Luis mich an.

Innerlich könnte ich vor Wut explodieren. Doch ich fühle mich hilflos. Was soll ich machen? Eingreifen? Damit er noch gewalttätiger wird? Er könnte uns ernsthaft verletzen. Mich umbringen. Das werde ich keinesfalls riskieren. Sollte ich die Polizei rufen?

Noch bevor ich weitere Überlegungen anstellen kann, lässt Luis Leo endlich los. Mit hasserfülltem Gesicht geht er auf mich zu und tritt mit voller Kraft Mias Kinderzimmertür kaputt. Der hölzerne Türrahmen, bespannt mit einem Moskitonetz, verwandelt sich in wenigen Sekunden in einen Trümmerhaufen. Eine weitere Bestätigung dafür, wie stark er ist. Und was er mit Holz schafft, gelingt ihm sicherlich auch mit menschlichen Knochen.

„Ich werde dich verlassen, dein Verhalten ist unverzeihlich!" Meine Stimme zittert vor Wut und Angst.

„Sehr gut", antwortet Luis kalt. „Ich will dich auch nicht mehr sehen. Pack deine Koffer, nimm die Kinder und verpiss dich! Und vergiss nicht, mir die Hausschlüssel dazulassen!"

Luis verschwindet über den Bootssteg.

Es dauert einige Minuten bis ich realisiere, was gerade passiert ist. Dass Luis gewalttätig wurde ohne einen einzigen Tropfen Alkohol getrunken zu haben.

Ich kann nicht leugnen, die Anspannung bei Luis nicht gespürt zu haben. Vielleicht war es der Frust, nicht trinken zu dürfen. Nie hat er gelernt, Probleme ohne Alkohol zu lösen, denn eine Therapie hat er nicht gemacht. Alles staute sich mit der Zeit in ihm auf. Wäre er nicht heute explodiert, dann sicher an einem anderen Tag aus einem anderen Grund. Das Wasser im Glas war randvoll, es hat nur ein Tropfen gefehlt, um es zum Überlaufen zu bringen. Und dieser Tropfen ist gefallen. Heute. Wegen eines Spielzeugs auf der Treppe.

42

Wieder schaut Luis fernsehen. Da er inzwischen jede freie Minute damit verbringt, hat er es sich gemütlich gemacht und eine schwarze Hängematte über das Sofa gespannt.

Ich setze mich auf das Sofa und schaue zu ihm hoch, ohne das er sich jedoch regt.

Eine ganze Woche lang haben wir uns ignoriert. Seit er Leo verprügelt hat. Natürlich hat er sich daraufhin betrunken und kam erst irgendwann nach Mitternacht zurück. Zumindest blieb er ruhig.

„Ich muss mit dir reden", sage ich in einem ruhigen Ton. Nervös bin ich.

Luis dreht seinen Kopf genervt in meine Richtung und zieht erwartungsvoll die Stirn hoch. Ich finde es unglaublich schwierig einzuschätzen, was er fühlt und denkt. Sein Gesichtsausdruck ist kalt und gleichgültig.

„Ich möchte mich von dir trennen. Kann und will so nicht weitermachen. Habe zwei Bitten an dich. Eine Unterschrift von dir, dass ich die Vollmacht für das Sorgerecht der Kinder bekomme. Und Geld für einen Neuanfang."

Er schaut mich unverändert an. Dann fällt sein Blick wieder auf den flimmernden Bildschirm.

„In Ordnung", antwortet er schließlich mit einem kühlen, ruhigen Ton, der kaum Aufschluss über seine Gefühle gibt. „Doch eines sage ich dir, wenn du einmal weg bist, brauchst du in einigen Wochen oder Monaten nicht wieder anzukommen. Sicher habe ich dann auch eine Neue, also überlege es dir gut. Hier bist du dann nicht mehr willkommen."

Auf diese Worte war ich vorbereitet. Habe ich sie doch schon gehört. Und doch bebe ich innerlich vor Aufregung und Nervosität. Wenn er will, gibt er mir nichts. Unterschreibt nichts. Dann werde ich gerichtlich ums Sorgerecht kämpfen müssen, und könnte das Land mit den Kindern zunächst nicht verlassen.

„Dessen bin ich mir bewusst", antworte ich mit sehr ruhiger Stimme, um auf keinen Fall einen Streit zu provozieren. „Aber wir können so nicht weiterleben. Für alle ist es das Beste, wenn wir uns trennen. Wir sind ohnehin nur eine Belastung für dich, am Familienleben hast du ja seit Monaten nicht mehr teilgenommen."

„Gut", entgegnet er schließlich. „Du bekommst deine Unterschrift und das Geld. Wie viel willst du?"

Ich stocke. Bin ich das Gespräch doch schon so oft im Kopf durchgegangen. Es ist mir unangenehm, um Geld zu bitten. Aber habe ich nicht auch ein Anrecht darauf? Habe ich nicht ebenso die letzten Jahre gearbeitet, bei den Ausflügen mitgeholfen und ein Recht auf Gehalt? Bekommen habe ich immer nur Geld, um die Einkäufe zu erledigen.

Mutig und frei von Zweifeln nenne ich ihm schließlich eine Summe.

„Fünftausend Euro. Damit kann ich den Flug bezahlen und habe noch etwas Geld zum Leben, bis ich Arbeit gefunden habe."

Luis starrt mich irritiert an. Es ist jedoch nicht die Summe, die ihn verwirrt.

„Flug?"

Erneut stocke ich, da ich davon ausgegangen bin, dass ihm bewusst ist, dass ich mit den Kindern nach Deutschland gehen werde. Sollte er tatsächlich angenommen haben, ich würde auf der Insel, oder zumindest in Mexiko, bleiben?

„Nach Hamburg zu meinen Eltern. Hier habe ich niemanden. Zumindest den Rest des Jahres möchte ich bei ihnen verbringen. Drei Monate. Dann sehe ich weiter. Ich habe einen Flug gefunden am ersten Oktober."

Luis hört mir zu. Noch immer hat er einen gleichgültigen Gesichtsausdruck. Als wäre ihm das alles irgendwie egal.

„Gut, wenn du das so willst. Eine Agentur zahlt mir in den nächsten Tagen eine große Summe in bar aus, ich werde ihnen sagen, dass ich das Geld in Euros haben möchte."

Unsere Unterhaltung ist mit diesen Worten beendet und Luis widmet sich erneut dem Fernseher. Meine Anspannungen lösen sich auf und ich atme erleichtert durch. Es ist besser gelaufen, als ich erwartet hatte. Ich habe das erreicht, was ich vorhatte, und zwar ohne Aggressionen und Flehen.

43

Tatsächlich halte ich eine Woche später ein ganzes Bündel mit Geldscheinen in der Hand. Ich buche den Flug und meine Gefühle schlagen Purzelbäume. Einerseits bin ich voller Vorfreude auf das Neue, andererseits voller Trauer, das Land, das ich über alles liebe, nun wirklich für längere Zeit zu verlassen. Auch die Vollmachtserklärung für das Sorgerecht der Kinder unterschreibt Luis nicht nur, sondern bezahlt sie sogar.

In diesen Tagen ist unser Verhältnis sachlich kühl, ja sogar etwas freundlich. Was auch daran liegen mag, dass er nicht getrunken hat. Es sind die letzten Tage der Walhai-Ausflüge im September.

Nach dem letzten Ausflug in der Mitte des Monats wird gefeiert. Die Stimmung auf der ganzen Insel ist ausgelassen, da viele Inselbewohner an den Ausflügen mit ihren eigenen Booten, als Kapitäne oder *Tour-Guides*, teilnehmen. Durch den erfolgreichen Sommer mit viel Arbeit und zahlreichen Urlaubern, haben viele Einheimische für die längere Zeit ausgesorgt. Und das ist wichtig, da in den nächsten Monaten Tropenstürme über die Inseln und Küsten der Karibik ziehen, und der Tourismus spürbar zurückgeht. Erst zur Weihnachtszeit werden die Geschäfte, Restaurants und Agenturen für Tagesausflüge wieder volle Kassen haben.

Als die Schnellboote von ihrem letzten Ausflug des Jahres zurückkehren, sehe ich Luis mit einer Bierflasche in der Hand.

Obwohl der Termin des Fluges und die damit verbundene Trennung feststeht, versuche ich die letzten Wochen so normal wie möglich zu gestalten. Weiterhin tätige ich die Einkäufe und koche für alle. Doch das heutige Mittagessen wird weder von Luis, noch von Ricky, angerührt. Beide verschwinden sie fröhlich und angetrunken mit den Angestellten, um sich an den Feierlichkeiten der Insel an diesem besonderen Tag zu beteiligen.

Plötzlich ist es still im Haus. Ich bleibe wie so oft mit den Kindern allein zurück. Doch etwas ist anders und plötzlich bekomme ich Angst.

Wenn Luis betrunken ist, verwandelt er sich in einen Dämon, Vernunft und Empathie verschwinden. Dachte ich doch lange, dass er mich niemals schlagen würde. Bis er es dann doch tat. Und ich würde es ihm erneut zutrauen. Was ist, wenn er mir ernsthaft Schaden zufügen möchte, um zu verhindern, dass ich mit unseren Kindern nach Deutschland reise?

In Mias Kinderzimmer verstecke ich das Geld, die Pässe und Papiere. Am liebsten würde ich sofort die Koffer packen und die letzten zwei Wochen bei Vincent oder in einem Hotel verbringen. Es würde jedoch alles nur noch komplizierter machen. Und es wäre provokant. Und provozieren möchte ich Luis keinesfalls zum jetzigen Zeitpunkt. Zuviel steht auf dem Spiel. Die Vollmacht für das Sorgerecht der Kinder könnte er jederzeit beim Notar widerrufen. Dann müsste ich sie mir gerichtlich erkämpfen.

Aber im Haus zu warten, bis er betrunken wiederkommt, voller Wut im Bauch, dass wir ihn verlassen werden? Was, wenn er sich ein Messer nimmt? Mir wird unwohl bei dem Gedanken und ich rufe meine Schweizer Freundin Anja an.

Als sie eine Stunde später zu mir kommt, erzähle ich ihr von meinen Ängsten. Mit einem sorgenvollen Gesichtsausdruck schlägt sie vor, Vincent anrufen. Auch ich habe daran schon gedacht, bin mir jedoch nicht sicher, ob ich ihn schon wieder mit meinen Problemen belästigen möchte. Aber Anjas Meinung ist eindeutig und überzeugt mich, also rufe ich ihn an.

Vincent ist natürlich alles andere als glücklich über meinen Anruf. Hatte er doch von ganzem Herzen gehofft, Luis habe seit den Vorfällen von über einem Jahr den Alkohol aus seinem Leben verbannt und für ein harmonisches Familienleben gekämpft. Tief enttäuscht und ohne zu wissen, wie er mir nun helfen soll, ruft er Antonio an. Schon wieder habe ich eine Lawine ins Rollen gebracht, denke ich. Doch es ist zu spät, um einen Rückzieher zu machen.

Als mich Vincent schließlich zurückruft, erklärt er mir, dass Antonio ihm geraten habe, sich rauszuhalten, da noch nichts geschehen sei. Sollte Luis gewalttätig werden, solle ich sofort die Polizei rufen und anschließend ihn. Bis dahin wäre ich auf mich allein gestellt.

Ich fühle mich hilflos und ausgeliefert. Kann nur warten und hoffen, dass er ruhig bleibt. Denn wenn Luis mir wirklich etwas antun möchte, ist es fragwürdig, ob ich noch in der Lage sein werde, rechtzeitig Hilfe anzufordern. Beim Gedanken daran jagt mir ein eisiger Schauer über den Rücken.

Am Abend, als es bereits dunkel ist, lege ich mich neben den schlafenden Leo ins Kinderbett. Mein Handy lege ich unters Kopfkissen. An Schlafen ist nicht zu denken, also warte ich. Schrecke beim kleinsten Geräusch hoch. Ständig stehe ich auf und schaue aus dem Fenster zur Straße auf die schwach beleuchtete Holztür.

Als ich nicht damit rechne, geht plötzlich die quietschende Eingangstür auf. Ich höre Schritte auf der Treppe und dann oben im Schlafzimmer. Ins Bad geht er nicht. Erleichtert lausche ich wenige Minuten später seinem gleichmäßigen Schnarchen.

44

Die darauffolgenden Tage trinkt er nicht und wir ignorieren uns. Ich packe alles was mir lieb und wichtig ist in drei große Koffer. Über die letzten Jahre hat sich dabei so einiges angehäuft. Wobei ich in dieser Zeit nicht das erste Mal umziehe, und somit immer mal wieder ausmisten und mich von unnötigen Dingen trennen konnte. Einige Sachen jedoch habe ich wirklich schon seit vierzehn Jahren und bei jedem Umzug mitgenommen. Darunter sind zwei mexikanische Handmalereien mit bunten Naturmotiven, die ich damals im Landesinneren in einer kleinen idyllischen Stadt Namens Tepoztlán auf einem Marktplatz gekauft habe. Umrahmt von Wäldern liegt sie in einem Tal und hoch über ihr die Pyramide auf einem Berg. Möchte man den *Tepoz* besuchen, so muss man einen steilen und anstrengenden Weg durch die Wälder in Anspruch nehmen. Als ich damals zur Pyramide hinauf bin, ließ ich so manch einen Schweißtropfen auf dem Weg. Einheimische erzählen von Geistern und anderen Fabelwesen, die in diesem verzauberten Wald leben sollen. So mystisch und schön wie dieser Wald ist Mexiko. Überall gibt es Legenden und Sagen, die dieses Land prägen, und die Natur ist atemberaubend schön. In Tepoztlán sind es die herrlich pinkfarben leuchtenden Bougainvillea-Sträucher, die die Hausfassaden säumen. In der Karibik das türkisblaue Meer. So fröhlich wie die Farben sind auch die Menschen in diesem Land, die ich für immer in meinem Herzen einschließen werde. Wenn es in Deutschland kalt und grau wird und meine Sehnsucht schier unerträglich zu werden scheint, werde ich von ihr träumen. Der bunten Fröhlichkeit des Landes, das ich über alles liebe. Mexiko.

45

Der Tag ist gekommen. Der Tag des Abschieds.

Dunkle Wolken ziehen über den Oktoberhimmel, und auf dem Weg zum Flughafen fängt es an zu regnen. Wie Tränen fallen Regentropfen auf die Erde. Es ist ein trauriger Tag mit Wolken im Paradies.

Wir gehen die Rolltreppe im Flughafen-Terminal hinauf und bleiben vor dem Eingang der Sicherheitskontrolle stehen. Es ist der Moment, in dem sich unsere Wege trennen werden. Auf ungewisse Zeit.

In Luis' Gesicht erkenne ich tiefe Trauer. Er ringt mit sich, kühl und gelassen zu wirken und nicht in Tränen auszubrechen. Luis gibt Mia einen Kuss auf die Wange und drückt Leo liebevoll an sich. Dann dreht er sich von uns weg. Kann seine Trauer nicht mehr unterdrücken und bricht in Tränen aus. Schnellen Schrittes entfernt er sich von uns.

Langsam gehe ich mit Mia und Leo durch die Sicherheitskontrolle. Blicke nicht zurück.

Die Autorin

Mit Anfang 20 zieht Dania Schmidt nach Mexiko, wo sie zunächst in der Nähe von Mexiko-City das Psychologiestudium absolviert. Danach arbeitet sie mehrere Jahre lang als Reiseleiterin auf der mexikanischen Halbinsel Yucatán. Nach 14 Jahren Mexiko kehrt sie schließlich 2017 in ihre Heimatstadt Hamburg zurück und verewigt ihre bewegenden Erlebnisse in ihrem autobiographischen Roman „Wolken im Paradies".